Troublantes révélations

DU MÊME AUTEUR CHEZ MIRA

Miami Confidential
L'Alibi
Intime conviction
Labyrinthe meurtrier

CHRISTIANE HEGGAN

Troublantes révélations

Roman

MIRA

Titre original :
MOMENT OF TRUTH
publié par MIRA®

Traduction de l'américain par BARBARA VERSINI

Photos de couverture
Arbres : © ROYALTY FREE / STOCKBYTE / GETTY IMAGES
Gratte-ciel : © MASAHIRO SATO / SEBUN PHOTO / GETTY IMAGES

83/85 boulevard Vincent Auriol 75646 PARIS CEDEX 13.
ISBN 2-280-85591-7 — ISSN 1765-7792

Pour Jeff et Nancy,
avec tout mon amour.

Prologue

Non loin de la route, la longue silhouette blanche d'un motel se découpait sous le ciel nocturne du nord de la Virginie. Unique signe de vie alentour, une enseigne au néon, affichant « Chambres vacantes » en lettres rouges, perçait les ténèbres par intermittence.

La Mercedes noire entra sans bruit dans le parking et se glissa dans l'une des places vides. Laissant tourner le moteur, le conducteur inspecta prudemment les lieux sans bouger de son siège. Son regard s'attarda sur la fenêtre de la chambre 12, tout au bout du bâtiment. Bien qu'il n'en fût pas à sa première expérience, il ressentait cette fois un trouble singulier. Avait-il bien fait d'accepter ce rendez-vous sans avoir mené son enquête ? Peut-être aurait-il dû s'assurer que la fille était bien ce qu'elle prétendait être, c'est-à-dire une inconditionnelle des salons de discussions sur le Net, en quête d'un moment de plaisir sans tabous ni complications.

Elle s'était mêlée aux habitués de *Spider's Web* deux semaines plus tôt sous le pseudonyme évocateur de Guenièvre et, bien qu'elle s'avouât néophyte dans la pratique du cybersexe, elle avait montré des dispositions étonnantes en la matière, n'hésitant pas à employer un langage ordurier, direct et terriblement excitant.

Pour quelque raison obscure, c'était sur lui qu'elle avait jeté son dévolu. Ouvertement et sans retenue. D'après elle, leurs pseudonymes respectifs, Guenièvre et le Chevalier noir, impliquaient d'emblée une certaine… affinité entre eux. Lors de sa première apparition dans le salon, elle lui avait envoyé un message privé afin de lui proposer une rencontre. Une rencontre un peu particulière. Il l'avait d'abord éconduite, mais elle était revenue à la charge. Encore et encore.

S'il avait préféré oublier *Spider's Web* la semaine dernière, c'était parce que cette femme le harcelait de façon inquiétante, tout en refusant de se livrer. Depuis trois ans qu'il draguait sur le Net, il s'était donné pour règle de prendre de solides renseignements sur ses éventuelles partenaires avant de consentir à une confrontation en chair et en os. Mais afin de conserver tout son piquant au jeu, disait-elle, Guenièvre avait refusé de lui dévoiler son identité. La seule information qu'il avait pu lui soutirer, c'était qu'elle habitait dans le Delaware, mais que les déplacements ne l'effrayaient pas.

Loin de la décourager, l'indifférence du Chevalier noir et le détachement avec lequel il s'obstinait à repousser ses avances n'avaient fait qu'augmenter sa détermination. La veille, lorsqu'il s'était de nouveau connecté sur *Spider's Web*, elle l'avait provoqué sans relâche, le traitant de « méchant garçon qui se fait désirer ». Pour le plus grand plaisir des autres participants, elle lui avait raconté par le menu, avec force détails croustillants, les délices qu'elle lui réservait. Elle semblait deviner ses goûts et mettait en scène ses fantasmes les plus secrets, comme si elle le connaissait déjà intimement.

Son bon sens lui conseillait de laisser tomber et de chercher l'aventure ailleurs. Il ne manquait pas de femmes prêtes à se plier à ses conditions sur le Net. Celle-là, apparemment encline à tous les excès dans sa quête du grand frisson, manifestait un peu trop de frénésie à son goût. Pourtant, l'aura de mystère dont elle s'entourait et le risque supplémentaire que représentait une partenaire parfaitement anonyme avaient fini par l'émoustiller. Petit à petit, avec des déclarations de plus en plus osées et prometteuses, elle avait eu raison de sa réticence. Elle lui avait fait miroiter des plaisirs qui l'empêchaient de se concentrer sur autre chose que les mots de braise affichés à l'écran.

Il respira profondément et tenta de se rassurer. Après tout, qu'avait-il à redouter ? L'endroit était sûr et discret, essentiellement fréquenté par des routiers qui se jetaient sur le lit sitôt qu'ils pénétraient dans leur chambre, sans se préoccuper de ce qui se passait à côté. Après tout, ce n'était pas la première fois qu'il donnait rendez-vous là à une conquête.

Il parcourut de nouveau le parking des yeux en se demandant laquelle des trois voitures était celle de la belle Guenièvre. Aucune n'étant immatriculée dans le Delaware, il en conclut qu'elle avait dû louer un véhicule ou s'en faire prêter un. Il hocha la tête. Elle se montrait prudente, elle aussi, voilà qui était plutôt rassurant. L'expérience lui avait appris que plus la femme avait à perdre, moins elle vous causait d'ennuis.

Coupant le moteur avec un frémissement d'excitation, il sortit de sa voiture et traversa le parking d'un pas rapide. Les rideaux de la chambre 12 étaient restés légèrement entrouverts, juste assez pour lui permettre d'observer l'intérieur de la chambre et son occupante. Il en eut le souffle coupé. Elle était bien là, lui tournant le dos, vêtue seulement d'un string et d'une paire de bottes de cuir noir. Visiblement à l'aise dans cet accoutrement, elle traversa la pièce avec une totale désinvolture. Ses longs cheveux blond platine tombaient sur ses épaules et une grande mèche lui dissimulait la moitié du visage.

Captivé, il admira la courbe sensuelle de ses hanches et ses longues jambes fuselées. Il resta là, à attendre en vain qu'elle se tourne vers lui. Peut-être savait-elle qu'il la regardait à la dérobée. Peut-être même avait-elle arrangé à dessein les rideaux, dans l'intention de lui offrir ce charmant point de vue…

Il songea à l'attendre au-dehors, pour l'obliger à venir à sa rencontre et lui montrer qui était le maître. Mais lorsqu'elle se pencha en avant afin d'attraper la bouteille de champagne posée au pied du lit, il ressentit l'aiguillon familier du désir et sut qu'il n'était déjà plus en état de jouer au chat et à la souris.

Il se décida à marcher vers la porte et l'ouvrit.

— Bonsoir, Dame Guenièvre.

Elle fit volte-face et, presque aussitôt, la surprise la plus totale se peignit sur son visage.

Le cœur du Chevalier noir se mit à battre violemment. Il essaya de parler, mais aucun son ne sortit de sa bouche.

Guenièvre, elle, se reprit rapidement et éclata de rire.

— Tais-toi.

Son cœur battait toujours la chamade, mais il avait du moins recouvré sa voix.

Il referma la porte.

— Tu veux ameuter tout le voisinage ?

Pas le moins du monde intimidée, elle rejeta nonchalamment ses cheveux en arrière — une perruque, ainsi qu'il s'en rendait compte à présent.

— Tu ne m'en voudras pas si je trouve la situation cocasse ? C'est vraiment tordant ce qui nous arrive.

Les mains sur les hanches, elle se planta devant lui et le détailla posément du regard.

— Pas mal du tout, ton déguisement.

Elle désigna du doigt sa lèvre supérieure.

— J'apprécie tout particulièrement la moustache à la Errol Flynn. Ça te confère un certain… *je-ne-sais-quoi.*

— Tais-toi et écoute-moi bien, lâcha-t-il sèchement. Je vais sortir par cette porte. Ensuite, tu t'habilleras et tu feras la même chose. Dans notre intérêt commun, cette rencontre n'a jamais eu lieu. M'as-tu bien compris ?

— Tu rêves, mon ami. On ne peut pas laisser perdre un truc comme ça. Il faut que tout le monde en profite.

Elle s'approcha de lui lentement, provocante. En d'autres circonstances, la sensualité de cette femme aurait enflammé ses sens, mais, à cet instant précis, elle ne lui inspirait que de la peur, une peur panique et sans mélange.

— Je serais curieuse de voir la réaction de nos amis de *Spider's Web*, s'ils apprenaient qui se dissimule derrière le Chevalier noir, déclara-t-elle, ironique. Mon cher, je crois bien que tu risques d'alimenter les discussions dans le salon, pendant les semaines à venir.

— Je t'interdis de souffler un seul mot de cette histoire.

— Tu prétends me priver d'un divertissement d'une telle qualité ?

Elle secoua la tête.

— N'y compte surtout pas. J'ai hâte de dévoiler à tout Washington quel beau pervers tu fais.

Elle se mit à tourner autour de lui en l'effleurant d'une main caressante.

— Qui aurait pu imaginer, susurra-t-elle d'une voix lascive, qu'un tel feu couvait sous la cendre ?

Sa main glissa le long de son dos.

— Sais-tu que ça m'excite ?

Il sentit sa bouche frôler son oreille.

— Ça me rend dingue, murmura-t-elle.

Il la repoussa sans ménagement.

— Habille-toi.

— Pourquoi ? Tu n'apprécies pas le spectacle ?

Elle virevolta devant lui en battant des cils.

— Regarde, j'ai acheté tout ça exprès pour toi. Rien que pour te faire plaisir.

Elle avait pris un ton moqueur.

— Tu es troublé, n'est-ce pas ? Allez, avoue-le ! Tu me désires. Je le lis dans tes yeux, je le devine au rythme de ta respiration.

Elle se rapprocha encore et pressa ses seins contre lui en exhalant une haleine brûlante. Malgré lui, il sentit monter en lui une bouffée de désir — et de dégoût.

— J'ai apporté certains de ces joujoux dont je t'ai parlé.

Elle passa une langue pointue sur sa lèvre supérieure.

— Tu veux qu'on les essaie ?

Il suivit son regard jusqu'à une chaise où s'étalaient divers articles de bondage : cordes, menottes, bandeaux.

— Que se passe-t-il, mon chéri ? Tu as perdu ta langue ?

Ses yeux ardents brillaient de désir.

— J'espère bien que non. On peut en faire des choses avec sa langue...

Il avait la bouche sèche. Le sang affluait si fort à ses tympans qu'il eut la sensation que sa tête allait exploser.

— Allez, le taquina-t-elle, ne sois pas aussi rabat-joie. N'oublie pas que nous sommes ici pour nous divertir.

Elle le gratifia d'un clin d'œil appuyé.

— Si tu es aussi délicieux que je le pense, je te ferai une bonne publicité. Rien ne vaut le bouche à oreille, bien sûr, mais j'ai l'intention de m'adresser au *Washington Post.* Une histoire juteuse comme celle-là devrait leur plaire, tu ne penses pas ?

La vision de son nom s'étalant en première page du journal lui donna la nausée. Cette salope voulait le détruire, balayer d'un revers de la main toute une vie de travail acharné.

S'il s'était agi d'une autre femme, il aurait tenté de la raisonner ou de lui offrir de l'argent. Avec elle, il savait que c'était peine perdue. Elle prendrait sûrement un malin plaisir à piétiner ses rêves et ses ambitions.

Il n'y avait qu'un seul moyen de sortir de ce pétrin : la faire taire. Définitivement.

Sans se douter le moins du monde du tour qu'avaient pris ses réflexions, elle continuait à le provoquer du regard tout en suçant son index. Il fut tenté d'entourer de ses mains le joli cou blanc et de serrer jusqu'à ce qu'elle rende son dernier soupir. Cela semblait facile… mais aussi risqué. Elle se débattrait, tenterait de desserrer son étreinte. Peut-être même le grifferait-elle, et la police découvrirait de la peau et du sang sous ses ongles.

Il devait trouver un autre moyen. Tandis qu'il réfléchissait, ses yeux tombèrent sur la bouteille de champagne posée sur la table de nuit.

Elle surprit son regard et sourit. Croyant qu'il brûlait d'entamer les festivités, elle se piqua au jeu.

— Pourquoi ne ferais-tu pas sauter ce bouchon, mon chou ? Je m'occupe des verres.

Lorsqu'elle lui tourna le dos, son cœur s'accéléra. C'était l'occasion rêvée. Il fallait agir maintenant. Attrapant la bouteille par le goulot, il leva le bras comme s'il s'apprêtait à frapper avec une batte de base-ball et, de toutes ses forces, lui assena un coup à l'arrière du crâne.

Il entendit distinctement le bruit sourd que fit la bouteille en lui heurtant les os. Elle ploya sur ses jambes et, telle une poupée désarticulée, s'écroula, le visage sur le matelas. Dans la pièce désormais silencieuse, on n'entendait plus que sa respiration à lui, haletante, précipitée. Immobile, il contemplait la silhouette allongée sur le lit. Un filet de sang commençait à s'échapper de la bouche et une tache rouge s'élargissait sur le minable couvre-lit jaune.

Etait-elle réellement morte ? Il ne bougeait pas, indécis, peu à peu gagné par la panique. Et si elle n'était qu'inconsciente ? Aurait-il le courage de frapper une deuxième fois ?

Paralysé, il dut faire un effort surhumain pour reposer la bouteille et avancer lourdement, pas à pas, en direction du lit. Il se pencha au-dessus d'elle.

— Molly ?

Comme elle ne répondait pas, il attrapa la perruque afin de faire pivoter le visage vers lui et sursauta en découvrant une paire d'yeux bleus écarquillés qui le fixaient sans le voir.

Il se tint là un long moment, à attendre que cesse le tremblement de son corps et que son esprit se remette à fonctionner. Quand il eut recouvré son calme, sa première impulsion fut de sortir de la chambre le plus vite possible. Mais pas avant de s'être occupé de quelques petits détails.

Parfaitement maître de lui à présent, il tira un mouchoir de la poche de son pantalon et entreprit d'essuyer soigneusement ce qu'il avait touché et tout ce qui s'était trouvé à sa portée et qu'il avait peut-être frôlé par inadvertance : la table de nuit, la chaise avec la panoplie sado-maso et, bien sûr, la bouteille de champagne.

Quand il eut terminé, il jeta un dernier regard circulaire à la pièce, en essayant d'ignorer la présence du corps immobile. Mais cette femme, même morte, agissait sur lui comme un aimant. Son regard revenait sans cesse se poser sur elle, alors même que le spectacle avait de quoi vous glacer le sang. De là où il était, les yeux grands ouverts paraissaient le narguer.

Après ce qui lui parut une éternité, il réussit à se détourner du cadavre et se dirigea vers la porte dont il essuya la poignée à l'intérieur puis à l'extérieur. Enfin, une fois qu'il se fut assuré que personne ne traînait dans les parages, il sortit et s'empressa de disparaître dans la nuit.

1.

Deux ans plus tard

Majestueux dans sa robe noire qui semblait flotter autour de lui, le juge se leva pour quitter la salle d'audience à pas lents.

Il avait à peine disparu que Melanie Riley se jeta au cou de Kate Logan.

— Oh, Kate ! Je ne sais comment vous remercier. Vous avez accompli un miracle.

Soulagée d'avoir obtenu le verdict espéré, Kate lui rendit son étreinte. Elle remarqua que le mari de Melanie, furieux, faisait une sortie tonitruante.

— Non, Melanie. Tout le mérite vous en revient. Vous avez été merveilleuse à la barre des témoins. L'amour que vous éprouvez pour votre fille vous rendait lumineuse. Le juge ne pouvait pas ne pas le voir. Et il a tranché en conséquence.

Melanie s'écarta un peu et essuya une larme.

— Mais c'est vous qui avez fouillé le passé de mon ex-mari. Si vous ne leur aviez pas montré quelle brute il est en réalité, il aurait eu des chances d'obtenir la garde partagée.

— Mais il ne l'a pas obtenue, c'est tout ce qui compte, remarqua Kate en prenant sa cliente par le bras. Nous pouvons maintenant oublier les deux dernières semaines et partir l'âme en paix. Je suis sûre que vous en avez par-dessus la tête de cette salle d'audience.

— C'est exact, mais avant je voudrais...

Melanie prit son sac et en sortit une mince enveloppe.

Kate l'arrêta d'un geste.

— Gardez votre argent, Melanie. Je vous ai déjà dit que je ne voulais rien.

La jeune femme secoua la tête avec véhémence.

— Non, Kate. J'avais promis de vous donner un peu chaque semaine. J'essaie simplement de respecter mes engagements.

Les finances de Kate n'étaient pas au mieux, mais elle répugnait à accepter l'argent d'une femme qui élevait seule son enfant et avait du mal à joindre les deux bouts. L'ex-époux de Melanie, un fainéant de la pire espèce, l'avait abandonnée alors que leur fille Prudence n'était encore qu'un bébé. Il avait refait surface trois mois plus tôt en menaçant de la traîner devant les tribunaux pour obtenir la garde de l'enfant, à moins qu'elle ne consente à vendre sa maison et à lui verser la moitié de l'argent.

C'était la première fois que Kate plaidait dans une affaire de droit familial. A cause de Melanie. Secrétaire dans le même immeuble qu'elle, cette dernière avait fait irruption un beau jour dans son bureau pour solliciter son aide. Elle paraissait désemparée et Kate n'avait pas eu le cœur de refuser.

— J'ai une meilleure idée, proposa-t-elle comme Melanie tentait de lui glisser l'enveloppe de force dans les mains. Pourquoi ne pas utiliser cette somme pour la nouvelle chambre de Prudence ? Celle que vous avez remarquée l'autre jour chez Hecht. J'ai bien vu à quel point vous aviez envie de la lui offrir.

— Mais tout ce temps que vous avez consacré...

Elle la coupa d'un geste de la main et la conduisit vers la sortie.

— Personne ne vous a dit qu'il valait mieux ne pas discuter les ordres de votre avocat ?

Un sourire, le premier depuis le verdict, illumina le joli visage de Melanie.

— Si. Votre assistante.

— Eh bien, suivez donc ses conseils. Frankie sait parfaitement de quoi elle parle.

Avec un soupir résigné, la jeune femme rangea l'enveloppe dans son sac.

— C'est entendu. Mais je saurai m'en souvenir, ajouta-t-elle en la menaçant du doigt. Un jour, je trouverai bien le moyen de vous remercier pour ce que vous avez fait.

— Tout ce que je désire, c'est que vous viviez heureuse avec votre fille.

Kate pensait chacun des mots qu'elle venait de prononcer. Assumant seule l'éducation de sa fille, elle savait combien cela exigeait de courage et de force intérieure.

Une fois sorties de la salle d'audience, les deux femmes s'embrassèrent encore en se promettant de rester en contact. Puis, après un dernier geste de la main, Melanie se dirigea vers sa voiture pendant que Kate filait tout droit vers son bureau, situé tout près de L'Enfant Plazza. Le temps était parfois austère à la fin mars, mais depuis deux jours, il faisait étonnamment doux, et une foule de piétons avides de soleil — parmi lesquels un certain nombre de touristes venus admirer les cerisiers en fleur — avait envahi les rues de Washington.

Comme il fallait s'y attendre à cette heure de la journée, il n'y avait pas un taxi à l'horizon et Kate se résigna à descendre la 7e Rue à pied, tout en se félicitant d'avoir mis des chaussures confortables.

Elle marchait d'un bon pas sur le National Mall, ce long chemin de gravier bordé de pelouse qui s'étire du Capitole au mémorial de Lincoln, et jeta un coup d'œil à sa montre. Il était presque midi, c'est-à-dire 13 heures dans les îles Vierges britanniques. Alison, en vacances avec son père et sa belle-mère, n'avait certainement pas commencé à déjeuner. Kate ne les dérangerait donc pas en appelant le yacht tout de suite.

Elle prit son téléphone portable et tapa sans hésitation les quatorze chiffres qui composaient le numéro. Depuis dix jours que sa fille était partie, elle le connaissait par cœur. Alison décrocha à la troisième sonnerie. A près de trois mille kilomètres de distance, sa voix lui parvint, claire et distincte.

— Allô ?

— Comment va mon enfant chérie ?

— Oh, m'man, c'est super ici ! J'aimerais pouvoir rester encore plus longtemps. Je m'amuse tellement.

Kate ne put s'empêcher de ressentir une pointe de déception. Elle qui s'était imaginé que, après dix jours loin de sa maison et de ses habitudes, sa fille aurait hâte de rentrer ! Honteuse de ces réflexions égoïstes, elle se morigéna. Quoi de plus normal qu'une adolescente de treize ans s'enthousiasme pour un tel voyage...

— Je suis ravie que tu en profites, mon ange, dit-elle en s'efforçant de prendre un ton enjoué. Qu'as-tu fait ce matin ?

— Le capitaine nous a conduits à l'île Moustique. Nous avons nagé et ramassé des coquillages. Et après le déjeuner, papa et Megan ont réservé des scooters pour faire le tour de l'île.

Kate ne put s'empêcher de manifester son inquiétude.

— Surtout, n'oublie pas de mettre un casque !

L'adolescente rit.

— Voyons, m'man, personne ne porte de casque ici !

Kate faillit demander à parler à Eric, mais elle se retint à temps. La dernière chose dont elle avait envie, c'était de déclencher un nouveau conflit avec sa fille. Elles en avaient eu suffisamment au moment du divorce, lorsque Alison avait rejeté tout le blâme de la séparation sur elle. Maintenant que les choses allaient mieux, il était inutile de tenter le diable.

— Et avec la nièce de Megan, ça se passe bien ?

Cette dernière, dont les parents vivaient à Londres, avait rejoint le petit groupe depuis trois jours. Kate la jugeait un peu trop âgée et s'était inquiétée de l'influence qu'une jeune fille de seize ans exercerait sur Alison qui n'était encore qu'une enfant. Mais Megan l'avait rassurée. Il n'y avait rien à craindre, Candace était digne de confiance et avait la tête sur les épaules.

— Candace est trop sympa, m'man. Elle parle trois langues ! Et en plus elle sait tout faire : plongée sous-marine, ski nautique, parachute ascensionnel…

— Il n'est pas question que tu fasses du parachute ascensionnel, Alison, trancha Kate sans plus se soucier de la ménager. Ni de la plongée sous-marine.

— Je sais. Papa m'a déjà dit que j'étais trop jeune. Mais je peux essayer le ski nautique, pas vrai ? On a prévu d'en faire demain, juste avant de partir. Je mettrai un gilet de sauvetage, ajouta-t-elle précipitamment.

Kate n'était pas très rassurée, mais elle ne pouvait décemment s'y opposer. Après tout, même si Eric ne s'était pas montré irréprochable en tant que mari, loin s'en fallait, il remplissait honorablement son rôle de père. Et Megan, sa jeune épouse, était une adulte responsable. Avec eux, Alison ne risquait rien.

— Bien sûr, répondit-elle en essayant de dissimuler son inquiétude. Mais sois tout de même prudente.

Si elle récolte la moindre égratignure, Eric, tu es un homme mort.

— Oui. Ne t'inquiète pas ! Et, m'man…

La voix d'Alison tremblait d'excitation.

— Je t'ai acheté un cadeau. Et à Mitch aussi. Mais ne lui dis rien, d'accord ? Je veux lui faire la surprise.

Kate sourit. Le contact ne s'était pas établi aisément entre Alison et Mitch, mais maintenant ils formaient une sacrée paire d'amis.

— D'accord. Motus et bouche cousue.

— Il faut que j'y aille, m'man. On passe à table. Et en plus on sert mon plat préféré aujourd'hui : du homard. C'est le capitaine qui l'a pêché ce matin. Tu savais que les homards des Caraïbes n'ont pas de pinces ?

— Non, je l'ignorais.

Elle allait devoir préparer quelque chose de plus original, vendredi soir, que le pain de viande qu'elle avait projeté de faire. Même si elle ne voyait pas trop comment rivaliser avec un homard frais de la mer des Caraïbes !

— Bon. Passe une bonne journée, Alison. Amuse-toi bien. Je t'aime.

— Moi aussi, je t'aime, m'man.

Après avoir raccroché, Kate tint le téléphone serré contre sa poitrine pendant un moment. C'était stupide, mais elle se sentait envahie de nostalgie. Sa petite fille ne cessait de grandir ; elle devenait chaque jour un peu plus indépendante, surtout depuis qu'elle subissait l'influence de la nouvelle épouse d'Eric. Kate n'avait pas à se plaindre de Megan qui ressentait une affection sincère pour sa fille. Cependant, les jeunes mariés dépensaient sans compter et cette habitude commençait à déteindre sur Alison. Autrefois, l'adolescente gérait correctement son argent de poche. Mais, avec sa belle-mère, il suffisait de demander pour se voir renflouée, de sorte qu'elle aussi s'était mise à dépenser sans compter. En fait, les libéralités de Megan avaient pris de telles proportions que Kate avait dû intervenir afin d'y mettre un frein. De cela aussi, Alison lui tenait rigueur.

Puis Eric et Megan avaient souhaité qu'Alison les rejoigne pendant leur voyage de noces. Ils avaient loué un bateau et tout son équipage pour une croisière de dix jours autour des îles Vierges britanniques. Kate n'avait pas manqué d'arguments pour refuser, mais Alison n'avait rien voulu entendre. Eric non plus, d'ailleurs.

Finalement, Mitch l'avait convaincue qu'il valait mieux céder, de façon à éviter de créer de nouvelles tensions entre elles deux.

Il avait eu raison, sans aucun doute. Elle se comportait en mère poule. Et non contente de surprotéger son enfant, elle devait s'avouer qu'elle jalousait un peu les liens que Megan avait su établir avec Alison.

Se forçant pour le moment à oublier sa fille, Kate composa le numéro de Mitch au commissariat central de Washington. Le son de sa voix, lorsqu'il répondit « Calhoon à l'appareil », lui mit aussitôt du baume au cœur.

— Salut, toi.

— Salut, ma beauté !

Elle l'imaginait, en train de se balancer sur sa chaise et de passer la main dans ses cheveux châtains pour tenter de repousser la mèche rebelle qui s'obstinait à retomber sur son front.

— Comment ça s'est passé au tribunal ? s'enquit-il.

— On a gagné. Tu sais ce que ça veut dire ?

— Tu as l'intention de fêter ça.

— Exactement. Et d'une façon grandiose. On dîne chez moi ?

Il prit un ton taquin.

— Pourquoi ne pas oublier le dîner et passer directement au dessert ?

— Tu n'es qu'un vil tentateur, Calhoon.

— Et alors ? Qu'est-ce que tu crois ? Je t'ai à peine croisée ces deux dernières semaines.

Kate soupira à la vue d'un jeune couple qui flirtait, assis sur un banc.

— C'était à cause de cette affaire. Mais c'est terminé à présent. Je vais disposer d'un peu plus de temps.

— Avec Alison qui rentre après-demain ? Permets-moi d'en douter.

— Raison de plus pour en profiter pleinement ce soir, tu ne crois pas ? susurra-t-elle de sa voix la plus sensuelle.

— Si tu continues à me parler sur ce ton, je vais faire irruption dans ton bureau, me jeter sur toi comme une bête et te faire l'amour sur ta nouvelle moquette. On pourrait considérer ça comme une sorte de baptême des lieux.

— Arrête, Mitch, dit-elle, gênée de s'apercevoir que les passants la considéraient d'un œil goguenard. Tu me mets dans une position difficile… Je suis dans la rue, en plein milieu du National Mall.

— Alors, ça te tente ?

— Oui… Enfin, non ! Oh, tu es incorrigible !

— C'est bon. Je cesse de te harceler. Pour le moment. Et à condition que tu enfiles ce soir la charmante petite tenue que tu portais la dernière fois.

Kate devint écarlate. Il voulait parler du body rouge à lacets, une fantaisie qui lui avait tapé dans l'œil alors qu'elle passait devant la vitrine de Victoria's Secret, dans Connecticut Avenue. Saisie d'une irrésistible impulsion, elle l'avait acheté bien que ce ne fût pas son genre. Mais Mitch ne s'en était pas plaint, au contraire.

— Et si je venais t'ouvrir la porte toute nue ?

— Des promesses, toujours des promesses, répliqua-t-il en riant.

Ils se quittèrent sur ces mots, et Kate rangea son téléphone dans son sac. Elle pensait déjà à son rendez-vous de 16 heures avec Ed Gibbons, un client potentiel. Accusé d'avoir assassiné son associé, il croupissait dans une cellule du centre-ville et répétait à qui voulait l'entendre qu'il n'avait aucun souvenir d'avoir tiré. Il s'était retrouvé dans le bureau de Peter Brink, un P.38 à la main — le sien pour être précis. Voilà tout ce qu'il pouvait dire. D'ailleurs, il ne se rappelait pas non plus avoir sorti le revolver du coffre-fort de son domicile, au 600 New Hampshire Avenue.

Il avait déjà renvoyé deux avocats et projetait à présent d'engager Kate. Elle envisageait de plaider la maladie mentale — seule conduite valable à adopter dans un cas pareil —, mais encore fallait-il en convaincre le principal intéressé, lequel avait déjà refusé cette éventualité avec ses précédents défenseurs.

Elle pria pour qu'il n'annule pas leur rendez-vous, comme cela s'était déjà produit. Plus vite il lui confierait l'affaire, plus vite elle toucherait l'avance sur ses appointements.

Elle déplorait que les problèmes d'argent la poussent à ce genre de raisonnement. Jamais elle n'aurait pensé en arriver là ! Lorsqu'elle avait quitté Fairchild-Baxter, les médias lui avaient fait une bonne publicité et elle avait espéré que cela lui attirerait des clients. Malheureusement, les gens préféraient confier leurs affaires à un cabinet de renom même s'il venait d'être éclaboussé par un vilain scandale, plutôt qu'à un avocat compétent mais isolé. Sans compter qu'elle s'était mis à dos quelques inconditionnels de

Douglas Fairchild, son ex-beau-père, qui lui reprochaient d'avoir terni la réputation d'un homme de bien.

Pourtant, ce n'était pas faute d'avoir souffert en découvrant la culpabilité de Douglas. Elle ne l'avait pas mis sur la sellette de gaieté de cœur. A part son père, le célèbre avocat avait été le seul homme qu'elle ait jamais admiré. Et voilà que, quatre mois plus tôt, elle découvrait qu'il avait commandité la mort de deux personnes avec la complicité d'une mère maquerelle de haut vol ! Lors de cette terrible affaire, Alison elle-même avait été enlevée par un de leurs sbires et avait failli mourir. Kate avait vécu cette histoire comme une véritable épreuve. Après l'arrestation, elle s'était sentie moralement obligée de quitter le cabinet, même si l'associé de Douglas, Charles Baxter, avait tenté de la convaincre de rester en lui proposant de devenir sa collaboratrice directe, avec le salaire correspondant.

Toutefois, Kate avait préféré continuer sa carrière en solo. Elle savait que ce ne serait pas facile, mais elle était certaine que ses amis et sa famille la soutiendraient dans cette décision. Même la mère d'Eric, son ex-belle-mère, Rose Fairchild, laquelle vivait retirée du monde depuis que son époux se trouvait en prison, s'était rangée à ses côtés. Elle lui avait même offert de financer son installation. « Je te dois tant, Kate. Laisse-moi au moins t'aider à ma manière. Après tout, tu élèves ma petite-fille. »

Gentiment mais avec fermeté, Kate avait décliné son offre en prétendant qu'elle n'avait pas besoin d'argent. Un pieux mensonge, hélas.

Quelquefois, elle se prenait à regretter d'avoir opté pour le droit criminel. La concurrence était rude, particulièrement ici, dans la capitale. Mais depuis quatorze ans, depuis le jour où elle était entrée à la prestigieuse université de Georgetown, elle savait que là se trouvait sa voie.

Elle avait brillamment décroché son diplôme et, comme elle figurait parmi les meilleurs de sa promotion, tous les espoirs lui étaient alors permis. En sortant de l'école de la magistrature, elle aurait pu se faire embaucher dans n'importe quel cabinet juridique de la capitale, mais elle avait préféré accepter un poste mal payé au bureau du procureur fédéral.

« Je veux me mettre au service des citoyens, avait-elle expliqué à ses parents. Et pour ça, je dois aider à envoyer les criminels derrière les barreaux, pas leur fournir le moyen de rester en liberté. »

Son père avait compris. Contrairement à Eric Logan, qu'elle avait épousé alors qu'elle n'était encore qu'en première année de droit. Ce dernier ne parvenait pas à concevoir qu'elle choisisse un emploi peu gratifiant et mal payé. Surtout que Douglas Fairchild — le deuxième mari de Rose — lui offrait une place au sein d'un prestigieux cabinet, assorti d'un salaire à cinq chiffres.

Eric l'avait tellement pressée d'accepter cette offre mirobolante, qu'elle avait fini par céder. A cette époque, elle était assez stupide pour s'imaginer qu'un plus gros chèque à la fin du mois suffirait à sauver son mariage. Mais l'argent ne fait pas le bonheur, comme on le dit si justement, et les choses avaient continué de se dégrader entre eux. Ils avaient finalement divorcé.

A présent, elle se trouvait à un nouveau tournant de sa vie et traversait une période jalonnée de difficultés et de défis. Le loyer du cabinet, par exemple, représentait une énorme dépense. Sans doute eût-il été raisonnable de sa part de s'installer dans un endroit plus abordable, mais elle n'avait pu résister à l'attrait de ce petit local bien aménagé de Maryland Avenue, situé à quelques mètres à peine du tribunal où elle passait le plus clair de son temps.

Optimiste de nature, elle se disait que les choses finiraient bien par s'arranger. Tout ce qu'il lui fallait c'était un cas intéressant, une occasion de prouver qu'elle s'en sortait très bien toute seule et n'avait nul besoin du soutien d'un cabinet de renom pour faire valoir son talent. La semaine précédente, elle avait accepté une interview pour CNN, en espérant que cela lui ferait de la publicité. Les journalistes avaient réalisé un reportage de sept minutes, bref mais percutant, qui mettait en avant les points forts de sa carrière, notamment la dernière affaire avec Douglas et sa complice. Malheureusement, l'effet escompté se faisait attendre et, pour le moment, seul Ed Gibbons était venu frapper à sa porte.

Elle arrivait à la hauteur du mémorial de Lincoln lorsqu'elle entendit quelqu'un l'appeler. Se retournant, elle vit une jeune femme au visage délicatement encadré de boucles châtain clair. Ses yeux noisette la dévisageaient avec un mélange d'espoir et d'appréhension. Une croix en or délicatement travaillée autour du cou, elle portait un élégant tailleur gris, un chemisier en soie rose, et de petites chaussures à talons, pas vraiment idéales pour déambuler dans les rues.

Aveuglée par le soleil, Kate mit sa main en visière.

— Oui ?

— J'ai conscience de vous aborder d'une façon un peu cavalière, s'excusa la jeune femme en se rapprochant. Quand j'ai essayé de vous joindre à votre bureau, votre assistante m'a répondu que vous étiez en train de plaider et qu'elle ne savait pas quand vous en auriez terminé. Il fallait absolument que je vous voie aujourd'hui, aussi ai-je décidé d'aller jusqu'au tribunal pour vous y attendre. J'essaie vainement de vous rattraper depuis tout à l'heure. Vous marchez tellement vite que je vous avais perdue.

— Puis-je vous demander votre nom ?

— Je m'appelle Jessica Van Dyke. Et j'ai désespérément besoin de votre aide.

Voilà qui avait le mérite d'être clair. Cette femme avait de gros ennuis.

— Ne préférez-vous pas poursuivre cette conversation dans mon bureau ? Il est à cinq minutes d'ici.

— En fait…

La jeune femme jeta un coup d'œil de part et d'autre de la large allée du National Mall.

— Je crois que je préférerais rester ici, déclara-t-elle finalement en désignant un banc. Si ça ne vous dérange pas.

Kate secoua la tête. Au cours de sa carrière, elle avait eu à accéder à des requêtes plus inattendues.

— Que voulez-vous de moi, mademoiselle Van Dyke ? demanda-t-elle, quand elles se furent assises.

La jeune femme s'humecta les lèvres.

— Pourrais-je avoir votre promesse que tout cela restera entre nous ?

— Mes amis m'appellent « la muette », répondit Kate, histoire de détendre un peu l'atmosphère. Mais si vous voulez vous sentir tout à fait tranquille, il vous suffit de me donner un dollar.

— Pardon ?

— Ce dollar symbolique fera de vous ma cliente le temps de cette conversation. Ainsi tout ce que vous me direz sera placé sous le signe du secret professionnel.

— Oh, très bien.

Jessica Van Dyke fouilla dans son sac et y dénicha un billet de un dollar, qu'elle lui tendit cérémonieusement.

Kate le prit et le glissa dans son porte-monnaie.

— A présent, vous pouvez m'exposer sans crainte votre problème.

— Il ne s'agit pas de moi, précisa la jeune femme d'un ton hésitant.

Je suis venue vous trouver pour mon fiancé. Il... La police le croit coupable d'un meurtre.

— A-t-il été arrêté ?

— Non.

Elle regarda Kate droit dans les yeux.

— Il s'est enfui avant qu'on ne l'arrête.

Un fiancé en cavale. Pas étonnant qu'elle soit aux abois.

— Pourquoi m'avoir choisie ? demanda Kate gentiment.

— Je suis tombée par hasard sur votre interview la semaine dernière à la télévision. J'ai immédiatement pensé — et mon fiancé aussi — que vous étiez celle qu'il nous fallait.

Jessica se pencha vers elle, le visage grave.

— Il n'est pas coupable. Je sais que vous devez croire que mes sentiments m'empêchent de considérer la situation de façon objective. Et je vous jure que ce n'est pas le cas. Je l'aime, ajouta-t-elle précipitamment, mais ce n'est pas l'unique raison qui me pousse à clamer son innocence.

Kate la dévisagea. Elle connaissait bien cette expression — mélange d'amour et de foi absolue. Malheureusement, elle avait constaté qu'une telle dévotion était bien souvent réservée à des personnes qui ne la méritaient pas.

— Dans ce cas, pourquoi n'est-il pas resté pour se défendre ?

— Il a pris peur. Il s'est affolé et ne savait plus quoi faire. Alors il s'est enfui.

L'instinct de survie. Cela aussi, Kate connaissait bien.

— Qui était la victime ?

— Sa femme, répondit Jessica sans sourciller. Elle s'appelait Molly. Molly Buchanan.

Kate se raidit.

— Vous avez bien dit Buchanan ?

— Oui, mon compagnon est Todd Buchanan.

Kate poussa un profond soupir.

La situation venait de se compliquer. Molly Buchanan n'était autre que la sœur de Mitch Calhoon.

2.

Il fallut quelques secondes à Kate pour se remettre de sa surprise. Elle ne connaissait pas encore Mitch au moment du drame, mais comme tous ses confrères du barreau de Washington, elle avait suivi l'affaire avec grand intérêt.

Le célèbre présentateur sportif Todd Buchanan appartenait à une famille illustre. Fils cadet de Lyle Buchanan, membre de la Cour suprême, et frère de Terrence Buchanan, ancien professeur de droit international et à présent doyen de l'université de Jefferson, Todd avait une réputation de grande gueule. Il faisait partie de ces fils à papa qui se croient tout permis, sèment la pagaille et brandissent le nom de leur père comme un bouclier chaque fois qu'ils ont des démêlés avec la justice, c'est-à-dire régulièrement. Personne ne s'était donc étonné qu'on l'interroge, quand le cadavre de sa femme avait été découvert dans un motel du nord de la Virginie.

Au moment de l'affaire, deux ans plus tôt, les avocats du cabinet Fairchild-Baxter s'accordaient à penser que la police lui avait attribué ce meurtre un peu hâtivement, sans prendre le temps d'examiner les faits en détail. Il faut dire que les enquêteurs n'étaient pas très bien disposés à l'égard de ce turbulent play-boy dont ils supportaient depuis trop longtemps les écarts de conduite.

Une fois remise de sa surprise, Kate s'éclaircit la gorge.

— Puisque vous avez suivi l'interview sur CNN, vous n'êtes pas sans savoir que Mitch Calhoon et moi sommes des amis proches. (Elle marqua un temps d'arrêt.) Très proches, même.

— Oui, je le sais. A dire vrai, Todd ne voulait pas vous engager à cause de ça, avoua la jeune femme en souriant. Heureusement, j'ai réussi à le faire changer d'avis.

Kate songea qu'il aurait mieux valu qu'elle se montre moins persuasive.

— En réalité, poursuivit Jessica, je considère vos liens avec Mitch comme l'un de nos meilleurs atouts.

— Que voulez-vous dire ?

— Je crois que si Todd parvient à vous convaincre de son innocence, à votre tour, vous pourrez en convaincre Mitch.

— Je n'ai pas autant d'influence sur lui que vous le pensez, mademoiselle Van Dyke. Je ne connaissais pas Mitch au moment des faits, mais je crois savoir qu'il existe un lourd contentieux entre Todd et lui.

— C'est Mitch qui en veut à Todd. J'ai toujours entendu mon fiancé parler en bien de son ex-beau-frère. (Elle fit une pause.) Excepté en ce qui concerne son comportement le jour de l'interrogatoire. Et lorsqu'il s'est enfui…

— Il n'a fait qu'aggraver son cas en refusant d'affronter la justice, l'interrompit Kate.

La jeune femme hocha la tête.

— Oui, il s'en rend bien compte à présent. La police n'avait aucune preuve contre lui. On n'a pas trouvé d'empreintes sur les lieux du crime et l'employé du motel ne l'a jamais formellement identifié. Tout ce qu'il a vu, c'est un homme qui sortait de la chambre 12. La description du suspect — taille et corpulence moyennes — pouvait correspondre à des milliers de personnes.

Kate ne put retenir un sourire. Cela l'amusait toujours quand ses clients essayaient de raisonner en hommes de loi. Toutefois, Jessica Van Dyke, qui semblait avoir soigneusement réfléchi à la situation, ne se trompait pas de beaucoup. Le signalement donné par le réceptionniste était trop vague pour permettre d'inculper Todd, et la police avait eu beau insister, l'homme s'en était tenu à sa première déclaration.

Jessica était trop nerveuse pour répondre à son sourire. Elle la regardait fixement, en tripotant nerveusement sa croix.

— Etes-vous d'accord avec moi ?

— Oui, jusqu'à un certain point.

A cette réponse, une lueur d'espoir illumina ses yeux noisette.

— Ça veut dire que vous acceptez de vous charger de la défense de Todd ?

— Mademoiselle Van Dyke, si je ne peux pas m'entretenir en tête à tête avec lui, je ne vois pas comment...

— J'y ai pensé.

La jeune femme attrapa le sac en cuir qu'elle avait posé entre elles sur le banc et en sortit une cassette vidéo.

— J'ai enregistré cette cassette juste avant de quitter Todd pour venir ici, expliqua-t-elle en la tendant à Kate. S'il vous plaît, écoutez au moins ce qu'il a à dire avant de prendre une décision.

Kate resta impassible.

— Tout ce que je vous demande, maître, c'est vingt minutes de votre temps. Une fois que vous aurez visionné cet enregistrement, si vous considérez toujours que vous ne pouvez pas défendre Todd, je quitterai Washington et vous n'entendrez plus jamais parler de moi. Si au contraire vous le croyez innocent et décidez de prendre l'affaire en main, une avance de cent mille dollars sera versée le jour même sur votre compte. Au cas où cette somme vous paraîtrait insuffisante, il vous suffirait de me faire parvenir le montant exact de vos honoraires. L'argent ne doit pas être un problème.

Voilà qui représentait exactement la planche de salut qu'elle attendait depuis de si longs mois ! Pourtant, elle hésitait, tiraillée entre le besoin d'argent et la crainte. Que dirait Mitch si elle acceptait la défense du meurtrier présumé de sa sœur, de celui qu'il avait pourchassé désespérément et rêvait probablement de voir derrière les barreaux ?

— Puisqu'il semble si important pour vous de réhabiliter le nom de votre fiancé, pourquoi avez-vous attendu si longtemps pour lui chercher un avocat ? Apparemment, vous connaissez sa situation depuis un certain temps.

— Dès que Todd m'a raconté son histoire, j'ai voulu en engager un, répondit Jessica. Il n'a rien voulu savoir. Il disait que personne ne le croirait. Mais lorsque nous vous avons vue sur CNN, nous avons compris que vous étiez notre dernier espoir et qu'avec vous il lui restait une chance de s'en sortir.

Dans ses yeux brilla une étrange lueur.

— Et l'on peut dire que cette interview est arrivée à point. En fait, nous y avons vu un signe.

— Un signe ?

La jeune femme eut un sourire paisible.

— Le jour où je vous ai vue à la télévision, j'ai appris que j'étais enceinte. Todd et moi allons avoir un enfant.

Ne sachant que dire, Kate la contempla. Pas besoin de se demander pourquoi elle tenait tant à ce que son compagnon soit innocenté. Quelle mère pourrait souhaiter un père hors-la-loi pour son enfant ?

Jessica laissa la cassette sur le banc et se leva.

— Je suis descendue au Mayflower. Et voici mon numéro de portable, ajouta-t-elle en lui tendant un papier portant le logo de l'hôtel. Mon avion décolle ce soir à 21 h 30. J'espère avoir de vos nouvelles d'ici là.

Kate ramassa la cassette qu'elle glissa dans son porte-documents et se leva à son tour.

— Je ne vous promets rien.

— Je comprends.

La jeune femme lui sourit une dernière fois, avant de s'éloigner.

— Cochon ! Minable ! Salaud !

Kate s'apprêtait à entrer dans son bureau, au dernier étage de l'immeuble Bellevue, lorsqu'elle entendit un fracas de verre cassé, ponctué par des invectives que son assistante destinait vraisemblablement à son dernier petit ami en date. Elle fit la grimace. Un de moins, songea-t-elle en souriant avec indulgence.

Francine Morgano, Frankie pour les intimes, était une des meilleures assistantes que Kate ait jamais eues. Brillante, efficace, consciencieuse, elle n'avait qu'un défaut : des goûts déplorables en matière d'homme.

Habituée à ses éclats, Kate demeura imperturbable et entra, juste au moment où Frankie lançait rageusement la photo d'un homme brun dans la corbeille à papiers. S'asseyant sur un coin du bureau, elle s'empara des messages que la jeune femme notait en son absence.

— Des ennuis avec Romero ? s'enquit-elle négligemment tout en feuilletant rapidement la pile de papiers roses.

Frankie lui jeta un regard mauvais. Sans être vraiment jolie, elle possédait un charme exotique et faisait tourner bien des têtes avec ses grands yeux d'un bleu limpide, ses fins sourcils en accent circonflexe et une bouche en cœur qu'elle soulignait d'un rouge à lèvres vif. Elle coiffait invariablement ses longs cheveux bruns en une natte serrée maintenue par une barrette. Elle en possédait sept et en changeait tous les jours de la semaine. Aujourd'hui, c'était le jour de la barrette de nacre.

— Ne prononce plus jamais le nom de ce serpent en ma présence.

Comme Kate se bornait à acquiescer prudemment, Frankie donna un coup de poing sur le bureau.

— Tu savais qu'il continuait à voir son ex dans mon dos ?

Kate, qui n'avait jamais eu l'honneur de rencontrer le fameux Romero, secoua la tête.

— Je l'ai surpris en train de déjeuner avec elle dans notre petit restaurant.

— Je suis désolée, dit Kate, sincère. J'espérais que ça durerait avec celui-là.

— Lui aussi le pensait, rétorqua Frankie avec une moue dédaigneuse. On le comprend, d'ailleurs. Je lui cuisinais des petits plats, je lui repassais ses chemises et je payais la note quand on sortait. Et cette espèce de limace baveuse me remercie en baisant une ex-petite amie de lycée !

Elle donna un violent coup de pied dans la corbeille et l'envoya rouler à l'autre bout de la pièce.

— Cette fois, j'ai compris. J'en ai fini avec les hommes.

Elle frotta ses mains l'une contre l'autre, dans un geste expéditif.

— *Finito.*

Kate sourit. Frankie la secondait depuis ses débuts au bureau du procureur fédéral et l'avait suivie chez Fairchild-Baxter, où ses déboires amoureux alimentaient déjà les conversations. Elle semblait se complaire dans des histoires compliquées à souhait qui la faisaient souffrir.

Décidant d'oublier pour le moment ses problèmes sentimentaux, elle s'adressa de nouveau à Kate.

— Parlons plutôt de toi. Comment ça s'est passé aujourd'hui ?

Kate, qui découvrait un message d'Ed Gibbons, laissa échapper un soupir agacé.

— Le juge a donné la garde de Prudence à Melanie, répondit-elle. Le père aura droit à une visite toutes les huit semaines. Autant dire qu'elle ne le verra plus. Tout ce qu'il voulait, c'était de l'argent. Il se moque pas mal de sa fille.

Un léger frisson parcourut les épaules de Frankie.

— Ce type me donne la chair de poule. Je suis contente que Melanie en soit débarrassée.

Elle se tut. On aurait dit qu'elle attendait quelque chose. Comme Kate ne disait rien, elle leva un sourcil inquisiteur et posa la question qui lui brûlait les lèvres.

— Est-ce que Melanie t'a payée ?

— Elle a essayé, mais j'ai refusé.

Frankie leva les bras au ciel.

— Mais enfin, tu lui facturais déjà des honoraires au rabais. Pourquoi ne t'en es-tu pas tenue à ce que tu avais décidé au départ ? Elle devait te donner cent dollars par semaine, jusqu'à ce qu'elle t'ait tout versé.

— Parce qu'elle a déjà été obligée de prendre un job supplémentaire et d'économiser sou par sou pour financer le détective privé qui nous a permis de monter le dossier contre son mari. En d'autres termes, parce qu'elle est à sec !

Frankie leva les yeux au ciel.

— Tandis que toi, tu es pleine aux as…

— Je sais que nos finances sont un peu justes en ce moment.

— Un peu justes ?

La jeune femme brandit les factures qui se trouvaient sur son bureau.

— Nous avons le loyer de ce palace à régler le quinze du mois. De même que les notes des fournitures de bureau, des ordinateurs et du téléphone. A moins que tu ne connaisses une bonne fée disposée à ajouter quelques zéros au solde de ton compte, nous voilà bel et bien dans la merde !

— Ça va s'arranger. Je devrais recevoir le chèque d'Ed Gibbons d'un jour à l'autre.

— N'y compte pas.

Elle désigna du menton le message que Kate tenait toujours à la main.

— Pour l'instant, il te règle en monnaie de singe. Il veut encore réfléchir.

Elle hocha la tête d'un air désapprobateur.

— Il vaut mieux regarder les choses en face. Ce type est un tordu qui prend son pied en faisant tourner en bourrique tous les avocats de la création.

Sans lui laisser le loisir de répondre, elle ajouta :

— Il y a un petit moment, une femme a téléphoné. Elle semblait très désireuse de te parler et je lui ai conseillé d'aller voir du côté du tribunal. Tu l'as rencontrée ?

— Oui, elle m'a abordée quand je traversais le National Mall.

Frankie la regarda, l'air intéressé.

— Une cliente potentielle ?

— Elle ne venait pas pour elle, mais pour son fiancé. Il est accusé d'un meurtre dont il se prétend innocent.

L'humeur de Frankie changea du tout au tout.

— Elle a de quoi payer ?

— D'après ce qu'elle m'a dit, l'argent n'est pas un problème pour elle.

— Quelle douce musique à mes oreilles ! Et qui aurait-il refroidi ?

— Sa femme. Enfin, son ex-femme, maintenant.

— Il est d'où ?

— D'Alexandria. Mais le meurtre a eu lieu à Fairfax.

Kate attendait un commentaire de Frankie, mais devant son silence, elle précisa :

— La femme assassinée s'appelait Molly Buchanan.

Les grands yeux de son assistante s'élargirent encore.

— La sœur de Mitch ?

Kate hocha la tête.

— Mlle Van Dyke croit dur comme fer en l'innocence de son fiancé. Et elle est disposée à me verser immédiatement un acompte de cent mille dollars si j'accepte de me charger du dossier.

Frankie émit un long sifflement.

— Ça fait un paquet ! Voilà une affaire qui va te placer dans le peloton de tête, si tu vois ce que je veux dire.

— Oui, mais…

Kate jeta un œil en direction des messages. Il n'y en avait que quatre.

— Je n'ai pas encore donné ma réponse.

— Tu crains la réaction de Mitch ?

— Il y a de quoi, non ?

— Oh, je n'en sais rien.

Frankie prit un ton confidentiel.

— Mitch est un gars intelligent. Il sait qu'il ne faut jamais mélanger l'amour et le boulot.

C'était un point de vue pour le moins optimiste que Kate était loin de partager.

3.

Kate s'installa dans un bon fauteuil, face à l'écran de télévision. Durant les premières secondes, le temps sans doute pour Jessica de faire la mise au point, l'image demeura floue. Puis apparut un jeune homme musclé et hâlé, avec de longs cheveux blonds. Si Kate n'avait pas su qu'il s'agissait de Todd Buchanan, elle ne l'aurait probablement pas reconnu. Son allure était différente, son comportement aussi. Lui qui avait affronté les téléspectateurs pendant six ans n'aurait pas dû redouter les caméras. Pourtant, il paraissait mal à l'aise, jetait des coups d'œil inquiets en direction de Jessica qui le filmait, et n'arrivait pas à trouver une position confortable sur le canapé.

— Hello ! dit-il en esquissant un sourire forcé.

Kate en fut attendrie. Cela lui rappelait le trac qui l'avait assaillie lors de son interview sur CNN.

— Si vous regardez cet enregistrement, vous savez déjà que je suis Todd Buchanan et qu'on m'accuse d'avoir tué ma femme, Molly.

S'interrompant, il lissa machinalement son jean et leva de nouveau les yeux. La voix de Jessica l'encouragea gentiment à poursuivre. Il hocha la tête, s'éclaircit la gorge et reprit d'un ton plus assuré :

— Bon, c'est parti. C'est la première fois que je parle de moi devant une caméra, alors, s'il vous plaît, soyez indulgente.

Il regarda droit vers l'objectif et prit un air grave.

— Tout le monde savait que ça ne se passait pas très bien entre Molly et moi. Nous avons vécu un an de bonheur après notre mariage, mais elle a brusquement changé et nos relations se sont dégradées. Elle a commencé à s'éloigner de moi. Elle sortait la nuit sans me dire où elle allait, ni avec qui. Elle jurait qu'elle m'était fidèle, mais je savais que c'était un mensonge — j'avais découvert une boîte de préservatifs en fouillant un soir dans son sac.

Une pause. Il baissa les yeux vers ses mains qu'il tenait croisées sur ses genoux. Cette fois, Jessica n'intervint pas et, au bout de quelques secondes, il releva la tête.

— Notre femme de ménage a dit la vérité. Molly et moi nous disputions fréquemment, et nous avons eu une violente altercation le jour de sa mort. J'ai menacé de la tuer si elle continuait à se conduire comme une putain, raconta-t-il sans se troubler. Je ne pensais pas ce que je disais, je me suis laissé emporter par la colère. J'étais loin de me douter que ces mots seraient utilisés contre moi quelques heures plus tard.

Nouvelle pause. Il jeta un coup d'œil sur le côté avec l'air de s'excuser.

— On en a dit pas mal sur mon compte. Mais il y a une chose que peu de gens savent et que vous ignorez certainement : j'étais amoureux fou de Molly. C'est pour ça que je n'ai pas demandé le divorce. J'espérais que tout ça ne serait qu'une mauvaise passe et qu'elle finirait par redevenir la femme que j'avais rencontrée. Je me trompais. Les choses n'ont fait qu'empirer. Si vous ne me croyez pas, demandez à sa meilleure amie, Lynn Flannery. Elle connaissait Molly mieux que personne. Mais ne prenez pas tout ce qu'elle vous dira pour argent comptant, surtout quand elle parle de moi. Cette femme me déteste. Elle semble déterminée à avoir ma peau et à me coller ce meurtre sur le dos. Je ne serais pas surpris qu'elle ait dissimulé à la police des éléments importants qui auraient pu la mettre sur la piste du vrai coupable.

Après un moment de silence, il poursuivit :

— Vous devez sans doute vous demander pourquoi Molly non plus n'a pas cherché à divorcer…

Il eut un petit rire.

— Nous avions établi une sorte de relation perverse qui lui convenait tout à fait. Elle prenait du plaisir à me voir souffrir. Sans compter qu'elle s'était habituée à l'argent et à la vie facile et n'entendait pas s'en priver.

Haussant les épaules, il ajouta :

— J'avais fini par me résigner et je la laissais vagabonder en prétendant que cela m'importait peu. Moi aussi je sortais de mon côté, mais je ne l'ai jamais trompée. Pas même le soir de notre dernière dispute où, poussé par le désespoir, je suis allé jusqu'à la menacer.

Il laissa échapper un petit rire ironique.

— J'aurais mieux fait d'aller voir une autre femme. Au moins ça m'aurait fourni un alibi. Au lieu de ça, j'ai fait la tournée des bars et des boîtes de strip-tease avec un copain.

» J'ignore comment j'ai pu conduire jusque chez moi dans l'état où je me trouvais. Quand je suis arrivé, Molly n'était pas rentrée, ce qui n'avait rien de surprenant. Je me suis effondré tout habillé sur mon lit et je me suis endormi aussitôt. Le lendemain matin, la femme de ménage m'a réveillé à 8 heures pour me prévenir qu'un policier m'attendait dans le salon. C'est comme ça que j'ai appris le meurtre de ma femme.

Il se frotta pensivement le menton, hésitant, puis poursuivit d'une voix enrouée :

— On l'avait trouvée dans la chambre d'un motel, le crâne

fracassé. L'assassin avait pris soin de nettoyer les lieux avant de s'enfuir. Il n'y avait que les empreintes de Molly et celles de la femme de ménage. Comme je ne pouvais pas justifier de mon emploi du temps pendant la deuxième partie de la nuit, la police m'a embarqué pour m'interroger.

» Ils m'ont tout de suite considéré comme le meurtrier. Rien d'étonnant à ce qu'ils se soient montrés intraitables avec moi, je leur en faisais baver depuis un moment, à ces satanés flics. Ils me renvoyaient la politesse, en quelque sorte, et je voyais bien qu'ils n'avaient qu'une idée : me mettre derrière les barreaux. Alors j'ai demandé à mon ami Jake de tricher sur l'heure à laquelle nous nous étions quittés la veille. Malheureusement, les policiers l'ont cuisiné. Il a fini par craquer et par leur avouer la vérité. Ce mensonge a achevé de les convaincre de ma culpabilité.

Il baissa de nouveau les yeux.

— Je sais bien que c'était stupide de me dérober. Mon père m'avait élevé dans l'idée que la justice finit toujours par triompher… Mais je me suis affolé. Je ne croyais plus en rien. Je me rends compte à présent que je n'ai fait qu'aggraver mon cas et faire souffrir mes parents.

Une pause.

— Et mon frère, aussi. Il s'était donné tant de mal pour y arriver… Et juste au moment où il allait recueillir le fruit de tant d'efforts et de sacrifices, voilà que je…

Il secoua la tête.

— J'ai ruiné sa vie.

Kate opina. Trois semaines avant l'assassinat de Molly, Terrence s'était vu offrir la place de conseil en sécurité auprès du Président. Avec le meurtre et la fuite de son frère cadet, il avait dû renoncer à ce poste.

Todd jeta de nouveau un regard furtif hors du champ de la caméra, et son expression s'adoucit.

— Une seule chose positive est sortie de tout ce gâchis : ma rencontre avec Jessica. C'est une femme merveilleuse, aussi bien au-dedans qu'au-dehors.

Il eut un rire gêné.

— Et plutôt convaincante. Mais ça, vous le savez déjà.

Il redevint sérieux.

— Je n'ignore pas que ma requête vous place dans une position embarrassante vis-à-vis de Mitch. Le moins qu'on puisse dire, c'est que ce n'est pas un type facile… Et il adorait sa sœur. Mais vous représentez mon ultime espoir, maître Logan.

Il semblait avoir terminé. Il fit un signe de tête en direction de la caméra et l'image se brouilla.

Tandis que la cassette se rembobinait, Kate resta songeuse, les yeux fixés sur l'écran neigeux de la télévision. En onze ans d'exercice, elle avait appris à repérer un menteur à des kilomètres à la ronde, et Todd n'en était pas un. Dans le cas contraire, elle n'aurait pas hésité à refuser car elle exigeait de ses clients qu'ils lui fassent confiance et ne défendait jamais un homme qui lui racontait des boniments.

Todd Buchanan l'avait agréablement surprise. Il avait exposé les faits simplement et, si elle se fiait à son intuition, avec une grande honnêteté. Cela ne pouvait signifier qu'une chose : le véritable meurtrier de Molly courait toujours.

Kate n'était pas femme à prendre des décisions hâtives. Il lui fallait des éléments précis avant de donner sa réponse.

Se dirigeant vers son bureau, elle mit l'ordinateur en marche et se connecta à Nexis, une banque de données qui archivait les articles de journaux — il suffisait de lancer la recherche sur un thème précis pour accéder à tout ce qu'on avait pu écrire sur le sujet. Il lui fallut un certain temps pour prendre connaissance de l'impressionnante quantité d'articles qui avaient paru dans le *Washington Post*, le *New York Times* et le *Chicago Tribune*. Habituellement, le meurtre d'une jeune femme — même si elle provenait, comme Molly, d'une famille riche et respectable — n'attirait pas l'attention des quotidiens nationaux. Mais lorsqu'il s'agissait de la belle-fille d'un membre de la Cour suprême et que, de surcroît, le suspect numéro un était le propre fils de ce juge, l'affaire devenait une histoire affriolante à souhait, à laquelle la presse ne pouvait que s'intéresser.

Comme elle s'y était attendue, tout était conté par le menu et elle eut confirmation d'un certain nombre de faits qu'elle connaissait déjà. La police avait interrogé Todd, mais aussi Lynn Flannery, amie de la victime et décoratrice d'intérieur possédant un atelier dans K Street. Au moment de sa mort, Molly se chargeait depuis deux ans du marketing et de la publicité des œuvres de Lynn. Avant cela, elle s'était fait la main dans la rédaction publicitaire, les relations publiques et la vente. En 1996, elle avait monté sa propre société mais avait abandonné au bout d'un an et sans états d'âme ce qu'elle avait mis tant d'énergie à construire.

La jeune femme possédait de nombreux passe-temps et touchait un peu à tous les sports. Championne de natation au lycée et cavalière émérite, elle avait aussi pratiqué l'aviron. Loin de calmer son tempérament ardent, son mariage avec l'un des plus beaux partis de Washington n'avait fait qu'exacerber ce goût des sensations fortes.

Les journalistes avaient également retracé l'impressionnante carrière du juge Buchanan. Ancien juge de la cour d'appel, Lyle J. Buchanan était probablement l'un des légistes les plus haïs de l'histoire de la magistrature. C'était un conservateur acharné qui restait attaché aux valeurs héritées de son regretté père, lui-même juge de district, lequel les tenait de son grand-père. Ses prises de position concernant l'avortement, les prières à l'école et les droits des homosexuels lui avaient valu tant d'ennemis et de menaces de mort que le FBI avait jugé prudent de lui assigner deux gardes du corps chargés de le protéger vingt-quatre heures sur vingt-quatre. Mais, arguant qu'il ne supportait plus d'être suivi en permanence et n'avait besoin de personne pour se défendre, il les avait congédiés au bout de trois mois. Jusqu'à présent, cela ne lui avait pas trop mal réussi.

En poursuivant plus avant ses recherches, Kate apprit que le policier chargé de l'enquête sur le meurtre de Molly n'était autre que Frank Sykes, un vétéran des forces de police du comté de Fairfax. C'était aussi un ami de Mitch — ce qui signifiait qu'il n'accepterait pas forcément de coopérer avec elle…

Et il ne serait probablement pas le seul à se mettre en travers de sa route. Il fallait compter aussi sur l'opposition des Buchanan. Pour défendre leur fils, ils avaient engagé au moment de l'affaire un des meilleurs avocats de la côte Est, un homme qui dirigeait un cabinet de plus de cent cinquante avocats. Elle imaginait sans peine leur réaction lorsqu'ils découvriraient que Todd avait choisi une femme qui travaillait seule.

Enfin, restait le plus dur à affronter : Mitch…

Kate laissa échapper un soupir contrarié et se leva afin de contempler par la fenêtre le célèbre dôme du Capitole. C'était dans cette ville qu'avait débuté leur idylle. Pas sous les meilleurs auspices d'ailleurs car Eric était à l'époque le suspect d'un meurtre qui dépendait de la juridiction de Mitch, et Kate avait accepté de le défendre.

Cependant, tout cela ne les avait pas empêchés de se sentir irrésistiblement attirés l'un vers l'autre. Kate se souvenait encore de la première fois où Mitch était venu chez elle pour l'interroger au sujet d'Eric, qui avait disparu. Il la soupçonnait d'aider secrètement son ex-mari et l'avait subtilement mise en garde. Elle se souvenait aussi de la manière dont leurs yeux se cherchaient à leur insu.

Il s'était passé tant de choses depuis ce froid jour de décembre ! Elle songea avec émotion à leur première nuit d'amour, à la manière dont il l'avait emportée dans ses bras pour la conduire jusqu'à la chambre. Le lendemain matin, elle avait été réveillée par une odeur de bacon grillé qui lui chatouillait agréablement les narines.

L'idée qu'un homme se trouvait en bas en train de lui préparer un petit déjeuner l'avait émue aux larmes. Cela faisait tellement longtemps que pareille chose ne lui était pas arrivée.

Mitch avait mis un certain temps à aborder le douloureux sujet de la mort de Molly. Leur mère avait failli mourir de chagrin et lui s'était lancé à la poursuite du meurtrier. Il avait écumé tous les pays où il pensait que Todd aurait pu chercher refuge. En vain.

Or voilà qu'aujourd'hui le hasard le remettait sur son chemin par l'intermédiaire de Kate… Le destin la plaçait devant un choix vraiment difficile : ménager l'homme qu'elle aimait, ou bien défendre un innocent.

Elle s'éloigna de la fenêtre et revint vers le poste de télévision. Après un moment d'hésitation, elle poussa la cassette à l'intérieur du magnétoscope et appuya sur le bouton marche.

4.

C'était à tort que Frankie s'était montrée pessimiste au sujet d'Ed Gibbons. Il n'avait pas appelé pour reporter son rendez-vous mais pour annoncer à Kate que, après mûre réflexion, il avait décidé de l'engager.

Elle rendit donc visite à son nouveau client dans une cellule aux murs crasseux qui empestait l'urine. Ed Gibbons était un tout petit homme à l'aspect inoffensif. Mais l'éclat étrange de ses yeux, qui s'accentuait encore lorsqu'il s'excitait, lui conférait un je-ne-sais-quoi d'inquiétant. Kate soupira en se rappelant les mots de Frankie : « Ce type est un tordu qui prend son pied en faisant tourner en bourrique tous les avocats de la création. »

Elle avait probablement raison, mais Kate avait besoin de cette affaire et elle devait s'avouer que cet homme lui inspirait de la pitié. Le substitut du procureur avait beau soutenir qu'il simulait la folie, Kate voyait bien qu'il souffrait de troubles mentaux. A l'évidence, il avait besoin d'aide — ce qui était aussi l'avis du médecin assermenté, chargé de l'expertise psychiatrique.

— Merci d'être venue, dit Gibbons.

Il la regarda fixement de ses yeux tourmentés et s'assit sur le lit de camp, lui abandonnant l'unique chaise.

— Je vous en prie, Ed. Je suis votre avocate à présent. Je viendrai dès que vous m'appellerez.

Elle essayait de prendre un ton enjoué, de façon à détendre l'atmosphère, mais l'homme semblait avoir perdu toute gaieté.

— Bien, commenta-t-il en croisant ses mains sur ses genoux. Dans ce cas, venons-en au fait. Avant tout, vous devez me croire. Je n'ai pas tué Pete.

— J'ai parfaitement compris que vous n'aviez aucun souvenir d'avoir tiré sur lui, répondit-elle prudemment.

— Oui, et pour une bonne raison : je n'ai pas tiré.

— Vous avez dit à la police que vous le haïssiez.

— C'était un serpent, un mauvais patron. Il volait de l'argent à la société.

— Et ça vous a mis en colère.

Ses yeux noirs brillèrent d'un éclat froid.

— C'était légitime, non ?

— Oui, acquiesça-t-elle d'une voix douce et posée. Sans aucun doute.

Il se pencha vers elle, tandis qu'un léger sourire se dessinait sur ses lèvres.

— Je voulais le tuer, avoua-t-il dans un murmure.

Un peu effrayée, Kate recula contre le dossier de sa chaise.

— Etait-ce dans l'intention de le tuer que vous avez acheté un revolver le 28 mars ?

Il ne se troubla pas.

— Vous n'essayeriez pas de m'embobiner, par hasard ? Comme les autres ?

Elle secoua la tête.

— J'essaie seulement de comprendre ce qui s'est passé, Ed.

— Ah, oui ? Pour quoi faire ?

— Pour préparer correctement ma défense.

— Une défense qui consisterait à me faire passer pour un fou ?

Tout en parlant, il avait attrapé un coin de la courtepointe de laine marron qui recouvrait son lit, et l'enroulait autour de son index. Kate devait se maîtriser pour le regarder en face et lui dissimuler son malaise.

— En montrant que vous avez eu un passage à vide. C'est votre seule chance de vous en sortir.

— Je ne veux pas qu'on m'enferme avec une bande de dingues.

Patiemment, elle tenta de lui expliquer que, s'il n'acceptait pas cette ligne de conduite, il se retrouverait enfermé plus longtemps encore, et en moins bonne compagnie. Il lui fallut une demi-heure pour le convaincre, et elle se retint plusieurs fois de se lever et de l'abandonner à son sort. Finalement, lorsqu'elle quitta la prison, il était trop tard pour repasser par son bureau. Son porte-documents sous le bras, elle se dépêcha de rejoindre la station de métro la plus proche.

Kate pénétra dans sa maison. Le calme qui régnait en l'absence d'Alison lui parut pesant. Attirée par une alléchante odeur de poulet au romarin qui s'échappait du four, elle se dirigea droit vers la cuisine.

Elle s'assura que la cuisson se déroulait bien, tout en songeant qu'une employée de maison comme Maria était un véritable don du ciel. Comment aurait-elle fait chaque fois qu'elle rentrait tard du travail à cause d'un imprévu, comme ce soir ? Surtout quand Alison l'attendait à la maison. Même si l'adolescente se croyait assez grande pour rester seule et commençait à bondir au mot de « baby-sitter »…

Tout en fredonnant, Kate entreprit de dresser le couvert dans le coin-repas qui donnait sur son petit jardin. Mike n'aimait pas les ambiances solennelles et préférerait sûrement manger dans la cuisine. Elle replaça dans le tiroir du buffet la bougie blanche et le bougeoir en argent qu'elle comptait disposer au départ sur la table. Avec ce qu'elle s'apprêtait à lui annoncer, elle trouvait malvenu de créer une atmosphère romantique puis de lui assener un coup de massue.

Finalement, mieux valait ne pas attendre la fin de leur dîner en tête à tête pour lui annoncer la nouvelle. Elle lui laisserait servir le vin et lui parlerait tout de suite de la visite de Jessica. En priant pour qu'il ne le prenne pas trop mal et qu'il écoute ses arguments.

Elle lavait deux pommes de terre au-dessus de l'évier quand elle entendit du bruit du côté de la porte d'entrée.

— Mmm… Ça sent diablement bon par ici.

Des bras puissants l'étreignirent et des lèvres tièdes se posèrent sur sa nuque.

— Et je ne suis pas en train de parler de ce qu'il y a dans le four.

De son côté, Kate sentait les effluves de son eau de toilette — *Irish Spring*, une odeur fraîche et musquée.

— Tu m'as manqué.

— Dis-moi un peu, dit-il en lui mordillant doucement l'oreille, tu as oublié notre petit arrangement ?

Elle se laissa aller insensiblement contre lui.

— Un arrangement ?

— Oui. Je ne m'attendais pas à te voir aussi habillée, observa-t-il en posant les mains sur ses seins.

Elle rit.

— Arrête un peu ! Tu me déconcentres.

Ses mains descendirent un peu plus bas et glissèrent sous la ceinture.

— Il faut beaucoup de concentration pour laver une pomme de terre ?

Elle sentait une vague de chaleur lui monter à la tête.

— Avec ce que tu me fais, j'ai tout de même un peu de mal.

Elle laissa tomber son couteau dans l'évier et se retourna pour l'enlacer. Long et fin, il portait un jean, un polo rouge dont il n'avait pas boutonné le col et une veste bleue qui rehaussait encore la couleur de ses yeux. Malgré le mètre soixante-dix de Kate, il la dépassait d'une bonne tête, et une grande force émanait de sa personne.

Ils échangèrent un baiser si passionné qu'elle fut tentée de bouleverser l'ordre de ses priorités. Pourquoi ne pas prendre du bon temps d'abord et discuter ensuite ? Non. Elle avait envie de lui autant que lui d'elle, mais jamais elle ne pourrait faire l'amour avec cette épée de Damoclès au-dessus de la tête.

Avec un soupir de regret, elle le repoussa gentiment.

— J'ai un poulet qui attend…

— Il peut se débrouiller tout seul.

— Sois un peu sérieux. J'ai à te parler.

Il l'attira de nouveau et la tint serrée contre lui.

— On verra ça plus tard, murmura-t-il.

— Non.

Elle lui passa rêveusement un doigt sur les lèvres en se demandant s'il garderait ce petit sourire amusé, une fois qu'il saurait de quoi il retournait.

— Ça ne peut pas attendre.

— Ça m'a l'air sérieux !

Il l'embrassa sur le bout du nez et alla chercher un tire-bouchon dans le tiroir du buffet afin d'ouvrir la bouteille de chardonnay qu'il avait apportée.

— Il s'est passé quelque chose après notre dernier coup de fil ? demanda-t-il tout en s'affairant.

Elle le regarda servir le vin dans les verres à pied disposés à cet effet sur le comptoir. Il souriait toujours, mais ses yeux bleus reflétaient le doute et la perplexité. Il n'en fallait pas beaucoup pour réveiller ses instincts de flic.

Elle prit le verre qu'il lui tendait et but une gorgée, histoire de se donner du courage.

— Oui. Une femme est venue me trouver.

— Une future cliente ?

Elle hocha la tête.

— Elle a vu l'interview que j'ai donnée pour CNN et en a déduit que j'étais la seule à pouvoir lui venir en aide.

Le regard de Mitch brillait de curiosité.

— Que lui reproche-t-on ?

— A elle, rien. C'est son fiancé qui a besoin des services d'un avocat. Il semblerait qu'on l'accuse à tort d'un meurtre qu'il n'a pas commis.

Il la regardait fixement.

— Alors pourquoi l'envoyer en délégation, au lieu de se présenter en personne ?

La bouche sèche, Kate se sentait de plus en plus oppressée. Elle prit une deuxième gorgée de vin, qu'elle n'apprécia même pas.

— Il ne peut pas. Il se cache. Il a pris la fuite pour échapper à la prison.

Cette fois, le gentil sourire s'évanouit, et ils demeurèrent un moment sans rien dire. Puis Mitch reprit la parole d'une voix calme et posée, ce qui n'augurait rien de bon.

— Et cet homme a un nom ?

Le vin ne lui étant décidément pas d'un grand secours, Kate reposa son verre.

— Il s'appelle Todd Buchanan.

Mitch se raidit légèrement, l'expression indéchiffrable.

Ils n'étaient qu'à quelques centimètres l'un de l'autre, mais Kate eut l'impression qu'un gouffre venait de se creuser entre eux.

— Todd Buchanan est ici ? A Washington ?

— Non, sa fiancée est venue seule. Et avant que tu me le demandes : je n'ai pas la moindre idée de l'endroit où il se trouve.

— Et la femme ? Qui est-ce ? Où peut-on la joindre ?

Elle s'était attendue à cette question ; pourtant elle ne put retenir un petit rire nerveux.

— Voyons, Mitch, tu sais bien que je ne peux pas te répondre !

— Et pourquoi pas, bon sang ?

Elle devinait que, derrière le calme qu'il s'efforçait d'afficher, la colère commençait à bouillonner.

— Après tout, elle est sa complice. En protégeant un fugitif, elle se met en travers de la justice. Tu lui as dit que cela pouvait être lourd de conséquences pour elle ?

— Ce n'était pas nécessaire. Elle sait parfaitement ce qu'elle fait.

Il reposa son verre de vin, sans même y avoir goûté.

— Et toi ? Tu sais ce que tu fais ? Tu appartiens à la magistrature, après tout. Tu dois me dire où elle se trouve.

— Absolument pas. Je suis protégée par le secret professionnel.

— Ça veut dire que tu as accepté de le défendre ? Sans même m'en avoir parlé ?

— Inutile de crier, répliqua-t-elle sèchement. Je ne suis pas sourde.

Furieuse de s'être laissé emporter, elle se tut et respira profondément en comptant mentalement jusqu'à cinq.

— Non, je n'ai encore rien décidé. Je voulais d'abord en discuter avec toi, calmement et intelligemment. Mais j'ai donné ma parole à la fiancée de Todd de ne divulguer ni son nom, ni ses coordonnées, tant qu'elle serait à Washington.

— Dis-moi que tu n'envisages pas de plaider pour un type capable de tuer de sang-froid.

— Il me semble me souvenir que Todd Buchanan n'a jamais été reconnu coupable de ce meurtre.

— Il a tué ma sœur !

— Je ne pense pas que ce soit lui le meurtrier, Mitch.

Il plissa les yeux.

— Et comment en es-tu arrivée à cette magnifique conclusion ?

— Juste avant de venir me trouver, la fiancée de Todd a enregistré une cassette dans laquelle il s'adresse directement à moi. Je l'ai regardée deux fois. Crois-moi, j'ai cherché la faille. J'aurais préféré qu'il ne soit qu'un menteur. Mais j'ai découvert un homme franc et direct. Un homme qui se sentait traqué et s'est enfui afin d'échapper à la prison.

— Il avait le choix. Il pouvait rester ici pour affronter la justice.

— Ah, oui ? Quand son propre avocat lui conseillait de plaider coupable ?

Le sang afflua au visage de Mitch.

— Si son avocat ne l'a pas cru, c'est que son histoire ne tenait pas debout.

— Peut-être aussi que la police de Fairfax était trop contente de le coincer pour une affaire de meurtre. Je ne t'en avais jamais parlé jusque-là, mais mes confrères du cabinet Fairchild-Baxter avaient trouvé à l'époque que les autorités manquaient d'objectivité dans cette affaire.

— Des conneries, oui !

— En es-tu bien sûr, Mitch ? Ne crois-tu pas que ceux qui se sont occupés de l'enquête haïssaient Todd ? Et que le détective Sykes a peut-être tiré des conclusions un peu hâtives ?

— Il est vrai que Todd ne leur était pas particulièrement sympathique, mais je trouve ridicule et insultant de prétendre que des policiers laisseraient leurs sentiments personnels interférer dans le déroulement d'une enquête. Malheureusement, Kate, les preuves étaient là. Des preuves accablantes.

— Il s'agissait de preuves indirectes.

Mitch s'emporta de nouveau.

— Il a pris la fuite, merde ! Il n'aurait pas eu l'air plus coupable s'il s'était promené dans la rue avec une pancarte « Assassin » suspendue autour du cou !

— Il s'est affolé. Tant d'innocents se retrouvent en prison pour des crimes qu'ils n'ont pas commis... On les libère au bout de quelques années, ils ont droit à des excuses, mais leur vie est saccagée à tout jamais. C'est pour ça qu'il s'est enfui. Pour survivre. Ça ne signifie pas qu'il est l'assassin.

Elle se tut un instant.

— Puis-je essayer de te parler de cet enregistrement sans que tu me voles dans les plumes ?

Elle avait espéré lui arracher un sourire, un regard tendre. Elle aurait voulu savoir qu'il ne lui en voulait pas personnellement, qu'il était simplement bouleversé. Mais il resta de marbre.

Mettant son amour-propre de côté, elle lui répéta le plus fidèlement possible les paroles de Todd. Elle tenta de lui expliquer pourquoi il l'avait convaincue, lui faisant remarquer au passage qu'il prenait un gros risque en réapparaissant. Pour le moment, il vivait bien tranquille. S'il acceptait de mettre ce fragile équilibre en péril, c'est qu'il avait une bonne raison. Il le faisait pour sa fiancée, bien sûr, mais aussi parce qu'il était probablement innocent.

Il y eut un long silence, rythmé par le tic-tac de la vieille horloge de la cheminée.

— Savais-tu que Molly trompait son mari ? demanda Kate avec douceur.

— J'ai lu le rapport de police. Il a menti.

— Elle ne portait qu'un string quand on l'a trouvée. Elle avait préparé du champagne et des verres, avec toute une panoplie d'accessoires de bondage. Elle attendait de la visite. Et sûrement pas celle de son mari.

Mitch fourra ses mains dans ses poches en lui lançant un regard peu amène.

— Molly n'était pas un ange. Et alors ? Est-ce que c'était une raison pour la tuer ?

— Ce n'est pas ce que j'ai voulu dire. Mais si elle rencontrait d'autres hommes ou si elle avait ne serait-ce qu'un seul amant, tu ne crois pas que quelqu'un d'autre que Todd aurait pu avoir un mobile pour ce meurtre ? Quelqu'un qui se serait senti menacé, par exemple ?

— La police a cherché de ce côté. Elle n'a rien trouvé. Ni personne. Todd ment. Bon sang, Kate, tu n'es pas n'importe quelle avocate ! Tu ne te rends pas compte qu'il te manipule ?

Elle se retint de hurler. Il n'essayait même pas de comprendre. Tout ce qu'il avait tiré de ses explications, c'était qu'on pouvait la berner aisément.

— Tu pourrais me faire un peu confiance. Je ne me laisse pas manipuler comme ça. Mais quand j'ai vu cet enregistrement…

— Un enregistrement qu'ils ont dû soigneusement mettre au point, lui et sa petite amie, et recommencer des dizaines de fois.

Elle secoua la tête.

— Non. Je ne crois pas. Et je suis certaine que tu te rangerais à mon avis, si tu acceptais de le regarder avec moi.

— J'ai une meilleure idée, rétorqua-t-il en désignant du menton le téléphone. Appelle cette femme, où qu'elle se cache, et annonce-lui que tu refuses de défendre son copain.

Ce n'était pas vraiment un ordre, plutôt un ultimatum.

— Tu veux que je tourne le dos à la plus belle occasion de ma carrière ? Au moment où j'en ai le plus besoin ?

— C'est donc de ça qu'il s'agit. D'argent…

Cette fois, elle explosa.

— Non, ce n'est pas pour l'argent. Même si je croule sous les factures et que j'élève ma fille seule.

— J'ai offert de t'aider, mais tu as refusé.

Elle eut un soupir exaspéré. Pourquoi les hommes avaient-ils du mal à comprendre qu'une femme puisse tenir à son indépendance financière ?

— Je ne veux pas de ton argent, Mitch. Ce dont j'ai besoin, c'est de ton soutien.

Avant qu'il ait pu parler, elle ajouta :

— Ecoute, évitons de gâcher cette soirée. Nous pourrions dîner tranquillement et reparler de tout ça après le repas, autour d'un café. Je suis sûre que…

Il l'interrompit.

— Tu ne comptes pas revenir sur ta décision ?

— Non.

— Alors, oublions le dîner, lança-t-il durement. Je n'ai plus faim.

Stupéfaite, elle le regarda sortir comme un fou de la cuisine. Quelques secondes plus tard, elle entendait claquer la porte d'entrée.

5.

Après avoir quitté Kate, Mitch alla se réfugier dans le gymnase de Kalorama Road, en quête de solitude. Les Panthers disputant un match à l'extérieur, il n'y avait pas âme qui vive dans le bâtiment. Parfait.

Il ouvrit la porte avec son jeu de clés, se glissa à l'intérieur et appuya sur les interrupteurs. Aussitôt, les néons inondèrent de lumière un terrain de basket-ball au parquet impeccablement entretenu, bordé de chaque côté par trois rangées de gradins.

Mitch se sentait bien dans ce lieu familier. Il y venait volontiers se détendre à la fin de son service, le jeu l'aidant à se débarrasser des frustrations et des tensions accumulées dans la journée. Plus d'une fois, il avait trouvé la solution à un problème difficile juste après l'entraînement. De plus, il avait participé au financement de cette salle couverte, et cela lui conférait une aura particulière à ses yeux.

Trois ans plus tôt, il était rentré à Washington les poches pleines après avoir quitté un emploi plutôt lucratif dans une agence de détectives privés. Ne sachant quoi faire de tout cet argent, il avait eu l'idée d'en utiliser une partie pour aider les adolescents des quartiers défavorisés.

Au lieu de choisir une maison dans Georgetown — ce que lui conseillaient les agents immobiliers —, il avait élu domicile dans ce quartier plein de vie et de cachet, à la population cosmopolite. C'était là que, au fil du temps, il avait fait la connaissance de Timothy O'Malley — le père Tim pour les paroissiens. Les deux hommes avaient sympathisé, et Mitch n'avait pas tardé à proposer de financer un gymnase pour les jeunes délinquants que le prêtre avait pris sous son aile.

Au début, les adolescents avaient considéré d'un œil méfiant ce flic dont ils ne comprenaient pas les motivations. Il faut dire que la plupart d'entre eux avaient eu par le passé des démêlés avec la justice. Mais, petit à petit, comme Mitch donnait sans compter de son temps à l'entraînement et venait les encourager quand ils disputaient un match, les garçons avaient fini par l'accepter sans réserve. Aujourd'hui, ils lui faisaient confiance autant qu'au père Tim.

Après son altercation avec Kate, Mitch avait roulé jusqu'ici sans réfléchir. Il avait besoin de se défouler. Il s'empara d'un des ballons alignés contre le mur et refit les gestes qu'il connaissait si bien : dribble, vise, tire, dribble, vise, tire.

Il essayait de vider son esprit et de se concentrer sur la balle, mais ne pouvait s'empêcher de songer à Kate, à la façon dont elle l'avait regardé partir sans faire le moindre geste, à ses cheveux roux dans la lumière, à ses yeux verts écarquillés. Visiblement, elle ne s'était pas attendue à une réaction d'une telle violence.

Les quinze minutes de trajet qu'il avait fait n'avaient pas suffi à apaiser sa colère. Rien d'étonnant ! Cela faisait deux ans qu'il n'avait qu'une idée en tête : débusquer Todd Buchanan et le ramener à Washington. Aujourd'hui, Kate pouvait lui apporter le meurtrier de sa sœur sur un plateau et elle s'y refusait !

Il tira, mais ce soir, il n'était bon à rien. La balle heurta le panneau de métal avec un bruit sourd et retomba à l'extérieur du panier.

J'aurais dû régler son compte à cette ordure quand je l'avais encore sous la main.

Ce qu'il aurait sans doute fait si on ne l'en avait pas empêché.

Mitch enquêtait à l'extérieur lorsque son ami Tom Spivak l'avait appelé depuis le commissariat central de Washington pour lui annoncer qu'on avait retrouvé le corps de Molly dans un motel. Il avait filé directement au poste de police de Fairfax où Todd était interrogé.

Sous l'emprise d'une rage incontrôlable, il l'avait attrapé par le col de sa chemise et collé au mur en lui martelant le visage de coups de poing. Sans l'intervention de deux agents, il l'aurait probablement battu à mort.

Vingt-quatre heures plus tard, quand la police s'était présentée chez Todd Buchanan munie d'un mandat d'arrestation en bonne et due forme, l'oiseau s'était envolé.

Mitch n'avait pas abandonné pour autant. Après avoir obtenu un congé, il s'était lancé dans une course contre la montre, fouillant tous les endroits où son beau-frère aurait pu trouver refuge : Belize, Acapulco, la Jamaïque… Il avait interrogé des douzaines de personnes et écumé les hôtels de luxe, en espérant que quelqu'un finirait par lui fournir une piste.

Mais il s'était démené en vain et, découragé, avait dû rentrer à Washington au bout de trois semaines en se consolant à l'idée que ce n'était que partie remise et que le jour viendrait où Todd devrait enfin payer pour le meurtre de Molly.

— Peut-on taper la balle avec toi ?

Interrompu dans ses pensées, Mitch se retourna.

— Oh, salut, Tim !

Tim O'Malley était un homme jeune et séduisant aux cheveux

noirs et bouclés, doté d'un sourire éblouissant et d'une patience d'ange.

— J'ai vu la lumière depuis le presbytère, expliqua-t-il en attrapant le ballon que Mitch lui lançait. Je me suis douté que c'était toi.

— Alors ? Comment s'est passé le match ?

— Ils ont perdu. Mais Jamal a marqué dix-huit points et T.J. quatorze, alors ils sont quand même contents.

Le prêtre lança le ballon en direction du panier.

— Et toi ? Qu'est-ce qui t'amène à cette heure de la nuit ?

Mitch voulut attraper le ballon au rebond, mais Tim le prit de vitesse et s'échappa en dribblant.

— Des problèmes, apparemment, commenta-t-il comme Mitch ne répondait pas.

— Tu peux le dire !

— Eh bien, poursuivit-il en réussissant un magnifique panier, pourquoi ne pas venir en parler au presbytère avec moi ? Cet après-midi, Mme Sorensen m'a apporté un de ces énormes gâteaux que tu adores. Avec le glaçage au citron sur le dessus…

Mitch sourit tout en récupérant sa veste qu'il avait déposée sur un gradin. Saint-John était peut-être une modeste paroisse, mais le père Tim n'avait pas à se plaindre. En remerciement des nombreux services qu'il rendait de bon cœur, il se trouvait toujours une bonne âme pour s'occuper de lui. Aussi le presbytère était-il toujours propre et bien ordonné, le frigo bien garni et les appareils ménagers en parfait état de marche.

— Mon père, je croyais que la gourmandise était un péché.

Tim rit.

— Mais on dirait que tu es jaloux !

Le presbytère, une modeste maison de brique, était composé

d'une cuisine équipée, d'un salon qui faisait également office de bureau et d'une petite chambre.

Tout en buvant une tasse de thé bien chaud et en se servant de généreuses parts du gâteau au citron de Mme Sorensen, Mitch raconta à Tim ce qui venait de se passer avec Kate. Il savait pouvoir compter sur sa discrétion.

Tim l'écouta tranquillement jusqu'au bout, sans l'interrompre. Quand Mitch eut fini de parler, il repoussa l'assiette qui était devant lui et posa ses mains à plat sur la table.

— Tu te sens mieux, maintenant que tu as déballé ton sac ?

— Pas vraiment. Et si tu as l'intention de me dire que tu me trouves buté, tu peux économiser ta salive.

Tim sourit.

— Je ne t'accuse pas d'être « buté », comme tu dis. Un peu tête brûlée, peut-être. Passionné et excessif, sans aucun doute. J'irais jusqu'à impulsif… Mais pas déraisonnable, ça non. Le fait même que tu sois venu jusqu'ici pour en parler avec moi prouve que tu es disposé à réfléchir à son point de vue.

— Il n'y a qu'un point de vue possible : celui de la loi.

Tim picora machinalement une miette de gâteau.

— Kate a choisi le métier d'avocat. Elle a un devoir, celui de défendre les gens.

— Dis plutôt qu'elle se laisse facilement attendrir. La raison pour laquelle elle veut se charger de l'affaire, c'est parce que la fiancée de Todd lui fait de la peine !

— Elle est pleine de compassion.

— Elle est surtout têtue !

— Mais pas stupide. Tu as toi-même fait les louanges de ses compétences, de son engagement, de son intégrité. Et elle s'y entend pour mener une enquête.

Le prêtre lui jeta un coup d'œil en coin avant d'ajouter :

— Sans compter qu'elle est tout à fait capable de reconnaître un type bien. Du moins, c'est ce qu'il me semble.

— Quand elle ne se laisse pas aveugler par ses sentiments.

— Et toi, mon vieux ? Comme te débrouilles-tu avec tes sentiments ?

— Molly était ma petite sœur. Il est normal que je voie rouge quand il s'agit de son meurtrier.

Tim hocha la tête.

— Oui, sans doute. Mais la colère et la frustration sont mauvaises conseillères. Kate ne te demande pas de rayer Todd de la liste des suspects. Elle aimerait que tu médites sur la question et que tu acceptes d'envisager que le coupable puisse être quelqu'un d'autre.

Trop fier pour s'avouer que Tim venait de marquer un point, Mitch se contenta de boire son thé en silence. Mais une demi-heure plus tard, alors qu'il roulait en direction de sa maison, les mots du père O'Malley résonnaient encore à ses oreilles. Si la femme qu'il aimait et respectait pensait que Todd Buchanan pouvait être innocent, pourquoi ne pas envisager cette hypothèse ? S'il se mettait à enquêter sur l'affaire, il trouverait le moyen de lui prouver qu'elle se trompait.

De retour chez lui, il fila droit à son bureau et sortit le double du dossier concernant le meurtre de Molly. Il s'allongea ensuite sur son lit et se cala confortablement contre les oreillers, reconnaissant au passage le parfum de Kate dont ils étaient encore imprégnés. Puis, sans même se déshabiller, il entreprit de le lire.

Pendant les deux heures qui avaient suivi la sortie spectaculaire de Mitch, Kate avait essayé de le joindre chez lui et sur son portable.

Comme il ne répondait pas, elle lui avait laissé plusieurs messages. Mais il n'avait pas rappelé.

Debout dans sa cuisine, un bol de chocolat chaud entre les mains, elle regarda la pendule et se rendit compte brusquement que l'avion de Jessica Van Dyke allait bientôt décoller. La pauvre devait être dans tous ses états… Kate l'imagina devant la salle d'embarquement, jetant des coups d'œil anxieux à sa montre, puis vérifiant que son portable fonctionnait bien. Elle devinait aisément ce que la jeune femme pouvait ressentir. Elle-même, à la fin de chaque plaidoirie, éprouvait l'angoisse du verdict. Et elle se souvenait encore des terribles moments qu'elle avait traversés lors de l'enlèvement de sa fille. Elle savait mieux que personne que l'attente ressemblait à une lente agonie.

Saisissant le combiné mural qu'elle avait fait installer dans la cuisine, elle composa le numéro que lui avait indiqué Jessica.

— Allô ?

— Jessica, c'est Kate Logan. Je suis désolée de vous appeler si tard mais j'ai dû faire face à quelques… complications inattendues.

— Mitch ?

— Oui.

Il y eut un bref silence, et Jessica reprit d'un ton hésitant :

— Est-ce que cela signifie que vous refusez de nous aider ?

— Non, pas du tout. J'accepte de me charger de l'affaire.

Un soupir de soulagement se fit entendre à l'autre bout de la ligne.

— Merci, dit la jeune femme dans un murmure. Merci de tout cœur.

Kate regarda sa montre.

— Je sais que vous devez embarquer d'un moment à l'autre, aussi serai-je brève. Pourriez-vous demander à Todd de m'appeler ? Il faut que je puisse lui parler régulièrement, ne serait-ce que pour le tenir au courant de la progression de mon enquête.

— Entendu, je le lui dirai.

— Le mieux est qu'il m'appelle directement sur mon portable.

Elle lui dicta son numéro.

— Ce serait bien que je reçoive un coup de fil samedi à midi, heure de Washington. Vous croyez que ce sera possible ?

— Oui, aucun problème.

— Bien, c'est tout pour le moment. Je vous souhaite bon voyage, Jessica.

— Merci. Merci pour tout.

Kate reposa doucement le combiné. Les dés étaient jetés. Elle avait pris une décision. Bonne ou mauvaise, elle se sentait prête à en assumer les conséquences.

Elle espérait seulement que le prix à payer ne serait pas trop lourd. Que ce ne serait pas Mitch.

6.

Le lendemain à midi, les cent mille dollars promis par Jessica étaient virés d'une banque suisse sur le compte de Kate Logan à la First Security. C'est une Frankie rayonnante qui se chargea de lui annoncer la bonne nouvelle.

— Kate, cette affaire, je la sens bien. Elle va faire parler de toi, tu verras !

Cet enthousiasme renforça sa détermination. Quant à Mitch, il ne s'était toujours pas manifesté, et elle avait décidé de ne pas composer son numéro, même si elle en mourait d'envie. Il semblait avoir besoin d'un certain temps pour comprendre qu'il n'était qu'un imbécile. Tant pis pour lui ! Elle avait d'autres problèmes pour le moment. A commencer par un dossier délicat à traiter.

Le premier à figurer sur sa liste était le détective Frank Sykes, lequel se trouvait par chance en service et dans son bureau lorsqu'elle se présenta au poste de police de Fairfax, une demi-heure plus tard. Mitch les ayant présentés l'un à l'autre l'année précédente, il lui fit un accueil chaleureux.

— Kate, dit-il en se levant de sa chaise afin de lui serrer la main. Quelle agréable surprise !

C'était un homme de taille moyenne aux cheveux blonds grisonnants. De profonds cernes soulignaient ses yeux marron au regard vif.

Il portait une fine cravate sur une de ses invraisemblables chemises à boutons de nacre. Il n'avait jamais tout à fait quitté son Texas natal dont il avait conservé certaines habitudes vestimentaires, en plus d'un léger accent du Sud. Chaque fois qu'elle le voyait, Kate ne pouvait s'empêcher de penser à J.R. Ewing de *Dallas*, le Stetson en moins.

— Je peux vous offrir quelque chose ? proposa-t-il. Un café ? Un thé ?

— Non, merci.

Elle lui adressa son plus joli sourire.

— Tout ce que je désire, Frank, c'est votre aide.

— Eh bien, allons-y, jolie dame.

Il attendit qu'elle se soit installée avant de retourner s'asseoir derrière son bureau.

— Demandez au vieux Frank tout ce que vous voulez. J'accède d'avance à toutes vos requêtes.

— Pour commencer, il me faudrait une copie du rapport de police concernant le meurtre de Molly Buchanan.

Il leva un sourcil.

— Molly ? Pourquoi ?

— J'enquête sur l'affaire.

Cette fois, Frank fronça les sourcils.

— Et pour le compte de qui ?

Elle n'avait aucune raison de dissimuler qu'elle défendait Todd Buchanan. La nouvelle allait de toute façon se répandre rapidement, quoi qu'elle fasse.

— Todd Buchanan.

— Je vois.

Il se tut un moment. Sans doute réfléchissait-t-il aux implications de ce revirement de situation.

— Mitch est au courant ?

— Oui.

— Dans ce cas, vous ne verrez pas d'inconvénient à ce que je lui passe un coup de fil ?

Elle aurait préféré que Mitch n'apprenne pas par quelqu'un d'autre qu'elle avait officiellement accepté. Mais puisqu'il s'était mis à bouder…

— Non, pas du tout.

Kate écouta Frank s'entretenir avec Mitch, en espérant que ce dernier n'avait pas décidé de lui mettre des bâtons dans les roues. Ce n'était pas vraiment son genre, mais après sa réaction de l'autre soir, elle s'attendait à tout.

— Qu'a-t-il dit ? demanda-t-elle quand Frank eut raccroché.

— « Donne à cette dame ce qu'elle te demande. » Voilà exactement ce qu'il a dit.

Soulagée, elle se laissa aller contre le dossier de sa chaise. Frank décrocha de nouveau le téléphone et composa un numéro.

— Eddy, c'est Frank, déclara-t-il, rapide et efficace. Apporte-moi une copie du dossier Molly Buchanan, s'il te plaît. Oui, les photos aussi. On doit avoir des doubles quelque part. Merci.

Raccrochant le téléphone, il se tourna vers Kate.

— Qu'est-ce qui vous prend ? Pourquoi voulez-vous défendre la cause d'un salaud comme Buchanan ? Vous savez aussi bien que moi qu'il a tué la sœur de Mitch.

— Justement, non. Je pense qu'il ne l'a pas tuée, au contraire.

— C'est moi qui étais chargé de l'enquête. Il n'y a pas plus coupable.

— Serait-il possible que certains détails vous aient échappé ?

— Quel genre de détails ?

— Par exemple, j'ai vu sur une photo de journal que les places de parking du motel étaient délimitées par des bandes de pelouse. Il y en avait une, juste en face de la chambre 12. Si quelqu'un est sorti précipitamment de la chambre, il a peut-être traversé cette pelouse pour rejoindre plus vite sa voiture. Est-ce qu'on a pensé à chercher des empreintes de pas ?

Il se hérissa.

— Vous ne prétendez tout de même pas m'apprendre à mener une enquête sur le lieu d'un crime ? Mais puisque vous semblez douter de mes capacités, je vais vous rassurer. Oui, j'ai vérifié. Malheureusement, pas d'empreintes.

— Y avait-il des taches de sang sur les vêtements de Todd ? Ou dans sa voiture ?

— Lorsque nous sommes allés chercher Todd la première fois, nous voulions seulement l'interroger. Il n'était pas en état d'arrestation et nous n'avions pas le droit de vérifier ses vêtements ou sa voiture. Si nous l'avions fait, les preuves auraient été jugées irrecevables par la cour.

— Mais vous avez obtenu un mandat de perquisition après sa fuite.

— Oui.

Il marqua un temps d'arrêt avant d'admettre à regret :

— Il n'y avait pas de taches de sang. Ni sur ses vêtements, ni dans sa voiture.

La police de Fairfax ne s'était donc pas montrée aussi négligente qu'elle l'avait tout d'abord pensé. Si Frank lui disait la vérité — et elle n'avait aucune raison de mettre sa parole en doute —, ils avaient mené une enquête minutieuse.

On frappa à la porte. Brusquement tirée de ses réflexions, Kate leva la tête. Un agent en uniforme aux cheveux blonds coupés en brosse et au visage constellé de taches de rousseur laissa tomber un épais dossier sur le bureau de son supérieur.

— Voilà, Frank. Tu as besoin d'autre chose ?

— Pas pour l'instant.

Frank ouvrit le dossier. Il contenait plusieurs pages dactylographiées et une douzaine de photographies en noir et blanc. Il le feuilleta rapidement, puis le tendit à Kate.

— Merci. Puis-je vous poser encore une question ?

— Allez-y.

— Comment pouvez-vous être convaincu de la culpabilité de Todd, alors que l'accusation ne repose que sur des spéculations ?

— Ces spéculations ont paru suffisantes au juge pour délivrer un mandat. Vous semblez oublier qu'il avait demandé à un ami de lui fournir un faux alibi.

— Il a fait une erreur stupide. Il avait peur.

— Ah, oui ? Et sa fuite à l'étranger ? C'était aussi une erreur stupide ? répliqua-t-il avant de secouer la tête. Non, Kate. C'était une fuite préméditée et très bien préparée. Il avait tout prévu, au cas où ça tournerait mal pour lui après le meurtre.

Il se pencha en avant, un éclat froid dans le regard.

— Maintenant, permettez-moi de vous poser à mon tour une question. Savez-vous où se trouve Todd Buchanan ?

— Non, je l'ignore.

— Vous espérez me faire avaler un truc pareil ?

— Pas plus que vous ne voudriez me faire croire que rien n'a pu vous échapper.

Elle surprit un petit tressaillement agacé au coin de sa bouche.

— Touché.

Elle glissa le dossier de Molly dans son porte-documents et le referma soigneusement.

— Merci encore, Frank.

— A votre service.

Il s'apprêtait à la raccompagner jusqu'à la porte quand le téléphone se mit à sonner.

— Je vous en prie, ne vous dérangez pas pour moi, dit Kate. Répondez, je trouverai bien la sortie toute seule.

Assis à son bureau, Mitch fixait le téléphone en songeant à la conversation qu'il venait d'avoir avec Frank. Kate n'avait pas traîné pour prendre sa décision et démarrer son enquête.

Au fond, cela ne le surprenait pas. Elle n'était pas du genre à se perdre en tergiversations et il avait tout de suite compris qu'elle se passionnait déjà pour cette affaire. Elle prenait à cœur la défense d'un client qu'elle n'avait même pas rencontré en chair et en os !

Mitch n'avait pas dormi. Il avait passé sa nuit à lire le rapport de police et à regarder les photographies du cadavre.

Mais qu'est-ce qu'elle foutait dans ce motel ? Et dans une tenue pareille ? Qui pouvait-elle bien attendre ?

Lorsqu'il s'était enfin résolu à éteindre la lumière, il n'avait pu trouver le sommeil. Il se sentait en partie responsable de la mort de Molly. Si seulement il lui avait accordé un peu plus d'attention, s'il n'avait pas été tellement absorbé par son travail, elle n'aurait peut-être jamais échoué dans cet endroit louche. Il savait que son mariage battait de l'aile. Pourquoi n'avait-il rien fait ?

Il jeta un coup d'œil en direction du bloc-notes jaune posé près de lui. La veille, il y avait inscrit trois noms : Syd Willard, l'ancien avocat de Todd, Mike Banaki, le réceptionniste de nuit du motel, et Jake Weitz qui avait accompagné Todd dans sa tournée des bars le soir du meurtre. Tous les trois avaient déposé sous serment. S'il les questionnait de nouveau, qu'en tirerait-il de plus ? se demanda-t-il. Sans doute rien. Alors pourquoi s'était-il donné la peine de rechercher leur adresse actuelle ?

Cette situation n'était pas sans lui rappeler quelque chose. Kate lui avait déjà forcé la main, une fois.

Eh bien, là, ce serait différent ! Même s'il regrettait un peu d'être parti en claquant la porte et de ne pas avoir décroché le téléphone, il n'était pas question qu'elle l'oblige à collaborer. Si elle voulait perdre son temps avec une cause désespérée, c'était son problème. Il ne l'aiderait pas. Avec trois homicides non élucidés sur les bras, un témoignage à préparer pour le tribunal et un rapport à taper, il avait d'autres chats à fouetter !

Il se mit à tapoter le bloc-notes avec son crayon à papier qu'il avait aiguisé tout en écoutant Frank lui expliquer que Kate Logan se trouvait dans son bureau. La feuille se couvrit de petits points noirs.

Finalement, avec un soupir d'exaspération, il abandonna son crayon et prit le combiné pour appeler Syd Willard, l'ancien avocat de Todd.

En arrivant dans son bureau, la première chose que fit Kate fut de se débarrasser de ses chaussures et de poser ses pieds meurtris sur un petit tabouret. Ensuite, elle entreprit de se plonger dans le dossier que le détective Sykes venait de lui remettre.

L'un des premiers témoignages émanait de la femme de ménage des Buchanan, Adele. Elle affirmait que le couple se disputait fréquemment, et ne s'était pas privée de rapporter mot pour mot les menaces que Todd avait eu le malheur de proférer le jour même du crime.

Suivait la déposition de Banaki, l'employé du motel. Mais ce dernier n'avait pas dit grand-chose, excepté que la chambre avait été payée en liquide par la victime. Il s'en souvenait parfaitement à cause de ses longs cheveux blond platine qui lui cachaient la moitié du visage et de son rouge à lèvres très foncé, presque noir. C'était un mordu de films policiers, et la jeune femme lui avait rappelé Veronika Lake, la star qui avait lancé cette coiffure à la fin des années quarante. Vingt minutes après le passage de la cliente, Banaki s'apprêtait à sortir fumer une cigarette lorsqu'il avait aperçu une silhouette sombre en train de quitter rapidement la chambre 12. Il n'y avait pas vraiment prêté attention. Dans cet établissement où de nombreux couples ne restaient que le temps de faire l'amour, cela n'avait rien d'extraordinaire. L'homme lui avait semblé de taille et de corpulence moyennes, c'était tout ce qu'il pouvait dire. Kate se promit de l'interroger plus tard.

Venait ensuite Lynn Flannery, dont elle recopia aussitôt l'adresse. La jeune femme était la meilleure amie de Molly. Artiste réputée et plusieurs fois récompensée, elle exposait dans des galeries prestigieuses à travers tous les Etats-Unis.

La police l'avait interrogée le lendemain du meurtre. Lynn avait déclaré que Todd se montrait d'une jalousie morbide et qu'il lui arrivait même d'être violent. Molly avait débarqué un jour dans son atelier avec le visage tuméfié — l'œuvre de Todd. Lynn avait pris des photographies en espérant que son amie s'en servirait contre son mari, en vain. Quand la police avait fouillé la maison des Buchanan et le bureau de Molly chez Flannery, elle n'avait pas pu mettre la main sur ces fameux clichés.

Kate leva les yeux et se mordilla pensivement les lèvres. Todd ne lui avait pas parlé de ça. Avait-il préféré passer l'épisode sous silence ? Ou bien Lynn Flannery mentait-elle ?

Il y avait aussi les dépositions des proches de Todd : ses parents et son frère aîné, Terrence Buchanan. Kate s'aperçut rapidement que le détective Sykes n'avait pas trop approfondi ce côté-là, probablement pour éviter une publicité embarrassante à cette famille prestigieuse et respectable. Il n'était fait nulle part allusion à la rumeur — par ailleurs infondée — selon laquelle le juge Buchanan aurait aidé son fils à s'enfuir.

Elle examina ensuite avec attention une série de photos prises sur les lieux du crime. On y voyait Molly étendue à plat ventre sur le lit, les yeux grands ouverts, seulement vêtue d'un string et de bottes de cuir noir. Elle était morte sur le coup, le crâne fracassé. L'arme du crime, une bouteille de dom pérignon, avait été soigneusement essuyée par l'assassin — comme tout ce qu'il avait touché, car la police n'avait trouvé aucune empreinte.

Le champagne venait d'une boutique de vins et spiritueux de Leesburg Pike, et le vendeur se rappelait lui aussi son acheteuse, une superbe femme blonde — « un sacré morceau » selon ses propres termes — en manteau et bottes de cuir noir.

Sur le dernier cliché figurait en gros plan une vieille chaise en vinyle sur laquelle se trouvaient disposés des accessoires de bondage. Des menottes, un fouet, un collier de chien... Inutile de se demander à quel genre de jeux pouvait bien se livrer Molly.

Kate referma le dossier avec un soupir. Elle sentait venir une migraine et pressa ses paupières doucement avec le pouce et l'index. L'Interphone se mit à grésiller sur son bureau. C'était Frankie qui lui rappelait que l'avion d'Alison atterrissait dans un peu plus d'une heure.

Impatiente de revoir sa fille, Kate glissa le dossier dans un tiroir et sortit en courant de son bureau après avoir attrapé son sac au vol.

7.

Kate se hissa sur la pointe des pieds et scruta les voyageurs qui franchissaient la zone de transit de l'aéroport international de Dulles. Après ce qui lui sembla une éternité, Alison apparut, suivie de Megan. Derrière elles venait Eric, bronzé et élégant avec son pantalon gris et sa veste bleu marine. Il se frayait péniblement un passage avec un chariot débordant de bagages de marque.

— Alison !

Kate s'agitait frénétiquement pour attirer son attention.

— M'man !

Elle se fraya un chemin dans la cohue et serra sa fille dans ses bras.

— Oh, ma chérie. Tu m'as tellement manqué !

Elle la tint à bout de bras pour mieux l'observer.

— Mais tu es presque aussi grande que moi !

— C'est à cause des chaussures à semelles compensées. Regarde !

Alison exhiba son pied droit, juché sur une semelle de huit centimètres. L'œil inquisiteur de Kate passa de la chaussure à la minijupe orange, puis s'arrêta sur les cheveux de sa fille.

— Tu regardes ma couleur, nota Alison avec un petit rire joyeux. Tu aimes ?

Elle passa une main dans la masse blonde de ses cheveux longs.

— Megan m'a emmenée dans un salon de coiffure pour que je me fasse faire des mèches.

Megan, qui s'était tenue à l'écart pendant leurs retrouvailles, s'avança vers Kate, le sourire aux lèvres.

Grande et presque trop mince, Megan Hollbrook était habillée simplement, mais son adorable sourire, sa distinction et sa beauté naturelle compensaient largement son manque d'apprêt.

— Hello, Kate ! dit-elle en la serrant dans ses bras. Ça ne vous dérange pas, j'espère ? Pour les cheveux d'Alison ? Quand elle a vu les mèches de Candace, elle a voulu absolument la même chose.

— Non, non, répondit Kate avec réticence.

Elle trouvait tout de même un peu fort qu'une jeune belle-mère de vingt-sept ans se permette de prendre une décision pareille sans la consulter.

— C'est seulement… Ça la fait paraître beaucoup plus âgée.

— C'est ce que j'ai dit aussi, renchérit Eric qui arrivait à leur hauteur en haletant. Mais Megan m'a juré que cette couleur ne se verrait plus dans quelques semaines.

— Ce n'est même pas une vraie couleur, papa. On m'a juste éclairci quelques mèches, c'est tout ! Pourquoi tout le monde en fait tout un plat ?

— C'est vrai, acquiesça vivement Kate. Pourquoi, en effet ?

Elle embrassa sa fille du regard.

— Tu es magnifique, Alison.

Puis elle jeta un œil vers le flot de voyageurs qui continuait à se déverser.

— Où est Candace ?

Alison se tourna au moment où apparaissait une jeune fille à l'allure excentrique, outrageusement maquillée et habillée d'une minijupe encore plus courte que la sienne. Elle tenait par la taille un séduisant jeune homme brun.

— La voilà. Je vais te la présenter, m'man. Enfin, si j'arrive à la convaincre de lâcher Dimitri.

— Dimitri ?

— C'est un étudiant qui participe à un échange et qu'elle a rencontré à Tortola. Il va aller à l'université de Georgetown, lui aussi. Ils pourront se voir facilement là-bas.

Elle attendit que Candace les ait rejoints et fit les présentations.

Kate serra la main de Candace et celle de Dimitri. Candace lui apprit que son père travaillait à Londres pour IBM et venait d'être transféré à Washington où il arriverait en juillet. Impatiente d'intégrer une école américaine, elle avait souhaité venir avant ses parents et, en attendant, devait élire domicile chez Eric et Megan.

— C'est génial, non ? s'exclama Alison. Comme ça je pourrai la voir autant que je veux.

Kate se força à sourire. L'idée que sa fille de treize ans entretienne une amitié avec une jeune fille de trois ans plus âgée, et qui semblait pour le moins précoce, ne lui disait rien qui vaille. Mais ce n'était pas le moment d'en parler et elle fit contre mauvaise fortune bon cœur.

— J'ai été ravie de faire votre connaissance, déclara-t-elle à l'adresse de Candace et de Dimitri.

Puis, se tournant vers Megan, elle ajouta :

— Merci d'avoir permis à Alison de profiter de cette magnifique croisière, Megan. Et merci de vous être occupée d'elle. Je crois qu'elle n'oubliera jamais ces vacances.

— Nous avons été ravis de l'accueillir, répondit Megan avec une sincérité évidente. En fait…

Elle échangea un regard entendu avec Eric.

— Puisque ma nièce va rester chez nous quelque temps, nous nous demandions si Alison ne pourrait pas venir passer les week-ends avec nous. Ça ne vous poserait pas de problèmes, puisque vous travaillez souvent le samedi.

Kate sentit une pointe d'agacement. Elle avait déjà établi avec Eric un emploi du temps qui lui convenait parfaitement. Il la prenait deux week-ends par mois, deux semaines l'été, et pour Noël. Quelquefois, il emmenait sa fille en dehors de ces dates, si l'occasion s'en présentait. Comme pour cette croisière dans les Caraïbes. Jusqu'à présent, Eric ne s'était jamais plaint de cet arrangement. D'ailleurs, avant son mariage avec Megan, il trouvait régulièrement une excuse pour ne pas venir chercher sa fille. Mais Megan, bien qu'elle soit fille unique, possédait un sens profond des obligations familiales, ce qu'elle semblait lui avoir transmis…

— Oh, m'man, je peux ? demanda Alison en la gratifiant d'un sourire enjôleur.

— On verra ça plus tard, répondit prudemment Kate. Pour l'instant, je pense que vous avez hâte de réintégrer vos pénates, tous tant que vous êtes.

Elle prit la valise d'Alison qu'Eric lui tendait et leur fit un large sourire avant de tourner les talons et d'entraîner sa fille vers la sortie.

— Alison, est-ce que tu pourrais te calmer un peu ? supplia Kate en riant. Tu me donnes le vertige à t'agiter comme ça !

Assise sur le lit de sa fille, elle la regardait sortir ses vêtements de la valise et les jeter pêle-mêle autour d'elle.

— Je t'ai dit que je cherchais quelque chose. Ah, la voilà…

Elle lui tendit en souriant une boîte plate et carrée, entourée d'un ruban jaune.

— C'est pour moi ?

— Evidemment que c'est pour toi. Ouvre.

Kate savait à quel point Alison aimait offrir des cadeaux, et elle défit le ruban avec soin.

— Oh, c'est merveilleux ! s'exclama-t-elle en soulevant le couvercle.

Elle sortit une magnifique écharpe de soie rose et gris, et la déploya de façon à mieux l'admirer.

— J'adore les couleurs.

— Je l'ai choisie toute seule, précisa fièrement Alison.

— Je devrais te dire qu'il ne fallait pas faire une telle folie, mais ce serait hypocrite. Elle me plaît beaucoup.

— Tant mieux.

Alison farfouillait de nouveau dans ses affaires.

— Et ça, dit-elle en sortant un autre paquet bien emballé, c'est pour Mamie. Megan m'a aidée à choisir.

Elle continua de fouiller dans le fond de sa valise et en extirpa encore deux paquets.

— Celui-ci est pour Maria. Et celui-là, ajouta-t-elle en brandissant une petite boîte dorée, c'est pour Mitch.

Ses yeux pétillaient de joie.

— C'est une paire de boutons de manchettes en argent, avec un motif africain.

Le sourire de Kate s'évanouit.

— Des boutons de manchettes en argent ? Mais ça a dû coûter une fortune !

— Megan m'a donné l'argent, expliqua Alison en haussant les épaules. Tu crois que Mitch sera content ?

— Oui, j'en suis sûre.

Kate se promit d'en toucher un mot à Megan.

— Est-ce qu'on pourrait l'appeler ? Je m'attendais à le voir à l'aéroport avec toi.

Kate évita son regard. Elle avait espéré avoir un peu plus de temps avant de devoir s'expliquer.

— Il est de service, ce soir, mentit-elle. Mais je suis sûre qu'il passera bientôt.

— J'ai hâte de lui montrer les coquillages que j'ai rapportés.

Alison posa la petite boîte sur son bureau près des autres cadeaux.

— M'man, tu sais, à propos de toi et de Mitch…

Gênée, Kate se mit à ramasser le linge sale qu'Alison avait entassé sur le lit.

— Eh bien, qu'y a-t-il ?

— Avant de partir en vacances, je t'ai entendue dire à Maria que vous n'aviez pas beaucoup de temps pour vous.

— Je ne savais pas que tu nous écoutais.

— Je n'avais pas l'intention de t'espionner, je te le jure. Mais tu avais raison. Vous ne passez pas beaucoup de temps ensemble.

Kate la contempla. Sa fille lui paraissait avoir mûri. Et grandi.

— C'est que nous sommes tous les deux très occupés. Mitch a des horaires irréguliers… Et j'ai beaucoup à faire pour démarrer mon nouveau cabinet.

— Je sais tout ça. Et j'ai trouvé la solution !

— Ah bon ?

— Oui. Je pourrais aller vivre une partie de l'année chez papa et Megan, pendant six mois par exemple. Comme ça, toi et Mitch, vous pourriez vous voir tranquillement, sans vous demander si je ne vais pas faire irruption et tout gâcher.

Alison mentionnait cet après-midi, un peu avant Noël, où elle les avait surpris en train de s'embrasser sous le gui. Ils s'étaient sentis gênés tous les trois, jusqu'à ce que Mitch lance une plaisanterie qui avait détendu l'atmosphère.

— Tu ne me gâches jamais rien, Alison.

— Mais tu apprécierais un peu plus d'intimité de temps en temps, non ?

— Non. Les choses me conviennent telles qu'elles sont.

— Mais…

— Et puis, poursuivit Kate sans lui laisser le temps de parler, tu sembles oublier un détail : ton collège.

— Oh, mais ça ne serait pas un problème. Megan a dit qu'elle pourrait m'accompagner en voiture.

— Tu en as déjà discuté avec Megan ? s'exclama-t-elle, incapable de dissimuler son mécontentement.

— Oui. Quand j'ai su que Candace allait rester chez eux. Et j'ai demandé à papa aussi. Il a dit que, si tu étais d'accord, il était d'accord.

Cette fois, Kate envoya au diable la diplomatie.

— Eh bien, je ne suis pas d'accord, Alison. Tu iras chez ton père pendant les vacances, comme tu l'as toujours fait.

— Pourquoi ?

— Parce que je suis ta mère et que je l'ai décidé.

Et avant qu'Alison puisse répliquer que ce n'était pas une réponse, elle coinça la pile de linge sale sous son bras et prit gentiment sa fille par les épaules.

— C'est le premier soir que nous passons ensemble depuis dix jours… Ne nous chamaillons pas. Je t'ai cuisiné un délicieux repas de bienvenue : des côtelettes d'agneau avec ces tortillons de papier blanc que les Français mettent pour la décoration.

Elle avait couru tout Washington pour chercher cette petite fantaisie et n'en était pas peu fière.

Alison la suivit et descendit l'escalier derrière elle sans dire un mot.

8.

Excitée à l'idée de retourner en classe et de raconter son voyage à ses amis, Alison se réveilla le lendemain de meilleure humeur.

Kate, tout en se préparant, réfléchissait aux circonstances du meurtre de Molly et se demandait comment elle allait démarrer son enquête.

Mitch n'ayant toujours pas appelé, inutile donc de compter sur son aide. En revanche, elle pouvait peut-être essayer du côté de son ex-belle-mère, Rose Fairchild. Avant que Douglas ne se retrouve derrière les barreaux pour fraude et complicité de meurtre, Rose figurait comme membre actif de plusieurs organisations caritatives et notamment de l'hôpital pédiatrique de Washington. Elle avait présidé pendant plusieurs années un comité qui recueillait des fonds pour cet établissement, comité dans lequel siégeait également Hallie Buchanan.

Kate attendit sur le perron qu'Alison soit montée dans le bus scolaire et rentra pour appeler Rose.

Vingt minutes plus tard, assise dans sa voiture, elle contemplait l'imposante bâtisse de style colonial dans laquelle elle avait autrefois vécu. Elle avait passé dans cette maison onze années émaillées de souvenirs heureux… et moins heureux. Jusqu'au jour où, lasse des infidélités de son mari, elle avait décidé de partir.

Au début de leur mariage, elle avait été réticente à s'installer avec Eric dans cette belle demeure. Elle aurait voulu qu'ils aient un appartement rien qu'à eux, même modeste, comme tous les jeunes mariés. Mais Eric vivait chez Douglas depuis l'âge de quinze ans et il n'entendait pas se priver de tout ce luxe.

« Pourquoi devrions-nous peiner pour joindre les deux bouts, avait-il argumenté avec sa logique très personnelle, alors que nous pouvons vivre ici sans débourser un sou ? »

Et comme Douglas satisfaisait tous les caprices de ce beau-fils indolent et opportuniste, il avait insisté pour recevoir le jeune couple sous son toit.

« Ça me semblerait parfait, avait-il dit à Kate. Après tout, l'université de Potomac n'est qu'à vingt minutes de Washington en voiture. Sans compter, avait-il ajouté avec un clin d'œil paternel, que je te veux près de moi, Kate. Comme ça, je pourrai plus aisément te convaincre de venir travailler dans mon cabinet quand tu auras obtenu ton diplôme. »

Et puis — cela faisait maintenant à peine un peu plus d'un an —, Kate avait surpris Eric en pleine action avec une plantureuse blonde. C'en était trop ! Ignorant les protestations de son mari qui jurait que cette fille n'était rien pour lui, elle avait rassemblé ses affaires et celles d'Alison, avait quitté la maison et entamé une procédure de divorce.

Cette première année seule avec sa fille avait été particulièrement difficile. D'autant qu'Alison la rendait responsable de la séparation et cherchait l'affrontement par tous les moyens.

Kate soupira. Laissant de côté ces souvenirs, elle sortit de la voiture et se dirigea vers la maison.

Comme elle s'y attendait, Rose avait mis à profit cette belle journée de mars pour s'occuper de son jardin.

Les genoux posés sur un coussin vert, elle désherbait un parterre de fleurs où s'épanouissaient déjà d'éclatantes pensées mauves et jaunes.

Elle avait vécu l'arrestation de Douglas comme une épreuve et avait beaucoup changé. Autrefois dodue, elle avait perdu du poids ; de profonds cernes s'étaient creusés sous ses yeux, et elle paraissait à présent plus que ses soixante-deux ans. Pourtant, Kate savait qu'elle était restée la femme bonne et généreuse qu'elle avait toujours appréciée.

En entendant des pas, Rose leva le nez en plissant les yeux à cause du soleil. Dès qu'elle reconnut Kate, le froncement de sourcils se transforma en un large sourire. Sa joie n'était pas feinte. Certes, elle avait été très affectée par le rôle qu'avait joué son mari dans le terrible scandale qui avait secoué Washington quelques mois plus tôt, mais elle demeurait profondément reconnaissante à Kate d'avoir innocenté son fils.

— C'est toi ! s'exclama-t-elle.

Elle posa ses mains sur ses genoux et se redressa péniblement.

— Le retour d'Alison s'est bien passé ?

Kate l'embrassa sur les deux joues.

— Oui. Elle est revenue radieuse, en pleine forme et toute bronzée. Et elle a grandi ! Je crois qu'elle a pris près de trois centimètres.

Les yeux de Rose, du même bleu que ceux d'Eric, pétillèrent de malice.

— Voyons, Kate, elle ne s'est absentée que dix jours. Elle ne peut pas avoir grandi à ce point !

Elle fit un signe en direction d'une petite table de jardin à l'ombre d'un parasol.

— Le beau temps ne va pas durer. Nous pourrions profiter de ce beau soleil pour nous installer ici et demander à Joseph de nous servir un thé glacé. Il se plaint justement d'être désœuvré, ces jours-ci.

Joseph, fidèle homme à tout faire des Fairchild, remplissait toutes les fonctions à la fois : majordome, homme de ménage, cuisinier et chauffeur. Alison l'adorait. Kate aussi.

— Une autre fois, Rose. Je ne peux pas m'attarder.

Rose ôta ses gants de jardinier et lui lança un regard en coin.

— Que se passe-t-il, ma chérie ? Tu sembles préoccupée.

Kate s'esclaffa.

— Ça se voit tant que ça ?

— Moi, je le vois. Mais je te connais bien…

Elle déplaça sa chaise de façon à la mettre à l'ombre.

— Ce n'est pas à cause de Mitch ?

Parvenait-elle si mal à dissimuler qu'elle avait le cœur brisé ou Rose avait-elle prononcé ces mots au hasard ?

— Non, répondit-elle, ça n'a rien à voir avec Mitch.

— Alison, alors ?

Kate laissa échapper un soupir.

— Comment dit-on déjà ? Pourquoi resteraient-ils dans une ferme, à présent qu'ils ont vu Paris ?

— Ah, je vois, dit Rose en hochant la tête. Tu crains que, après une croisière dans les Caraïbes, même le parc de Cleveland ne lui paraisse un peu… insipide ?

— C'est à peu près ça.

— Tu n'as pas assez confiance en ta fille, Kate. Alison a fini par se calmer et par accepter votre divorce. Sans compter qu'elle t'adore. Elle s'est probablement beaucoup amusée pendant cette croisière, mais je suis sûre qu'elle est ravie d'être de nouveau chez elle.

— Elle veut aller vivre chez Eric et Megan pendant la moitié de l'année.

— Quoi ?

Devant l'expression abasourdie de Rose, Kate hocha la tête d'un air sombre.

— J'ai eu exactement la même réaction que vous.

— Mais d'où lui sort cette brillante idée ? Eric ? C'est lui qui lui a mis ça en tête ?

— Non, je pense qu'elle n'a eu besoin de personne. Mais Eric n'a rien fait pour l'en dissuader. Au contraire, il lui a dit que si j'étais d'accord, ça ne lui posait aucun problème.

Rose secoua la tête d'un air désapprobateur.

— Je n'arrive pas à y croire ! Megan et lui n'ont pas la moindre idée de la façon dont il faut s'y prendre pour éduquer une jeune adolescente de treize ans.

Elle regarda Kate.

— Veux-tu que j'en parle à Eric ?

Kate fut tentée d'accepter la proposition. Même si Eric suivait rarement les conseils de sa mère — il avait d'ailleurs eu à le regretter plus d'une fois —, il écoutait au moins ce qu'elle avait à dire et elle parvenait parfois à lui faire entendre raison. Mais Kate préférait régler le problème elle-même.

— Il vaut mieux que je m'en occupe moi-même, répondit-elle. Vous le connaissez, il va croire que c'est une conspiration. Mais je n'étais pas venue vous parler d'Alison. J'ai besoin de votre aide pour une affaire.

— Je t'écoute.

— Qu'est-ce que vous savez au sujet de Lyle et Hallie Buchanan ?

Rose éclata de rire.

— Chez eux, ce n'est pas tout à fait la même ambiance que dans la *Petite maison dans la prairie*.

Kate sourit. Elle se réjouissait de voir que Rose commençait à recouvrer son sens de l'humour.

— Des gens bizarres ?

— Pas bizarres. Seulement un peu compliqués.

— Vous faites toujours partie du comité qui s'occupe de l'hôpital pédiatrique, n'est-ce pas ?

— Oui. Je n'ai pas pu me résoudre à abandonner mon poste.

— Et, si je me souviens bien, Hallie Buchanan y siège également, non ?

— Y siégeait. Au passé. Elle a démissionné peu après l'assassinat de sa belle-fille. Je suppose qu'elle ne pouvait plus endurer les questions et les commentaires insidieux des autres membres. Et ils ne se sont pas privés, tu peux me croire, ajouta-t-elle avec un regard entendu.

— Alors, vous la connaissez bien.

— Je l'ai côtoyée au comité pendant de nombreuses années, mais non, on ne peut pas dire que je la connaisse bien.

— Est-ce qu'elle a parlé du meurtre avec vous ? Et de la fuite de son fils ?

— Non, et je me suis bien gardée de demander des explications. Les Buchanan protègent leur vie privée, encore plus que nous ne le faisions, Douglas et moi. Ils n'aiment pas les potins, ils n'en font pas et ne veulent pas en être la cible.

C'était la vérité. Kate se souvint d'un reportage diffusé pendant le journal, où l'on voyait Lyle Buchanan aidant sa femme à s'engouffrer dans une limousine après l'enterrement. La presse était venue dans l'attente de quelques mots qui seraient passés aux nouvelles de 18 heures. Mais ils s'étaient refusés à toute déclaration et n'avaient pas réagi aux questions et aux commentaires des journalistes. Pas même quand l'un d'eux avait suggéré que cette histoire était sans doute un coup monté visant à compromettre leur famille.

— En revanche, si c'est des rumeurs que tu veux, poursuivit Rose, j'en ai à te donner.

Kate se pencha en avant.

— Et quel genre de rumeurs ?

La vieille dame la regarda d'un œil inquisiteur.

— D'où te vient cet intérêt soudain pour les Buchanan, Kate ?

— J'enquête sur le meurtre de Molly.

Rose ouvrit des yeux ronds.

— Oh, mon Dieu ! s'exclama-t-elle avant de se reprendre. Pourquoi ?

— Parce qu'on me paie pour ça.

— Je vois.

Un silence, puis elle lui posa la même question que le détective Sykes.

— Mitch est au courant ?

— Oui. Et ça ne lui a pas fait plaisir.

Kate passa sous silence son départ tonitruant et le fait qu'il ne lui avait pas donné de nouvelles depuis leur dispute.

— Je serais ravie de t'aider. Mais je te préviens, ce ne sont que des on-dit.

— Je tâcherai de m'en souvenir.

Pendant un moment, Rose demeura songeuse.

— Comme je te l'ai expliqué, Hallie s'est toujours montrée très discrète sur sa vie privée. Mais d'après la rumeur, son mari et elle n'aimaient pas beaucoup Molly et la toléraient uniquement parce qu'elle était la femme de leur fils. Elle était terrible, celle-là ! Et elle ne correspondait pas du tout à l'image qu'ils se faisaient de la belle-fille idéale.

— Todd non plus n'avait rien d'un saint !

— Ah, mais Todd était le fils prodigue ! Tout ce qu'il faisait était bien. Du moins, aux yeux de son père. Hallie elle-même me l'a dit, un jour où elle était excédée par ses frasques. Elle trouvait que Lyle se montrait trop coulant avec lui. Il lui passait tout, sous prétexte que c'était un garçon. Pourtant, il n'avait pas élevé Terrence, leur fils aîné, de cette manière.

— Terrence était-il jaloux de l'affection que Lyle portait à Todd ?

— Oh, non. Je ne pense pas. Terrence a toujours été le plus raisonnable des deux. Et Hallie a sûrement voulu compenser. Terrence était son préféré à elle. Elle aurait fait n'importe quoi pour lui.

— Je vois.

Rose leva les yeux au ciel.

— Il fallait voir comment elle parlait de lui. Terrence ceci, Terrence cela. Elle était persuadée qu'il finirait président des Etats-Unis. Inutile de te dire qu'elle a eu du mal à encaisser que le scandale autour du meurtre de Molly lui fasse perdre cette formidable opportunité.

— Vous voulez parler de cette place de conseiller pour la sécurité auprès du Président ?

Rose acquiesça.

— Ça a été un rude coup pour Terrence. Et plus encore pour Hallie. Pourtant, je dois reconnaître qu'elle s'est toujours montrée bonne perdante. Tout le contraire de son mari qui critiquait tout ce que faisait la nouvelle administration.

— Vous n'aimez pas le juge Buchanan ?

— Je désapprouve son comportement dans cette affaire de meurtre.

— C'est-à-dire ?

— Tu sais…

La vieille dame se pencha en avant et poursuivit en baissant la voix, comme si elle redoutait qu'on l'entende.

— Certains prétendent qu'il a aidé son fils à s'échapper lorsqu'il a appris qu'on allait l'inculper.

— Non, Rose. Je crois plutôt que la presse a lancé cette rumeur dans l'espoir que cela inciterait le juge Buchanan à faire une déclaration. Comme ça n'a pas marché, ils ont laissé tomber.

— Mais si c'était vrai ? insista Rose. Il aurait lui aussi sa part de responsabilité dans ce qui est arrivé au pauvre Terrence. Ce dernier n'aurait jamais démissionné si son frère avait décidé d'affronter la justice.

— On ne peut pas savoir.

Quand Kate remonta en voiture, des pensées se bousculaient dans sa tête. La vieille dame lui avait brossé un portrait plutôt flatteur de Terrence Buchanan, en frère aîné qui accepte son infortune avec courage et résignation. Il serait sans doute intéressant de vérifier si la description correspondait au personnage, ou s'il s'agissait d'une réputation usurpée.

9.

Kate venait tout juste d'atteindre la périphérie de Washington quand son portable se mit à sonner. Elle avait un peu espéré que ce serait Mitch, mais ne fut pas étonnée en entendant la voix de son ex-mari. Décidément, il était extrêmement prévisible.

— Kate, déclara-t-il sans même prendre la peine de s'annoncer, nous avons à parler.

Elle prit le parti de jouer l'imbécile.

— A quel sujet ?

— Au sujet d'Alison. Pourrais-tu passer à mon bureau ?

— Non, Eric. Je travaille.

— Tu peux quand même prendre une demi-heure quand il s'agit du bien-être de ta fille ?

Le bien-être de sa fille ? Bien décidée à ne pas perdre son sang-froid, Kate s'accorda quelques secondes avant de répondre fermement :

— Si tu fais allusion à ce qu'elle aille vivre chez Megan et toi une partie de l'année, il n'y a rien à discuter. La réponse est non.

— Mais c'est ce qu'elle veut !

— L'unique raison pour laquelle elle souhaite rester chez vous est que vous lui passez tous ses caprices.

— Et alors, qu'est-ce que ça fait ?

— Ça fait que ça ne va pas du tout ! répliqua-t-elle avec une exaspération croissante. On ne devrait pas donner sans compter de l'argent à une adolescente de treize ans, chaque fois qu'elle en réclame. Et elle n'a pas à se coucher à des heures indues, ni à se faire des mèches, ou à s'accoutrer comme Britney Spears.

Elle entendit Eric ricaner à l'autre bout du fil.

— Ah ! Nous y voilà. Tu supportes mal que Megan ait de l'influence sur elle.

— Pour l'amour de Dieu !

Le feu passa au rouge, et Kate écrasa la pédale de frein. Pourquoi s'était-elle laissé entraîner dans cette discussion ? Après tout, elle n'avait pas à se justifier.

— Je n'ai pas de problèmes avec Megan, expliqua-t-elle comme si elle s'adressait à un gamin de cinq ans. Elle a beaucoup de qualités et je suis heureuse qu'Alison la connaisse. Mais en ce qui concerne l'argent, elle dépasse les bornes et tu le sais très bien. Nous en avons déjà parlé tous les trois.

— C'est bon, c'est bon… Je dirai à Megan de faire attention. Tu es d'accord dans ce cas ?

— Non. Ça ne change rien à ma décision.

— Ecoute, Kate, ce n'est pas juste. J'ai changé, tu sais. Je n'ai plus rien de commun avec le type irresponsable que tu as connu. Maintenant que j'ai réussi à construire une vie stable, je ne vois pas ce qu'il y a d'extraordinaire à vouloir profiter un peu plus de ma fille.

— Tu ne t'étais jamais plaint de notre accord, jusque-là.

— J'ai changé, je viens de te le dire. J'ai une femme que j'aime et qui m'aime, et je voudrais bien qu'Alison partage un peu notre bonheur.

Il marqua un temps d'arrêt.

— Sans compter que… je me fais du souci pour elle.

Cette fois, elle explosa.

— Qu'est-ce que c'est encore que cette nouvelle lubie ? De quoi t'inquiètes-tu exactement ?

— Je m'inquiète de sa sécurité. Ton travail est dangereux, Kate. D'autant plus dangereux que tu n'as plus un cabinet pour te soutenir maintenant. Tu ne peux pas le nier.

Elle tenta de protester, mais il lui coupa la parole.

— J'ai appris que tu allais défendre ce loufoque, Ted Gifford.

— Ed Gibbons. Et il ne m'a jamais menacée de rien. Aussi ne t'avise pas de fourrer ce genre d'idées dans le crâne de ta fille. Tu sais à quel point elle est impressionnable.

— Je serais plus tranquille si elle était chez nous, insista-t-il obstinément. Je n'ai pas oublié ce qui s'est passé l'année dernière quand ce dingue l'a enlevée.

— Alors tu te rappelles sûrement que ce dingue avait à voir avec *ton* affaire, Eric. Jamais il n'aurait enlevé Alison si tu ne t'étais pas compromis avec une entraîneuse et si tu ne m'avais pas appelée au secours afin que je te tire de ce pétrin. A ce moment-là, tu ne t'es pas demandé si cela pouvait être dangereux pour ta fille.

— Ce n'était pas la même chose. Je négligeais un peu Alison, il est vrai, mais…

Kate poussa un cri d'exaspération et lui raccrocha au nez. Puis elle lança rageusement le téléphone sur le siège du passager.

Une fois dans son bureau, Kate appela le doyen Terrence Buchanan, à l'université de Jefferson. La secrétaire la mit en attente et reprit la ligne au bout de quelques minutes en s'excusant : M. Buchanan était très occupé et ne pouvait prendre la communication.

— Puis-je espérer lui parler dans quelques jours ? insista Kate qui sentait déjà qu'elle allait se faire rembarrer.

— Je ne pense pas que cela change grand-chose. Les membres

de la faculté ont beaucoup de travail en ce moment. J'espère que vous comprenez. Au revoir, maître Logan.

Kate essayait de se remettre de cette rebuffade quand la voix de Frankie résonna dans l'Interphone.

— Il y a ici Ted Rencheck. Il vient pour…

Elle s'interrompit de façon à s'adresser à Rencheck :

— Hé, vous ne pouvez pas faire irruption comme ça dans son bureau !

Theodore Rencheck, substitut du procureur, ignora ses protestations et ouvrit la porte. Kate avait dû l'affronter plus d'une fois au tribunal, lorsqu'il représentait le ministère public. C'était un homme petit de taille et prétentieux, qui nourrissait de grandes ambitions politiques.

— Mais qu'est-ce que vous foutez exactement ? hurla-t-il avec sa délicatesse coutumière.

Kate leva les yeux vers lui. Décidément, ce n'était pas son jour !

— Bonjour, tout de même, Ted. Qu'est-ce qui vous met dans un état pareil ?

— Comme si vous ne le saviez pas !

Elle s'en doutait, mais préféra le laisser mijoter encore un peu.

— Pourquoi ne pas vous asseoir et me raconter de quoi il s'agit ?

Il posa le bout de ses fesses sur le bord d'une chaise et se tint bien droit, les pieds solidement campés sur la moquette bleue, les mains serrées sur les genoux.

— J'ai entendu dire que vous repreniez le dossier sur le meurtre de Molly Buchanan.

Elle ne fut pas surprise qu'il soit déjà au courant. Il travaillait pour le comté de Fairfax au moment de l'affaire Buchanan et y conservait probablement des amis.

— Je fais quelques investigations, répondit-elle vaguement.

— Pourquoi ?

— Je ne pense pas que cela vous regarde.

— Bien sûr que ça me regarde ! Si vous vous en souvenez bien, c'était *mon* dossier. Que savez-vous au sujet de Todd Buchanan ? Où se cache-t-il ?

— Je n'en ai pas la moindre idée.

— Vous mentez.

Le ton accusateur qu'il aimait à employer au cours de ses plaidoiries, comme d'ailleurs dans la vie de tous les jours, l'avait toujours hérissée. Aujourd'hui ne faisait pas exception.

— Je vous répète que je ne sais pas où il est, articula-t-elle distinctement. Et si je le savais, je ne vous le dirais sûrement pas.

— Dois-je vous rappeler que cet homme est un fugitif ? Et que vous pourriez être radiée du barreau pour dissimulation de preuves ?

Kate poussa un léger soupir. Elle commençait à en avoir assez de tous ces gens qui lui récitaient les lois — et en particulier de Ted Rencheck. Il n'avait visiblement pas digéré la cuisante défaite qu'elle lui avait infligée quatre mois plus tôt en découvrant le pot aux roses dans l'affaire de la « Madame Claude de la côte Est » qui avait compromis Douglas Fairchild. Après la réhabilitation de l'homme qu'il avait fait inculper à tort, ses chances de devenir juge de comté, un poste qu'il briguait depuis de nombreuses années, s'étaient évanouies.

— Les menaces ne vous mèneront à rien, Ted. Gardez votre salive et vos simagrées pour vos plaidoiries.

Mais il n'était pas homme à baisser les bras si aisément.

— Est-ce que Mitch Calhoon sait ce que vous trafiquez derrière son dos ? Il sait que vous aidez l'assassin de sa sœur ?

Elle lui jeta un regard méprisant.

— Vous voyez toujours le côté mesquin des choses, hein, Ted ? Je ne trafique rien derrière le dos de Mitch. Il est au courant.

— J'imagine qu'il a été transporté de joie en apprenant la bonne nouvelle, remarqua-t-il d'un ton moqueur.

Kate s'adossa posément au dossier de sa chaise.

— Pourquoi vous intéressez-vous à cette affaire ? Vous avez été représentant du ministère public contre Todd Buchanan, mais le dossier ne dépend plus de votre juridiction, à présent.

Une étrange lueur brilla dans les yeux de Ted. Toutefois, au lieu de lui répondre vertement, comme elle s'y était attendue, il demeura silencieux. Avant qu'elle ait pu s'étonner de ce comportement pour le moins inhabituel chez lui, il se leva et se dirigea vers la porte. Là, il se retourna une dernière fois.

— En ce qui concerne Ed Gibbons, lança-t-il, mon offre tient toujours. Homicide volontaire, au lieu de meurtre avec préméditation, s'il plaide coupable. Je pense que c'est raisonnable.

Un peu surprise de voir avec quel aplomb il avait changé de sujet, elle tripota le bouton de son chemisier tout en réfléchissant à ce qu'elle allait répondre.

— Je n'ai pas la moindre intention de tenir compte de cette offre. Cet homme est malade, il a besoin d'un traitement psychiatrique. Nous plaiderons donc l'irresponsabilité.

Il haussa les épaules.

— A votre guise.

Elle le suivit des yeux tandis qu'il franchissait le seuil et passait devant le bureau de Frankie, sans même la saluer. Quand il eut disparu, elle poussa un soupir de soulagement tout en continuant à malmener son bouton de col.

10.

En rentrant chez elle ce soir-là, Kate s'étonna de ne pas trouver la voiture de Maria dans l'allée. Puis elle remarqua une Ford Taurus blanche garée le long du trottoir et comprit. Un large sourire s'épanouit sur son visage. Mitch était là.

Une délicieuse odeur flottait dans la maison, et elle fut agréablement surprise de reconnaître le rire joyeux de sa fille qui résonnait dans la cuisine, un véritable exploit si l'on se référait à son humeur du moment. Kate avança silencieusement dans le couloir et se tint sur le pas de la porte de la cuisine pour observer cette charmante scène familiale.

Mitch et Alison lui tournaient le dos. Il ne devait pas être de service, car il portait un treillis sable avec un pull kaki dont il avait retroussé les manches jusqu'aux coudes. Penché au-dessus de la cuisinière, il remuait consciencieusement la sauce tomate préparée par Maria. Alison, remarquablement efficace tout à coup, mélangeait la salade avec dextérité. Sur le comptoir, Kate remarqua une bouteille de chianti et deux verres qui attendaient.

— Quand rajoute-t-on les pâtes ? s'enquit Mitch tout en continuant à remuer.

— Dès que maman arrive.

Alison se mit à couper une tomate en quatre.

— Sur le bateau, le chef nous a bien dit que les pâtes n'attendent pas. Il faut les servir dès qu'elles sont prêtes.

Kate fit un pas en avant.

— Je parie que ce fameux chef ne vous arrive pas à la cheville.

— M'man ? Tu ne devais pas rentrer avant 18 h 30 !

Kate jeta un coup d'œil en direction de Mitch. Il arborait un air mi-gêné, mi-amusé.

— J'avais hâte de rentrer chez moi pour retrouver ma fille.

Mitch posa sa cuillère en bois sur le comptoir.

— J'espère que tu ne m'en veux pas d'être passé sans te prévenir, déclara-t-il avec un sourire contrit. Alison m'a appelé pour me faire une proposition que je ne pouvais décemment pas refuser : une invitation à dîner et un cadeau en provenance des îles Vierges.

— Ah, elle t'a invité ?

Tout en s'occupant de la laitue, Alison lui jeta un regard en coin.

— J'ai bien fait, n'est-ce pas, m'man ?

— Mais oui, ma chérie.

Kate déposa un baiser sur sa tête blonde et prit le verre de vin que lui tendait Mitch.

— Je voulais le faire, mentit-elle. Mais je ne sais pas pourquoi, impossible de lui laisser un message sur sa boîte vocale.

Elle le vit articuler silencieusement « Désolé ».

Elle fut tentée de lui murmurer en retour : « Ce n'est rien », mais se tut. Après tout, il lui avait fait vivre un enfer, il méritait de patienter un peu au purgatoire avant d'obtenir son pardon.

Elle admira l'aisance de sa fille qui mettait une casserole d'eau à bouillir et sortait un paquet de spaghettis du buffet.

— Je peux faire quelque chose ? demanda-t-elle.

— Pas question, répondit Alison en secouant la tête. J'ai l'intention de me débrouiller toute seule.

Elle agita son épluche-légumes en direction du salon.

— Pourquoi ne pas aller déguster votre vin là-bas ? Mitch a fait du feu dans la cheminée. Je vous ferai signe quand le dîner sera prêt.

Mitch haussa les épaules.

— Tu l'as entendue ? Allez, viens.

Il prit Kate par la main et l'entraîna à côté. Le feu crépitait déjà, diffusant une douce chaleur dans la pièce. Soulagée du tour qu'avaient pris les événements, Kate s'installa près de Mitch sur le canapé.

— Alison m'a raconté sa croisière. On dirait qu'elle s'est bien amusée.

Kate entendait le bruit des assiettes que sa fille disposait sur la table.

— C'est le moins qu'on puisse dire ! Elle s'est tellement bien amusée qu'elle m'a demandé si elle pouvait vivre avec son père la moitié de l'année. Six mois à Georgetown et six mois ici, avec moi.

— Qu'est-ce qui lui prend ?

— Elle prétend que toi et moi avons besoin d'un peu plus d'intimité.

— Tu as l'air de penser que ça cache autre chose.

— Ce que je pense, c'est que la vie est plus agréable avec son père qu'avec moi. Eric a beaucoup d'argent. Chez lui, elle n'est pas obligée de supporter constamment la même rengaine : « C'est trop cher », « On ne peut pas se le payer ». Il l'emmène dans des endroits merveilleux, tandis que je trime pour joindre les deux bouts. (Elle soupira.) Mais je m'apitoie sur mon sort. Excuse-moi.

Mitch sourit.

— Juste un peu.

Il prit une gorgée de vin.

— Qu'as-tu répondu quand elle t'a demandé ça ?

— D'après toi ? Un non sans appel. Elle a boudé toute la soirée. C'est pour ça que je suis rentrée plus tôt. Je voulais que nous ayons le temps de nous réconcilier.

Mitch jeta un coup d'œil en direction de la cuisine.

— Est-ce que j'ai tout gâché en venant ?

— Oh, pas du tout ! Bien au contraire ! On dirait que tu as nettement amélioré son humeur.

Elle sourit.

— Tu sais t'y prendre avec elle, ça ne fait aucun doute.

Il lui ôta son verre des mains et le posa sur la table basse.

— Je préférerais savoir m'y prendre avec sa mère, répliqua-t-il en l'attirant à lui.

— Il te reste encore des efforts à faire si l'on en juge par ton comportement de la dernière fois. Tu pars comme un fou, tu ne réponds pas à mes coups de fil. J'étais malade d'inquiétude.

— Et si je reconnais m'être conduit comme un parfait imbécile ?

— Hmm.

Elle songea à faire durer le plaisir en le torturant encore un peu. Peut-être y serait-elle parvenue… Mais il l'attrapa par la taille et la serra encore plus fort. Vaincue, elle s'abandonna contre son épaule.

— Tu sais comment te faire pardonner en tout cas…

— Tu trouves ?

Des mains tièdes glissèrent jusqu'à ses fesses et elle sentit une bouffée de désir la transpercer.

— Tu m'as manqué, Kate. J'ai vécu un enfer, ces dernières quarante-huit heures.

— Tu n'as jamais entendu parler du téléphone ? Tu sais, la formidable invention de M. Alexander Graham Bell.

Il se pencha vers elle et effleura ses lèvres avec une incroyable douceur.

— Que dites-vous de ça, monsieur Bell ? murmura-t-il tout en l'embrassant.

Sa bouche descendait lentement vers sa gorge.

— Monsieur qui ?

— Kate, Kate, susurra-t-il tout contre sa bouche. S'il n'y avait pas Alison dans la cuisine…

Il lui murmura tendrement à l'oreille tout le désir qu'elle lui inspirait. Kate sentait son souffle chaud sur son visage, et la vision fugitive de leurs corps enlacés s'agitant en cadence s'imposa dans son esprit.

— Je t'en prie, Mitch, arrête !

— Pas avant que tu ne m'aies dit que je suis pardonné.

— Je ne crois pas avoir entendu tes excuses.

— Je te fais mes excuses. Je suis vraiment désolé. *Mea culpa.* J'ai eu tort de m'emporter comme ça.

— Il t'a fallu deux jours pour t'en rendre compte ?

— Je suis peut-être un peu plus borné que la moyenne…

Il attendit un peu, comme s'il ne savait pas comment poursuivre. Cela ne lui ressemblait pas du tout.

— Je me suis replongé dans le dossier de Molly. Je le connaissais déjà, mais j'ai éprouvé le besoin de me rafraîchir la mémoire.

Ça, c'était une surprise !

— Tu as trouvé quelque chose de nouveau ?

— Non. Todd reste le suspect numéro un, toujours pour les mêmes raisons. Il a menti à la police concernant son emploi du temps, et il s'est enfui. Il me semble que ses actes parlent d'eux-mêmes.

Il reprit son verre à la main et regarda fixement à l'intérieur.

— A part ça, j'ai eu l'occasion de m'entretenir avec une ou deux personnes.

Encore une bonne surprise !

— Avec qui ?

— Avec l'ancien avocat de Todd, tout d'abord. Syd Willard a pris sa retraite et vit à Richmond, mais j'ai tout de même réussi à retrouver sa piste. Il en veut beaucoup au juge Buchanan. Apparemment, le type n'a pas pris de gants avec lui. Il l'a accusé de bâcler son travail et l'a viré.

— Je me demande pourquoi Lyle Buchanan l'avait engagé alors qu'un de ses amis intimes, Jacob Winters, est un excellent avocat.

— Winters était en voyage pour un safari. Syd jouait les remplaçants. Lyle comptait s'en débarrasser dès le retour de Winters. Je l'ai trouvé plutôt aigri par cette histoire, mais il m'a gentiment confié ses notes personnelles sur le dossier. Je les ai déposées sur ton bureau, mais ne t'attends pas à des merveilles, je n'y ai rien trouvé qui puisse nous être utile.

Abasourdie, elle murmura un faible merci.

— J'ai aussi perdu mon temps avec l'employé du motel, poursuivit-il. J'avais espéré que quelque chose lui reviendrait à propos de la voiture, ou même du type qu'il a vu sortir de la chambre 12 : son âge, une boiterie, une bosse…

Elle sourit.

— Comment oublier un détail pareil !

— Comme tu dis ! En tout cas, il m'a fait une description quasiment identique à celle que Frank Sykes avait recueillie. Par contre, Jake Weitz — le copain de Todd — s'est montré moins réservé. Au début, il avait peur d'être de nouveau confronté à la justice et j'ai eu un peu de mal à le convaincre de parler.

— Il a caché quelque chose à la police ?

— Cette nuit-là, Todd était tellement ivre après leur dernier verre qu'il n'arrivait même pas à retrouver son véhicule. Jake a dû l'aider. Il était lui-même dans un état avancé et avait hâte de se coucher, mais il a décidé de suivre Todd en voiture. Il craignait que celui-ci n'ait un accident.

Kate se sentit un peu déçue.

— Il n'y a rien de nouveau là-dedans, Mitch. Tout se trouve dans le rapport de police.

— Mais ce qui ne s'y trouve pas, parce que Jake n'en a jamais parlé, c'est que Todd était tout juste capable de conduire. Pour tuer Molly, il aurait fallu qu'il reprenne sa voiture, qu'il roule jusqu'au *Lost Creek Motel*, c'est-à-dire pendant près de trente kilomètres, qu'il la tue et qu'il rentre. D'après Jack, c'était tout simplement impossible.

— Pourquoi ne l'a-t-il pas mentionné dans sa déposition ?

— Il n'en sait rien. Les événements de cette nuit-là restaient flous... Ils avaient tellement bu ! Le jour suivant, il tenait une sacrée gueule de bois et la police menaçait de l'inculper pour avoir fourni un faux alibi. Il n'a pas pensé à donner son avis.

— Tu as parlé de ça à Frank ?

Mitch hocha la tête.

— Oui, mais je ne sais pas si ça se révélera d'une quelconque utilité pour le moment. Frank n'a rien dit au sujet d'une éventuelle réouverture de l'enquête.

Elle observa son profil.

— Je n'arrive pas à croire que tu te sois donné tout ce mal.

— Pourquoi ? Tu ne me crois pas capable de faire preuve d'objectivité ?

— Pas en ce qui concerne Todd.

— Eh bien, répondit-il avec un petit rire gêné, je crois que je me surprends parfois moi-même.

— Tu es vraiment étonnant !

— Ne m'accorde pas tout le mérite de ce revirement. Je n'aurais pas trouvé le droit chemin si rapidement, si je n'avais pas été éclairé par quelque intervention divine. Si l'on peut dire.

Elle rit.

— Toi, tu as vu le père Tim !

— Qui d'autre que lui pourrait faire entrer un peu de bon sens dans cette sale caboche d'Irlandais ?

Un appel provenant de la cuisine mit fin à la conversation.

— Mesdames et messieurs, le dîner est servi ! Veuillez passer à table.

Alison rechigna à l'idée d'aller se coucher, mais elle finit par céder, non sans avoir arraché à Mitch la promesse qu'il l'emmènerait le lendemain à Baltimore afin d'encourager le match de basket-ball le plus attendu de la saison : les Adams Morgan Panthers contre les Stone Harbor Falcons.

De nouveau seuls, Mitch et Kate s'installèrent dans le salon, devant la cheminée. Mitch se mit à parler de Molly, de son enfance, de son adolescence tourmentée et de ses folies.

— Enfant, c'était une bonne petite, commença-t-il, le regard perdu dans les flammes. Pleine de courage et de joie de vivre. Une petite fille modèle... Quand mon père est mort, ma mère est partie s'installer en Floride et elle a cru comme moi que Molly la suivrait. Mais Molly venait tout juste d'avoir dix-huit ans, elle entendait profiter de sa liberté et n'avait qu'une seule idée en tête : rejoindre ses amis à l'université de Georgetown.

— Ta mère était-elle inquiète ?

Il rit.

— C'est peu dire ! Elle était folle d'inquiétude. Surtout que je travaillais chez Vargas Worldwide à l'époque, et que je m'absentais très souvent de Washington.

Détournant son regard des flammes, il s'empara de la cassette vidéo que Kate avait tirée de sa serviette et poursuivit, en la tournant et la retournant dans ses mains :

— Je ne l'ai pratiquement plus vue jusqu'à ce que je quitte Worldwide pour venir ici, au commissariat central de Washington. A ce moment-là, elle avait déjà épousé Todd et menait sa propre vie.

— Tu n'as jamais aimé Todd, n'est-ce pas ?

— Pour ça, non. C'était une grande gueule. Toujours à faire étalage de son fric et du pouvoir de papa, à se vanter de côtoyer des célébrités sportives et à distribuer comme des sucettes des invitations pour les championnats de football américain ou de basket-ball.

Il se tut un instant et brandit l'enregistrement qu'il tenait toujours à la main.

— Je crois que je pourrais jeter un coup d'œil là-dessus, à présent.

Sans un mot, Kate se dirigea vers le magnétoscope et y inséra la cassette, avant de retourner s'asseoir sur le canapé. Elle appuya sur le bouton de la télécommande et guetta du coin de l'œil la réaction de Mitch. Quand Todd apparut à l'image, il resta impassible et s'abstint de tout commentaire. Pendant que l'enregistrement défilait, il se leva plusieurs fois pour arranger le feu, ou pour remplir sa tasse de café. Mais même quand il ne regardait pas l'écran, Kate savait qu'il n'en perdait pas une miette.

Lorsque Todd eut achevé sa déclaration, il resta un long moment assis à réfléchir, comme elle la première fois. Elle respecta son silence et alla rembobiner la cassette. Elle ne pensait pas que Mitch aurait besoin de visionner la séquence une deuxième fois, mais elle laissa tout de même la cassette dans l'appareil.

Au bout d'un moment, elle rompit le silence.

— Alors ? Quel est le verdict ?

Mitch reposa sa tasse.

— Je continue à penser qu'il a très bien pu mettre au point son petit numéro et le reprendre jusqu'à ce qu'il soit parfait.

— Il aurait pu, mais je ne crois pas que ce soit le cas. Et toi non plus, au fond, tu ne le penses pas.

— Je n'ai jamais pu le supporter, reconnut-il en évitant de répondre directement. C'était un irresponsable, un arrogant et un coureur de jupons invétéré.

— Molly devait bien lui trouver quelque qualité.

— Je suppose qu'elle s'est laissé aveugler par son charme. Mais, au fond, elle savait qu'elle ne pourrait pas être heureuse avec lui. Elle s'est mariée pour…

Kate décroisa les jambes.

— Oui ?

— Rien. C'est sans importance.

Il se leva afin de rajouter une bûche sur les braises encore chaudes. Des flammes orange jaillirent, projetant une lueur dorée dans la pièce. « Il ne me dit pas tout », songea Kate, les yeux fixés sur Mitch qui lui tournait obstinément le dos. Quelque chose lui avait échappé, puis il s'était repris. Pourquoi ? Que savait-il de si important ou de si grave, qu'il ne puisse pas le partager avec elle ?

— Tu me caches quelque chose.

— Rien de sérieux.

— Si ça a à voir avec le dossier…

— Kate, je t'en prie ! lâcha-t-il en se retournant. Arrête avec ça, d'accord ?

Son ton tranchant la surprit. Elle faillit lui répondre vertement, mais se retint. Il avait fait pas mal de concessions depuis les dernières quarante-huit heures. Inutile de le pousser à bout. Elle leva les mains en signe d'apaisement.

— OK, c'est bon. Passons à autre chose.

Il revint s'asseoir près d'elle sur le canapé.

— Est-ce que nous pouvons quand même continuer à parler de cette affaire ? Sur un terrain plus neutre ? (Il poussa un long soupir.) Todd a changé.

— Je l'ai remarqué, moi aussi. Je ne l'avais vu qu'à la télévision, mais tout de même… Je dirais qu'il me semble avoir… mûri.

Il se tut un instant, puis demanda :

— Et Jessica, à quoi ressemble-t-elle ?

— Jolie, raffinée, bonne éducation. Je n'aurais jamais imaginé qu'une fille comme elle pourrait être attirée par un type comme Todd Buchanan. Mais c'est aussi ce que j'ai dit quand Megan est tombée amoureuse d'Eric. Or ils semblent pleinement heureux ensemble. Qui peut savoir ?

Elle revit le sourire calme et serein de Jessica qui lui disait au revoir.

— Et elle attend un enfant, ajouta-t-elle.

Mitch lui lança un rapide coup d'œil, mais garda le silence.

— Je pense que c'est ça qui a convaincu Todd d'appeler un avocat, poursuivit-elle. Même si Jessica a dû insister un peu, d'après ce que j'ai compris.

— Ça ne m'étonne pas qu'il se soit montré réticent.

— Je me trompe ou tu n'es pas encore tout à fait sûr de son innocence ?

— Non, je n'en suis pas convaincu. Et pour une raison très simple. Dans cet enregistrement, il se garde bien de mentionner un certain épisode. Il a battu Molly, Kate. Tu as dû le lire dans le dossier.

— Lynn Flannery a pu inventer cette histoire de coups et de photos. Ou alors Molly lui a menti et ce n'était pas Todd qui l'avait frappée. Peut-être était-ce l'homme avec qui elle avait rendez-vous le soir du meurtre ?

— Ou alors c'est Todd qui a préféré omettre ce léger détail.

— Nous verrons bien. Il doit m'appeler demain, à midi. Je lui parlerai de ces traces de coups, et je poserai aussi la question à Lynn Flannery. Oh, ça me rappelle que j'ai rendez-vous avec elle demain à la première heure.

Elle jeta un coup d'œil à sa montre.

— Puisque tu emmènes Alison pour la journée, je ne vais pas avoir besoin de Maria. Il faut que je la prévienne. Excuse-moi une minute, je vais lui téléphoner.

Pendant que Kate était retournée dans la cuisine afin de donner son coup de fil, Mitch avait éjecté la cassette et allumé la télévision. Ils suivaient les nouvelles d'un œil distrait et s'apprêtaient à ranger les tasses, la cafetière et les restes d'une tarte aux pommes, lorsqu'une voix familière attira brusquement leur attention. Ils levèrent le nez vers l'écran dans un bel ensemble.

— Ah, on dirait bien que c'est cette grande gueule de substitut du procureur, déclara Mitch.

— Qu'est-ce qu'il mijote ?

— D'après toi ? Il cherche à se faire mousser devant les caméras.

Il s'agissait d'une interview en différé montrant Rencheck devant le palais de justice, entouré d'une demi-douzaine de journalistes qui s'agitaient comme des mouches.

Une femme au premier rang réussit à lui coller son micro sous le nez.

— Kate Logan reprend le dossier Buchanan. Qu'en pensez-vous ?

— Sait-elle où il se cache ? hurla une autre voix.

— Est-elle tenue de le révéler si c'est le cas ?

— Todd Buchanan a-t-il l'intention de rentrer aux USA au moment du procès ?

Visiblement ravi de monopoliser ainsi l'attention, Rencheck leva la main droite comme un témoin appelé à la barre.

— Pour l'instant, tout ce que je sais, c'est que Kate Logan accepte de défendre Todd Buchanan. Et qu'elle n'est pas tenue, du moins d'un point de vue légal, de révéler où il se trouve.

— Est-ce que la police de Fairfax le recherche activement ?

La question émanait d'Eddy Povitch, un journaliste puant qui travaillait pour une certaine presse populaire. Kate le méprisait par-dessus tout.

— Non, plus maintenant. Mais l'enquête s'est poursuivie pendant un moment, et nous avions retrouvé sa trace à Mérida, au Mexique.

— Pensez-vous qu'il y réside actuellement ?

Rencheck secoua la tête.

— J'en doute fort. Je pencherais plutôt pour l'Europe, où il coule probablement des jours tranquilles dans un pays qui n'a pas de traité d'extradition avec les Etats-Unis.

— Cela signifie qu'il n'y a aucun moyen de le retrouver ?

— Oh, je ne dirais pas ça, répondit Rencheck avec un regard entendu en direction de la caméra. Si je devais suivre sa piste, je commencerais par cette femme qu'il aurait rencontrée au Mexique. Vous connaissez tous le célèbre dicton ?

Il laissa échapper un rire grivois.

— « Cherchez la femme… »

Il se mit en marche d'un air satisfait, suivi de la horde de journalistes.

— Merde.

Kate éteignit le téléviseur.

— Pourquoi n'a-t-il pas appliqué ce célèbre dicton quand il était chargé de l'affaire ?

— Parce qu'il n'a pas retrouvé la femme. Moi, oui, lui apprit Mitch tout en emportant le plateau dans la cuisine. Mais elle avait déjà pris la poudre d'escampette.

— Qui était-ce ?

— Une dénommée Pilar Montana. Elle élevait seule ses trois enfants et gagnait sa vie en vendant des chapeaux de paille sur le marché. Quand je suis arrivé, elle était partie avec son étalage depuis un jour ou deux. Je l'ai cherchée pendant trois jours, mais personne n'a pu — ou voulu — me dire où elle se trouvait.

— Quel a été son rôle dans cette affaire ?

— Je crois savoir qu'elle arrondissait ses fins de mois en fournissant de faux papiers d'identité à des trafiquants de drogue. Elle a peut-être rendu le même service à Todd. Il parlait couramment espagnol et avait les poches pleines de dollars. Au Mexique, ça vous ouvre toutes les portes.

Il prit un morceau de pâte dans le plat à tarte et le porta à sa bouche.

— Je crois qu'il faut que j'y aille. Il est déjà tard, et demain nous avons tous deux une journée bien remplie.

Il attrapa son blouson en cuir qu'il avait posé sur le dossier d'une chaise et l'enfila.

— Alison sera prête à l'heure ?

— Ne t'inquiète pas. Si j'oubliais de la réveiller, elle ne me le pardonnerait jamais.

Il coinça Kate contre le comptoir de la cuisine.

— Quand puis-je espérer t'avoir pour moi seul ?

Elle glissa ses mains sous son blouson et caressa les muscles de son torse.

— Bientôt.

Il l'embrassa passionnément.

— Je ne te laisserai pas oublier ta promesse.

11.

Debout à l'avant de l'*Ainara*, l'un des nombreux bateaux de pêche qui rentraient après une longue journée en mer, Todd Buchanan contemplait le petit port animé de Saint-Jean-de-Luz. Bien qu'il tournât le dos au soleil, les reflets de l'eau l'aveuglaient, et il dut plisser les yeux pour distinguer Jessica qui attendait sur le quai au milieu d'une douzaine de personnes.

Elle n'était partie que deux jours, mais cette courte absence lui avait pesé autant que deux longues années. Il ne se rappelait pas que quelqu'un lui ait déjà manqué à ce point. Pas même Molly.

Il était tombé amoureux de Jess dès qu'il l'avait vue, place Louis-XIV, en train de lécher consciencieusement une glace. Etait-ce le reflet doré de ses cheveux châtains sous le soleil qui l'avait séduit ? Ou son air concentré et réjoui lorsqu'elle rattrapait du bout de la langue la glace fondue qui dégoulinait le long du cône ?

De peur qu'elle ne disparaisse pour toujours dans la foule, il s'était précipité pour descendre de l'*Ainara* — il se trouvait alors sur le pont, comme aujourd'hui —, mais le bateau n'ayant pas terminé la manœuvre d'accostage, il était tombé dans les eaux troubles du port, au grand amusement des pêcheurs. Sans se démonter le moins du monde, il s'était lancé comme un fou à la poursuite de la jeune femme et l'avait rattrapée rue Gambetta, une rue piétonne et commerçante qui menait jusqu'au centre-ville. Il se rappelait encore son air abasourdi lorsqu'il l'avait abordée, tout dégoulinant, pour tenter de lui expliquer dans un français plus qu'approximatif qu'il venait d'être victime d'un coup de foudre.

D'après les regards que lui jetaient les passants, il devait avoir une drôle d'allure et ne se serait pas étonné outre mesure qu'elle appelle les flics ou s'éloigne avec cette expression de profond mépris que certaines Françaises arborent à tout bout de champ.

Mais elle s'était contentée d'éclater de rire et de lui expliquer qu'elle était américaine, institutrice en maternelle à San Diego, et qu'elle acceptait de l'attendre un moment s'il désirait passer chez lui pour enfiler des vêtements secs. Il avait préféré s'asseoir avec elle sur un banc ensoleillé. Là, tandis qu'elle finissait tranquillement sa glace, il lui avait raconté avec son plus bel accent anglais, la version qu'il avait mise au point en arrivant à Saint-Jean-de-Luz : il venait de Manchester, en Angleterre, et s'était récemment installé dans le sud-ouest de la France, en quête de nouvelles aventures.

A son tour, elle lui avait parlé de son enfance à San Diego avec sa sœur, une enquiquineuse, et ses merveilleux parents, tous deux enseignants, qui lui avaient transmis leur vocation. Mais, voilà six mois, alors qu'elle fêtait ses vingt-neuf ans, elle avait ressenti le besoin d'élargir ses horizons. Le monde ne se réduisait pas à une classe d'enfants de cinq ans ! Décidée à rompre avec la monotonie de sa vie, elle était partie pour l'Europe. Après un mois passé à sillonner l'Espagne, elle s'était retrouvée à Saint-Jean-de-Luz. Le charme du vieux port avait su la séduire et lui faire oublier ses projets de visiter l'Angleterre. Au bout de quelques jours, elle avait déjà trouvé un endroit où dormir et un emploi de professeur d'anglais dans un établissement secondaire.

Deux semaines après cette rencontre décisive, Jessica faisait de Todd le plus heureux des hommes en venant partager avec lui sa petite maison. Pour la première fois depuis très longtemps, il se sentait enfin amoureux. Mais ses sentiments n'avaient rien de comparable avec ceux qu'il avait autrefois ressentis envers Molly. Avec Jessica, il se découvrait des trésors de tendresse insoupçonnés. Il avait envie de la protéger, de lui faire plaisir. Il s'était même surpris à installer une tringle à rideaux, à planter des fleurs et à construire une cabane à outils, activités dont il n'avait jamais voulu entendre parler auparavant.

Craignant que Jessica ne le considère comme un assassin, il avait mis six mois à rassembler son courage et à se décider à lui avouer toute la vérité. Et si elle se mettait à avoir peur de lui et décidait de le quitter ? Et si elle le dénonçait à la police ? Et si… Et si… Il s'était torturé à essayer d'imaginer tous les scénarios. Au bout du compte, sa réaction l'avait surpris.

Les yeux humides, elle l'avait écouté parler de son mariage, de la nuit du meurtre et de sa fuite au Mexique, où il s'était acheté une nouvelle identité. Trois mois plus tard, sous le nom de William Adler, citoyen britannique, il avait quitté la ville côtière de Mérida où il se cachait jusque-là, afin de s'envoler en direction de Genève. Il était resté en Suisse le temps d'ouvrir un compte et d'y faire transférer l'argent qu'il avait dissimulé au Mexique. Ensuite, il avait pris un train pour Bordeaux, puis pour Marbella, une station balnéaire en Espagne qu'il connaissait bien. Son train était resté bloqué toute une journée à Saint-Jean-de-Luz, à cause d'un incident mécanique, et lorsqu'il était enfin reparti, ç'avait été sans Todd. Après quatre heures passées à déambuler à travers la pittoresque petite ville, avec ses toits de tuiles rouges et ses bateaux aux couleurs vives qui dansaient sur la mer, il avait décidé de rester.

Il aimait les gens de ce pays, ces hommes aux bérets noirs et leurs femmes toujours vêtues d'imprimés gais et colorés, dont la langue ne ressemblait à aucune de celles que l'on parle en Europe. Et surtout, les Basques, fiers et secrets, ne se mêlaient pas des affaires des autres, tout comme ils attendaient que l'on ne fouine pas dans les leurs. Une attitude qui convenait parfaitement à Todd, lequel ne demandait qu'à passer inaperçu.

Il avait eu la chance de trouver un petit emploi sur un bateau de pêche, l'*Ainara* — « Hirondelle » en basque. L'hiver, il se faisait un peu d'argent avec la pêche à la sardine. L'été, il s'attaquait à de plus grosses prises, comme le thon.

Lorsqu'il lui avait raconté tout cela, non seulement Jessica n'avait pas mis en doute son innocence, mais elle lui avait conseillé d'affronter la justice pour être lavé de ce crime qu'il n'avait pas commis.

— Pourquoi passer le reste de ta vie à traîner ce boulet ? Ce serait injuste !

— J'ai dû choisir entre la justice et la liberté, avait-il répliqué. Ici, je suis Will Adler, de Manchester. Si je pensais avoir la moindre chance de convaincre un jury que je n'ai pas tué Molly, je retournerais immédiatement aux Etats-Unis. Mais à présent que je me suis enfui, personne ne me croira. Alors pourquoi devrais-je risquer ma liberté ? Et risquer du même coup de te perdre ?

Et puis il y avait eu l'interview de cette avocate de Washington sur CNN. Elle avait résolu une affaire d'homicide qui donnait du fil à retordre à la police depuis plusieurs mois, aidée dans cette dangereuse entreprise par un policier de la criminelle. Todd avait eu la surprise de découvrir que ce dernier n'était autre que Mitch Calhoon, son ex-beau-frère.

Vivement impressionnée par Kate Logan, Jess avait commencé à caresser l'espoir de l'engager. Mais Todd s'était opposé à cette idée avec véhémence, notamment parce que Mitch était le petit ami de Kate Logan. Prendre contact avec elle équivalait à se jeter dans la gueule du loup. Ce type était un flic efficace et implacable. Que se passerait-il s'il retrouvait sa trace et se mettait à le pourchasser comme il l'avait fait deux ans auparavant ?

Toutefois, c'était compter sans la détermination de Jess. Et sans l'atout maître qu'elle lui dévoila, un beau soir, après un romantique dîner aux chandelles. Les yeux brillants, elle lui annonça la nouvelle qu'elle venait d'apprendre le matin même : elle était enceinte.

Sous le choc, Todd l'avait regardée fixement. Il ne trouvait pas de mots pour exprimer ce qu'il ressentait. Un bébé ! Todd Buchanan, lui qui n'avait jamais rien fait de bien dans sa vie, allait avoir un enfant. Impossible, incroyable, invraisemblable ! Il avait sûrement mal entendu. Mais en voyant des larmes de bonheur dans les yeux de Jess, il avait cessé de douter. C'était donc vrai, il serait bientôt père.

Fou d'allégresse, il avait couru dehors et s'était laissé tomber à genoux en poussant un hurlement de joie qui avait résonné dans toute la vallée.

— Will !

Todd revint à la réalité en entendant son nom d'emprunt. Il se protégea les yeux du soleil et réussit à distinguer Jess qui lui faisait signe depuis le quai de l'Infante. Il lui renvoya son salut. Elle paraissait radieuse, ce qui ne pouvait signifier qu'une seule chose : Kate Logan acceptait de se charger de l'affaire.

Il était presque déçu. Il n'aurait su dire pourquoi, mais il aurait préféré qu'elle refuse. Il avait un mauvais pressentiment. Jusque-là, il avait mené ici une vie calme et sereine. Et voilà qu'il remettait tout en cause en jetant un gros pavé dans la mare. Avait-il fait le bon choix ?

Retenant un soupir, il saisit le lourd rouleau de corde à ses pieds et le balança sur le quai. Puis, avec une dextérité qu'il avait eu le temps de développer depuis deux ans qu'il travaillait sur ce bateau, il sauta par-dessus bord, attacha l'extrémité de la corde au taquet en béton réservé à l'*Ainara* et courut à la rencontre de Jess.

Leur maison, perchée dans les collines, ne se trouvait qu'à un quart d'heure de la ville. Mais quel changement radical dans le paysage ! Plus de trottoirs bondés, ni de rues bruyantes, mais de vertes collines où paissaient tranquillement les troupeaux de moutons. A mesure que la Renault grimpait, la douce brise marine laissait place à l'air froid et piquant des Pyrénées toutes proches.

— Will ?

Jess appelait toujours Todd par son nom d'emprunt afin de ne pas risquer de commettre un impair en public.

— Tu n'es pas très bavard… Ça ne te plaît pas que Kate Logan accepte de te défendre ?

— Bien sûr que si.

Il esquissa un léger sourire.

— Mais maintenant que la machine est lancée, si l'on peut dire, je me sens… différent.

Il était bien trop macho pour lui avouer qu'il avait tout simplement peur, mais elle le devina — comme toujours.

— Tu n'as aucune raison de t'inquiéter, mon chéri. Nous continuerons à vaquer à nos occupations pendant que Kate fait son travail.

Elle avait un point de vue très optimiste, mais, après tout, elle avait peut-être raison. Sans doute s'angoissait-il inutilement.

— Tu disais qu'elle tenait à s'entretenir directement avec moi ?

— Oui.

Elle lui tendit le papier sur lequel figuraient le nom, l'adresse et le numéro de téléphone de l'avocate.

— Selon elle, il vaut mieux que tu l'appelles sur son portable. C'est moins risqué.

Elle lui tapota gentiment le bras.

— Tout ira très bien, tu verras.

Elle avait beau essayer de le réconforter, il se sentait tout à coup abattu et demeura silencieux le reste du trajet. Il avait hâte de retrouver leur cabanon, comme on disait par ici, une maisonnette isolée composée de deux pièces. Jess y avait apporté une touche féminine délicate et sans prétention en installant des pots de fleurs sur le rebord des fenêtres et une véranda à l'ancienne au-dessus d'une terrasse couverte de vignes. Pour la touche locale, elle avait suspendu une guirlande de piments d'Espelette — les fameux piments rouges de la région — au-dessus de la porte d'entrée jaune. Cette joyeuse atmosphère se retrouvait à l'intérieur, avec les meubles peints de couleurs vives — un divan et des chaises bleu océan, et une table qu'ils avaient dénichée dans une brocante et restaurée ensemble.

Lorsqu'ils arrivèrent enfin, la nuit était tombée, mais le petit poêle rebondi avait gardé la maison chaude et douillette.

Pendant que Jess sortait une bière et un Perrier du réfrigérateur, Todd rangea soigneusement les coordonnées de Kate Logan dans un tiroir du buffet.

Elle lui jeta un coup d'œil inquiet.

— Tu n'oublieras pas de l'appeler, n'est-ce pas ?

Il prit la Kronenbourg qu'elle lui tendait.

— Samedi, à midi pile, c'est-à-dire 18 heures pour nous. Ne t'en fais pas, je n'oublierai pas.

Ils trinquèrent avec leur bouteille.

— A Kate Logan ! Et à son succès !

*
**

Comme toujours à cette époque, la terrasse du Café Central du port de Saint-Jean-de-Luz était noire de monde. C'était l'heure tant attendue de l'apéritif, et les serveurs se démenaient pour satisfaire les nombreux clients qui réclamaient leur bière fraîche et leurs sardines grillées — une spécialité locale. Installé à l'une des tables, Emile Sardoux admirait comme chaque soir la vue sur le port, tout en sirotant un Vittel-menthe. Il aurait apprécié une bonne mousse ou un whisky, mais il n'en était pas question. Cette fois, il avait décroché. Et pour de bon.

Depuis deux mois qu'il avait débarqué ici par le train de Bordeaux, il ne ratait jamais le retour des bateaux. La ville, d'ordinaire si calme, s'animait d'un seul coup avec l'arrivée au port des premiers chalutiers. Peu après l'accostage, d'énormes paniers de sardines étaient hissés et alignés sur le quai où restaurateurs, poissonniers et ménagères se précipitaient afin de se disputer la meilleure pêche au meilleur prix.

Cette scène quotidienne n'était pas sans charme, mais Emile se demandait parfois s'il n'était pas en train de devenir fou d'ennui. Malheureusement, il lui fallait accepter son sort pour le moment, car il n'était pas en position de faire la fine bouche. S'il en avait eu les moyens, il aurait élu un autre endroit pour poser ses valises. La Costa del Sol, par exemple. Ou les Canaries… La vie y était facile, le soleil chaud et l'alcool bon marché.

Cependant, c'était dans ce patelin endormi qu'il avait échoué, tout ça parce qu'un copain avait proposé de lui sous-louer un appartement rue de l'Eglise. L'endroit n'était pas plus grand qu'un timbre-poste et il devait se passer d'eau chaude. Cela dit, pour trois cents euros par mois, il ne fallait pas se montrer trop exigeant.

Parfois, quand il se laissait aller à regarder en arrière, il essayait d'imaginer ce qu'aurait pu être son existence sans l'alcool, sans ce poison qui avait détruit sa famille, son travail, sa vie…

Jamais il n'aurait cru qu'Antoinette le jetterait dehors un jour. Mais son renvoi du *Bordeaux Matin* où il avait travaillé comme journaliste d'investigation pendant près de dix ans avait été la goutte d'eau qui fait déborder le vase. En l'espace de vingt-quatre heures, il s'était retrouvé sans travail, sans maison, et tellement déprimé qu'il avait songé à se jeter du haut d'un pont sur la Garonne.

Au tout dernier moment, juste avant de basculer, il avait pris peur et enjambé la rambarde dans l'autre sens en tremblant comme une feuille. Aussi, quand Jacquot — un ami qui travaillait dans l'immobilier — lui avait parlé de cet appartement à Saint-Jean-de-Luz, il avait accepté avec reconnaissance, espérant que cela lui permettrait de reprendre le dessus et de commencer une nouvelle vie, ailleurs qu'à Bordeaux où tout lui rappelait ses échecs passés. S'il arrivait à s'en sortir et à retrouver du travail, Antoinette lui donnerait peut-être une nouvelle chance…

Jusque-là, il ne s'était pas trop mal débrouillé. Il ne buvait que de l'eau minérale et du sirop de menthe et mangeait trois repas par jour. Il avait même trouvé du boulot dans un magasin d'accessoires automobiles. La paye n'était pas faramineuse, mais elle suffisait à couvrir la nourriture et le loyer. Il envoyait un peu d'argent à Antoinette toutes les semaines, ce qui l'avait agréablement surprise.

Emile Sardoux n'allait pas tarder à refaire surface, il le sentait. Tout ce qu'il fallait, c'était réussir à convaincre son patron de lui donner une deuxième chance. Cela dit, ça n'allait pas être facile de regagner la confiance de Maurice. Il devait lui prouver qu'il possédait encore toutes les qualités d'un bon journaliste d'investigation. Il avait été le meilleur en son temps, n'hésitant pas à couvrir des affaires délicates que d'autres auraient refusées, allant parfois jusqu'à risquer sa vie pour découvrir la vérité.

Le problème, c'était que, à part les bagarres de bistrots ou les conflits entre pêcheries, il ne se passait rien à Saint-Jean-de-Luz qui aurait pu intéresser un journal. Non, il lui fallait une histoire juteuse de façon à mettre son talent en valeur et à lui donner l'occasion de se faire connaître au niveau national.

Bon sang, il n'allait pas commencer à s'apitoyer sur lui-même ! Il termina son verre et se leva. Il était temps de rentrer et de préparer le dîner. Il pourrait peut-être acheter du thon sur le chemin. Avec un verre de sauvignon blanc pour l'accompagner… Il soupira. Non. Un Coca-Cola ferait très bien l'affaire. Il s'était fait une promesse et, pour une fois, il entendait s'y tenir.

12.

Située dans K Street, Flannery Design occupait le premier étage d'une maison qui accueillait également un salon de beauté, un cabinet de conseil fiscal et un chiropracteur. Lynn avait prévenu Kate que l'hôtesse d'accueil ne travaillait pas le samedi et qu'elle pouvait monter directement.

Un air familier, « *La donna è mobile* » de *Rigoletto*, résonnait dans la cage d'escalier. Dédaignant l'ascenseur, Kate grimpa en fredonnant. La porte de Flannery Design était grande ouverte, et l'on apercevait depuis le palier une pièce vaste et lumineuse, remplie d'un assortiment de meubles post-modernes d'une grande variété de formes et de couleurs.

Une femme, probablement Lynn Flannery, se tenait devant un guéridon au centre et appliquait au pinceau de vigoureux traits noirs qui figuraient les cils d'un œil énorme, peint sur le plateau. Séduisante et sportive, elle portait un pantalon de travail avec un sweat-shirt informe plein de taches de peinture. Ses cheveux châtains coupés court étaient coiffés en arrière, ce qui accentuait le tranchant de son visage anguleux. Agée d'une trentaine d'années, la jeune femme semblait respirer la santé.

Fascinée, Kate resta un moment sur le pas de la porte à admirer ses créations. Bien qu'elle n'eût jamais particulièrement apprécié le style post-moderne, elle devait reconnaître que l'artiste ne manquait ni de talent, ni d'inspiration.

Sentant une présence derrière elle, Lynn se retourna, le pinceau levé. Ses yeux gris et pétillants d'intelligence s'attardèrent sur Kate.

— Maître Logan, je suppose.

Elle avait été obligée d'élever la voix pour couvrir la musique. Quand Kate acquiesça d'un signe de tête, elle désigna les tabourets disposés devant son établi.

— Asseyez-vous, je vous en prie. Je suis à vous dans une minute.

— Ne vous dérangez pas pour moi.

Kate la regarda s'absorber dans son travail. Au bout d'un moment, l'air satisfait, la jeune femme recula de façon à juger de l'ensemble. Elle repoussa distraitement en arrière une mèche folle avec ses doigts pleins de peinture, laissant au passage une traînée noire sur son front.

— Excusez-moi pour la musique. C'était un peu fort, déclara-t-elle en éteignant la chaîne. Je participe au concours national des meubles design et mes œuvres seront exposées à New York dès demain matin.

Elle sourit, découvrant de très jolies dents blanches.

— Sèches, de préférence !

— Je suis désolée, j'arrive au mauvais moment.

Lynn fit signe que cela n'avait pas d'importance.

— Mais non, vous ne me dérangez pas du tout. Au contraire, vous me tiendrez compagnie pendant que je regarde sécher ma peinture. Malheureusement, je n'ai rien à vous offrir. Mon associée est partie chercher des rafraîchissements ; elle ne devrait pas tarder.

— Merci, mais je ne veux rien.

— Bien.

Lynn vint se hisser sur un tabouret et planta au passage son pinceau dans un pot de térébenthine.

— Vous m'avez dit au téléphone que vous meniez une enquête sur le meurtre de Molly.

— Oui. J'espérais que vous pourriez me fournir des renseignements utiles.

— Franchement, j'ai hésité avant d'accepter de vous recevoir. Depuis que je sais que vous représentez Todd Buchanan…

Elle pivota et posa ses pieds sur la barre du tabouret de Kate.

— Vous ne l'aimez pas.

— Vous voulez dire que je le hais. C'est un enfant gâté, un lâche et un menteur. Si vous comptez sur moi pour vous mettre sur la piste d'un autre suspect, vous faites fausse route. C'est bien Todd qui a tué Molly.

Kate laissa échapper une grimace de contrariété. Décidément, on lui brossait de tous côtés un portrait peu flatteur de son client. Si l'affaire arrivait devant les tribunaux, le jury n'aurait pas que des *a priori* favorables !

— Comment pouvez-vous l'affirmer avec tant de certitude ?

La jeune femme sourit.

— Parce que je le sens, ce sont mes tripes qui me le disent. Cela vous suffit-il ?

Cette fois, ce fut au tour de Kate de sourire.

— Moi aussi, j'aime bien suivre mes intuitions. Mais il faut des arguments plus solides pour convaincre une cour.

— Entendu. Et que voulez-vous savoir ?

— Parlez-moi de Molly. Avait-elle l'habitude de donner rendez-vous à des hommes dans les motels ?

Lynn ne répondit pas.

— Mademoiselle Flannery…

— Lynn.

— D'accord. Lynn. Je sais que ce que je vous demande est difficile. Votre meilleure amie a été assassinée et je représente pour vous celle qui cherche à soustraire son meurtrier à une juste punition. J'aurais très bien compris que vous refusiez de me voir. Mais vous avez accepté. Aussi, je vous en prie, ne me tournez pas le dos maintenant. J'ai besoin de savoir à quoi Molly s'intéressait, à quoi elle passait son temps, qui elle voyait…

— Mitch ne vous a rien dit ?

— Il semblerait que Molly ne se confiait pas autant à lui qu'il l'aurait souhaité. Il a été choqué et surpris par les circonstances du meurtre, presque autant que par sa mort elle-même.

Sans prononcer un mot, Lynn se dirigea vers son bureau et extirpa une boîte à chaussures d'un tiroir. Revenant vers Kate, elle posa la boîte sur son établi.

— J'ai ici quelque chose qui vous renseignera sur Molly bien plus que de longs discours.

— De quoi s'agit-il ? demanda Kate en soulevant le couvercle.

— De photographies d'elle que j'ai prises au cours des années. Je suis un peu photographe à mes heures.

Elle attendit que Kate eût regardé quelques clichés avant de poursuivre :

— Comme vous pouvez vous en rendre compte, Molly était une fille de caractère, une sorte de garçon manqué qui excellait dans beaucoup de sports : volley-ball, base-ball, hockey, natation. A trente ans, elle avait déjà décroché son brevet de pilote de tourisme, sauté en parachute au-dessus du désert de l'Arizona, et descendu le Colorado en canoë-kayak.

— Elle ne menait pas une vie monotone…

— C'est le moins qu'on puisse dire. Ses excentricités rendaient ses proches fous d'inquiétude !

— Est-ce que Todd était aussi aventureux qu'elle ?

— Vous voulez dire aussi casse-cou ? corrigea Lynn avec un sourire nostalgique. La réponse est oui. Non seulement il encourageait ses frasques en les finançant, mais il l'accompagnait. J'espérais qu'elle se calmerait en vieillissant, mais je me trompais. Ça a même empiré, surtout après son retour du Colorado.

— Son retour du Colorado ? répéta Kate, surprise.

Etrange… Mitch ne lui avait rien dit à ce sujet.

— Quand est-elle allée dans le Colorado ?

— Il y a huit ans.

Elle fit un rapide calcul mental.

— Elle devait avoir vingt-deux ans. Ne suivait-elle pas des cours à l'université de Georgetown ?

— Oui, elle était en dernière année. Mais six mois avant de passer ses examens, elle a annoncé brusquement à tout le monde qu'elle arrêtait ses études et partait s'installer à l'Ouest, dans une petite ville dont je n'avais jamais entendu parler — Singleton, il me semble. Elle prétendait avoir besoin de changer d'air.

— Combien de temps y est-elle restée ?

— Un peu plus d'un an. Ensuite, elle est rentrée.

— Comment a-t-elle expliqué ce revirement ?

— Elle n'a pas donné de raisons. Pas vraiment. Elle a prétendu que Washington lui manquait, alors qu'elle voulait quitter cette ville à tout prix quelques mois plus tôt, raconta Lynn en secouant la tête. Et moins d'un an après son retour, elle épousait Todd Buchanan.

Elle se tut, songeuse, puis reprit :

— J'ai essayé de l'en dissuader. Tout comme Mitch. Mais comme toujours, elle n'a écouté personne. Plus on lui disait de ne pas faire quelque chose et plus elle avait envie de le faire. Je pense qu'elle s'imaginait avoir trouvé un compagnon parfait pour elle, quelqu'un qui partageait son goût du risque.

— Le mariage n'a donc pas apaisé sa soif d'aventure ?

— Au contraire, ça n'a fait que l'attiser. Elle devenait de plus en plus téméraire, comme si elle n'accordait aucune importance à la vie. Elle repoussait sans cesse les limites.

— Par exemple ?

— Par exemple en conduisant le hors-bord de Todd en pleine tempête, en skiant trop vite, en faisant du saut à l'élastique…

— Qu'est-ce qui la poussait à prendre tous ces risques ?

— Je lui ai souvent posé la question. Elle me répondait invariablement : « Une femme a besoin de mettre un peu de piment dans sa vie. »

— Est-ce que sortir avec des types bizarres faisait aussi partie de ces choses qui mettaient du piment dans sa vie ?

Lynn contempla rêveusement les dessins géométriques du carrelage noir et blanc avant de répondre.

— Cela faisait un an ou deux qu'elle se livrait à ces stupidités, quand on l'a assassinée.

— Qui étaient ces hommes ?

— Elle ne m'a jamais donné de noms.

Comme aurait dit Frankie, il y avait fort à parier que Molly elle-même n'ait pas connu leurs noms.

— Je m'inquiétais beaucoup pour elle, poursuivit Lynn. A cause de sa vie et des risques inconsidérés qu'elle prenait. Mais chaque fois que j'essayais de lui faire entendre raison, nous finissions par nous disputer. Et je retirais mes paroles…

— Puisque vous trouviez dangereux qu'elle rencontre des inconnus dans des motels, pourquoi refuser d'envisager la possibilité que l'un d'eux ait pu la tuer ?

— Parce que Todd était d'une jalousie maladive. Et aussi parce qu'il avait menacé de la tuer ! Le jour même. La femme de ménage l'a entendu.

— Il a dit ça dans un accès de colère.

Les yeux de Lynn brillèrent de haine.

— Vous ne savez rien de Todd. Juste ce qu'il a bien voulu que vous sachiez.

— Je ne comprends pas…

— Il l'a battue, une fois. Il vous l'a dit, ça ? Il l'a frappée tellement fort qu'elle a eu des ecchymoses pendant plusieurs jours. J'ai pris des photos avec un Polaroid et je l'ai suppliée de porter plainte contre lui.

— Mais on n'a jamais retrouvé ces fameuses photos pour corroborer vos déclarations.

— Todd les a sûrement détruites.

— Molly vous l'aurait dit, si ç'avait été le cas.

La jeune femme soupira.

— Molly essayait toujours de le faire passer pour meilleur qu'il n'était.

— Pourquoi ?

— Comment voulez-vous que je le sache ?

Elle sauta sur ses pieds et entreprit de ranger ses brosses sur l'établi.

— Peut-être qu'elle avait peur de lui. Ou qu'elle ne voulait pas se priver des divertissements et des plaisirs que lui apportait son argent. Peut-être aussi aimait-elle les punitions.

Elle se tourna vers Kate. Ses yeux brillaient.

— Il ne faut pas chercher à expliquer l'attirance qu'ils éprouvaient l'un pour l'autre. Tout ce que je peux dire, c'est que Todd l'a tuée. Il savait qu'elle devait sortir cette nuit-là. Il l'a suivie jusqu'au motel. Il a peut-être voulu l'obliger à rentrer avec lui et elle a refusé. Ils se sont disputés, il a pris la bouteille de champagne et il l'a frappée avec.

Un scénario simple et plus que crédible... Pas étonnant que tant de gens aient été convaincus de la culpabilité de Todd.

— Mais Molly avait un rendez-vous, fit remarquer Kate. Comment expliquez-vous que Todd n'ait pas eu peur que l'homme qu'elle attendait ne les surprenne ?

Lynn haussa les épaules.

— Un mari fou de rage a parfois d'étranges réactions.

Kate continua à fouiller dans le tas de photographies, des clichés pris sur le vif pour la plupart. Quelques-uns remontaient à l'époque où Molly était entrée à l'université, dix ans plus tôt.

— J'adorais la prendre en photo, dit Lynn, la voix brusquement chargée d'émotion. C'était une actrice-née, elle pouvait changer de personnage en un clin d'œil. Elle aurait pu devenir la nouvelle Cindy Crawford si elle avait voulu s'en donner la peine. Je le lui ai dit une fois. Elle a éclaté de rire et m'a répondu que j'étais folle.

Kate s'empara d'une photo représentant Molly, son casque sous le bras, devant un petit avion monomoteur.

— Quand cette photo a-t-elle été prise ?

— Il y a environ trois ans, au meeting aérien de Delmarva. Molly savait piloter, mais elle a un peu forcé sur les acrobaties ce jour-là. Elle a bien failli s'écraser ! J'ai pris cette photo juste après son atterrissage en catastrophe. On ne dirait pas qu'elle vient de frôler la mort, hein ? Nous avons eu une violente discussion après. Je l'ai accusée de jouer délibérément avec le feu.

— Vous pensez que c'était vraiment le cas ?

— Je n'en sais rien. Tout ce que je sais, c'est que Molly était une âme tourmentée. Elle souffrait à cause de Todd.

A mesure qu'elle découvrait les portraits, Kate se rendait compte que Lynn avait raison. Molly avait changé depuis les premiers clichés pris à l'université. La transformation sautait aux yeux, même pour quelqu'un qui ne l'avait pas connue. Au-delà des airs de bravade et des sourires de circonstance, Kate remarquait dans les photographies les plus récentes un éclat froid dans le regard. Pas toujours perceptible au premier coup d'œil, mais bien présent.

Sur deux des photos, la jeune femme était installée devant son portable, probablement celui qui figurait parmi les pièces à conviction emportées par la police après le meurtre.

— Et celle-ci, où a-t-elle été prise ? demanda Kate en prenant à la main l'un des clichés.

— Ici même, dans mon atelier. Quelquefois, quand je travaillais tard, Molly apportait à manger et dînait avec moi. Ensuite, je retournais à mes occupations et elle restait là. Elle posait son ordinateur sur l'établi et se mettait à surfer sur le Net. Elle était dingue d'Internet. Elle connaissait tous les sites : jardinage, gymnastique, santé, décoration d'intérieur, sports... Chaque fois qu'on lui parlait d'un site, elle l'avait déjà visité.

Reposant la photo, Kate dévisagea Lynn. La jeune femme avait les yeux creusés et rougis, comme si elle essayait de refréner ses larmes. L'émotion contenue dans sa voix ne laissait aucun doute sur la profonde affection qu'elle portait à son amie disparue. Peut-être plus que de l'affection...

— Vous allez sans doute me trouver indiscrète, énonça Kate en la regardant droit dans les yeux, mais il me semble que vos sentiments pour Molly dépassaient un peu le cadre de la simple amitié.

Lynn battit des paupières afin de refouler ses larmes.

— Vous avez beaucoup d'intuition.

Une pause, puis elle ajouta :

— Et vous n'avez pas tort. Les sentiments que j'éprouvais pour Molly étaient différents de ceux qu'elle ressentait à mon égard. Mais j'ai toujours su garder mes distances.

— Je vois.

Elle émit un petit rire.

— Qu'est-ce que vous croyez ? Que Molly a repoussé mes avances et que je l'ai tuée par dépit amoureux ?

Kate ouvrait la bouche pour se justifier, mais la jeune femme ne lui en laissa pas le temps.

— Non, je ne l'ai pas tuée, assura-t-elle en secouant la tête. Jamais je ne lui aurais fait du mal, même si elle me mettait souvent en colère.

Leur conversation fut interrompue par un bruit de pas — une femme, à en juger par le claquement des talons sur le sol.

Une brunette aux cheveux courts, d'une stupéfiante beauté, apparut bientôt, vêtue d'un pantalon de cuir noir et d'un gros pull blanc, un sac de courses dans les bras. Arrivée au milieu de la pièce, elle aperçut Kate.

— Oh ! dit-elle à l'adresse de Lynn, mais sans quitter Kate des yeux. J'ignorais que tu avais de la visite.

— Denise, voici Kate Logan, elle est avocate. Kate, je vous présente Denise Jenkins, mon associée. C'est elle qui se charge de l'aspect financier de Flannery Design.

— Ravie de vous connaître, Denise.

La jeune femme hocha poliment la tête. Tout à coup, ses yeux tombèrent sur la boîte à chaussures posée sur les genoux de Kate.

— Vous êtes avocate, c'est bien ça ?

— Oui.

Kate n'était pas femme à laisser passer sa chance, même si cela risquait de semer la discorde.

— J'enquête sur le meurtre de Molly Buchanan. Vous la connaissiez ?

Elle rencontra un regard bleu et froid.

— Oui, je connaissais Molly.

Il suffisait de la regarder pour comprendre qu'elle ne la portait pas dans son cœur. Quant aux liens qui l'unissaient à Lynn, ils étaient assez évidents. Elles n'avaient pas que des relations de travail.

— Vous voudrez bien m'excuser, reprit Denise en leur tournant le dos. Je dois m'occuper des factures.

Après avoir posé ses courses sur le comptoir de la cuisine, elle se dirigea vers une porte située au fond de la pièce. Maintenant, Kate savait à qui elle avait envie de poser des questions. Mais le moment était mal choisi.

Elle se tourna vers Lynn.

— Je suppose que Molly avait un bureau ici ?

Lynn montra du doigt une porte fermée, dans le fond.

— Est-ce que je pourrais y jeter un coup d'œil ?

— Pour quoi faire ?

Kate haussa les épaules.

— La police a pu oublier quelque chose.

— Ils n'ont rien oublié, croyez-moi ! Ils ont débarqué ici un beau matin, ils ont fouillé le bureau de fond en comble et sont partis avec les ordinateurs de la société et tous les dossiers de Molly. Ils m'ont tout rapporté deux semaines après. Ils n'avaient rien trouvé.

Décidément, songea Kate, la jeune femme n'avait pas la moindre intention de coopérer avec elle, surtout si cela pouvait innocenter Todd.

— Je ne serai pas longue.

— La question n'est pas là, répliqua sèchement Lynn. L'ex-bureau de Molly me sert maintenant à entreposer les dessins de mes projets. Je n'autorise personne à les voir. Vous comprenez ?

— Oui, bien sûr.

Il était inutile d'insister, et Kate sourit poliment.

— Puis-je garder ces photos un jour ou deux ? demanda-t-elle en prenant la boîte.

Lynn hocha la tête.

— Je serai à New York une grande partie de la semaine prochaine, mais Denise vous recevra dès que vous souhaiterez les rapporter.

13.

L'hiver avait vite remplacé les températures printanières de la semaine précédente. Samedi à midi, une bourrasque souffla sur la capitale, emportant les fleurs des cerisiers qui bordent le Tidal Basin et contraignant les touristes à se réfugier, mécontents, dans leurs chambres d'hôtel.

Assise à la table de sa cuisine, Kate avait étalé les photos de Molly et contemplait une fois de plus la jeune femme que Lynn avait capturée sur ses clichés. Molly Buchanan était décidément très jolie. Des jambes bien galbées, des yeux marron au regard expressif quelque peu malicieux, un sourire plein de charme… Tout le portrait de sa mère, se dit Kate en songeant au cadre qui trônait dans le salon de Mitch. Lui, avait plutôt hérité de la beauté irlandaise de son père.

Plus Kate étudiait les photos et plus elle comprenait ce que Lynn avait voulu dire en parlant de la personnalité complexe de Molly. C'était un véritable caméléon, à l'aise dans le rôle de la petite fille espiègle comme dans celui de la femme fatale. Toutefois, l'on devinait autre chose derrière ces multiples visages. Etait-ce de la lassitude, de la souffrance ou la flamme d'une aspiration secrète ? Kate n'aurait su le dire. Peut-être un peu des trois…

— Qui étais-tu réellement ? murmura-t-elle à une Molly qui posait fièrement près de son monomoteur.

Pourquoi la jeune fille modèle que Mitch avait connue s'était-elle brusquement transformée en une enragée, acharnée à se détruire ?

Le regard de Kate se posa sur l'un des clichés représentant Molly assise devant son portable. Elle avait pivoté sur son tabouret pour faire face à l'objectif et son visage se tordait en une grimace comique. On ne distinguait pas bien l'arrière-plan, mais Kate vit tout de même qu'elle surfait sur Internet — sans doute sur l'un des sites dont Lynn avait parlé.

Elle choisit ensuite la deuxième photo prise devant l'établi. Cette fois, Molly tenait à bout de bras une des créations de son amie — une chaise orange fluo, au dossier arrondi — et regardait en direction de l'appareil en louchant. Mais la chaise dissimulait complètement l'écran.

Désappointée, Kate laissait retomber le cliché avec découragement, lorsqu'elle aperçut une troisième photo de la même série. Une qui lui avait échappé tout à l'heure ! Et où l'on voyait parfaitement ce qui l'intéressait.

Excitée, elle s'empara de la loupe qu'elle avait déjà sortie et se pencha sur le cliché. Oui ! Molly surfait bien sur le Net. Kate approcha un peu plus la loupe. Et... la jeune femme ne surfait pas sur n'importe quel site. Elle discutait sur un salon bien particulier.

Bon sang !

Plissant les yeux, Kate parvint à discerner le logo en haut de la page — deux femmes nues tenant une toile d'araignée —, ainsi que le nom du site : *Spider's Web*. Deux invités étaient en ligne : Tiger Lilly et Guenièvre. Cette dernière n'avait pas fini de taper sa phrase. Sans doute Lynn avait-elle interrompu Molly-Guenièvre en surgissant avec son appareil photo.

Kate se redressa. Molly pratiquait donc le cybersexe ! Un peu dangereux comme passe-temps, à en juger par les nombreuses tragédies qui avaient alimenté les faits divers ces dernières années, rien que dans la capitale. Pas étonnant que la jeune femme n'en ait rien dit à Mitch ! Il aurait eu une attaque, s'il l'avait appris.

La curiosité de Kate était à son comble. Elle prit le téléphone et composa le numéro de l'atelier de Lynn.

— Lynn, enchaîna-t-elle sans transition après s'être annoncée, Molly vous avait-elle dit qu'elle se connectait sur des salons de discussion érotiques ?

Lynn rit.

— Non. Molly n'aurait jamais fait une chose pareille. Ce n'était pas son truc.

— Vous en êtes sûre ?

— Absolument. Elle n'avait pas besoin de ça pour s'exciter. Elle n'avait pas non plus besoin d'Internet pour trouver de quoi satisfaire ses désirs, au risque de tomber sur des tarés. Pourquoi me demandez-vous ça ?

— Sur l'une des photos que vous avez prises, on voit très bien l'écran de son ordinateur. Elle était sur un site de discussion érotique.

— Elle devait surfer un peu au hasard, c'est tout. Je vous ai dit qu'elle était très curieuse de tout ce qui touchait à Internet.

— Non, Lynn, elle ne surfait pas au hasard. Je peux lire quelques lignes d'un dialogue. Suffisamment pour affirmer que Molly était une habituée.

Comme si elle se posait brusquement la question, Kate demanda :

— Vous rappelez-vous de quand datent ces photos ?

— Je les ai prises environ deux semaines avant sa mort. Je m'en souviens parfaitement. J'étais en train de terminer une commande et j'avais un travail dingue. Molly venait me tenir compagnie tous les soirs.

— Merci, Lynn. Au revoir.

Kate était particulièrement ignorante en matière d'Internet. Quant aux salons où l'on dialoguait en direct… Il fallait que quelqu'un l'aide à mettre la main sur cette fameuse Tiger Lilly. LuAnn Chester !

Elle était sur le point de l'appeler, quand son portable sonna. Jetant un coup d'œil à sa montre, elle vit qu'il était déjà midi. C'était probablement Todd Buchanan.

— Allô ? dit-elle en prenant la communication.

— Est-ce que…

La voix était hésitante, timide.

— Oui, je suis bien Kate Logan.

Elle crut entendre un léger soupir.

— Maître Logan, Todd à l'appareil. Pouvons-nous parler tranquillement ?

— Oui. Soyez sans inquiétude.

— Bien.

Elle entendit des murmures et supposa qu'il s'entretenait avec Jessica.

— Je vous remercie d'avoir accepté de me défendre, maître. Franchement, je ne pensais pas.

— Votre fiancée s'est montrée très persuasive.

— Oui.

Il laissa échapper un petit rire nerveux.

— Maître Logan ?

— Appelez-moi Kate, tout simplement.

— Euh, d'accord. Je vous remercie.

Il s'éclaircit la gorge.

— Jessica m'a dit que vous vouliez me poser quelques questions.

— C'est exact. J'aimerais notamment obtenir des éclaircissements à propos d'une conversation que j'ai eue avec Lynn Flannery.

— Ah ! Je m'attends au pire…

— Elle prétend qu'il vous est arrivé une fois de battre votre femme.

— C'est faux ! Je n'ai jamais levé la main sur une femme et je ne l'aurais certainement jamais fait sur Molly !

— Lynn est prête à témoigner du contraire.

— Lynn était amoureuse de Molly. Je ne pense pas qu'elle fasse un témoin crédible pour un jury, répliqua Todd d'un ton brusquement cynique.

Kate y avait déjà pensé, mais elle se garda bien de renchérir.

— Elle prétend avoir pris plusieurs Polaroid de Molly, un jour où celle-ci portait des traces de coups. Le lendemain du jour où vous l'avez battue, pour être exacte. Mais ces photos n'ont pas été retrouvées au moment de l'enquête. Le détective Sykes ne les a jamais vues.

— Il ne les a jamais vues parce qu'elles n'ont jamais existé. Lynn a inventé cette histoire dans le but de noircir encore un peu plus mon personnage. On ne peut pas se fier à cette femme, Kate. Elle ferait n'importe quoi pour me coller la mort de Molly sur le dos.

— Pourquoi vous hait-elle à ce point ?

— Molly m'a dit un jour que Lynn s'imaginait qu'elle aurait eu sa chance, si seulement je n'étais pas venu me mettre en travers. Je ne sais pas si c'est vrai — Molly avait de l'imagination quand il s'agissait de me torturer —, mais je sais au moins une chose : Lynn a toujours voulu semer la discorde entre nous.

Kate prit la photo de la jeune femme devant son ordinateur.

— Saviez-vous que Molly passait le plus clair de son temps sur Internet ?

— Oui. C'était sa nouvelle passion pendant la dernière année de notre mariage.

— Saviez-vous qu'elle se rendait probablement assez régulièrement sur un salon de discussion érotique appelé *Spider's Web* ?

— Vous plaisantez ?

Sa voix laissait percer du déplaisir, ou du dégoût. Ou un peu des deux.

— Molly ? Vous êtes sûre ?

— Oui, sous le pseudonyme de Guenièvre. Je compte essayer de retrouver une autre habituée de ce salon avec laquelle elle dialoguait sans doute de temps en temps : Tiger Lilly. Vous auriez une idée de qui il peut s'agir ?

— Je ne savais même pas que Molly aimait ces trucs-là ! répondit-il en riant. Pas étonnant qu'elle n'ait plus eu une minute à me consacrer.

Kate voulait maintenant se renseigner sur Denise. Quelque chose lui disait que cela valait la peine.

— Que savez-vous de Denise Jenkins, l'associée de Lynn ?

— Elle m'a l'air d'une fille bien, mais je la connais très peu.

— Elle est la maîtresse de Lynn, non ?

— D'après Molly, oui. De toute façon, elles ne s'en cachaient pas vraiment.

— J'ai l'impression que Denise était jalouse de Molly.

Il rit de nouveau.

— En plein dans le mille ! Non seulement à cause de l'amitié qui liait Lynn et Molly, mais aussi parce qu'elle trouvait que Molly prenait trop d'importance comme associée. Je pense qu'elle la voyait comme une menace, une rivale.

Il se tut.

— Vous croyez qu'elle aurait pu tuer Molly ?

— Il ne faut négliger aucune piste, déclara Kate. Dans la pénombre, ça n'aurait pas été tellement difficile pour une femme de sa taille de se faire passer pour un homme. Il lui suffisait d'enfiler un costume et de se coiffer autrement.

Une idée qui la poursuivit une bonne partie de l'après-midi.

LuAnn Chester avait autrefois gagné sa vie comme call-girl. C'était une femme élégante, qui dissimulait un cœur tendre sous des abords plutôt froids. Quatre mois plus tôt, elle avait aidé Kate à démanteler le réseau de prostitution qui avait innocenté Eric du meurtre dont on l'accusait. Depuis, grâce aux connaissances de Kate, LuAnn avait trouvé un vrai travail et archivait des documents dans un cabinet juridique, à deux stations de métro du cabinet de Kate, ce qui leur permettait de déjeuner ensemble de temps en temps.

Ce jour-là, Kate trouva LuAnn chez elle, comme elle s'y attendait, en train de s'adonner à sa nouvelle passion, le feng-shui, un art destiné à favoriser l'harmonie dans une maison. LuAnn disait à qui voulait l'entendre qu'il s'agissait d'une véritable philosophie et que les préceptes du feng-shui avaient radicalement transformé sa vie en lui apportant un regain d'énergie et en augmentant ses capacités intellectuelles.

Bien qu'elle se soit rangée, son ancienne profession avait laissé des traces. A quarante-quatre ans, elle en paraissait cinquante, probablement à cause des poches sous ses yeux et de son ventre un peu trop rebondi. Une bonne coupe l'aurait probablement rajeunie de dix ans, mais c'était une vraie fan des *Drôles de dames* et elle tenait à ses longues boucles blondes à la Farrah Fawcett qui, étrangement, lui seyaient assez tout en la vieillissant.

— Vite ! dit-elle en tirant Kate pour la faire entrer. Avant que tout le ch'i positif ne s'échappe.

Kate sourit en se rappelant que *ch'i* signifiait « énergie » en chinois.

— Qu'est devenu ce magnifique bouquet que tu avais placé sur la table ? demanda-t-elle.

LuAnn fit la grimace.

— Je m'en suis débarrassée. Les fleurs séchées charrient des énergies négatives.

Devant l'air amusé de Kate, elle lui donna un coup de coude.

— Ne te moque pas de moi. Je sais de quoi je parle.

— Je n'ai jamais dit le contraire.

— Tu pourrais faire un peu plus attention à toi, remarqua-t-elle en la dévisageant avec désapprobation. Je vois beaucoup de vert dans ton aura, mais pas assez de rouge. Ça signifie que tu aurais besoin de lâcher un peu, de faire confiance aux gens et de te débarrasser de toutes tes pensées négatives.

— Je suis avocate et je m'occupe d'affaires relevant de la criminelle, LuAnn. Je ne fais pas aisément confiance.

Kate s'installa sur le canapé et s'enfonça voluptueusement dans les coussins moelleux. LuAnn, adoptant une position de yoga, s'assit par terre devant elle.

— Bon, je suppose que tu n'es pas venue pour m'entendre disserter sur le feng-shui. Tu m'as bien parlé d'une histoire de salon de discussion, au téléphone ?

— Un salon un peu particulier. Erotique.

Le regard de LuAnn s'anima.

— Que se passe-t-il, honorable jeune personne ? Ton super-mec, cet Irlandais, il n'est plus à ton service ? plaisanta-t-elle en imitant la voix sensuelle de Mae West.

Kate sourit.

— Non, ça n'a rien à voir avec lui. Je suis sur une nouvelle affaire et j'aurais besoin que tu me donnes un coup de main. Si tu t'y connais suffisamment…

— Mon chou, tu t'es adressée à la bonne personne.

— Dans ce cas, j'aimerais faire un tour sur *Spider's Web.*

LuAnn émit un long sifflement.

— Comment se fait-il qu'une jeune femme comme toi connaisse *Spider's Web* ?

— Tu en as déjà entendu parler ?

— Je sais que c'est l'un des sites les plus coquins. Pas un truc pour les oies blanches.

Avec une agilité surprenante pour une femme de sa corpulence, elle se leva et se dirigea vers l'ordinateur posé sur la table de la salle à manger.

— Tu cherches à retrouver un des visiteurs du salon ?

— Oui. Une femme qui utilise le pseudo de Tiger Lilly. Elle pourra peut-être me fournir des renseignements sur Guenièvre, une autre habituée. Guenièvre a été assassinée il y a deux ans, mais j'aimerais entrer en contact avec Tiger Lilly en me faisant passer pour elle. Tu crois que c'est possible ?

— Bien sûr, il suffit que je m'inscrive sous ce pseudo. En espérant qu'il n'est pas déjà pris. J'en ai pour une minute.

Sûre d'elle, LuAnn s'installa devant l'écran et se connecta au Net.

Une page d'accueil s'afficha, puis une autre. LuAnn s'inscrivit sous son nouveau pseudonyme et choisit un mot de passe. Puis elle valida et regarda Kate avec un sourire victorieux.

— C'est fait ?

— Oui, c'est fait. Maintenant, il ne nous reste plus qu'à chercher

Tiger Lilly. L'ennui, c'est que deux ans, c'est long. Sur les salons, les gens vont et viennent.

Excitée, Kate ne quittait plus l'écran des yeux. Une main sur le dossier de la chaise de LuAnn et l'autre sur la table, elle regardait son amie manipuler la souris avec dextérité. Le logo de *Spider's Web* apparut en haut à gauche.

Les yeux pétillant de malice, LuAnn jeta un coup d'œil à Kate par-dessus son épaule. Cette fois, elle imita la voix de Bette Davis.

— Attache ta ceinture, mon chou. Va y avoir quelques turbulences.

Fascinée, Kate la regarda entamer le dialogue et se présenter en expliquant qu'elle s'était longtemps absentée et cherchait à reprendre contact avec de vieux amis. La conversation ne tarda pas à prendre une tournure plutôt osée, chaque participant rajoutant un peu de piment à sa manière. De temps en temps, lorsque l'un d'eux essayait d'engager un dialogue plus intime avec LuAnn, un message privé apparaissait à l'écran. Elle refusait poliment les avances avant de retourner sur l'espace général du salon, où les invités continuaient à entrer et à sortir.

Mais personne ne connaissait Tiger Lilly.

Au bout d'une heure de recherches infructueuses, LuAnn s'étira et remua ses doigts endoloris.

— On dirait que la chance n'est pas avec nous, honorable jeune personne.

— Est-ce qu'elle pourrait être ailleurs ? Dans un autre salon ?

— Il y en a des centaines sur le Net, mais on n'en trouve qu'une douzaine qui soient aussi chauds que *Spider's Web*. Tu veux que j'en essaie quelques-uns ?

— Oui, s'il te plaît.

L'heure qui suivit se passa en badinages érotiques entre parfaits inconnus. LuAnn se vit proposer plusieurs rendez-vous, des cassettes et des livres pornographiques. Un homme alla jusqu'à lui offrir un aller-retour à Paris pour le week-end, sans même demander à la rencontrer auparavant. Elle se contenta de lever les yeux au ciel et de changer de salon.

Elle dut encore dialoguer avec un nombre impressionnant d'hommes et de femmes qui ne semblaient pas souffrir d'inhibitions. Enfin, à 15 h 45, après deux bonnes heures de recherches intensives à travers une myriade de salons, LuAnn laissa échapper un petit cri de victoire.

Kate, qui se dirigeait vers la cuisine pour refaire du café, se précipita vers elle.

— Tu l'as trouvée ?

— Elle vient juste d'entrer dans un salon qui s'appelle *Sex Pals*.

Kate tira une chaise près d'elle. LuAnn tourna légèrement l'ordinateur, afin qu'elle puisse lire le message qui s'affichait à l'écran.

— Guenièvre, petite cachottière, où étais-tu donc passée ? écrivit Tiger Lilly.

— Oh, ici et là, répondit évasivement LuAnn.

— Et tu n'avais pas accès à Internet, ici et là ?

Avant que LuAnn ait pu répliquer, Tiger Lilly rédigea un message adressé à tous les participants du salon.

— Eh, vous tous ! Dites bonjour à Guenièvre. C'est une vieille copine que j'ai rencontrée sur un autre salon et je vous garantis qu'elle n'a pas sa langue dans sa poche. Elle est même très, très vilaine.

— J'aime les vilaines filles, intervint un certain Tom Cat.

La fenêtre d'un espace privé s'afficha à l'écran. C'était Tiger Lilly.

— Nous avons du retard à rattraper, mon chou ! La dernière fois que j'ai eu de tes nouvelles, tu te préparais pour un duel avec le terrible Chevalier noir. Tu sais, le type supersexy qui avait un faible pour le dom pérignon. Comment ça s'est passé ? Il s'est montré à la hauteur ou bien ce n'était qu'un frimeur ? Allez, ma petite, crache le morceau !

LuAnn regarda Kate.

— Chevalier noir ? Tu as déjà entendu ce nom ?

Kate secoua la tête.

— Essaie de voir si elle sait quelque chose à son sujet et s'il rôde dans les parages.

— Il va falloir que j'improvise.

Les doigts de LuAnn tapotèrent légèrement le clavier.

— En réalité, ce grossier personnage m'a posé un lapin, écrivit-elle. C'est pour ça que je te cherchais. Je voudrais que tu m'aides à prendre contact avec lui. J'ai envie de renouer avec de vieux amis en ce moment.

— Désolée, répondit Tiger Lilly. Il a disparu de la circulation. Ça fait un bail qu'on n'a pas entendu parler de lui.

— Tu as une idée de l'endroit où je pourrais le trouver ?

— Pas la moindre. Il s'est tout simplement évanoui dans les airs. A peu près en même temps que toi, d'ailleurs. J'ai même cru que vous aviez trouvé votre bonheur ensemble.

— Non, pas du tout. Oh, ça ne fait rien… Merci quand même, ma chérie. Au revoir, il faut que j'y aille.

— Eh, ne fais pas ta mijaurée !

Comme LuAnn prenait congé, Kate ne put dissimuler son découragement.

— Tu crois que le Chevalier noir fréquente toujours des salons sur le Net ?

— Ce n'est pas impossible, répondit LuAnn en haussant les épaules. A ton avis, c'est lui qui a tué Guenièvre ?

— Peut-être.

— Dans ce cas, il a sûrement pris un autre pseudo. Autant chercher une aiguille dans une botte de foin. Si ça se trouve, nous avons discuté avec lui sans même le savoir.

Elle se tut, l'air songeur.

— Je vais essayer de me renseigner. Tu as une description de ce type ?

— Taille et corpulence moyennes. Il conduit une voiture noire.

— Voilà de bien maigres éléments, honorable jeune personne.

— Le meurtre s'est produit dans un motel de bord de route du comté de Fairfax, le *Lost Creek Motel.* Et nous savons maintenant que l'assassin a un penchant pour le dom pérignon.

LuAnn hocha la tête et repoussa sa chaise.

— J'ai deux copines qui travaillent sur Internet. Je vais leur demander si ça leur dit quelque chose.

— Euh, ce n'est peut-être pas très prudent, LuAnn.

Kate songeait brusquement qu'elle était en train d'impliquer des gens innocents dans l'histoire.

— Cet homme est peut-être un meurtrier. S'il a vent de quelque chose, s'il apprend que quelqu'un cherche à le débusquer sur le Net…

— Ne t'en fais pas, il n'en saura rien. Ces filles sont loin d'être idiotes, elles sauront se montrer prudentes. A présent, ajouta LuAnn en se levant, tu veux bien m'aider à changer mon lit de place ? Il faut que je l'installe dans l'axe nord-sud.

14.

Encore enthousiasmés par la victoire inespérée des Panthers contre les Falcons, Mitch et Alison rentrèrent de Baltimore vers 18 heures en projetant déjà d'aller encourager leur équipe, la prochaine fois qu'elle disputerait un match.

Malgré sa ferme intention de jouer aux échecs avec Mitch après le dîner, Alison tombait de sommeil au dessert. A 20 heures, elle rendit les armes et monta se coucher, laissant aux adultes le soin de débarrasser.

Dès qu'elle eut disparu, Mitch se tourna vers Kate.

— Comment s'est passée ta rencontre avec Lynn Flannery ?

Elle aurait préféré passer sous silence certaines choses, mais elle n'avait pas le choix.

— C'était... intéressant.

Il lui lança un regard amusé.

— Intéressant, c'est tout ?

— Non, répondit-elle en prenant le verre qu'il lui tendait pour le mettre dans le lave-vaisselle. Ce n'est pas tout.

Elle hésita.

— Je ne sais pas trop comment te l'annoncer.

— Quoi donc ?

Elle se dirigea sans un mot vers la table de la cuisine, prit la boîte à chaussures, en sortit les trois clichés où l'on voyait Molly devant son ordinateur et les tendit à Mitch.

— Lynn a pris beaucoup de photos de Molly au cours des années. Jette donc un œil sur celles-ci.

Il contempla les clichés un moment, puis leva la tête, une expression indéchiffrable sur le visage.

— Je présume que c'est pour le portable que tu as sélectionné ces photos, pas pour Molly elle-même.

— Exact, acquiesça-t-elle en lui tendant la loupe. Comme tu peux le voir, Molly, sous le pseudonyme de Guenièvre, est en train de dialoguer avec une autre femme, Tiger Lilly. Je ne savais pas comment m'y prendre pour entrer en contact avec elle, alors j'ai demandé à LuAnn, en espérant qu'elle serait un peu plus experte que moi en la matière.

Elle lui rapporta le dialogue de LuAnn avec Tiger Lilly.

Mitch se taisait. La tête baissée, il continuait à regarder les photographies. Bien qu'elle ne puisse pas voir ses yeux, Kate comprenait combien ce devait être dur pour lui d'apprendre que la jeune sœur qu'il avait aimée et perdue s'était conduite comme une écervelée et n'avait pas hésité à se mettre en danger en fréquentant des salons érotiques sur Internet.

Au bout d'un moment, il marcha vers la fenêtre et contempla la nuit à travers les carreaux.

— Il doit sûrement se trouver quelque part sur le Net. Probablement sous un autre pseudonyme… Mais il est toujours là.

— C'est aussi l'avis de LuAnn. Elle va essayer de faire marcher le bouche à oreille. Elle connaît deux filles qui travaillent à partir d'Internet.

— Cette… Tiger Lilly, commença-t-il en se tournant vers elle, qu'a-t-elle dit au sujet du Chevalier noir ?

— Pas grand-chose, à part qu'il s'agissait d'un chaud lapin aimant le dom pérignon.

Elle vint se placer derrière lui.

— Je suis désolée, Mitch. J'aurais préféré ne pas avoir à te le dire.

— Si seulement je l'avais su, j'aurais pu l'aider…

— Lynn a essayé de l'aider. Elle ne savait pas que Molly recrutait ses partenaires dans ce genre de salons, mais elle avait senti que ta sœur fonçait tête baissée vers les ennuis. Elle a tenté de la mettre en garde, mais Molly ne se serait pas confiée à elle, ni à personne d'autre. Elle ne voulait pas qu'on l'aide… (Une pause.) Mitch, y a-t-il une chance de retrouver ce Chevalier noir ? demanda-t-elle alors qu'il demeurait silencieux. Nous ne connaissons que son pseudonyme.

— Oh, oui. Nous le retrouverons.

Il s'exprimait d'une voix basse et tendue.

— Il va nous falloir attendre un ordre du tribunal, ça peut prendre une semaine. Mais nous le trouverons.

Il jeta un coup d'œil à sa montre.

— Il n'est pas trop tard pour joindre Frank. Il n'y a que lui qui puisse requérir cet ordre.

— Il acceptera de le faire ?

— Oui, je pense. Il m'a fait comprendre qu'il pourrait envisager de reprendre l'enquête, à condition qu'on lui fournisse une bonne raison pour ça.

Il s'empara du combiné.

— Je pense que nous tenons une bonne raison, conclut-il.

Après s'être entretenu quelques instants avec son vieil ami, Mitch raccrocha en souriant.

— Je n'ai pas eu besoin d'insister, annonça-t-il.

— Tant mieux !

Et d'un air faussement détaché, elle ajouta :

— Ah, j'allais oublier. J'ai découvert autre chose aujourd'hui.

— Au sujet de Molly ?

Elle hocha la tête.

— J'ignorais qu'elle était partie dans le Colorado, juste avant de passer ses examens. Pourquoi ne m'en as-tu rien dit ?

Son visage resta impassible.

— Parce que ça n'avait rien à voir avec l'affaire qui nous occupe. Cela fait si longtemps... Je suis surpris que Lynn ait éprouvé le besoin de t'en parler.

— D'après elle, ce séjour dans le Colorado avait radicalement transformé Molly.

— Transformé comment ?

— Il paraît qu'elle était devenue suicidaire, qu'elle prenait des risques inconsidérés. A cette époque, tu travaillais pour Worldwide. Tu n'as peut-être rien remarqué parce que tu ne venais que pour des laps de temps très courts. Mais ça n'a pas échappé à Lynn. Et ça l'inquiétait.

Comme il ne répondait pas, elle insista :

— Pourquoi Molly est-elle partie s'installer dans le Colorado ?

— Elle en avait assez de Washington.

— C'était la seule raison ?

— Oui, je pense.

Il avait pris un ton désinvolte, comme si la question n'avait aucune importance.

— Franchement, je ne m'en souviens pas.

C'était tout de même difficile à croire ! Mitch et Molly avaient été aussi proches que peuvent l'être un frère et une sœur, et il ne l'avait même pas questionnée sur ce soudain désir de s'en aller à l'autre bout du pays ?

Avant qu'elle ait pu décider si elle devait lui dire tout haut ce qu'elle pensait tout bas, un portable sonna. Ils attrapèrent d'un même ensemble leurs téléphones posés sur le comptoir. L'appel était pour Mitch. Tout en écoutant, il jeta un coup d'œil à l'horloge murale de la cuisine.

— Entendu, j'arrive tout de suite.

— Que se passe-t-il ? s'enquit Kate quand il eut raccroché.

— Un meurtre sur Embassy Row. Il faut que j'y aille.

— Comment se fait-il que ça tombe toujours sur toi ?

Il déposa un baiser sur ses lèvres.

— Parce qu'ils savent que j'ai besoin d'argent. Il faut que je fasse des heures supplémentaires.

— Je sais que ce n'est pas la vraie raison.

Elle se tint sur le pas de la porte et le regarda s'éloigner vers sa voiture. Il ne lui avait toujours pas expliqué pourquoi Molly avait décidé de plaquer ses études pour partir dans le Colorado.

15.

Le dimanche matin apporta la pluie, avec une bruine persistante qui plongea la ville dans la grisaille. Un temps idéal pour passer l'après-midi dans l'un des plus grands musées scientifiques du monde, le Smithsonian. Malheureusement, Mitch, après seulement trois heures de sommeil, avait dû retourner au commissariat pour l'affaire d'Embassy Row et, bien entendu, il ne savait pas quand il rentrerait.

Alison, qui s'ennuyait ferme, supplia sa mère de l'emmener chez Eric rendre visite à Candace. Soucieuse d'éviter une nouvelle querelle avec sa fille — qui semblait tout juste avoir abandonné l'idée d'aller vivre chez son père une partie de l'année —, Kate finit par céder et la conduisit à Georgetown.

De retour à la maison, elle s'empressa d'enfiler un caleçon confortable, un vieux sweat-shirt qui datait du temps où elle était encore étudiante et d'épaisses chaussettes retroussées aux chevilles. Elle avait suffisamment de travail pour occuper son dimanche après-midi — notamment le dossier d'Ed Gibbons à préparer, son procès étant prévu pour le 3 juin.

Elle était en train de dresser la liste des témoins de la défense, lorsqu'on sonna à la porte d'entrée. Elle ne bougea pas. Alison était chez son père, Mitch au travail ; les autres pouvaient bien revenir plus tard.

Un deuxième coup de sonnette retentit, bref, suivi d'un autre plus long. Kate soupira. L'intrus, quel qu'il fût, n'avait apparemment pas l'intention d'abandonner. Elle posa son dossier sur le canapé et se résigna à aller ouvrir.

Elle perdit le souffle en reconnaissant le couple qui se tenait sur le perron.

— Maître Logan ? demanda l'homme.

— Oui.

Elle avala péniblement sa salive, et son regard glissa jusqu'à l'élégante femme brune qui accompagnait son interlocuteur. Elle se sentait aussi intimidée que le jour de sa première plaidoirie.

— Juge Buchanan.

Cette fois, elle parvint à sourire. Hallie Buchanan lui sourit en retour, mais son époux demeura impassible.

— Excusez ma surprise. Votre visite est quelque peu... inattendue.

Un euphémisme, songea-t-elle tandis que cet homme à la réputation plutôt controversée continuait à la toiser.

Elle chercha du coin de l'œil les agents du FBI qui accompagnaient généralement cet hôte prestigieux, s'attendant à les voir postés au coin de la rue, mais elle ne vit qu'une Town Car grise garée le long du trottoir.

— Nous comprenons très bien, assura Mme Buchanan. J'espère que nous ne vous dérangeons pas.

— Non, pas du tout.

Kate s'écarta afin de les laisser entrer, un peu gênée de porter une tenue si peu adaptée aux circonstances. Comme ils passaient devant elle, elle en profita pour les jauger rapidement. Bien que toujours imposant, Lyle Buchanan était en réalité plus petit qu'il ne paraissait à la télévision. En revanche, elle reconnaissait bien la célèbre toison grise qu'elle avait déjà admirée dans les magazines. Il avait les traits forts, le front large, la mâchoire carrée et des yeux qui semblaient vous pénétrer jusqu'au fond de l'âme.

Elle se souvint de ce que Douglas Fairchild lui avait dit un jour où il devait plaider en cour d'appel : « Tu as beau être le meilleur et le plus convaincant des avocats, quand le regard d'aigle du juge de la Cour suprême Lyle Buchanan se pose sur toi, tu perds tous tes moyens. »

— Etes-vous seule ? s'enquit Lyle Buchanan.

— Oui.

Elle les conduisit jusqu'au salon, toujours propre et bien rangé, et désigna d'un geste les fauteuils à oreilles recouverts d'un tissu rayé beige et or.

— Prenez donc la peine de vous asseoir.

Hallie Buchanan ne se fit pas prier et s'assit bien droite, son sac sur les genoux. Mais son mari feignit de ne pas avoir entendu. Les mains dans le dos, il jeta un coup d'œil circulaire à la pièce. Son regard désapprobateur passa lentement de la grande baie vitrée donnant sur la rue aux aquarelles bon marché accrochées au mur, puis s'arrêta sur la demi-douzaine de photographies disposées sur la cheminée. Il ressemblait à un général passant ses troupes en revue.

Histoire de briser le silence qui commençait à devenir pesant, Mme Buchanan prit une photographie encadrée d'Alison qui se trouvait à sa portée.

— Votre fille, je présume, avança-t-elle en souriant aimablement.

— Oui. Elle s'appelle Alison et elle a treize ans.

En faisait-elle trop ? Pas assez ? Comment s'adressait-on à la femme d'un membre de la Cour suprême ?

Mais Hallie Buchanan éclata de rire, ce qui eut pour effet de mettre Kate à l'aise.

— Ah, c'est un âge terrible ! J'ai connu ça moi aussi.

Elle reposa le cadre.

— Elle est adorable.

— Je vous remercie.

Le juge Buchanan, qui semblait en avoir terminé avec son inspection, se retourna et lui fit face.

— Voici donc la jeune femme que mon fils a choisie pour sa défense.

Le ton condescendant l'agaça, mais elle se contint.

— On dirait que vous n'approuvez pas ce choix.

— Je ne mets pas vos capacités en doute, maître Logan, mais je vais être franc avec vous. Je m'étonne que Todd ait engagé quelqu'un qui vient tout juste de s'installer quand cette ville compte plusieurs centaines d'avocats qui ont fait leurs preuves.

— Lyle ! s'exclama Hallie Buchanan sans chercher à dissimuler sa désapprobation. Comment peux-tu être aussi indélicat ? Nous avons déjà parlé des compétences de Me Logan avant de venir. Et nous savons qu'elle possède toutes les qualités requises pour s'occuper de ce dossier.

Il ne parut pas l'entendre — en tout cas, il ne prit pas la peine de lui répondre.

— C'est une affaire délicate, maître. Beaucoup trop pour un avocat isolé. Mon opinion aurait été différente si vous pouviez compter avec une équipe habituée aux affaires criminelles, comme lorsque vous étiez chez Fairchild-Baxter. Mais seule…

Il secoua légèrement la tête, les lèvres pincées.

— Je ne peux pas m'empêcher de penser que vous risquez de vous sentir un peu dépassée.

Kate luttait de façon à conserver son calme. Cet homme n'était qu'un connard prétentieux. Il n'était pas venu ici dans le but de rencontrer l'avocate de son fils, mais bien pour la dissuader de s'occuper de l'affaire.

— Je comprends vos réserves, juge Buchanan, répliqua-t-elle d'un ton très professionnel. Vous voulez que votre fils soit bien défendu et vous n'êtes pas sûr que je sois capable de relever le défi. Croyez-moi, je m'en tire très bien. Malheureusement, vous êtes bien placé pour le savoir, je ne peux rien vous dire sur mon enquête. Excepté que j'ai déjà bien avancé.

— C'est merveilleux ! s'exclama Hallie Buchanan.

Comme elle regardait son mari, Kate crut voir autre chose que du soulagement dans ses yeux. Mais peut-être avait-elle trop d'imagination ?

— N'est-ce pas précisément ce que tu espérais entendre, Lyle ?

Lyle Buchanan ne répondit pas et se mit à arpenter la pièce, les mains dans le dos. Arrivé devant la cheminée, il s'arrêta et contempla de nouveau les photographies. Il y avait là Alison, les parents de Kate et ses grand-parents paternels, Rose et Douglas.

Certains clichés dataient de Noël. On voyait Mitch perché sur une échelle, s'apprêtant à accrocher l'ange au sommet du sapin. Alison le couvait des yeux avec un sourire innocent.

Lyle Buchanan contempla longuement la photo. Enfin, il se décida à parler.

— Qu'a pensé le détective Calhoon de votre décision d'accepter ce dossier ?

— Au début, il s'est montré aussi réticent que vous. Mais pas pour les mêmes raisons.

— Et maintenant ?

— Il commence à envisager l'hypothèse que quelqu'un d'autre que Todd ait pu tuer Molly.

— Mitch était fou de colère, à l'époque, intervint Mme Buchanan. J'ai tenté de le raisonner, mais il s'était déjà fait une opinion et il n'y a pas eu moyen de l'en faire changer.

— Je vois ce que vous voulez dire. J'ai moi-même eu des difficultés à le convaincre.

Hallie sourit.

— Je me réjouis que Todd ait eu la bonne idée de vous engager. Je ne pensais pas grand-chose de bon de son précédent avocat.

Elle lança un regard entendu en direction de son époux.

— Et pourtant, il appartenait à une grande firme, l'une des meilleures de Washington, et n'employait que des hommes de loi expérimentés. N'est-ce pas, Lyle ?

Le reproche était à peine déguisé, mais le visage de Buchanan resta de marbre.

— Je me suis trompé au sujet de Willard, lâcha-t-il comme pour lui-même. Mais le temps que je m'en rende compte et que je décide d'engager quelqu'un d'autre, Todd s'était déjà enfui.

Hallie se tourna vers Kate.

— Comment va Todd, maître Logan ? Avez-vous eu l'occasion de vous entretenir avec lui ?

— Oui. Il me charge de vous dire qu'il se porte comme un charme, qu'il vous aime tous les deux et… qu'il est fiancé.

Todd lui avait demandé de ne pas mentionner pour l'instant la grossesse de Jessica, aussi se garda-t-elle bien d'en parler.

Mme Buchanan pressa ses mains contre sa poitrine.

— Fiancé ? Oh, mon Dieu !

Elle considéra son mari, lequel paraissait tout aussi surpris qu'elle mais préférait visiblement lui laisser le soin de commenter cet événement inattendu. Comme il demeurait silencieux, Hallie s'adressa de nouveau à Kate.

— Comment est-elle, maître ? Vous l'avez vue ?

— Oui, et elle est charmante. Dans tous les sens du terme. Je ne peux pas vous en dire beaucoup plus.

Hallie Buchanan commençait à se lever.

— Je voudrais profiter de votre visite pour vous poser une question, intervint Kate.

La mère de Todd lança de nouveau un regard hésitant en direction de son mari.

— Que voulez-vous savoir ? demanda Lyle.

Le ton n'était guère aimable, mais au moins n'avait-il pas carrément repoussé sa requête.

— Je me suis plongée dans de vieux articles de journaux, expliqua Kate. J'ai remarqué que pas mal de journalistes avaient clamé l'innocence de Todd : selon eux, sachant qu'il serait le premier soupçonné, on aurait tué Molly dans le but de vous atteindre à travers lui. Je me demandais si vous aviez une opinion sur la question.

— C'est une hypothèse ridicule, maître Logan. Si quelqu'un avait voulu m'atteindre, il s'en serait pris à moi, pas à mon fils.

— Mais si vous deviez désigner quelqu'un capable de tuer un innocent afin d'atteindre son but, à qui penseriez-vous ?

Il lui sourit froidement.

— La liste serait longue, maître. Il vous faudrait une vie entière pour enquêter sur chacun des suspects, vous seriez vieille et grisonnante avant même d'avoir terminé.

Il se tourna vers sa femme.

— Hallie ? Pouvons-nous y aller ?

Elle leva les yeux vers lui avec un sourire un peu forcé.

— Oui.

Lorsqu'ils atteignirent la porte d'entrée, Hallie posa une main sur le bras de Kate.

— Maître Logan...

Elle prit une profonde inspiration.

— Si vous arrivez à faire rouvrir le dossier, Todd a-t-il une chance d'être acquitté ?

— Je ne peux rien vous garantir. Mais je vous promets de faire de mon mieux pour qu'il le soit.

Kate regarda le juge Buchanan. Pour la première fois depuis que cet homme était entré dans sa maison, elle eut l'impression fugitive d'avoir devant elle un père inquiet pour son fils, et non un membre de la Cour suprême.

— Que se passe-t-il ? demanda Jess alors que Todd sortait de la cabine téléphonique. Tu sembles contrarié.

Sans un mot, il la prit par le bras et l'entraîna à travers la place Louis-XIV, au milieu des promeneurs qui profitaient du chaud soleil de ce dimanche.

— Kate a reçu la visite de mes parents.

Le visage de Jess s'illumina.

— C'est vrai ? Et alors ?

Ils s'arrêtèrent devant l'étalage d'un poissonnier pour acheter quelques sardines grillées bien croustillantes et poursuivirent leur promenade.

— Il paraît que ma mère était émue. Elle a demandé comment j'allais et a semblé heureuse d'apprendre que j'étais fiancé.

— Et ton père ?

Il sortit une sardine du cornet en papier et la mit dans sa bouche.

— Il n'était pas venu pour prendre de mes nouvelles.

— Je suis sûre qu'il en mourait d'envie.

— Je n'en sais rien. Je ne lui en voudrais pas, s'il ne voulait plus entendre parler de moi. Je lui ai fait beaucoup de mal, Jess. J'ai foulé aux pieds tout ce qu'il m'a appris, tout ce qui comptait pour lui.

— Un jour, tu auras l'occasion de te racheter à ses yeux.

Elle grignota une sardine.

— Il n'a vraiment rien dit du tout ? C'est ta mère qui a parlé tout le temps avec Kate ?

— Oh, mais ne t'inquiète pas, il s'est exprimé ! Il veut que Kate renonce à me défendre.

Elle parut choquée.

— Il a débarqué comme ça en donnant des ordres ?

— Il n'a peut-être pas été aussi explicite, mais aucun risque, il a su se faire comprendre.

— Kate ne va pas en tenir compte, n'est-ce pas ?

Il rit.

— Aucune chance. Apparemment, elle aussi sait ce qu'elle veut, et elle s'est arrangée pour le lui signifier.

Jess se lécha les doigts et les essuya avec un mouchoir en papier.

— Elle en sait un peu plus sur ce salon de discussion dont elle t'a parlé hier ?

— Oui, on dirait qu'elle progresse de ce côté-là. Elle a trouvé Tiger Lilly.

Les yeux de sa compagne pétillèrent d'excitation.

— Oh, Will, c'est une excellente nouvelle !

Il lui jeta un coup d'œil sceptique.

— Je n'en sais rien, Jess. Il me semble que tout ça ne va pas donner grand-chose. D'après cette Tiger Lilly, Molly était en contact avec un homme qui se faisait appeler le Chevalier noir. Elle s'apprêtait même à le rencontrer.

— Et qui est ce Chevalier noir ?

— C'est là que l'affaire se corse. Personne ne le connaît. Il venait tous les soirs participer à leurs agapes, mais il est toujours resté très prudent.

— Comment en est-il venu à prendre rendez-vous avec Molly ?

— Ils s'entretenaient probablement sur un espace de dialogue privé. C'est pour ça que Tiger Lilly ne peut rien nous apprendre à son sujet. Elle ne peut que nous répéter ce que Molly a bien voulu lui dire. Et elle a également remarqué qu'il a cessé de fréquenter le salon en même temps qu'elle.

— Je ne comprends pas… Comment se fait-il que la police n'ait rien découvert au moment de l'enquête ? Tu m'as bien dit qu'ils avaient emporté l'ordinateur de Molly ?

— Oui, mais le disque dur avait été nettoyé, complètement vidé.

— C'est une manipulation compliquée ?

— Non, répondit-il en secouant la tête. Il suffit de s'y connaître un peu. De nos jours, tous ceux qui possèdent un ordinateur en seraient capables.

Elle s'arrêta et se tourna vers lui.

— Alors ce Chevalier noir a pu tuer Molly et effacer la mémoire de son ordinateur.

— Ça m'étonnerait ! Tu te rends compte à quel point ç'aurait été compliqué pour lui ? Il aurait fallu qu'il s'introduise dans la maison. Comment aurait-il su où nous habitions ? Molly était téméraire, mais pas inconsciente. Jamais elle n'aurait communiqué son adresse à un étranger.

— En es-tu certain ? Nous sommes en train de parler d'une femme qui n'a pas hésité à donner rendez-vous dans un motel à un homme qu'elle ne connaissait même pas.

Non il n'en était pas certain. A vrai dire, il n'était plus certain de rien.

Ils se remirent en route.

— Enfin, c'est quand même notre meilleure piste jusqu'à présent, commenta Jess en glissant son bras sous le sien.

— C'est aussi l'avis du détective Sykes. Il accepte de rouvrir le dossier. Kate m'a appris qu'il a fait une requête dans ce sens auprès du tribunal. Il en a besoin pour vérifier la liste des abonnés de ce salon et trouver ce Chevalier noir.

Elle en resta bouche bée.

— Et tu ne me le disais pas !

— Je ne voudrais pas te donner de faux espoirs.

Elle laissa aller sa tête contre son épaule.

— Ils vont le retrouver, Will, tu verras.

Loin de partager son optimisme, il ne croyait pas une seconde que l'on puisse identifier cet homme. Quelqu'un qui avait échappé à la police pendant deux ans n'allait pas brusquement commettre une erreur et se laisser piéger.

Toutefois, il n'eut pas le cœur de la détromper et lui tapota gentiment la main.

— Espérons que tu as raison, déclara-t-il seulement.

Le dimanche, Saint-Jean-de-Luz se transformait en paradis pour les promeneurs. Des familles entières venaient manger sur le port et photographier la maison de l'Infante, demeure dans laquelle Louis-XIV avait séjourné avec son épouse peu après leur mariage.

Afin de tuer le temps en ce début d'après-midi, Emile Sardoux s'était attablé à la terrasse du Café Central avec son sempiternel Vittel-menthe et s'adonnait au passe-temps local : regarder passer les flâneurs. Près de lui, un client commanda un cognac. Emile fit la grimace en songeant à la douce chaleur de la liqueur dans sa gorge.

Il détourna les yeux et poussa un long soupir douloureux. La sobriété, ce n'était pas gai ! Si cela n'avait été pour Antoinette qu'il tenait tant à reconquérir, il aurait envoyé sa promesse au diable et commandé une bière.

Il essaya de ne plus y penser et se mit à observer un couple d'Américains qui se levait. Parlant anglais couramment, il avait compris à leurs propos qu'ils projetaient de visiter le Rocher de la Vierge à Biarritz et de repartir pour Milwaukee deux jours plus tard.

Le Rocher de la Vierge… Il en eut la gorge serrée. C'était là qu'il s'était déclaré à Antoinette, tout en haut, face à l'océan déchaîné. Jamais il n'oublierait la beauté de son visage au moment où, après lui avoir demandé de l'épouser, elle avait articulé un oui à peine audible, couvert par le bruit des vagues.

Ses yeux tombèrent sur la table qu'avait occupée le couple d'Américains. Ils avaient abandonné un journal plié en deux, l'*International Herald Tribune*, dont il apercevait le haut d'une page. Il y avait aussi la photographie d'un homme sous laquelle était inscrit en gros titre :

« Le fils d'un membre de la Cour suprême de nouveau sous le feu des projecteurs. »

Intrigué, il s'empara du journal et lut.

« Kate Logan, du barreau de Washington, reprend l'affaire concernant le meurtre de Molly Buchanan. Il y a deux ans, on avait retrouvé le cadavre de cette jeune femme âgée de trente ans dans un motel de Virginie. Todd Buchanan, mari de la victime et suspect numéro un, avait pris la fuite et n'a toujours pas été retrouvé par la police à l'heure qu'il est. Maître Logan, ancien membre du prestigieux cabinet Fairchild-Baxter, s'est refusée à tout commentaire. »

Quand il eut achevé sa lecture, Emile regarda de nouveau la photo grisâtre du journal et dévisagea le séduisant jeune homme aux cheveux blonds coupés court. Il avait la mâchoire carrée, une fine moustache et portait une veste blanche qui accentuait encore son côté chic et un peu apprêté. Pas du tout le genre de type qu'Emile aurait fréquenté. Et pourtant...

Il regarda la photographie attentivement. Ce gars-là ne lui était pas inconnu. Les yeux, le sourire débonnaire, sans doute. Il relut le nom de l'homme et secoua la tête. Non, il devait sûrement se tromper ; Todd Buchanan, ça ne lui disait rien.

Alors pourquoi avait-il l'impression confuse de l'avoir déjà vu ?

Le journal à la main, il leva la tête et scruta la foule. C'était un dimanche comme les autres. Les touristes s'arrêtaient le temps de consulter leur guide, et les enfants s'amusaient en faisant des tours de manège, pendant que leurs parents mangeaient quelques sardines grillées achetées au marchand ambulant installé juste à côté.

Emile prit une gorgée de Vittel-menthe. Son imagination lui jouait des tours. Certes, il avait besoin d'une histoire intéressante, mais de là à voir des choses qui n'existaient pas...

Il s'ennuyait tellement qu'il commençait peut-être à travailler du chapeau. Et pourtant... Si son intuition se révélait fondée ? Si un citoyen américain fuyant la justice de son pays se cachait à Saint-Jean-de-Luz ?

Et que ce soit lui, Emile, qui le débusque ?

Cette idée était tellement exaltante que, s'il avait bu, cela l'aurait instantanément dessoûlé. Voilà qui ferait un putain d'article ! Il voyait déjà les gros titres :

« Un journaliste français débusque un meurtrier en fuite. »

Il se plongea de nouveau dans la contemplation du séduisant visage de la photographie, en essayant d'imaginer comment l'homme avait pu se transformer. Il s'était peut-être laissé pousser la barbe. Ou coupé les cheveux et rasé la moustache, avoir grossi un peu. Une paire de lunettes par-dessus tout ça, et il était sûrement méconnaissable.

Sauf pour lui, Emile, qui n'avait pas les yeux dans sa poche.

16.

Dans l'après-midi du dimanche, Mitch appela Kate pour lui annoncer qu'il venait de rentrer chez lui après quatorze heures de service. Pour l'instant, il rêvait d'une bonne douche et d'une bière bien fraîche. Ensuite, il se demandait si Kate pouvait passer… Sinon, il ferait une petite sieste.

Kate avait encore deux heures devant elle avant d'aller récupérer Alison chez Eric, aussi prit-elle sans hésiter le chemin de Kalorama Road pour rejoindre Mitch. Loin de le trouver au lit, épuisé, elle eut la surprise d'entendre la douche couler à l'étage.

Décidant de lui faire à son tour une bonne surprise, elle se débarrassa de ses vêtements devant la porte de la salle de bains et le rejoignit sous la douche, en riant de son air à la fois ravi et ébahi.

— Eh bien, dit-il en la prenant dans ses bras, tu es une femme pour le moins imprévisible.

Elle le désirait déjà et pour toute réponse caressa ses lèvres du bout de la langue.

— Tu aimes ça ?

Il l'embrassa à pleine bouche et laissa courir ses mains sur tout son corps avant de s'arrêter sur ses seins. Fou de désir, il la souleva. Elle enroula ses jambes autour de sa taille, et ils firent l'amour, sans cesser de s'embrasser et de se caresser furieusement, sous le jet d'eau tiède.

Enfin, épuisés et rassasiés, ils s'allongèrent l'un près de l'autre sur l'édredon vert et douillet de la chambre. Mitch ne tarda pas à s'assoupir sur le ventre, un bras posé sur la poitrine de Kate et l'autre qui pendait mollement en dehors du lit. Elle aurait voulu se blottir contre lui et se laisser bercer par le souffle profond et régulier de sa respiration, mais il semblait avoir désespérément besoin de sommeil : il avait sombré dès que sa tête avait touché l'oreiller.

Elle fit doucement glisser le bras qui la retenait prisonnière, en prenant soin de ne pas le réveiller. Mais à peine eut-elle soulevé une jambe qu'elle sentit une main l'agripper.

— Reste là.

Elle se tourna vers lui et l'embrassa du bout des lèvres.

— Tu as sommeil.

— Mais j'ai encore envie de toi.

Des mains expertes glissèrent sur sa peau, réveillant un désir qu'elle pensait pourtant avoir déjà pleinement assouvi. Bien qu'ils soient amants depuis quatre mois et que Mitch ait exploré chaque centimètre de son corps, il lui arrivait encore de la surprendre, comme s'ils faisaient l'amour pour la première fois.

— Alors, comme ça, tu t'apprêtais à me fausser compagnie sans même me dire au revoir ?

Il l'empoigna par la taille et l'attira au-dessus de lui.

— Mais tu es mort de fatigue !

Il se souleva légèrement pour se coller à elle.

— Viens donc voir un peu si je suis mort…

Les yeux fermés, elle se pressa contre son sexe en érection et l'enlaça en gémissant de plaisir. Bientôt, elle se balançait en rythme au-dessus de lui. Puis ce fut l'orgasme, et elle se laissa retomber contre sa poitrine.

Elle resta un moment la tête sur son épaule, à reprendre doucement son souffle.

— Je crois que je n'ai même plus la force de marcher jusqu'à ma voiture.

— Je t'avais prévenue, Kate. L'absence attise l'amour… Et la libido.

— Hmm… Est-ce que ça signifie que tu voudrais que nous prenions nos distances plus souvent ?

— Non. Jamais de la vie !

Il se mit à jouer avec une mèche de ses cheveux et l'enroula autour de son doigt. Fermant les yeux, elle se laissa aller. Elle se sentait tellement bien qu'elle aurait pu aisément s'endormir. Mais c'était un luxe qu'elle ne pouvait s'offrir. Dans une demi-heure, il lui faudrait se lever afin de remplir ses devoirs de mère.

— Le juge Buchanan et sa femme m'ont rendu visite aujourd'hui, lâcha-t-elle tout à trac.

Mitch se tourna vers elle et se souleva sur un coude.

— Tu plaisantes ? Qu'est-ce qu'ils voulaient ?

Elle lui rapporta leur conversation. Lyle Buchanan prétendait que son fils s'en sortirait mieux avec un avocat plus expérimenté et avait eu à son égard un comportement presque insultant.

— Mis à part cette rebuffade, j'ai une drôle d'impression à leur sujet.

— Quel genre d'impression ?

— Je ne sais pas. Ils me donnent la chair de poule et ne m'inspirent pas confiance… Je suis persuadée qu'ils cachent quelque chose de pas joli-joli. Pendant tout le temps où ils sont restés chez moi, j'ai eu l'impression de jouer au chat et à la souris. Sans pouvoir dire qui chassait qui.

— Ils sont peut-être tout simplement prudents.

— Non, ce n'est pas ça. Je ne peux pas expliquer pourquoi, mais j'ai eu le même sentiment quand j'ai appelé le bureau de Terrence Buchanan, l'autre jour.

— J'ignorais que tu avais rencontré Terrence.

— Je ne l'ai pas rencontré, justement. Sa secrétaire m'a fait patienter pour m'annoncer finalement que M. le doyen était désolé, mais qu'il n'avait pas le temps de me recevoir, ni même de s'entretenir avec moi cinq minutes au téléphone. Apparemment, ces messieurs de l'université sont très occupés en ce moment. Enfin, je n'ai pas cru un mot de ce qu'elle m'a raconté. Je pense plutôt qu'il essaie de m'éviter.

— Hmm.

— Qu'est-ce que c'est que ce regard ? demanda-t-elle devant son air mystérieux.

Il ouvrit le tiroir de sa table de nuit, en sortit quelque chose et se tourna vers elle, un bracelet à la main.

— Jette un œil là-dessus.

Kate prit le bijou, un jonc en or serti de rubis.

— Qu'est-ce que c'est ?

— Un des nombreux colifichets que Todd offrait régulièrement à Molly. Elle disait que ce cadeau était le premier qu'il lui avait offert. Il avait une valeur sentimentale à ses yeux.

— Il est vraiment très beau. D'un travail tellement délicat ! Il y a une inscription, ajouta-t-elle en regardant à l'intérieur du bracelet.

— Je sais.

— « A toi pour toujours, T. »

Elle leva la tête vers Mitch.

— Tu sais, je crois que Todd était sincère en faisant graver ces mots. Je suis persuadée que, en dépit de leurs disputes continuelles et des humiliations qu'il subissait, il aimait Molly.

— Sans doute, oui. A sa manière.

Il reprit le bracelet.

— Tu ne trouves pas étrange qu'il se soit contenté d'une initiale ? demanda-t-il comme si l'idée venait de le traverser.

Elle haussa les épaules.

— Je suppose que c'était une question de place.

— Oui. Ou alors…

Il lui lança un regard de défi.

— Ce bracelet ne lui venait pas de Todd.

— Mais puisqu'elle t'a dit elle-même…

— Je sais ce qu'elle m'a dit. Je me demande simplement si c'était la vérité.

Kate retint sa respiration, une multitude de pensées se bousculant dans sa tête. C'était une hypothèse lourde de conséquences.

— Terrence, lâcha-t-elle enfin. Tu penses que ce T. est pour Terrence.

Il haussa les épaules.

— C'est possible. Ils s'étaient rencontrés bien avant que Molly n'épouse Todd.

— C'est-à-dire ?

— Molly a été l'élève de Terrence et s'était entichée de lui. Une fois, alors que j'étais rentré à Washington pour les vacances de Pâques, elle n'a pas arrêté de me parler de lui. Quand je lui ai demandé d'où lui venait cette passion soudaine pour le droit international, elle a seulement répliqué : « Si tu connaissais le Pr Buchanan, tu ne me poserais pas la question. »

Kate se redressa sur le lit, et le drap glissa sur sa poitrine nue, dissimulant à peine ses seins.

— Tu crois qu'ils avaient une liaison ?

— Ce ne serait pas la première fois qu'une étudiante se laisserait éblouir par un bel enseignant.

Elle sentait son cerveau marcher à toute vitesse.

— Tu penses que c'est pour ça que les Buchanan sont venus me voir ? Ils venaient tâter le terrain parce qu'ils craignaient que je ne sois au courant ?

Elle jeta un œil sur le réveil. L'heure d'aller chercher Alison… Elle se leva et entreprit de se rhabiller.

— Ça ne m'étonne pas que Terrence ait refusé de me recevoir… Il n'avait pas envie que je lui pose des questions gênantes.

Les bras confortablement repliés sous la tête, Mitch la regarda sauter dans son pantalon.

— Mais moi, il ne peut pas refuser de me recevoir, remarqua-t-il posément. Après tout, je suis un peu de la famille.

En dépit de sa situation en plein cœur de la ville, l'université de Jefferson avait réussi à entretenir une atmosphère collégiale. Le campus de trente-six hectares comptait une centaine d'organisations étudiantes, allant des rassemblements politiques aux associations internationales, des troupes de théâtre aux cercles littéraires.

Quand Terrence Buchanan avait failli obtenir le poste de conseiller pour la sécurité auprès du Président, Mitch avait fini ses études depuis longtemps. Pourtant, il se souvenait parfaitement du vent d'euphorie qui avait soufflé sur le campus lors de l'annonce de la grande nouvelle.

La fête avait été de courte durée car, peu de temps après, lors d'une conférence de presse à laquelle assistaient trois mille étudiants abasourdis, Terrence Buchanan avait solennellement annoncé qu'il refusait cette nomination. Il entendait demeurer doyen de l'université de Jefferson et assurait aux étudiants et aux membres de la faculté qu'apporter sa contribution à un établissement qui dispensait le savoir depuis deux cents ans lui semblait une tâche tout aussi noble que servir le président des Etats-Unis.

La conférence de presse avait été beaucoup diffusée par la suite, jusqu'à ce que l'affaire de Todd cesse d'intéresser Washington et qu'un nouveau scandale prenne la relève.

Mais récemment, la roue avait tourné de nouveau pour l'aîné des fils Buchanan. Le mois dernier, le conseil d'administration avait annoncé que Terrence était l'un des trois hommes pressentis pour la présidence de l'université.

Mitch n'éprouvait ni sympathie ni animosité particulière à son égard. Le fait qu'il fasse partie de la famille Buchanan ne jouait certes pas en sa faveur, mais il devait reconnaître qu'il ne le connaissait qu'à travers ce que Molly lui en avait dit.

Mitch marchait les mains dans les poches et sentait le bracelet qu'il avait glissé dans sa veste avant de partir. Si son intuition se révélait fondée, l'enquête sur le meurtre de Molly pourrait bien prendre une tout autre direction. Evidemment, il ne s'attendait pas à ce que Terrence reconnaisse avoir offert ce bracelet ou avoir eu une liaison avec Molly. Cependant, si l'homme lui mentait, il le sentirait.

C'était l'heure du déjeuner. Sa secrétaire s'étant absentée, Terrence avait laissé la porte de son bureau ouverte.

Il était au téléphone, les pieds posés sur le bureau, quand Mitch arriva. Sans interrompre sa conversation, il lui fit signe d'entrer.

— Vous êtes trop généreux, monsieur Rodewald, déclara-t-il d'un ton affable. Encore une fois, je ne sais comment vous remercier.

Terrence était un homme d'allure sportive, avec des tempes légèrement grisonnantes et de petites rides aux coins des yeux

— une version plus âgée de son frère, en quelque sorte. Il parlait avec assurance, riait quand il le fallait et paraissait détendu… et fier que Mitch le surprenne en pleine conversation avec Samuel J. Rodewald, l'un des philanthropes les plus généreux et les plus riches de Washington.

Pendant que Terrence continuait à bavarder avec son bienfaiteur non sans une certaine flagornerie, Mitch attendit patiemment, intéressé par le spectacle de ce grand professionnel en plein exercice de son art. Il comprenait aisément qu'une jeune fille comme Molly soit tombée amoureuse de lui. L'homme débordait de charme et d'assurance.

— Puis-je espérer vous compter parmi nous lors de l'inauguration, cet automne ? demanda-t-il à son interlocuteur tout en reposant les pieds par terre.

Il sourit.

— Formidable ! Oui, moi aussi je serai ravi de vous rencontrer. Au revoir, monsieur Rodewald. Et bonne journée !

Ayant raccroché, il se leva et rajusta sa cravate.

— Désolé de vous avoir fait attendre, Mitch. Mais Rodewald finance la nouvelle bibliothèque de l'université et je ne pouvais pas envoyer ce vieux barbon sur les roses.

— Je comprends.

Les deux hommes se serrèrent la main.

— Ça fait plaisir de vous revoir, Mitch. Comment allez-vous depuis le temps ?

— Ma foi, j'ai été très occupé, répondit Mitch en s'asseyant. Permettez-moi de commencer par vous féliciter pour votre nomination au poste de président.

— Je vous remercie. Mais, de vous à moi, ce n'est pas encore fait. Et j'ai bien peur que ce ne soit finalement Merv Linquist l'heureux élu, avoua Terrence en haussant les épaules. Oh, ce sont les petits aléas de la vie… Il faut voir le bon côté des choses.

Il se tut un instant.

— Ainsi, vous êtes venu me voir au sujet de Todd ? L'enquête va reprendre, d'après ce que je crois savoir.

Mitch ne s'était pas attendu à une entrée en matière aussi directe.

— C'est exact.

Terrence secoua la tête.

— Je n'envie pas votre position, Mitch. Ça ne doit pas être facile de se trouver entre la femme que l'on aime et le meurtrier de sa sœur. Je dois cependant reconnaître que Todd a très bien choisi son défenseur. La réputation de Kate Logan est excellente. Elle a fait une très forte impression sur ma mère.

Mais pas sur son père, songea Mitch.

— A vous entendre, on croirait que vous ne doutez pas de la culpabilité de votre frère.

— Franchement, Mitch, je ne sais que penser. Todd est mon cadet. Je l'aime, et je voudrais qu'il reprenne sa place parmi nous. Malheureusement, ajouta Terrence avec un soupir de regret, les preuves contre lui sont tellement accablantes que seul un fou pourrait le croire innocent.

— Kate le croit, elle.

— Tant mieux. Il a besoin de se sentir soutenu, en ce moment.

Il le regarda droit dans les yeux.

— Et vous, Mitch ? Que croyez-vous ? La dernière fois que nous en avons parlé, votre opinion semblait bien arrêtée. Auriez-vous changé d'avis ?

— Disons que j'essaie d'envisager la question sous plusieurs aspects.

La réponse parut réjouir Terrence qui arbora de nouveau un grand sourire enjôleur. Jouait-il la comédie ?

— En quoi puis-je vous aider, Mitch ?

C'était le moment de dévoiler son jeu.

— Avez-vous déjà vu ça ? demanda Mitch en laissant pendre le bracelet au bout de ses doigts.

Son petit effet n'eut pas le résultat escompté. Curieux mais pas du tout troublé, Terrence leva un sourcil, tendit le cou en avant comme pour voir l'objet de plus près et fit un signe de dénégation.

— Non, je ne pense pas. A qui appartient-il ?

Ou les soupçons de Mitch étaient parfaitement déplacés, ou cet homme possédait de réelles dispositions pour le théâtre.

— Il appartenait à Molly.

Terrence s'empara du bracelet et aperçut l'inscription qu'il lut à voix haute : « A toi pour toujours, T. »

Il partit d'un grand éclat de rire.

— En tout cas, on ne peut pas reprocher à Todd d'avoir jamais eu mauvais goût. Que ce soit en matière de femmes ou de cadeaux. Mais où l'avez-vous trouvé ? Je pensais que nous avions tous les bijoux de Molly.

— Elle avait laissé ce bracelet chez moi, avec quelques affaires. Il lui venait de Todd et elle y tenait beaucoup.

— Une telle merveille, ça n'a rien d'étonnant ! Sans aucun doute, Todd avait un goût très sûr.

— En fait, reprit Mitch en guettant sa réaction, je ne pense pas que ce soit Todd qui le lui ait offert.

— Il me semblait que vous aviez dit…

— Je vous ai seulement répété ce que Molly m'a raconté.

— Mais si ce n'est pas Todd, qui est-ce ?

— J'avais un peu pensé à vous.

Cette fois encore, Mitch fut surpris par sa réaction. Terrence rit à s'en décrocher la mâchoire et faillit même s'étouffer. La performance était plutôt réussie, mais pas assez pour un flic expérimenté.

— Moi ? dit-il quand il eut retrouvé son calme. D'où diable sortez-vous une idée pareille ?

— C'est le T. qui m'a mis sur la voie.

— Oui, T. pour Todd.

— Ou pour Terrence.

— Vous divaguez.

— Vous connaissiez Molly avant qu'elle n'épouse Todd, observa Mitch.

— Ça n'a rien d'un secret d'Etat. J'étais enseignant à Georgetown et Molly était mon élève.

— Une élève qui avait le béguin pour vous et prenait ce que vous disiez pour parole d'évangile. N'est-ce pas à cause de vous qu'elle est restée si longtemps à l'université ?

— J'encourage mes étudiants à terminer ce qu'ils ont commencé. Je suis un universitaire, Mitch. Je crois fermement en la vertu du savoir.

— Pourtant, elle n'est pas allée jusqu'au bout, n'est-ce pas ? Elle est partie brusquement, six mois avant les examens. Ça ne vous a pas surpris ? Vous n'avez pas eu la sensation d'avoir échoué avec elle ?

— Bien sûr que si. Molly avait de nombreux talents mais ne savait pas les exploiter. Je me suis évidemment senti responsable quand elle a abandonné. N'importe quel professeur digne de ce nom aurait éprouvé les mêmes sentiments. Quand je lui ai demandé les raisons de cette décision, elle m'a répondu qu'elle en avait assez d'étudier et qu'elle avait besoin de découvrir d'autres horizons.

— Pour moi, ce n'est pas la vraie raison de son départ.

— Et qu'est-ce donc, selon vous ? répliqua froidement Terrence.

— Je pense que Molly est tombée très amoureuse de quelqu'un à Georgetown. Quelqu'un qui l'a abandonnée. Ne pouvant supporter de se sentir rejetée, elle a préféré quitter la ville.

Le visage de Terrence exprimait l'incrédulité la plus totale.

— Et je suppose que, dans votre esprit malade, cet homme ne peut être que moi ? Et ceci, poursuivit-il en désignant d'un geste solennel le bracelet posé sur son bureau, c'est la babiole de prix que je lui ai offerte en guise de cadeau de rupture ? C'est bien ça ?

— Non, pas en guise de cadeau de rupture. Sinon, vous n'auriez pas fait inscrire « A toi pour toujours ».

— Je ne lui ai pas offert ce bracelet. Et je n'ai jamais eu de liaison avec votre sœur.

Il se redressa de toute sa hauteur, l'air furieux.

— Vos accusations me troublent profondément, Mitch. J'ai toujours été conscient de ma mission d'enseignant. J'essaie de me mettre à la portée de mes élèves et de les aider quand ils rencontrent des difficultés, ce dont je suis fier. Je suis fier du soutien que je leur apporte depuis des années. Aussi je ne vous permets pas de venir jusque dans mon bureau pour proférer des accusations insultantes.

Enfin, il commençait à perdre son sang-froid !

— Je ne suis qu'un flic, Terrence, répondit calmement Mitch. Je cherche des réponses.

— Et alors ? Même si vous étiez le dalaï-lama, cela ne vous donnerait pas le droit de venir m'importuner jusqu'ici. L'enquête sur le meurtre de Molly ne dépend même pas de votre juridiction.

Mitch le regarda droit dans les yeux et se pencha en avant.

— Parlons entre amis, alors. Où étiez-vous le soir où l'on a assassiné ma sœur ?

Terrence devint rouge comme une tomate.

— Comment osez-vous ?

— Vous refusez de répondre à ma question ?

— J'étais dans mon lit, merde ! Je dormais paisiblement, avec ma femme. Vous voilà satisfait ?

— Est-ce que votre femme pourrait le confirmer sous serment devant une cour ?

— Sortez !

— Peut-être qu'elle n'en sait rien. Il me semble me souvenir qu'elle souffre de troubles du sommeil et qu'elle prend des somnifères. Molly m'a dit une fois que, avec ses cachets, Elaine ne serait même pas réveillée en cas d'alerte atomique.

— Sortez ! rugit de nouveau Terrence.

17.

Mitch n'avait pas eu l'occasion de pousser la porte de la bijouterie Cromwell depuis qu'il y avait intercepté, un an plus tôt, deux braqueurs. Il cherchait alors un cadeau pour sa mère — il devait la rejoindre à Orlando afin de fêter avec elle ses soixante-cinq ans — et avait déjà repéré dans la vitrine de cette joaillerie de Connecticut Avenue un pendentif en diamant qui lui plaisait. Il était donc entré pour demander à voir le bijou de plus près, lorsque deux hommes armés avaient fait irruption. L'un d'eux avait mis Mitch en joue, tandis que l'autre lançait un sac de toile au commerçant, en lui intimant l'ordre de le remplir.

En une fraction de seconde, Mitch avait réalisé ce qui se passait et était passé à l'action. Avant même que le pauvre homme ait pu glisser un seul bijou dans le sac, l'un des malfaiteurs se trouvait déjà à terre, une balle dans la poitrine, et le deuxième, plaqué contre le mur, levait les mains en l'air en demandant grâce.

— Ne tirez pas, ne tirez pas !

Cromwell, plein de reconnaissance, avait voulu offrir le pendentif à Mitch, mais celui-ci avait refusé. Le bijoutier avait alors insisté pour lui accorder une séduisante ristourne.

La sonnette tinta doucement quand Mitch poussa la porte, et Bruce Cromwell sortit aussitôt de l'arrière-boutique. C'était un homme grand, élégant et distingué, qui s'exprimait avec un léger accent anglais.

Son visage s'éclaira lorsqu'il reconnut Mitch.

— Détective Calhoon ! Quelle bonne surprise !

Il contourna le comptoir de présentation et lui serra la main.

— Quel plaisir de vous revoir. Vous avez l'air en pleine forme.

— Merci, Bruce. Mais je vous en prie, laissez tomber le « détective ». Je croyais que nous devions nous appeler par nos prénoms.

Cromwell inclina cérémonieusement la tête.

— C'est exact. Mais cela fait si longtemps que je n'ai pas eu l'occasion de vous accueillir dans mon magasin.

Il reprit sa place derrière le comptoir.

— Vous êtes sûrement venu ici avec une intention précise, non ? Que désirez-vous, Mitch ? Quelque chose pour votre charmante mère ?

— En fait, si vous le permettez, aujourd'hui c'est moi qui vais vous présenter un bijou.

Mitch sortit le jonc serti de rubis de sa poche et le posa sur la vitrine.

— Que pensez-vous de ce bracelet ?

Cromwell s'empara de la pièce et l'observa rapidement. Puis il prit une loupe de joaillier sur une étagère, l'ajusta à son œil droit et se pencha afin d'examiner les pierres, une par une.

Au bout de vingt secondes, il reposa sa loupe d'un air consterné.

— Vous cherchez à le vendre ? demanda-t-il.

— Non, répondit Mitch en fronçant les sourcils. Pourquoi ?

— Ces rubis...

Cromwell s'éclaircit la voix.

— Je regrette de devoir vous l'apprendre, mais ils sont faux.

Mitch fut très surpris. Il fallait être un goujat pour offrir du toc à la femme de sa vie, en lui faisant croire qu'il s'agissait de véritables pierres précieuses !

— Ne vous inquiétez pas, déclara-t-il, histoire de couper court aux excuses du bijoutier. Comme je vous l'ai dit, je ne cherche pas à le vendre. Je voudrais juste savoir qui l'a acheté. Pensez-vous que ce soit possible ?

Cromwell ouvrit un tiroir et en tira un livre de comptes et un stylo.

— Je ne m'y connais pas beaucoup en imitations, mais cette ville ne manque pas de bijoutiers qui font de la copie leur principal négoce. Ce bracelet pourrait bien provenir de l'un d'eux.

Il tendit un reçu à Mitch.

— Laissez-le-moi, et je vous appelle dès que je sais quelque chose.

Il glissa le bijou dans une enveloppe.

— Ça vous convient ?

— Merci beaucoup, Bruce. Je savais que je pouvais compter sur vous.

Le lundi matin, Alison ayant raté le bus scolaire, Kate avait dû faire un détour pour la déposer au collège en allant au travail. La journée avait démarré sur les chapeaux de roues. A 11 heures, elle avait déjà éclusé une tonne de paperasserie, pris rendez-vous avec l'expert psychiatrique nommé par la cour pour Ed Gibbons, et répondu au coup de fil de Mitch qui l'avait appelée en sortant de la bijouterie Cromwell.

En raccrochant, elle se sentait une âme de traîtresse. Mitch était devenu son allié inconditionnel dans cette affaire, comme toujours. Il se donnait un mal fou afin de déterrer des informations qu'elle n'aurait jamais pu obtenir et n'hésitait pas à les partager avec elle. Et elle le remerciait comment ? En intriguant à son insu.

Elle examina les notes qu'elle avait griffonnées un moment auparavant. Elle avait encadré trois mots : « Piste du Colorado. » Plus elle repensait au départ de Molly dans le Colorado et plus il lui semblait que l'événement avait une portée bien plus grande que Mitch ne voulait l'admettre. En tant qu'avocate de Todd, elle se devait d'élucider ce petit mystère.

Mais qu'en penserait Mitch ? Devait-elle lui avouer ce qu'elle projetait ? Ne risquait-elle pas de provoquer entre eux de nouvelles tensions ? Malheureusement, elle ne connaissait que trop bien la réponse à toutes ces questions. Elle essaya de penser à autre chose et de se replonger dans son travail. Mais les doutes revenaient, lancinants. Finalement, sa conscience professionnelle l'emporta.

Juste avant de se rendre à son rendez-vous avec le Dr Eileen Brown, elle appela Jim Faber, un ancien flic qui s'était installé comme privé. C'était un détective minutieux, digne de confiance et extrêmement discret. Il avait fait un boulot remarquable lorsque Kate l'avait chargé d'enquêter sur l'ex-mari de Melanie.

Jim lui répondit avec son amabilité coutumière.

— Bonjour, cher maître. Comment allez-vous ?

Elle prit une profonde inspiration. Elle se sentait émue. Presque autant que le jour où elle avait annoncé à Jessica qu'elle acceptait le dossier.

— Tout dépend… Pouvez-vous vous absenter un jour ou deux en ce moment et vous envoler vers le Colorado ?

— Quand ?

— Pourquoi pas tout de suite ?

— Hmm.

Elle l'entendit fouiller dans ses papiers.

— Aujourd'hui, j'ai rendez-vous sur rendez-vous. Mais je pourrai partir demain à la première heure. Ça ira ?

— Il faudra bien.

Elle lui expliqua ce qu'elle attendait de lui.

— J'ai une photo de Molly, ici, à mon bureau. Frankie vous l'apportera dans la journée, avec une avance sur vos appointements. Prévenez-moi dès que vous aurez du nouveau.

— Pas de problèmes.

Petite, le regard limpide, le Dr Eileen Brown vint elle-même accueillir Kate lorsqu'elle se présenta au secrétariat de son luxueux cabinet privé. Elle devait avoir la quarantaine, et Kate fut frappée par le contraste entre sa voix douce et sa poignée de main d'une vigueur surprenante.

— Maître Logan, j'étais impatiente de vous rencontrer.

Les deux femmes sympathisèrent aussitôt. Elles se lancèrent dans un échange animé au sujet de la personnalité complexe d'Ed Gibbons et du meilleur moyen de l'aider.

Impressionnée par sa profonde compréhension de l'âme humaine, Kate en profita pour lui demander quelques éclaircissements sur les adeptes du cybersexe.

— Je connais bien le problème, et je serais ravie de vous être utile, à condition de rester dans les limites du secret professionnel.

— Bien entendu. D'ailleurs, je souhaite plutôt vous poser des questions d'ordre général. Tout d'abord, je voudrais savoir si ce sont des citoyens comme les autres ? Je veux dire, est-ce qu'ils ont une famille, un travail, un passe-temps ?

— Oui, pour la plupart. Jusqu'à ce qu'ils atteignent un point de non-retour et qu'ils ne puissent plus gérer correctement leur double personnalité.

— Que se passe-t-il alors ?

— Certains viennent chercher de l'aide auprès d'un médecin. D'autres laissent leurs désirs compulsifs envahir leur vie, une vie dont ils perdent parfois le contrôle.

— Comment définiriez-vous leur personnalité ?

— Oh, c'est assez complexe. Pour comprendre leur pathologie, il faut le plus souvent remonter jusqu'à l'enfance. Il n'est pas rare de découvrir que le sujet a été violé par un de ses parents ou par un représentant de l'autorité. Le viol par un membre de la famille, c'est le cas que j'ai le plus fréquemment rencontré dans ma pratique. Malheureusement, les troubles engendrés par un tel traumatisme ne se déclarent qu'à l'âge adulte.

— Et il est trop tard pour les soigner à ce moment-là ?

— Non, pas du tout. C'est plus difficile, mais il n'est jamais trop tard.

— Peut-on reconnaître un maniaque sexuel ?

— Pas vraiment. Mais on peut dégager un profil type. Un profil assez subtil. Certains sont prudents et s'entourent de précautions, tandis que d'autres sont des dragueurs fous. Toute leur vie est sexualisée, le contact le plus anodin devient un attouchement.

— Cela s'applique-t-il aux femmes aussi bien qu'aux hommes ?

— Absolument.

Kate n'aurait pas su dire pourquoi, mais le nom de Denise Jenkins — la superbe compagne de Lynn Flannery — lui vint brusquement à l'esprit. Elle n'était probablement pas du genre à chercher l'aventure sur Internet, mais son attitude justifiait qu'on s'y intéresse de plus près. Et si elle avait été au courant des agissements de Molly et s'était servie du Web dans le but de l'attirer au *Lost Creek Motel* ? L'hypothèse était hasardeuse, mais cela valait la peine de la creuser.

Et puisque Lynn était absente, c'était le moment idéal…

*
* *

Peu après que la réceptionniste — une jeune femme fringante à la chevelure rousse, portant une robe trop grande pour elle — eut annoncé Kate à l'Interphone, Denise vint à sa rencontre. Elle ne se montra pas plus amicale que la première fois.

— Vous n'arrivez pas au bon moment, madame Logan, déclara-t-elle sans chercher à dissimuler son déplaisir. Je suis extrêmement occupée.

— Je vous promets de ne pas être longue.

Après un rapide coup d'œil à la réceptionniste, laquelle faisait mine de se pencher sur ses papiers mais ne perdait pas une miette de la conversation, Denise hocha la tête.

— Je n'ai que quelques minutes à vous accorder.

Elle la précéda dans son bureau. La table de travail croulait sous les imprimés, mais la pièce, décorée de meubles en bois sombre et de grandes fougères, composait un ensemble plutôt réussi. Kate remarqua immédiatement une grande photo en couleurs de Denise et Lynn sur le pont d'un voilier, bras dessus, bras dessous. Elles souriaient et semblaient former un couple heureux.

Denise s'installa à son bureau, écarta une pile de factures et entra aussitôt dans le vif du sujet.

— Est-ce que je fais partie de vos suspects, madame Logan ? C'est bien ça, n'est-ce pas ? Je n'aimais pas Molly, ça ne vous a sûrement pas échappé, et vous supposez que j'ai pu la tuer.

Malgré sa surprise devant autant de franchise, Kate ne se laissa pas démonter.

— C'est le cas ?

— Non. Je n'aimais pas Molly, mais je ne l'ai pas assassinée. Bien que l'idée m'ait probablement traversée plus d'une fois…

— Pourquoi tant d'animosité à son égard ?

La jeune femme eut un petit rire tranchant.

— Une avocate aussi intelligente que vous a sûrement déjà compris de quoi il retournait.

— Vous la considériez comme un danger. C'était une sorte de rivale dans votre relation avec Lynn.

— Je ne la considérais pas comme un danger. Molly était dangereuse, dans tous les sens du terme.

Elle prit un stylo et s'amusa à faire rentrer et sortir la pointe.

— Savez-vous pourquoi elle est venue travailler ici ? demanda-t-elle.

Kate secoua la tête.

— Sa propre entreprise s'était cassé la figure parce qu'elle était incapable de la gérer. Alors elle s'est mise en faillite, elle a appris quelques rudiments de marketing et de décoration d'intérieur, et elle a décidé de nous faire profiter de ses « compétences ».

— Et c'était le cas ? Elle s'en sortait ?

Denise ricana doucement.

— Ne me faites pas rire. Ses compétences se limitaient à envoyer des communiqués à la presse et à relancer les journalistes en passant deux ou trois coups de fil. Elle était incapable de respecter un délai ; elle travaillait comme elle voulait, quand elle voulait, passait des heures sur Internet et draguait tout ce qui passait la porte de l'atelier et portait des pantalons.

— Pourquoi Lynn ne l'a-t-elle pas renvoyée ?

— Elle était attachée à elle. Elle en avait même été amoureuse autrefois.

— Et cela ne vous plaisait pas.

— Non, ça ne me plaisait pas. Et ça m'a plu encore moins quand Molly s'est mise à claironner que sa contribution ici était déterminante. Elle aurait voulu être associée à part entière et toucher son pourcentage sur les ventes.

Denise ne put s'empêcher de rire.

— En fait, sa véritable contribution consistait à attirer ici des hommes qui n'avaient qu'une envie : coucher avec elle. Une fois qu'ils avaient obtenu ce qu'ils voulaient, ils fichaient le camp et ne s'intéressaient plus au travail de Lynn.

— Tout cela devait créer pas mal de tensions.

— Plus que vous ne pouvez l'imaginer. Mais nous nous efforcions de garder nos distances, Molly et moi, pour éviter les conflits.

Elle regarda Kate fixement.

— Je ne l'ai pas tuée, répéta-t-elle. Je n'aurais pas foutu ma vie en l'air pour cette traînée. Je suis violente et jalouse, mais je ne suis pas une idiote.

— Que savez-vous des hommes qu'elle rencontrait ?

— Rien du tout. Je n'étais pas dans ses confidences. Je n'ai appris de quoi elle était capable que lorsqu'on l'a trouvée morte dans ce motel. Comme tout le monde.

— Lynn pense que c'est Todd le coupable. J'aimerais connaître votre opinion.

Denise haussa les épaules.

— Pour Lynn, tout est la faute de Todd : l'instabilité de Molly, le désespoir que cela cachait, son style de vie déplorable. Pourquoi ne pas le rendre aussi responsable de sa mort ? Rien ne lui ferait plus plaisir que de le voir derrière les barreaux pour le restant de ses jours.

— Et vous ? Que pensez-vous de lui ?

« Mon Dieu, songea Kate, faites qu'elle me dise quelque chose de positif que je puisse utiliser devant une cour. »

La jeune femme haussa les épaules.

— La première fois que je l'ai vu, j'ai pensé que sa réputation d'homme à femmes et de fils à papa n'était pas usurpée. Mais pour des raisons qui m'échappent complètement, il était sincèrement amoureux de Molly. Je ne pense pas qu'il aurait été capable de la tuer.

Kate se tut un instant et passa à l'offensive.

— Et vous, mademoiselle Jenkins, passez-vous beaucoup de temps sur Internet ?

Denise leva un fin sourcil noir.

— Voilà une question pour le moins étrange…

Elle n'eut pas le temps de répondre car la réceptionniste fit irruption dans la pièce.

— Denise, il faut que vous veniez. Mme Waiscott est là, et elle est furieuse. Ses meubles lui ont été livrés hier et elle prétend que le tissu du canapé est posé à l'envers. Je lui ai dit que Lynn était absente, mais elle ne partira pas tant que…

— J'y vais, la coupa Denise en se levant. Veuillez m'excuser, madame Logan, il faut que je m'occupe de cette cliente.

— Je vous en prie.

Kate désigna vaguement la direction des toilettes. Elle savait que le bureau de Molly en était proche.

— Puis-je…?

Denise fit un geste de la main.

— Bien sûr, allez-y.

Dès qu'elle eut disparu, Kate se rua dans le couloir. Elle dépassa les toilettes et s'arrêta devant le bureau de Molly. Après avoir jeté un rapide coup d'œil autour d'elle pour s'assurer que personne ne l'avait vue, elle s'y engouffra et referma tranquillement la porte.

Lynn lui avait dit la vérité. La pièce servait bien d'entrepôt. En plus des grandes feuilles de contreplaqué posées contre le mur et des pots de peinture bien alignés, la pièce se trouvait encombrée de plusieurs grandes réalisations de l'artiste. Il n'était pas facile d'y circuler.

Le regard de Kate s'arrêta sur un bureau où s'entassaient des esquisses soigneusement roulées ou posées bien à plat. A première vue, plus rien ici ne devait appartenir à Molly, ce qui n'avait rien de surprenant. Ses objets personnels avaient certainement été restitués à la famille depuis un certain temps.

Mais, puisqu'elle se trouvait là, Kate décida d'y regarder de plus près. Dans sa hâte de faire porter le chapeau à Todd, la police avait pu laisser passer un indice.

Elle fouilla les tiroirs du bureau, puis le petit meuble à côté, vide lui aussi. Sous la fenêtre se trouvaient trois boîtes empilées, étiquetées « Accessoires ». Elle les ouvrit l'une après l'autre, mais n'y trouva qu'un assortiment de chandeliers, de serre-livres et de vieux cadres.

Si seulement elle avait su ce qu'elle cherchait, cela lui aurait facilité la tâche. En tout cas, ce n'était certainement pas quelque chose d'évident au premier abord. Elle espérait tomber sur un petit détail, tellement insignifiant qu'il aurait échappé à la fouille de la police.

Déçue, elle laissa son regard errer à travers la pièce encombrée. Tout en haut d'une bibliothèque, il y avait d'autres boîtes, non étiquetées, celles-là. Kate jeta un coup d'œil à sa montre. Denise n'allait pas tarder à revenir, il fallait se dépêcher. Elle grimpa sur une chaise. En faisant glisser l'épais ruban qui maintenait le couvercle, elle souleva un nuage de poussière et se mit à tousser. Personne n'y avait touché depuis longtemps ! Peut-être même que la police n'avait pas pris la peine de visiter le haut des armoires.

Dans les deux premiers cartons, elle trouva des ouvrages traitant de la décoration d'intérieur. Elle était en train de tirer le troisième à elle quand quelque chose attira son attention. Il s'agissait d'un pot en verre rempli de pochettes d'allumettes, de celles que l'on distribue dans les restaurants et les piano-bars.

Mais le temps passait ! Elle attrapa le pot, descendit de sa chaise et en versa le contenu dans son sac. Puis, les mains moites et le cœur battant, elle grimpa de nouveau pour remettre le pot vide à sa place, derrière une des lourdes boîtes. Elle espérait que personne ne s'apercevrait de ces manipulations.

Elle s'appuya à la bibliothèque le temps de reprendre son souffle. Comment faisaient donc les gens qui gagnaient leur vie comme ça ? Il y avait de quoi succomber à une crise cardiaque !

Quelques secondes plus tard, elle passait tranquillement devant la réception où Denise était en train de dire au revoir à Mme Waiscott, laquelle paraissait calmée.

— Tout va bien ? demanda Kate à Denise lorsque la femme eut disparu.

— Pour le moment. Mais j'ai bien peur de devoir vous laisser. Je viens de promettre à Mme Waiscott d'aller vérifier son canapé.

Kate fit signe que cela n'avait pas d'importance.

— Allez-y, je vous en prie. Je n'ai que trop abusé de votre temps.

Sur le trottoir, elle marchait en serrant son sac contre sa poitrine, comme s'il avait contenu les joyaux de la Couronne. Elle préféra éviter le métro et héla un taxi.

— Que se passe-t-il ? demanda Frankie en voyant Kate passer en trombe devant elle, sans même s'enquérir des messages.

Remarquant qu'elle tenait son sac d'une façon plutôt inhabituelle, elle lança, ironique :

— Tu le serres trop fort, tu vas te briser une côte ! Qu'as-tu de si précieux là-dedans ? Des papiers top secrets, venus tout droit du Pentagone ?

— Mieux que ça. Viens donc m'aider, suggéra Kate en désignant son bureau d'un signe de tête.

Il y avait une bonne centaine de pochettes qu'elles répartirent en deux piles. L'une concernant les établissements éloignés, et l'autre, les endroits situés dans un rayon de quelques kilomètres autour de Washington.

S'emparant de la deuxième pile, Frankie lut les inscriptions à haute voix.

— *Blue Oyster* dans Silver Springs, *Pearl's Bed & Breakfeast* dans Chevy Chase, le *Pepe's Tapas Bar* dans Fall's Church, et *Bubba's* — tiens, c'est tout près —, Wisconsin Avenue.

Elle leva les yeux vers Kate.

— Tu n'envisages quand même pas de te rendre seule dans un endroit comme *Bubba's* ?

Kate sourit.

— Tu préfères t'en charger ?

— Non, merci. Sans façon.

— Dans ce cas, pourquoi ne pas confier ce travail à un expert ? Appelle-moi Jim Faber, s'il te plaît.

— Je croyais qu'il devait partir pour le Colorado.

— Les priorités ont changé. Dépêche-toi, Frankie, avant qu'il ne prenne ses billets.

18.

— Maman ! Tu rentres déjà ? s'exclama Alison en sursautant.

— J'habite ici, non ? Je n'ai pas besoin…

Kate s'interrompit brusquement. Alison et Candace, installées devant un ordinateur posé sur la table de la cuisine, affichaient toutes les deux un air coupable.

— Qu'est-ce que vous fabriquez ? demanda-t-elle en les regardant tour à tour.

— Rien, tu vois bien, je suis avec Candace, répondit Alison d'une voix un peu trop aiguë.

— Je le vois bien, oui. Et je vous demande ce que vous fabriquez.

— Mais rien du tout.

Alison mentait très mal. Elle devint écarlate et jeta un regard désespéré en direction de Candace, comme pour implorer son aide. Décidément, elle avait quelque chose à cacher.

— On fait seulement quelques recherches sur Internet, déclara Candace en haussant les épaules.

La jeune fille portait comme toujours la panoplie complète de la chanteuse de rock : un T-shirt jaune citron moulant et un pantalon noir extensible.

— Quel genre de recherches ? s'enquit Kate en posant son porte-documents sur une chaise.

— Oh, c'est pour un exposé que prépare Alison. Je lui montrais comment accéder à un site Web.

Kate s'avança vers l'ordinateur, les yeux fixés sur Alison, laquelle aurait visiblement voulu disparaître sous la table.

— Ça ne vous dérange pas si je jette un petit coup d'œil ?

Trop tard ! D'un clic de souris, Candace avait éteint l'ordinateur.

— Pourquoi as-tu fait ça ? lâcha Kate d'un ton sec.

— Mais je n'ai rien fait !

— Ne te moque pas de moi, Candace. Je ne suis pas née d'hier. Je ne sais pas ce que vous trafiquiez sur Internet, mais ça n'avait certainement rien à voir avec un exposé. Alors, qu'est-ce que c'était ?

— M'man, intervint Alison d'une toute petite voix. Elle te l'a dit, rien du tout.

— Alors pourquoi a-t-elle éteint brusquement quand j'ai voulu regarder ?

— Je ne l'ai pas fait exprès, madame Logan, je vous le jure. Je peux essayer de revenir sur la page où nous étions, si vous voulez.

Kate fit mine de ne pas l'avoir entendue.

— Où est Maria ? demanda-t-elle à Alison.

— Au sous-sol. Elle plie le linge.

Du coin de l'œil, elle surprit Candace en train de dissimuler une feuille sous une pile de livres. Cette fois, elle ne perdit pas de temps à poser des questions. Sans un mot, elle écarta l'adolescente et souleva les livres.

— Hé, cria Candace, qu'est-ce que vous faites ?

— Voyons un peu ce qu'il y a là-dessous…

Kate brandit la photographie en noir et blanc d'un homme à l'aspect négligé qui devait approcher la trentaine, avec de longs cheveux noirs emmêlés, des dents de travers et une mine peu engageante. Il portait pour tout vêtement sa guitare en bandoulière et exhibait fièrement son sexe en pleine érection.

Elle eut du mal à garder son sang-froid, mais elle fit un effort pour se contrôler. Il ne servait à rien de piquer une crise.

— C'est ça, tes « recherches », Candace ?

L'adolescente arbora son air le plus innocent.

— Je ne sais pas comment ce truc est arrivé ici.

Cette fille mentait comme un arracheur de dents. Comment Megan pouvait-elle être aveugle à ce point ?

Kate se tourna vers Alison.

— Peux-tu m'expliquer de quoi il s'agit ?

— Euh…

Alison lança un regard affolé en direction de Candace, mais celle-ci se contenta de hausser les épaules comme pour dire : « Débrouille-toi toute seule ! »

— C'est… C'est la photographie d'un homme.

— Et d'où sort-elle?

— C'est Dustin qui nous l'a envoyée.

— Qui est ce Dustin ?

— On ne le connaît pas vraiment. On vient juste de faire sa connaissance…

Elle avala sa salive.

— Dans un salon de discussion.

Kate perdit son sang-froid. Depuis qu'elle soupçonnait le Chevalier noir d'être le meurtrier de Molly, elle avait plusieurs fois mis Alison en garde contre les dangers du Net. Elle lui avait notamment interdit d'aller sur un forum avant qu'elle-même n'ait vérifié de quoi il s'agissait.

— Un salon de discussion ? Alors que je te l'avais strictement interdit.

— Je ne pensais pas…

— As-tu la moindre idée du nombre de malades que l'on peut y rencontrer ? Cet homme est peut-être un pédophile, un violeur. Un meurtrier même.

Alison avait les larmes aux yeux.

— Je n'ai rien fait de mal, maman. Je… je ne pensais pas qu'il nous enverrait une photo de lui nu. Et quand l'image est apparue à l'écran…

Elle lança un nouveau S.O.S. à Candace qui se décida à venir à la rescousse.

— On s'amusait, c'est tout, madame Logan. C'était une plaisanterie innocente.

Kate brandit la photographie sous son nez.

— Cet homme est nu, Candace. Ça te paraît innocent ? Tu avais l'intention de lui envoyer une photo de toi en retour, peut-être ?

— Impossible, répondit la jeune fille en baissant le nez vers ses ongles rouges. Vous n'avez pas de scanner.

Kate la repoussa et secoua les livres un par un, afin de vérifier qu'ils ne cachaient rien d'autre.

— Ce sont mes affaires, protesta Candace. Vous n'avez pas le droit !

— Tu es ici chez moi ! répliqua Kate en lançant le dernier livre à la volée sur la table. Tu utilises mon ordinateur pour télécharger des photographies obscènes, et en présence de ma fille par-dessus le marché ! Ça me donne tous les droits. C'est compris ?

— S'il te plaît, m'man, calme-toi…

— File dans ta chambre, Alison. Nous reparlerons de ça plus tard.

La porte du sous-sol s'ouvrit en grand, et Maria — une petite femme dodue aux cheveux noirs et frisés qui possédait les traits énergiques de ses ancêtres portoricains — fit son apparition dans la cuisine, un panier de linge sous le bras. Maria avait servi pendant dix-neuf ans chez les Fairchild et connaissait Alison depuis sa naissance. Quand Kate était partie avec sa fille, Douglas lui avait proposé de garder Maria, afin qu'Alison ne soit pas trop déboussolée par le changement. Maria pourrait s'occuper d'elle, faire le ménage et préparer le dîner lorsque Kate rentrerait tard. L'arrangement s'était révélé parfait.

— Qu'est-ce qui se passe ? s'enquit-elle.

— Je reconduis Candace chez elle. Ça vous dérange de rester avec Alison jusqu'à ce que je revienne ?

— Bien sûr que non.

Ses yeux passèrent de Kate à Alison.

— Qu'est-ce qu'elles ont fait ?

— Elles étaient sur un salon de discussion, répondit Kate en lui tendant la photographie.

Maria eut l'air horrifié. Il était clair qu'elle ne soupçonnait pas une seconde ce qui se passait au-dessus de sa tête pendant qu'elle s'occupait du linge.

— *Madre de Dios* !

— Vous n'allez pas le raconter à ma tante, n'est-ce pas ? demanda Candace.

— Oh, Candace, je n'ai pas l'intention de me gêner.

— Vous ne pouvez pas faire ça ! Elle va être folle de rage… Elle va me priver de sortie pendant une semaine.

— Un mois ne serait pas de trop.

Kate lui fourra ses livres sous le bras.

— Va chercher ton manteau.

— Je suis vraiment désolée, Kate, s'excusa Megan après avoir envoyé Candace dans sa chambre. J'ignorais que ma nièce se livrait à ce genre de choses. Je vais lui parler et je vous promets que ça ne se reproduira plus.

— Je serai franche, Megan, je n'ai jamais considéré d'un bon œil cette amitié entre Candace et Alison. Elles n'ont pas le même âge. Alison donne parfois l'impression d'avoir plus que ses treize ans, mais c'est encore une enfant. Je ne tiens pas à ce qu'elle grandisse trop vite.

— Je comprends.

Eric, quant à lui, éprouva le besoin d'en rajouter.

— Pourquoi n'actives-tu pas le contrôle parental de ton ordinateur ? Comme ça, Alison ne risquerait pas d'aller sur des sites qui ne sont pas faits pour elle.

— Jusqu'à présent, Eric, je n'avais jamais eu de raisons d'activer cette option. Nous avions passé un accord à ce sujet, Alison et moi.

Il la raccompagna jusqu'à la porte pendant que Megan montait dans la chambre de Candace pour la sermonner.

— Qu'est-ce qui te met dans un état pareil, Kate ? demanda-t-il dans un élan de perspicacité inhabituelle. Je comprends que tu sois bouleversée — je le suis aussi —, mais je ne t'ai jamais vue comme ça.

— Tu ne lis pas les journaux, Eric ? Internet est devenu le terrain de chasse favori des maniaques sexuels qui y trouvent de jeunes proies naïves à souhait. Ce soir, il ne s'agissait que d'une photo.

Mais demain ? Ou dans une semaine ? Pourquoi ce Dustin ne demanderait-il pas à rencontrer Alison ?

— Elle n'accepterait jamais !

— En es-tu vraiment si sûr, Eric ?

Il parut ébranlé.

— Non, peut-être pas.

— Quand je pense que tu as eu le culot de prétendre que ma fille n'était pas en sécurité chez moi !

Elle rit nerveusement.

— Je te conseille de faire le ménage sous ton toit, Eric. Tant que tu n'auras pas mis les choses au point et que je ne serai pas assurée que pareille chose ne risque pas de se reproduire, Alison ne mettra plus un pied ici.

— Eh, attends une minute !

Kate lui tourna le dos sans répondre et partit à grandes enjambées.

19.

— Merci, Maria, dit Kate en lançant ses clés sur la table de la cuisine. Et Alison ?

— Je suis montée la voir dans sa chambre et nous avons parlé un peu.

On devinait à son expression qu'elle se sentait responsable de ce qui s'était passé.

— Je suis désolée. J'aurais dû les surveiller de plus près.

— Vous n'avez rien à vous reprocher, Maria. Vous ne pouviez pas vous douter de ce qu'elles mijotaient.

Maria enfila son manteau.

— Je pense qu'Alison n'y est pas pour grand-chose, observa-t-elle.

— Je le sais bien.

— Ah…

Elle lui jeta un regard en coin.

— Alors, vous ne serez pas trop dure avec elle.

Kate sourit. Maria défendait toujours Alison avec acharnement — une des raisons pour lesquelles elle la lui confiait si volontiers.

— J'ai l'intention de lui parler. Il faut qu'elle comprenne à quel point il s'agissait d'un jeu dangereux.

— Bon. Je dois y aller. Oh, j'allais oublier ! Mitch a appelé dans l'après-midi. Il m'a demandé de ne pas faire la cuisine. Il a prévu des pizzas. Une au fromage pour Alison, et pour vous deux quelque chose d'un peu mieux garni, a-t-il précisé.

Voilà une bonne nouvelle ! Si Alison refusait de l'écouter, Mitch aurait peut-être plus de chance.

Kate trouva sa fille en train de bouder dans sa chambre, assise sur une chaise, les bras croisés sur la poitrine. Elle prit place sur le rebord du lit, tout en songeant qu'elle avait bien fait de vider son sac chez Eric. Elle se sentait plus calme pour entamer la discussion.

— M'man, pourquoi tu m'as fait une chose pareille ?

— C'est-à-dire ?

— Me gronder comme ça ! Devant Candace ! J'avais l'air de quoi ?

— Tu ne crois pas que j'avais de bonnes raisons d'être en colère ?

Alison se recroquevilla sur sa chaise et regarda par la fenêtre d'un air obstiné.

— Ce que tu as fait avec Candace est très dangereux.

Kate avait l'impression de s'adresser à un mur, mais elle poursuivit :

— Nous en avions pourtant parlé, toutes les deux. Je t'ai expliqué que certains hommes utilisent Internet dans le but de rencontrer de très jeunes filles comme toi. Ils endorment leur méfiance et essaient ensuite de les attirer dans des endroits isolés.

— Et tu penses que je serais assez bête pour me laisser avoir ? Pour accepter un rendez-vous avec quelqu'un que je ne connais pas ?

— J'espère bien que non. Mais il y a autre chose qui m'inquiète. Une fois qu'une personne possède ton adresse e-mail, elle a accès à toute une série d'informations te concernant : où tu habites, où se trouve ton école, où tu passes ton temps libre, etc.

— Je regrette, m'man.

Alison commençait à se radoucir.

— Est-ce que papa était très fâché ?

— Il était furieux, tu veux dire !

Pour une fois, elle n'allait pas lui laisser le beau rôle !

— Candace est punie ?

— Pendant deux semaines.

Alison la regarda dans les yeux.

— Et tu vas me punir, moi aussi ?

— Non. Je sais bien que l'idée ne venait pas de toi. Cela dit, tu aurais pu refuser, même si je comprends ce qui t'en a empêché. Mais à présent, je vais devoir changer ton adresse e-mail. Et je veux ta promesse que tu ne la donneras à personne sans m'en avoir parlé au préalable.

Alison parut soulagée.

— Oui, m'man. Je te le promets.

— Une dernière chose. Mitch dîne avec nous ce soir. Il connaît bien mieux que moi les dangers de ces forums. Je voudrais que tu acceptes d'aborder le sujet avec lui. Il te dira ce qu'il en pense.

Elle hocha la tête.

— Comment ça s'est passé ? demanda Kate lorsque Mitch la rejoignit dans la cuisine.

Il picora un morceau de poivron sur la pizza qu'elle avait gardée au chaud dans le four.

— Elle m'a écouté attentivement. Tu avais raison, elle aurait bien voulu dissuader Candace de se lancer dans une discussion sur le Net, mais elle ne voulait pas passer pour un bébé. La pression du groupe, c'est quelque chose de terrible ! Tous les parents te le diront. Il me semble qu'Alison a compris la leçon et qu'à l'avenir elle ne laissera plus personne télécharger des photos d'hommes nus chez elle. Mais tu devrais activer le contrôle parental de ton ordinateur.

— Je viens de le faire, pendant que tu étais là-haut avec elle.

En dépit d'un léger froid entre elles deux, la soirée se déroula sans anicroche. Quand Alison monta se coucher, Mitch et Kate burent un dernier café ensemble. Il était déjà tard et Mitch devait y aller.

— Merci, déclara-t-elle en le raccompagnant à la porte.

— Mais je n'ai rien fait !

— Tu étais là, c'est déjà beaucoup.

Il jeta sa veste sur ses épaules et l'embrassa.

— Fais-moi savoir si tu veux que je sois encore plus présent…

Elle le regarda s'éloigner. Qu'avait-il voulu dire par là ?

Le jeudi matin, Kate attendit deux heures au tribunal qu'on rende un jugement pour un délit mineur. Ensuite, elle s'entretint un long moment au téléphone avec le réceptionniste du *Lost Creek Motel.* Mike Banaki, qui avait été promu chef de l'équipe de jour depuis le meurtre de Molly, se souvenait parfaitement de cette nuit-là. Il semblait sincère et désireux de coopérer, mais, comme Kate s'y attendait, il ne savait rien de plus que ce qu'il avait déjà raconté aux policiers deux ans plus tôt, et à Mitch la semaine dernière.

Quand Kate lui demanda si la silhouette qu'il avait aperçue aurait pu être une femme, il resta un moment silencieux et répondit simplement :

— Pourquoi pas ? Mais je ne pourrais pas le jurer devant une cour.

Kate essaya de se consoler. La déposition du gérant lui permettrait peut-être de semer le doute. D'un autre côté, cette manœuvre pourrait passer auprès de la cour comme une tentative maladroite destinée à détourner les soupçons pesant sur Todd.

Les coudes sur son bureau, elle fourragea nerveusement dans ses cheveux. Cette affaire lui donnait d'autant plus de fil à retordre que les médias ne lui facilitaient pas la tâche. A la télévision comme dans les journaux, on parlait tous les jours de l'affaire, et les journalistes se perdaient en conjectures au sujet de la stratégie adoptée par Kate. Certains allaient jusqu'à mettre en doute ses compétences et ne se gênaient pas pour écrire qu'elle manquait d'expérience et n'était pas à la hauteur d'un tel dossier. Elle ne s'en formalisait pas. Deux semaines plus tôt, son interview remarquée sur CNN avait fait d'elle la coqueluche des médias. Mais depuis qu'elle avait accepté de défendre Todd, ils avaient retourné leur veste. On aurait dit qu'ils attendaient qu'elle échoue. Est-ce que Todd était à ce point impopulaire ? Ou bien ces gens faisaient-ils le jeu du juge Buchanan ?

Elle venait de se replonger dans ses papiers quand Frankie l'appela par l'Interphone.

— Tu n'as pas oublié qu'Alison dispose d'une demi-journée de libre et que tu as promis de l'emmener dans les magasins ?

Kate sursauta.

— Oh, mon Dieu ! C'est déjà l'heure ?

Elle attrapa son sac au vol, remercia Frankie au passage et sortit en courant.

— Non, dit Kate fermement, je ne t'achèterai pas du rouge à lèvres noir. Pas plus que de l'ombre à paupières. Tu es très bien comme tu es. Au naturel.

Alison avait fini de bouder. Elle regarda rêveusement le stand des cosmétiques Douglas, au deuxième étage de l'Union Station Mall, et fit la moue.

— Mais toutes mes amies mettent du rouge foncé comme celui-là, m'man.

— Oui, et elles ressemblent à des vampires. Tu veux ressembler à Dracula ?

Alison allait répliquer, mais Kate ne lui en laissa pas le temps.

— De toute façon, nous sommes venues ici pour te trouver un jean.

Alison reposa l'article en grommelant et fila sans un mot vers la marque Compagnie Express. Kate la suivit en se rappelant avec nostalgie les moments de complicité qu'elles partageaient autrefois en faisant les magasins. Depuis qu'Alison était entrée dans l'adolescence, la question du maquillage commençait à se poser de façon cruciale, provoquant quelques affrontements entre elles, et l'atmosphère devenait morose dès qu'elles approchaient les boutiques du National Mall !

Heureusement, Kate était passée maître dans l'art de manier le compromis. En compensation du rouge à lèvres noir tant convoité, elle consentit à acheter à Alison le dernier CD des Backstreet Boys.

Il était déjà 17 heures lorsqu'elles sortirent enfin du magasin Sam Goody. Kate avait espéré terminer plus tôt pour éviter la cohue dans les transports, mais elle n'avait pas eu cette chance. Les bras couverts de paquets, elle entraîna sa fille vers l'escalator qui menait directement du centre commercial au métro.

Comme il fallait s'y attendre, le quai était bondé. Les habitués semblaient parfaitement à l'aise et lisaient tranquillement leur journal, indifférents aux bousculades qui faisaient partie de leur routine. D'autres, moins accoutumés ou moins tolérants, fronçaient les sourcils et râlaient dès que l'on menaçait leur espace vital.

Comme le quai continuait à se remplir, Kate posa la main sur le bras de sa fille.

— Ne t'approche pas trop du bord, lui conseilla-t-elle avec inquiétude.

Alison avait la fâcheuse habitude de se pencher au-dessus du quai afin de guetter le train qui arrivait dans le tunnel. Quelquefois, Kate se demandait si elle ne le faisait pas exprès pour la titiller. Mais aujourd'hui, sans doute impressionnée par l'agitation qui régnait sur le quai, Alison restait sagement près d'elle.

Une Japonaise les regardait. A en juger par ses paquets, elle aussi venait de courir les boutiques. Kate lui sourit et leva les yeux au ciel d'un air indulgent. La femme sourit à son tour, comprenant le message. Quelqu'un la bouscula et elle poussa un petit cri de protestation lorsqu'elle fut projetée contre Kate. Luttant contre l'envie furieuse de faire demi-tour et de prendre un taxi, Kate la soutint. La foule avait encore grossi et elle commençait à se sentir oppressée. Encombrée par ses paquets, la Japonaise laissa tomber un plan de Washington sur le quai. Elle se pencha pour le ramasser tout en s'excusant dans un mélange d'anglais et de japonais, mais Alison se montra plus agile et la prit de vitesse. Elle s'empara du plan et le lui tendit.

— Voilà, dit-elle avec un grand sourire tandis que le train s'engouffrait dans le tunnel.

Certains ont bien de la chance, songea Kate.

— Merci, dit la Japonaise en s'inclinant.

Alison la salua en riant un peu sottement.

Le grondement du train se rapprochait, et la foule qui piétinait d'impatience derrière elles recommença à les pousser vers le bord du quai.

Kate se retourna, en colère.

— Restez en arrière ! lança-t-elle à la cantonade. Arrêtez de pousser, avant de provoquer un accident.

Tandis qu'un homme renchérissait derrière elle, les gens continuaient à piaffer, et la foule à se rapprocher dangereusement de la voie.

Kate entendit un juron, suivi d'un cri. Son bras se détendit comme s'il avait été actionné par un piston et elle tira Alison en arrière, juste au moment où le train entrait dans la station.

On entendit un hurlement épouvantable. Comme dans un rêve, Kate vit la Japonaise vaciller.

— Non ! cria-t-elle.

Sans lâcher Alison, elle essaya de retenir la jeune femme par son manteau, mais il lui échappa des mains.

Un murmure horrifié parcourut la foule lorsque la Japonaise bascula sur les rails au moment où le train arrivait.

— Maman ! Oh, mon Dieu, maman !

Alison se couvrit la bouche avec les mains, les yeux exorbités.

Trop choquée pour articuler un seul mot, Kate la tint serrée contre elle, tandis que les gens hurlaient et gémissaient autour d'elles.

— Maman, est-ce qu'elle est… ? demanda Alison dans un murmure à peine audible.

Avant que Kate ait pu trouver quelque chose à répondre, l'adolescente se mit à haleter et à hoqueter. Reconnaissant les signes avant-coureurs d'une crise d'hyperventilation, Kate l'entraîna rapidement à l'arrière du quai et la fit asseoir sur un banc. Elle fouilla dans leurs achats et trouva un sac en papier qu'elle lui tendit.

— Mets-le devant ta bouche et respire doucement. C'est bien, poursuivit-elle pendant qu'Alison s'exécutait. Continue.

Les yeux fermés, comme si elle avait voulu se couper de l'horrible scène, Alison fit ce qu'elle lui demandait jusqu'à ce que sa respiration redevienne normale. Elle était blanche comme un linge et tremblait de tout son corps.

Kate la prit dans ses bras et lui murmura des mots réconfortants. Autour d'elles, les sirènes hurlaient, ajoutant encore à la panique générale. Une voix forte et autoritaire se fit entendre.

— Laissez-nous passer ! Police de Washington, laissez passer, s'il vous plaît !

La foule se fendit et une demi-douzaine d'hommes en uniforme se précipitèrent, suivis de deux infirmiers portant une civière.

Quelqu'un avait dû prévenir le chef de station ou le conducteur, car le train se mit à reculer très doucement.

— Personne ne sort ! ordonna la même voix tonitruante. Ne bougez pas, nous avons besoin de vos dépositions !

La marée humaine s'était regroupée et bougea comme un seul homme vers le centre du quai, juste sous un panneau publicitaire vantant les mérites d'une marque de céréales sans sucre pour les enfants. Pendant que les infirmiers remontaient le corps de la pauvre femme, les officiers en uniforme essayaient de calmer la foule et de recueillir des informations cohérentes.

— Cette femme en sait sûrement plus que moi, déclara un homme en montrant Kate du doigt. Elle était juste à côté de la victime.

L'officier, un homme rubicond au ventre rebondi, se dirigea en ouvrant son carnet vers le banc sur lequel Kate était assise avec Alison.

— C'est vrai, madame ? Vous avez vu ce qui s'est passé ?

Kate hocha la tête. Une équipe de télévision venait d'arriver sur les lieux et commençait à la filmer.

— Tout s'est déroulé tellement vite. Quand j'ai vu que cette femme perdait l'équilibre, j'ai essayé de la tirer vers moi, mais je n'ai pas eu la force de la retenir.

— Quelqu'un l'a poussée ?

— Il me semble que oui. On nous poussait derrière et ça s'est propagé jusque dans les premiers rangs, au bord du quai. Tout le monde était propulsé vers l'avant.

— Avez-vous vu qui poussait ?

— Non.

— Moi, j'ai vu.

Les regards convergèrent vers Alison qui fixait l'officier de ses grands yeux humides. Elle paraissait calmée et ne tremblait plus.

Soucieux de ne pas l'effrayer, le policier s'approcha d'elle.

— Comment tu t'appelles, jeune fille ?

— Alison. Alison Logan.

Kate passa un bras protecteur autour de ses épaules.

— C'est ma fille, officier.

Il hocha la tête et griffonna quelque chose sur son carnet.

— Bien, Alison. Raconte-moi un peu ce que tu as vu.

— Un homme a essayé de s'enfuir, juste après que la femme est tombée. Il portait un bonnet de laine enfoncé jusqu'aux yeux et un anorak noir.

— Tu le vois ici ?

Alison scruta la foule et secoua la tête.

— Pourrais-tu me le décrire ?

— Je n'en sais rien. Nous étions tellement serrés et bousculés de tous côtés que je n'ai pas eu le temps de bien le voir.

Elle fronça les sourcils, l'air concentré.

— Je crois qu'il avait quelque chose de bizarre à l'oreille.

— Quelque chose de bizarre ?

— Il lui manquait une oreille, ou en tout cas un bout d'oreille.

— Mais tu disais qu'il portait son bonnet profondément enfoncé.

— Oui, sur le front, mais on voyait qu'il lui manquait une oreille.

— La droite ou la gauche ?

Alison réfléchit un court instant.

— La droite, je crois. Non, c'était la gauche.

Elle soupira.

— Je ne me souviens plus.

— Je l'ai vu, moi aussi, lança une femme non loin de là d'un ton excité.

Toutefois, comme le fuyard lui tournait le dos, elle ne put rien ajouter à la description d'Alison. Elle avait remarqué comme elle le bonnet et l'anorak noir, mais ne put confirmer pour l'oreille.

— Officier, intervint Kate, ma fille vient de subir un traumatisme violent. Si vous en avez terminé avec elle, j'aimerais la ramener à la maison.

— Pas tout de suite, madame Logan. Je dois d'abord interroger les autres témoins. Ensuite, j'aurai peut-être encore quelques questions à lui poser. Personne ne bouge d'ici là. De toute façon, il n'y aura pas de trains avant un bon moment. La ligne a été interrompue.

— Mitch ! Viens vite !

En entendant qu'on l'appelait, Mitch se leva, contourna son bureau et fit irruption dans la pièce voisine où Tom Spivak et deux autres détectives découvraient le bulletin spécial de la télévision.

— Que se passe-t-il ?

— Une femme est passée sous un train à Union Station, déclara Tom en pointant un doigt vers l'écran. Kate et Alison font partie des témoins.

La caméra fit un panoramique sur la foule. Les gens avaient une mine sinistre, et Mitch aperçut deux pâles silhouettes perdues dans la foule, blotties l'une contre l'autre.

— Elles voulaient prendre la ligne rouge en direction du parc de Cleveland, expliqua Tom.

Mitch le remercia et sortit en courant.

Maria et Frankie attendaient déjà sur place quand Mitch ramena Kate et Alison chez elles. Il les avait rejointes à Union Station, juste au moment où elles s'apprêtaient à rentrer, et les avait raccompagnées en voiture.

— Mon Dieu, Kate, ça a dû être horrible ! s'exclama Frankie en la serrant dans ses bras.

Elle embrassa Alison.

— Et toi, ma puce, ça va ? Tu n'as besoin de rien ?

— Je lui ai préparé un chocolat chaud, intervint Maria.

— Je crois qu'elle ne pourra pas avaler grand-chose, observa Kate. Mais merci quand même, Maria. Plus tard, peut-être.

— Et vous, détective Calhoon ? Voulez-vous boire quelque chose de frais ? Un petit remontant ?

Mitch sourit.

— J'aurais volontiers accepté votre offre, Maria. Une autre fois sans doute. Merci.

— J'ai entendu parler de l'accident aux infos de 18 heures, expliqua Frankie en débarrassant Kate et Alison de leurs manteaux qu'elle lança sur le canapé. Je n'arrivais pas à en croire mes oreilles. C'était déjà suffisamment atroce d'entendre le récit de la mort de cette pauvre femme, mais quand j'ai compris que la petite avait assisté à toute la scène…

Elle frissonna et se tourna vers Mitch.

— Vous y étiez aussi ?

Il secoua la tête.

— Je l'ai appris comme vous. Par la télévision.

Le téléphone sonna. Maria décrocha et tendit le récepteur à Kate.

— C'est Mme Fairchild.

— Seigneur, Kate ! s'écria Rose à l'autre bout du fil. Je viens de regarder les informations. Comment allez-vous, toutes les deux ? Voulez-vous que je vienne ?

— Nous allons bien, Rose. Nous sommes juste un peu secouées. Maria et Frankie sont avec nous. Mitch aussi.

— Est-ce que quelqu'un reste avec vous cette nuit ? Il ne vaut mieux pas que vous dormiez seules. Vous pouvez venir ici, si vous voulez. Mitch vous déposerait chez moi.

Bien que touchée de sa sollicitude, Kate refusa gentiment sa proposition. Alison et elle avaient surtout besoin de calme et de tranquillité.

— Merci, Rose, mais c'est inutile. Le Dr Blackstone, un ami de Mitch, va venir examiner Alison pour s'assurer que tout va bien. Ensuite, elle ira directement au lit et je ne tarderai certainement pas à la suivre car je suis moi-même épuisée.

— Bien, dit Rose, visiblement déçue. Si tu penses que c'est mieux comme ça.

— Oui, j'en suis sûre.

— Tu as prévenu Eric ? Il faudrait tout de même le mettre au courant, tu ne crois pas ?

— Oui, vous avez raison. Je n'y pensais pas, mais je vais l'appeler.

Quelques instants plus tard, le Dr Blackstone arriva, très séduisant avec ses lunettes aux montures dorées. Toujours très gentil avec les malades, il observa Alison qu'il trouva un peu secouée mais indemne. Il rassura Kate : sa fille se portait bien. Il lui administra quand même un léger sédatif afin de l'aider à dormir.

Kate dut déployer des trésors de persuasion pour convaincre Frankie et Maria qu'elle n'avait pas besoin d'infirmières. Elles s'en allèrent à contrecœur en lui faisant promettre qu'elle se reposerait chez elle le lendemain, promesse que Kate n'avait d'ailleurs pas la moindre intention de tenir.

Mitch se montra plus coriace. Il restait devant la fenêtre, à scruter la rue pourtant calme.

— Que fais-tu ? s'enquit-elle. Pourquoi n'arrêtes-tu pas de regarder dehors ?

— Pour rien.

Il laissa retomber les rideaux.

— Encore une déplorable manie de flic.

— Eh bien, arrête ! Ça me rend nerveuse. Et rentre chez toi, à présent. Je vais parfaitement bien.

Il prit sa veste, mais ne fit pas mine de partir.

— Tu es bien sûre que tu ne veux pas que je reste ? Je dormirai sur le canapé.

Elle sourit.

— Si tu dors quelque part dans cette maison, ce sera dans mon lit. Mais pas quand Alison y est.

Elle le prit par le bras et le reconduisit jusqu'à la porte.

— Je t'appelle demain matin, dès mon réveil.

— D'accord, d'accord. Je suis déjà parti.

Elle le suivit du regard jusqu'à ce que sa voiture ait disparu au coin de la rue.

20.

En robe de chambre et chaussons, Kate buvait à petites gorgées une dernière tasse de camomille dans la salle à manger. Elle se sentait harassée. Elle avait cru qu'elle tomberait d'épuisement dès que Mitch serait parti mais, une fois seule, elle n'avait pu s'empêcher de ruminer les derniers événements.

La femme, elle le savait maintenant, venait d'Osaka au Japon. Kyoko Magasa, trente-trois ans, célibataire, travaillant dans son pays pour une agence touristique, voyageait avec un groupe de compatriotes, et Washington faisait partie de leur périple. On avait prévenu ses parents qui se trouvaient déjà à bord d'un avion à destination des Etats-Unis.

Tout s'était passé si vite ! Kate ne cessait de s'en étonner. Une fraction de seconde qu'elle revoyait au ralenti, et l'irréparable était accompli. Jamais elle ne pourrait effacer de son esprit l'image de cette femme qui basculait sur les rails en hurlant.

On frappa lourdement à la porte d'entrée. Brusquement interrompue dans ses pensées, Kate sursauta. Elle se leva et alla jusqu'à la porte.

— Qui est là ? demanda-t-elle avant d'ouvrir.

— Eric.

Seigneur… Elle ferma les yeux. Elle avait complètement oublié de l'appeler, mais, à la façon dont il avait frappé et au ton de sa voix, elle devinait qu'il était déjà au courant. Luttant contre la culpabilité, elle respira profondément et ouvrit la porte.

— Bonjour, Eric.

Sans même la saluer, il entra précipitamment et lui fit face, furieux.

— Pourquoi ne m'as-tu pas prévenu ? Comment se fait-il que je doive apprendre que ma fille a frôlé la mort par la télévision ?

— Baisse d'un ton, s'il te plaît. Alison dort là-haut.

Elle ferma la porte d'entrée.

— Je voulais te prévenir, mais c'était un peu la panique ici et j'ai oublié. Cet accident…

— Ce n'était pas un accident, Kate. On a essayé de te tuer.

Elle le considéra, bouche bée.

— Tu perds la raison, ma parole !

— Tu crois ?

Il plissa les yeux, signe qu'il réfléchissait intensément.

— Dans ce cas, comment expliques-tu que l'homme qu'Alison a vu se soit enfui en courant ?

— Il s'est senti responsable et il a pris peur.

Eric secoua la tête d'un air opiniâtre.

— Non. J'ai parfaitement entendu ce que disait l'un des témoins. La bousculade a commencé quand cet homme à l'anorak noir a voulu se faufiler à l'avant du quai. C'est-à-dire là où tu étais, Kate.

Elle aussi avait entendu ce témoignage. Pourtant, elle haussa les épaules.

— C'était probablement un grossier personnage qui voulait à tout prix monter dans le train. La vérité, c'est que personne ne peut dire comment cette bousculade a commencé.

— Et si j'avais raison ? Si cet homme en avait voulu à ta vie ?

— Pour l'amour de Dieu, arrête un peu de délirer !

Elle l'attrapa par la manche et le tira jusqu'à la cuisine, afin qu'Alison ne risque pas de l'entendre. Sa voix résonnerait moins que dans le couloir.

— Personne n'en veut à ma vie.

— Alison aurait pu passer sous ce train. Ne me dis pas que ça ne t'a pas traversé l'esprit.

— C'est aussi ma fille, figure-toi. Bien sûr que j'y ai songé. Pourquoi crois-tu que je n'arrive pas à dormir ? Mais ce qui s'est passé n'avait rien à voir avec moi. Je te le répète, il s'agissait d'un accident. Union Station est l'une des stations de métro les plus fréquentées de la ville. Tu sais très bien comment ça se passe aux heures de pointe. Les gens ne songent qu'à attraper leur train. C'est chacun pour soi. Ils n'hésitent pas à vous bousculer. Aujourd'hui, quelqu'un a poussé un peu trop fort et…

L'image de la femme qui tombait s'imposa de nouveau dans son esprit, et elle ferma les yeux pour la chasser. Elle repoussa ses cheveux en arrière.

— Ecoute, je voudrais ne plus y penser. C'était vraiment affreux !

Eric se radoucit un peu.

— Bon, je ne veux pas en rajouter. Mais je voudrais que… que tu ailles chercher Alison.

Elle le regarda avec étonnement.

— Que j'aille la chercher ? Pourquoi ? Je t'ai dit qu'elle dormait déjà.

— Réveille-la. Je veux la ramener chez moi, où elle sera en sécurité.

— Elle est en sécurité ici, Eric. Qu'est-ce qui te prend ? Tu débarques ici à 22 heures pour réveiller ta fille et lui faire traverser la ville. Comment peux-tu être à ce point égoïste ?

— Ah, oui ? s'exclama-t-il, railleur. Pas plus que toi, en tout cas. C'est ta faute, tout ce bordel. Et voilà que tu as le culot de retourner la situation et de me faire passer pour le grand méchant !

Contrairement à elle, il ne savait pas se contrôler et s'était remis à crier. Avant qu'elle ne puisse le rappeler de nouveau à l'ordre, Alison apparut dans l'encadrement de la porte, encore endormie et visiblement toujours sous l'effet des sédatifs. Les joues rouges, décoiffée, elle paraissait moins que ses treize ans dans sa chemise de nuit bleue. Elle semblait terriblement vulnérable.

— Papa, qu'est-ce qui se passe ? Pourquoi tu cries ?

— Tu es satisfait à présent, Eric ? siffla Kate entre ses dents.

Sans attendre sa réponse, elle se précipita vers sa fille.

— Tout va bien, ma chérie. Ton père s'inquiétait à ton sujet, et il s'est arrêté pour prendre de tes nouvelles.

Elle se tourna vers Eric, prête à lui sauter à la gorge s'il la contredisait. Mais à son grand soulagement, il s'approcha d'Alison, s'accroupit près d'elle et la serra dans ses bras.

— Je suis désolé de t'avoir réveillée, princesse.

Princesse. Le surnom qu'il lui avait donné quand elle était toute petite.

— Ta mère m'a dit que tu allais très bien, mais j'avais besoin de m'en assurer.

Il semblait vouloir ajouter quelque chose. Toutefois, surprenant le regard de Kate qui le fixait sans aménité, il se ravisa.

— Je vois qu'elle avait raison, alors je vais te laisser dormir. Nous parlerons un autre jour de ce qui t'est arrivé, d'accord ?

— D'accord, papa.

Alison se jeta au cou de son père et le serra très fort.

— Bonne nuit, princesse.

— Bonne nuit, papa.

— Je monte avec elle, déclara Kate à Eric. Tu trouveras bien tout seul le chemin de la sortie.

Allongée dans son lit, Kate ne parvenait pas à trouver le sommeil. Dieu, comme elle maudissait Eric de lui avoir fourré cette idée dans le crâne !

Et s'il avait raison ? S'il ne s'agissait pas d'un accident mais d'un avertissement ? Voulait-on l'obliger à faire machine arrière ? A l'idée que quelqu'un la haïssait au point de souhaiter sa mort, elle fut assaillie par une bouffée d'angoisse. Sauf que cela n'avait probablement rien à voir avec de la haine. En admettant que quelqu'un ait essayé de la tuer, c'était probablement poussé par la peur — la peur qu'elle ne fasse des découvertes compromettantes.

Et ce quelqu'un était peut-être le meurtrier de Molly.

Pendant deux ans, lui ou elle n'avait pas été inquiété. Mais voilà qu'elle reprenait l'enquête sur le meurtre de Molly et que la liste des suspects commençait à se préciser.

D'abord, Terrence Buchanan qui avait peut-être eu une liaison avec Molly. Puis son père, l'irascible juge, qui voulait que Kate abandonne l'affaire, mais n'avait pas de mobile pour tuer sa belle-fille. Il y avait aussi Mme Buchanan, la douce et gentille Hallie, qui aurait fait n'importe quoi pour son fils aîné, d'après ce qu'en disait Rose. Et enfin, il ne fallait pas oublier Lynn Flannery, amoureuse de Molly et en désaccord avec ses choix de vie, ni Denise Jenkins, qui la jalousait ouvertement.

L'un d'eux s'était-il senti menacé par les recherches de Kate ? Ou bien y avait-il encore quelqu'un d'autre ? Quelqu'un à qui elle n'avait pas encore pensé ?

Brusquement, elle revit Mitch s'entretenant à voix basse avec l'officier de police de la station de métro. Elle comprit pourquoi il les avait raccompagnées le plus rapidement possible, pourquoi il les avait questionnées minutieusement tout au long du trajet en voiture. A ce moment-là, elle était encore sous le choc et trop préoccupée par Alison pour remarquer qu'il semblait réellement inquiet. Voilà aussi pourquoi il voulait tellement rester dormir...

Lui non plus ne croyait pas une seconde à la thèse de l'accident.

Elle demeura allongée dans le noir, à regarder les ombres étranges que projetait sur le mur une des branches du vieux chêne du jardin. L'une d'elles faisait penser à une femme en train de perdre l'équilibre.

Ce ne fut qu'au bout d'un long moment qu'elle parvint à sombrer dans un sommeil agité.

21.

Kate ne s'alarmait pas aisément, mais l'idée qu'Alison pouvait courir un danger la poussa à prendre des précautions inhabituelles. Le lendemain, elle accompagna sa fille à l'école en recommandant à son professeur de ne pas la laisser partir avec quelqu'un d'autre qu'Eric ou elle-même.

Sur le chemin du bureau, elle appela Mitch.

— Dis-moi la vérité, lui demanda-t-elle sitôt qu'il eut décroché. Tu penses que ce qui s'est passé hier n'était pas un accident, et que c'est Alison qui était visée, ou moi ?

Il y eut un silence au bout du fil.

— Qu'est-ce qui te fait dire ça ? lâcha-t-il enfin.

— Eric est passé hier soir, après ton départ. Il voulait emmener Alison. D'après lui, c'est à moi qu'on en voulait, pas à Mlle Magasa.

Elle l'entendit soupirer.

— J'avoue que j'avais la même idée en tête.

— Pourquoi ne m'en as-tu pas parlé ?

— Je n'avais aucune preuve et je ne voulais pas t'inquiéter inutilement.

— Et maintenant, as-tu découvert quelque chose ?

— Non. La description d'Alison a permis d'identifier deux suspects vivant dans les environs de Washington. Le premier est un ancien toxicomane bien connu des services de la police qui a déjà plusieurs condamnations à son actif. Il est né avec une déformation à l'oreille droite. Le second, c'est Luther Whorley. Dans certains milieux, on le surnomme Van Gogh parce qu'il a perdu un bout d'oreille lors d'une échauffourée dans un bar. Il travaille pour son oncle, Lou Torres, un magnat de la pègre.

Lou Torres… Kate avait déjà entendu ce nom à plusieurs reprises. Après de modestes débuts comme usurier, Lou Torres avait peu à peu gravi les échelons du crime pour devenir le parrain d'une des familles de mafieux les plus puissantes de la côte Est. Torres pratiquait les pots-de-vin et arrosait largement la police et les hommes politiques, ce qui lui permettait de poursuivre en toute impunité ses activités de bookmaker et d'usurier et d'entretenir sans être inquiété ses maisons de passe ainsi que tout un réseau de prostitution. Il bénéficiait de nombreux appuis, s'entourait des meilleurs avocats et savait jongler avec la justice de telle sorte qu'il avait réussi jusque-là à éviter la prison.

— Pourquoi Torres ou son neveu s'en prendraient-ils à moi ?

— Luther n'est pas comme son oncle, il s'est déjà plus d'une fois retrouvé derrière les barreaux. As-tu déjà eu à prononcer un réquisitoire contre lui ?

— Non.

— C'est bien ce que je pensais. Si ç'avait été le cas, pourquoi aurait-il attendu si longtemps pour se venger ?

— Il faut interroger les deux suspects, Mitch. Luther et cet ancien toxicomane.

— Ce sera fait, ne t'inquiète pas.

Vers 17 heures, Kate et Alison étaient en train de regarder *Les quatre filles du Dr March*, quand Mitch téléphona.

— On vient d'embarquer le neveu de Torres pour l'interroger.

Kate jeta un coup d'œil inquiet en direction d'Alison, mais elle ne quittait pas l'écran des yeux.

— Et l'autre ? demanda-t-elle à voix basse.

— Il est mort en janvier d'un cancer du poumon.

Il se tut, puis reprit :

— Je voudrais procéder à une identification avec Luther. Est-ce que tu pourrais venir avec Alison jusqu'ici ?

Elle se raidit.

— Pourquoi ne pas demander plutôt à l'autre témoin ?

— Je viens juste de l'appeler, elle n'a vu l'homme que de dos.

— Oh, Mitch ! Alison vient de subir une terrible épreuve. Je ne sais pas si on a le droit d'exiger cela d'elle.

— Nous avons absolument besoin de son concours, Kate. Si elle ne vient pas l'identifier, nous serons obligés de le laisser partir.

Elle soupira.

— D'accord. Je vais lui en parler. Mais je n'ai pas l'intention de l'obliger si elle ne veut pas. Tu me comprends, j'espère ?

Il acquiesça, bien qu'à contrecœur.

Kate avait sous-estimé sa fille car Alison n'hésita pas une seconde.

— Je veux y aller, m'man, déclara-t-elle. Je veux que cet homme paye pour ce qu'il a fait.

Une demi-heure plus tard, lorsqu'elles arrivèrent devant le grand bâtiment du commissariat central de Washington, Mitch les attendait déjà dans l'entrée. Il passa un bras rassurant autour des épaules d'Alison et les guida toutes deux vers les ascenseurs.

— Ta maman t'a expliqué ce qu'était une identification ?

Alison acquiesça avec un sérieux surprenant pour son âge.

— Il va y avoir cinq hommes alignés et je vais désigner celui que j'ai vu hier dans le métro.

— Exactement. Cinq hommes de la même taille, de la même corpulence et du même âge, qui seront habillés à peu près pareil.

— Il leur manque à tous une oreille ? demanda-t-elle en levant les yeux vers Mitch.

Il sourit.

— Non. Leurs oreilles seront cachées.

— Pourquoi ?

— Si tu l'identifiais grâce à son oreille, ça ne vaudrait rien, malheureusement. Tu as vu aussi son visage, n'est-ce pas ?

— Oui, mais très rapidement.

Mitch lui tapota la tête affectueusement.

— Tu serais étonnée d'apprendre tout ce dont on peut se souvenir, même après un rapide coup d'œil. On ne s'en rend pas compte, mais le cerveau enregistre.

— Est-ce que… Est-ce que lui me verra ?

— Non.

Mitch les fit entrer dans une petite pièce. Il ferma la porte derrière eux et désigna du doigt une grande vitre qui donnait sur une autre salle.

— C'est ce qu'on appelle une glace sans tain. Tu peux voir les gens qui se trouvent de l'autre côté, mais eux ne peuvent pas te voir. Ils se trouvent face à un miroir.

— Mais ils savent que je suis derrière.

Il jeta un coup d'œil en direction de Kate, qui hocha la tête.

— Oui, admit-il. Mais celui que tu auras reconnu sera aussitôt emmené pour être interrogé. Il ne risque pas de t'apercevoir.

Kate appuya fermement ses mains sur les épaules d'Alison afin qu'elle ne sente pas le tremblement qui les agitait. Il faudrait lui passer sur le corps avant de pouvoir toucher à un cheveu de sa fille.

Elle vit Mitch se pencher et lui murmurer doucement :

— Si tu te sens prête, je vais demander à cet officier que tu vois de l'autre côté de faire entrer les cinq hommes.

Alison hocha la tête.

— Je suis prête.

Mitch parla dans un micro installé dans le mur.

— Fais-les entrer, Joss.

Presque aussitôt, cinq hommes pénétrèrent dans la pièce. Ils s'alignèrent de dos devant le fond blanc, puis se retournèrent tous ensemble face au miroir avec un visage dénué d'expression.

Kate sentit Alison reculer et se serrer contre elle.

— Tout va bien, ma chérie, la rassura-t-elle en pressant sa joue contre sa tempe. N'oublie pas qu'ils ne peuvent pas te voir.

Mitch vint se placer près d'elles.

— Prends ton temps, Alison. Regarde-les attentivement et essaie de te souvenir de ce que tu as vu hier sur le quai.

Kate était mal à l'aise. Elle savait qu'il s'agissait d'une expérience éprouvante, même pour un adulte, et elle osait à peine songer à l'effet produit sur une adolescente impressionnable comme Alison.

Quelques secondes s'écoulèrent. Puis quelques minutes. Kate jeta un coup d'œil en direction de Mitch qui se pencha vers Alison.

— Reconnais-tu l'un d'eux ? demanda-t-il gentiment.

Kate ne s'intéressait pas à ce qui se passait de l'autre côté. Elle n'avait pas quitté sa fille des yeux et vit qu'elle se mordait la lèvre.

— Je crois que c'est… le numéro trois, dit enfin Alison.

— Tu en es sûre ?

— Je ne sais pas.

Sa voix n'était plus qu'un faible murmure.

— Il lui ressemble, mais…

— Et si je lui demandais d'avancer un peu ?

Alison hocha la tête.

— Numéro trois, lança Mitch dans le micro, faites deux pas en avant, s'il vous plaît.

L'homme s'exécuta immédiatement. Les mains derrière le dos, il se tint debout face au miroir, le visage toujours impassible. Kate essaya de fouiller dans sa mémoire, mais cette tête-là ne lui disait vraiment rien.

Tout s'était passé si vite : la bousculade, puis cette Japonaise qui criait. Elle avait tiré sa fille en arrière, essayé de retenir la pauvre femme.

— Et là ? C'est mieux ? demanda Mitch à Alison.

Celle-ci hocha de nouveau la tête. Elle attendit un peu et leva les yeux vers lui.

— C'est lui, déclara-t-elle calmement.

— Tu en es bien sûre ?

Elle acquiesça et regarda de nouveau l'homme.

— Oui. C'est bien lui.

Kate observa Mitch, mais son visage demeurait impénétrable. Il tapota de nouveau la tête d'Alison et adressa quelques mots, que Kate n'entendit pas, à l'officier devant la porte.

Puis il se tourna vers elles en souriant.

— Pourquoi n'iriez-vous pas m'attendre dans mon bureau, toutes les deux ? proposa-t-il. L'officier Dunn vous servira un rafraîchissement.

Kate avait déjà compris. Alison n'avait pas désigné Luther.

— Ce n'est pas le bon ? demanda-t-elle tout bas à Mitch.

Il secoua la tête.

— C'était un de nos hommes, le sergent David Bloom.

*
* *

— Voyons, Luther. Tu ne crois pas que tu devrais te montrer coopératif ? Nous saurons en tenir compte.

Ils se trouvaient dans une petite pièce aveugle réservée aux interrogatoires. Mitch s'installa sur une chaise, tandis que son ami, le détective Tom Spivak, un vétéran de la police bâti comme un défenseur de basket-ball, se perchait sur le coin de la table.

Mitch savait qu'il n'avait aucun motif légal d'interroger cet homme. Tom aussi, et c'était bien pour cela qu'il avait préféré être présent.

— J'ai peur que tu ne te laisses emporter, avait-il déclaré à son ami.

Assis en face de Mitch, Luther, une espèce d'avorton qui mesurait à peine plus d'un mètre cinquante pour cinquante kilos, les défiait du regard. Sa fiche de renseignements mentionnait qu'il n'avait pas été au-delà du collège, mais il n'en était pas moins malin comme un singe.

Il s'était fait arracher un bout de l'oreille droite au cours d'une rixe dans un bar — rixe sanglante puisque son adversaire y avait perdu la vie — et s'en était tiré grâce à plusieurs témoignages assurant qu'il avait agi en état de légitime défense.

Luther avait passé son enfance ballotté d'une famille d'accueil à une autre, jusqu'à ce que son oncle décide de le prendre sous son aile et de le mettre au courant de ses affaires. Luther avait appris très vite. A vingt ans, il était devenu le bras droit de Lou Torres et son homme de main. Les patrons des bars et des boîtes de nuit savaient qu'il valait mieux éviter les embrouilles avec lui et lui donnaient sans discuter l'argent qu'il rackettait pour le compte de son oncle.

— Bande de clowns, lança-t-il de sa voix rauque de fumeur. Vous me prenez pour un imbécile ? Vous croyez que je n'ai pas compris que votre soi-disant témoin n'a pas pu m'identifier comme le…

Il traça en l'air des guillemets imaginaires.

— « Tueur du métro » ?

— Nous savons que c'était toi, Luther, répliqua Mitch, implacable. Nous le prouverons, c'est une question de temps. Et à ce moment-là… (Il secoua la tête.) Nous ne serons peut-être pas dans d'aussi bonnes dispositions à ton égard.

Luther s'affaissa sur sa chaise d'un air dédaigneux et se mit à l'aise, jambes écartées, mains pendantes.

— Je n'ai que faire de votre marché de dupe, Calhoon. De toute façon, dès que mon avocat sera là, vous me laisserez sortir.

Sa bouche s'étira en un sourire mauvais.

— Et après je vous collerai un procès au cul pour interpellation abusive. Vous et votre bande de rigolos allez regretter d'avoir croisé mon chemin.

Mitch ignora ses menaces.

— Où étais-tu hier à 16 heures ?

— J'étais chez moi, je suivais les championnats, comme tous les ans.

— Ah, oui ? dit Tom. Alors comme ça, tu es un passionné de basket-ball ?

— Ça pose un problème ?

— Qui jouait ?

Luther répondit sans hésiter :

— Duke contre l'UCLA.

— Qui a gagné ?

— Les Diables, mon pote. Ça m'a bien arrangé. J'avais parié dix gros billets sur eux. Vous voulez peut-être savoir combien Shane

Battier a marqué pendant le match ? ajouta-t-il avec un sourire plein de suffisance.

Mitch et Tom échangèrent un regard entendu. Le salaud avait bien assuré ses arrières.

— Je ne sais pas ce que vous en dites, détective Spivak, mais moi, je sens un coup foireux là-dessous, avança Mitch, impassible. Tout ça me semble trop bien ficelé. Qu'est-ce que tu en penses, toi, Luther ?

Ce dernier se pencha en avant. Son sourire avait disparu.

— Vous voulez savoir ce que je pense ? Je vais vous le dire. Je pense que vous êtes des fouille-merde. Vous essayez de m'impressionner avec votre cinéma habituel, mais je suis un citoyen parfaitement en règle avec la loi à présent, vous l'avez peut-être vérifié. Je paie mes impôts, je respecte les limitations de vitesse, je vais à la messe tous les dimanches et je traverse toujours dans les passages piétons. Je me suis montré patient avec vous, Calhoon. J'ai accepté de répondre à vos questions alors que je savais très bien que vous n'aviez aucun droit de m'interroger, mais maintenant je commence à en avoir assez. Alors, ou vous m'inculpez, ou vous me laissez sortir.

Mitch savait qu'il avait raison. Alison ne l'ayant pas identifié, ils n'avaient aucun prétexte pour le retenir plus longtemps. Pourtant, il ne se décidait pas à le lâcher.

— Est-ce que tu as fait ça pour le compte de quelqu'un d'autre, Luther ? Tu es devenu tueur à gages, à présent ?

Luther leva les yeux au ciel.

— Foutez-moi la paix, d'accord ? Je vous dis que c'est pas moi qui ai tué cette bonne femme. Je ne connais même pas son nom.

— Ce n'était peut-être pas elle que tu visais.

— Qu'est-ce que ça veut dire ?

— Ça veut dire, Luther…

Mitch se pencha en avant. Son visage n'était plus qu'à quelques centimètres du sien.

— … que tu t'es planté. La personne que tu devais éliminer est toujours en vie. Qu'en pense ton employeur ? Il doit être furieux, non ?

— Et qui étais-je supposé éliminer, monsieur le super détective ? Dites voir un peu…

— J'avais espéré que tu nous le dirais toi-même.

— Vous êtes dingue ! Je ne dirai pas un mot de plus tant que je ne serai pas en présence de mon avocat.

Il regarda autour de lui et hurla en direction de la porte.

— Putain, où est mon avocat ?

Mitch se leva, écœuré.

— Fiche le camp !

— Avec grand plaisir.

Au moment où Luther se levait vers la porte, Mitch lui barra le chemin.

— J'ai l'œil sur toi, Luther. Alors, un bon conseil : pas de bêtises.

— Qu'est-ce qui se passe ici ? lança une voix tonitruante.

Bob Harris, un bel homme aux cheveux poil-de-carotte et qui avait tiré plus d'une fois Luther de prison, fit irruption dans la pièce.

— Détective Calhoon, savez-vous ce qu'est la déontologie ? Vous retenez mon client sans motif, vous procédez à une identification sans la présence d'un avocat et ensuite vous l'interrogez ? Vous avez de la chance que je ne décide pas de vous poursuivre, vous et votre département.

Derrière lui, Luther ricanait bêtement.

— Votre client a signé un papier stipulant qu'il acceptait de se prêter à cette identification. Et quant à nos questions, il y a répondu de son plein gré, puisque, disait-il, il n'avait rien à cacher. J'en ai fini avec lui, alors vous feriez bien de l'emmener avant que je ne me laisse aller à quelque geste fâcheux.

Mitch suivit les deux hommes des yeux jusqu'à ce qu'ils aient disparu dans l'ascenseur, puis, avec un mauvais pressentiment, il alla frapper à la porte de son chef.

— Vous voulez rire ! s'exclama le lieutenant Fennell après que Mitch lui eut rapporté l'échec de la séance d'identification.

C'était un homme grand, doté d'un caractère explosif et d'une voix forte qui faisait trembler les nouvelles recrues.

— Je pense que c'est Kate Logan, ou peut-être même sa fille, que Luther visait.

— Et qu'est-ce qui vous permet d'avancer ça ?

— Il se pourrait qu'il soit impliqué, de loin ou de près, dans le meurtre de ma sœur Molly, et c'est Kate qui a demandé à ce qu'on rouvre l'enquête.

— Dans ce cas, je vous suggère de faire part de vos soupçons au détective Sykes de qui dépend cette affaire et de ne plus vous en occuper.

Fennell le regarda durement.

— Je suis sérieux, Mitch. Je veux que vous restiez hors de cette histoire. J'ai besoin de vous ici. Et en ce qui concerne votre requête de placer Luther sous surveillance vingt-quatre heures sur vingt-quatre, sous prétexte qu'il ment, la réponse est non. Cet homme a beau être un malfaiteur, il a tout de même des droits.

Il se tut et commença à farfouiller dans une pile de papiers, signe que l'entrevue était terminée.

Mitch n'était pas vraiment surpris de la décision de son supérieur. Bien. Il se chargerait lui-même de la surveillance.

22.

— Je suis désolée, m'man, s'excusa Alison dès qu'elles se retrouvèrent à l'abri dans la voiture de Mitch. Je croyais vraiment l'avoir reconnu.

— N'y pense plus, dit Mitch en cherchant son regard dans le rétroviseur. Ce sont des choses qui arrivent. Et quand on pense à la scène horrible à laquelle tu as assisté, c'est déjà pas mal que tu puisses te souvenir de quelque chose.

— Lequel était-ce, Mitch ? demanda-t-elle d'une toute petite voix.

— Ça n'a aucune importance, ma chérie, intervint Kate fermement. N'en parlons plus, à présent.

— Mais si, ça a de l'importance !

L'adolescente se pencha en avant et posa ses mains sur le dossier du siège de Mitch.

— Tu l'as laissé partir, n'est-ce pas ?

Mitch se faufilait dans les embouteillages de Massachusetts Avenue.

— Je n'avais pas le choix, Alison. Je n'avais pas de motif pour le retenir.

— Alors il ne sera pas puni pour ce qu'il a fait à cette femme ?

Kate et Mitch échangèrent un regard.

— Il faut se montrer patient. Il sera puni.

Une fois arrivés, Mitch prit Kate à part.

— J'ai appelé Jim Faber pour lui demander de filer Luther.

Elle eut un choc.

— Pourquoi ? Tu crois que c'est nécessaire ?

— Je n'ai pas confiance en lui, Kate.

— Tu n'aurais pas dû. Le lieutenant s'est montré très clair. Mitch, tu es en train de désobéir à un ordre direct de ton supérieur !

— Non, j'agis dans le cadre de l'enquête sur la mort de Mlle Magasa.

— Mitch…

— Il est hors de question de courir le moindre risque.

— Alison, murmura-t-elle, la bouche sèche. Tu crois qu'Alison est en danger ?

— Il n'est pas exclu que l'incident du métro soit l'œuvre d'un malade qui veut t'obliger à renoncer à l'affaire Buchanan.

— Mais ce n'est qu'une enfant ! Quel monstre oserait s'en prendre à une petite fille innocente ?

Brusquement sans force, elle se laissa tomber sur une chaise.

— Il y a un moyen de mettre Alison à l'abri, déclara Mitch posément.

Elle leva les yeux.

— Lequel ? Je suis prête à tout.

— Ça ne va pas te plaire.

— Dis-le-moi quand même.

— Demande à Eric de l'emmener au vert quelque part. Dans une station de ski, par exemple. Je connais un endroit dans le Montana qui serait…

Kate secoua vigoureusement la tête.

— Jamais ! Je me ferais beaucoup trop de souci si Alison se trouvait loin de moi.

— Tu as bien plus de raisons de t'inquiéter si elle reste ici.

— Je suis capable de protéger ma fille, Mitch !

En était-elle vraiment sûre ? Kate réfléchissait tout en écoutant le bruit des pas d'Alison au-dessus de sa tête. Comment comptait-elle s'y prendre ? En ne l'envoyant plus à l'école et en la gardant cloîtrée dans une maison surveillée par la police ? Avait-elle le droit de lui imposer cette vie de prisonnière ?

Elle pressa les paumes de ses mains sur ses yeux.

— Oh, c'est affreux. Je me sens tellement démunie, je ne sais plus quoi faire…

— Pour sa sécurité, tu dois accepter qu'elle s'éloigne, insista Mitch. Personne ne saura où elle se trouve, à part toi et moi.

— Et Megan ? Qu'est-ce qu'elle va dire ? Tu ne crois pas qu'elle va exiger qu'on lui révèle où est son mari ?

— Megan comprendra quand nous lui aurons expliqué la situation. Moi, c'est plutôt Eric qui m'inquiéterait. Je ne suis pas certain qu'il accepte notre proposition.

— Oh, si, il acceptera, répliqua Kate, sarcastique. Il sera trop content de me prouver que mon travail est dangereux et qu'Alison devrait vivre chez lui. Je peux perdre la garde de ma fille, Mitch.

— Et si tu la perdais pour de bon, Kate ? Ne serait-ce pas bien pire ?

Eric arriva comme promis à 10 heures pile. Etonnant, sachant que la ponctualité n'était pas son fort. Il avait donc vraiment changé ! songea Kate. Peut-être était-ce la présence d'une femme attentionnée comme Megan qui l'avait enfin transformé en adulte. Une femme attentionnée et… riche.

Il salua sèchement Kate et jeta à Mitch un regard chargé de venin. Nul n'ignorait que les deux hommes n'éprouvaient aucune sympathie l'un envers l'autre. Toutefois, ils avaient appris à se tolérer pour Alison, du moins en sa présence. Et Eric — mais il se serait fait tuer plutôt que de l'avouer — était tout de même reconnaissant à Mitch d'avoir tiré sa fille des griffes de la brute qui l'avait enlevée quatre mois plus tôt.

— Tu es sûre qu'elle va bien ? demanda-t-il à Kate tandis qu'Alison dévalait les escaliers avec sa valise. Ce n'était pas un peu trop lourd pour elle, cette identification ?

— Ç'a été difficile. Mais ça va maintenant.

— J'avoue que j'ai du mal à comprendre pourquoi vous lui avez fait subir une telle épreuve, reprocha-t-il à Mitch. Il y avait des dizaines de personnes sur ce quai et vous ne trouvez qu'une petite fille de treize ans pour fournir une description de votre suspect ?

Craignant que la discussion ne s'envenime, Kate posa une main apaisante sur le bras de Mitch. Mais cela n'était pas nécessaire. Malgré les reproches, il conservait un calme surprenant. Il parvint même à sourire, ce qui eut pour effet d'exaspérer Eric.

— Oui, il y avait du monde sur ce quai, Eric. Malheureusement, il n'y en a qu'une qui avait vraiment vu cet homme. Croyez-moi, je répugnais autant que vous à infliger une expérience aussi pénible à une enfant. Mais nous n'avions pas d'autre moyen de coincer ce type.

Eric eut un rire sarcastique.

— Vous avez dû le laisser partir quand même, si je suis bien renseigné. Votre coupable court toujours, et il doit bien rigoler.

— Il sait que je ne vais pas le lâcher d'une semelle. Il se tiendra tranquille.

— J'espère que je ne vous offense pas si j'exprime quelques doutes, Calhoon ? C'est de ma fille que nous sommes en train de parler. Si cet homme représente une menace pour elle, je veux qu'on le mette hors d'état de nuire.

— Je ferai mon boulot, Logan. Tenez-vous-en à votre rôle. A moins que vous ne vous sentiez pas capable de protéger votre fille pendant une semaine ou deux. Si c'est le cas, il suffit de le dire et je prendrai d'autres dispositions.

— Je ne vous permets pas…

— Eric !

Kate fit un pas entre les deux hommes au moment où Eric s'avançait, visiblement outragé. Il fallait l'empêcher d'entamer une bagarre car, malgré son calme apparent, Mitch n'hésiterait pas à rendre les coups.

— Ça suffit ! ordonna-t-elle en posant la paume de sa main sur la poitrine d'Eric de façon à le tenir à distance. Tu as perdu la tête.

— C'est lui qui a commencé à m'insulter !

— Oh, arrête un peu ! Tu l'avais bien cherché.

Elle laissa retomber son bras.

— Reprends-toi, s'il te plaît.

Elle attendit qu'il se calme un peu avant de demander :

— Où vas-tu l'emmener ?

Eric sortit de sa poche l'itinéraire qu'il avait tracé et le lui tendit.

— Skier dans le Montana, comme l'a suggéré Mitch, répondit-il en le regardant d'un air sombre. J'ai noté également le numéro de téléphone.

— Tu as affrété un avion ? s'enquit-elle en étudiant le papier.

— Il n'y a plus de vols à cette heure. Qu'est-ce que tu pensais que je ferais ? Il s'agit tout de même de la sécurité de ma fille.

Et il n'entendait pas laisser passer une si bonne occasion de le lui faire remarquer.

— Tu as pris ton portable ?

Il tapota sa poche.

— Je l'ai là. As-tu pensé à prévenir l'école ?

Elle hocha la tête.

— Je suis prête, lança Alison depuis le couloir.

Elle avait déjà sa valise à la main, mais ne manifestait pas autant d'enthousiasme que le jour où elle était partie pour les îles Vierges. Calme et solennelle, elle attendait. Avec ce qui venait de se passer, elle n'avait visiblement aucune envie de s'éloigner de sa mère.

Kate s'approcha d'elle et rajusta le col de son anorak bleu.

— Tu vas bien t'amuser, ma chérie, tu verras.

— J'ai peur pour toi, maman.

Maman... La plupart du temps, sa fille disait « m'man ». Lorsqu'elle l'appelait maman, cela signifiait qu'elle se sentait en danger.

— Tout ira bien, la rassura Kate en se forçant à sourire. Il y aura le grand méchant Mitch pour me protéger.

— Mais si on n'arrête pas cet homme ? insista Alison d'un air inquiet. S'il essaie de te tuer ?

Kate rencontra le regard d'Eric qui semblait dire : « Tu vois bien... »

— Il n'osera jamais. Il a bien trop peur de Mitch.

— Alors pourquoi m'éloignez-vous ? Il ne me fera pas de mal à moi non plus, s'il a peur de Mitch.

Kate échangea un regard désespéré avec Mitch. Que pouvaient-ils répondre ? Alison semblait avoir bien réfléchi à la situation, ces dernières heures. Dieu, qu'elle lui ressemblait...

— C'est uniquement par mesure de précaution que nous t'éloignons quelque temps, expliqua Kate. Il est aussi plus facile pour moi d'assurer ma sécurité si je suis seule.

— Papa ne donnera pas le numéro de téléphone de l'endroit où nous serons à Megan.

— Je sais. Ça vaut mieux.

— Qui le connaîtra ?

— Mitch et moi. Personne d'autre.

— Pas même mamie ?

Plus tard, Kate aurait sûrement des comptes à rendre à Rose.

— Non, pas même mamie.

Alison jeta ses bras autour d'elle.

— Je t'appellerai tous les jours, maman.

— Moi aussi, promit Kate.

Elle regarda partir la limousine blanche et suivit des yeux la petite silhouette qui lui faisait signe de l'autre côté de la vitre. Elle s'essuya les yeux et s'efforça de reprendre le contrôle d'elle-même avant de rejoindre Mitch.

Il était au téléphone, manifestement contrarié. Elle le considéra attentivement tandis qu'il raccrochait.

— Que se passe-t-il encore ?

— Luther est mort.

23.

— Mort ? répéta Kate en s'appuyant au comptoir de la cuisine. Mais quand ? Où ?

— Deux adolescents ont découvert son corps, dans le jardin aux sculptures du Smithsonian…

— Que s'est-il passé ?

— Nous n'avons pas encore de détails. Il a semé Jim Faber peu de temps avant le meurtre. La police vient d'arriver sur les lieux. L'un des officiers était au courant pour l'identification et il a pensé à m'appeler.

Il s'empara de l'étui de revolver qu'il avait posé sur le frigo et l'enfila.

— Prépare un sac pour la nuit.

— Pourquoi ?

— Je t'emmène dormir chez les Spivak. J'en ai déjà parlé à Mary Beth, elle serait ravie que tu ailles te mettre au vert chez elle pendant quelques jours.

Tom Spivak et sa femme étaient de vieux amis de Mitch et auraient fait n'importe quoi pour lui. Kate savait que ces gens bons et généreux l'accueillaient avec plaisir, mais elle n'envisageait pas une seconde de quitter sa maison.

— Personne ne me chassera de chez moi, Mitch.

— Kate, ne fais pas l'entêtée. Nous ignorons pour qui travaillait Luther.

— Vous ne savez même pas s'il travaillait pour quelqu'un. Et s'il vous avait dit la vérité après tout ? Il n'avait peut-être rien à voir avec ce qui s'est passé dans le métro.

— Luther ne connaissait pas le sens du mot « vérité ».

— Et que fais-tu de mon boulot ? De mes dossiers en cours ? Des gens qui comptent sur moi pour les défendre ? Tu voudrais que je laisse tout tomber et que je disparaisse de la circulation ?

Elle secoua la tête.

— Il n'en est pas question, Mitch. J'ai accepté d'éloigner Alison parce que c'était la meilleure chose à faire. Mais moi, j'ai des obligations et je ne peux pas tout lâcher dès que j'ai un petit problème.

— Un petit problème ? Alors qu'un tueur est peut-être à tes trousses ?

— Oh, Mitch, as-tu la moindre idée du nombre d'assassins que j'ai envoyés derrière les barreaux quand j'ai débuté au bureau du procureur ? Je recevais régulièrement des menaces de mort. Et pourtant, je suis toujours là.

Un silence pesant s'établit entre eux. Kate soutint le regard de Mitch sans ciller. Elle crut un instant qu'il allait la charger sur son épaule et l'emmener de force. Elle se voyait déjà criant et se débattant pour lui échapper.

— Entendu, capitula-t-il enfin. Fais comme tu veux.

Mais il n'avait pas l'air convaincu.

— Je te préviens, ajouta-t-il, s'il t'arrive quoi que ce soit, je te tuerai. Compris ?

— Compris.

Elle lui adressa un sourire taquin.

— Est-ce présomptueux de ma part de supposer que tu rentreras ici après ton service ?

— Non, ce n'est pas présomptueux.

— Bien. N'hésite pas à me réveiller.

— Ferme ta porte à clé.

La circulation étant fluide à cette heure de la nuit, il ne fallut que dix minutes à Mitch pour aller de Cleveland Park au National Mall. Deux voitures de patrouille et une ambulance se trouvaient déjà sur les lieux. Leurs lumières rouges et bleues illuminaient le ciel nocturne.

Les mains dans les poches, Mitch descendit la rampe d'accès qui menait au jardin ; un cordon jaune délimitait l'espace réservé à la police. Après avoir vérifié son identité, un agent l'autorisa à passer.

Le corps gisait aux pieds d'une sculpture de bronze. Près de lui était agenouillé un médecin légiste avec lequel Mitch avait déjà travaillé. Mitch s'approcha et se pencha sur le cadavre de l'homme qu'il avait interrogé quelques heures plus tôt.

— Alors, Abe, tu en es où ?

Abel Moskowitz, un petit homme au regard vif et à la poignée de main vigoureuse, leva la tête et entreprit d'enlever ses gants de caoutchouc.

— La mort a été causée par deux balles dans le cœur, d'après ce qu'il me semble.

— Heure du décès ?

— Entre 20 heures et 22 heures. Je serai plus précis après l'autopsie.

Mitch regarda autour de lui. Apercevant Daniel Rourke, le policier qui l'avait prévenu, il se dirigea vers lui.

— Où sont les deux gosses qui l'ont découvert ?

Le jeune policier montra du doigt une voiture de patrouille devant laquelle deux adolescents faisaient des allées et venues en battant la semelle pour se réchauffer, les bras croisés sur la poitrine.

— Avez-vous joint la famille du mort ?

— Son oncle est en route.

— Faites-moi signe dès qu'il arrive.

Mitch se dirigea ensuite vers les deux jeunes qui le regardèrent s'approcher avec appréhension.

— Salut, les gars.

Les deux adolescents hochèrent la tête, mais demeurèrent silencieux. Ils paraissaient avoir dans les quinze-seize ans.

— Pouvez-vous me dire exactement ce que vous avez vu ? s'enquit Mitch après avoir relevé leurs noms et leurs adresses. Depuis le début.

Ils se regardèrent tous les deux d'un air gêné.

Finalement, le plus petit, un gars élancé du nom de Matt Pierce, se décida à parler.

— Andy et moi, on rentrait d'une fête.

— Où avait lieu cette fête ?

— Chez un ami, près de McPherson Square.

Mitch jeta un coup d'œil sur ses notes.

— Vous habitez dans New York Avenue, tout près de McPherson Square. Vous n'aviez pas besoin de passer par ici pour rentrer.

Matt s'humecta les lèvres du bout de la langue. Il s'apprêtait à dire quelque chose, mais Andy le prit de vitesse.

— N'oublie pas que c'est un flic, lâcha-t-il entre ses dents.

— Et alors ?

— Alors, boucle-la. Vu ?

— Ecoutez, commença Mitch en s'adossant à la voiture de

patrouille, je me fiche pas mal de ce que vous fabriquiez ici. A moins qu'il ne s'agisse de quelque activité illégale, comme acheter ou vendre de la drogue.

Il les dévisagea tour à tour, le sourcil levé.

— Non, on ne touche pas à la drogue, répondirent-ils comme un seul homme en secouant vigoureusement la tête.

Mitch sourit.

— On ne se drogue pas, détective, insista Matt. Je vous le jure. En fait, Andy et moi, on ...

Il jeta un coup d'œil en direction de son ami.

— On est venus ici pour être tranquilles avec nos petites amies, déclara-t-il. C'est pratiquement désert à cette heure de la nuit et on pensait... Enfin, on espérait...

Il se tut en rougissant violemment.

— Vous voyez ce que je veux dire.

Mitch avait toutes les peines du monde à garder son sérieux.

— Vous espériez vous amuser un peu ?

Le jeune garçon s'éclaircit la gorge.

— Eh bien... un truc dans le genre. Mais les filles ont dit qu'elles avaient froid et qu'elles étaient fatiguées. Alors elles sont parties.

— Vous étiez donc seuls quand vous avez découvert le corps ?

— Oui. On était assis sur ce mur, au-dessus, en train de discuter tranquillement, expliqua-t-il en montrant un endroit qui devait se trouver à deux mètres de hauteur. Et puis j'ai baissé les yeux et j'ai vu ce type, allongé à plat sur le dos, qui regardait les étoiles.

— Et ensuite ?

— On est descendus pour voir s'il était malade ou soûl. C'est là qu'on a remarqué le sang. Il était mort.

— Comment pouviez-vous en être sûrs ?

— J'ai posé mes doigts sur sa gorge, répondit Matt en mimant le geste. Comme ils font à la télévision. J'ai pas senti le pouls.

— Avez-vous remarqué quelque chose d'inhabituel ? Quelqu'un qui s'enfuyait ? Une voiture qui démarrait en trombe ?

Ils secouèrent la tête.

Mitch n'en fut pas étonné. Si, dans la journée, le National Mall était envahi par la foule, la nuit, il prenait des allures de ville fantôme.

— Depuis combien de temps étiez-vous ici quand vous avez découvert le corps ?

— Nous sommes arrivés à 22 h 15. Je m'en souviens parce qu'une des filles devait rentrer à 23 heures et j'ai regardé ma montre.

— Merci, Matt. Toi aussi, Andy.

Mitch se redressa.

— Un de mes hommes va vous raccompagner. Il est trop tard pour que je vous laisse rentrer à pied.

Matt sourit.

— Super ! Je veux dire… Merci, détective.

— Détective Calhoon !

Au son de cette voix mécontente, Mitch se retourna. D'un abord plutôt antipathique, Lou Torres était un homme grand et décharné qui possédait les traits marqués de ses ancêtres aztèques. Il portait un élégant costume noir, une chemise blanche dont il n'avait pas fermé le col et un manteau, noir lui aussi, négligemment jeté sur ses épaules. Deux gardes du corps le suivaient en surveillant les alentours. On aurait dit une scène du film *Le parrain*.

— Que se passe-t-il ? J'apprends que mon neveu s'est fait tirer dessus, déclara-t-il d'un ton agressif. N'y seriez-vous pas pour quelque chose, Calhoon ? Vous n'avez pas pu le coincer tout à l'heure, alors vous l'avez tué…

Mitch fit de son mieux pour ignorer cette sortie et regarda les infirmiers remonter la fermeture Eclair du sac en plastique noir qui contenait le corps.

— Quand avez-vous eu des contacts avec votre neveu pour la dernière fois ?

— J'ai parlé avec Luther au téléphone, il y a deux jours. Ça faisait bien une semaine que je ne l'avais pas vu, je crois.

Torres rabattit sur lui les pans de son manteau.

— Maintenant, à mon tour de poser des questions. Qu'est-ce qui vous a pris d'arrêter Luther ?

— Je n'ai pas arrêté Luther, monsieur Torres. Je l'ai interpellé, interrogé et relâché.

— Vous n'aviez aucun droit de le faire.

— Cet interrogatoire vous inquiète ? Seriez-vous par hasard mêlé à ce crime dans le métro ?

— Bien sûr que non. Qu'est-ce que vous avez encore derrière la tête ?

— Oh, rien de précis. Il me semble simplement que vous êtes plus préoccupé de ce détail que de la mort de votre neveu.

— Détective Calhoon !

Un des enquêteurs lui apportait un téléphone portable et un gobelet en plastique.

— Nous avons trouvé ce téléphone dans l'une de ses poches.

Mitch enfila des gants et composa le 69. Le dernier numéro appelé par Luther était celui du cabinet d'avocats Harris & Barton. Il rendit l'appareil au technicien.

— Emportez-le.

L'homme lui tendit alors le gobelet vide.

— Nous l'avons trouvé à deux mètres environ du corps. Il contenait vraisemblablement du café. C'était peut-être le sien.

Mitch porta le verre à son nez. Effectivement, il sentait le café.

— Emportez-le aussi, on ne sait jamais. Rien d'autre ?

— Sa carte d'identité, un trousseau de clés, de l'argent. Rien d'extraordinaire.

— Bon. Faites votre rapport dès que vous rentrerez et laissez-en un exemplaire sur mon bureau.

Il se tourna vers Torres.

— Comment saviez-vous que votre neveu s'était fait embarquer par la police ?

— Son avocat, Bob Harris, m'a prévenu aussitôt.

— Ce ne serait pas plutôt Luther qui vous aurait appelé quand on l'a libéré ?

— Je n'étais pas sa nounou, détective. Luther était un grand garçon qui se débrouillait très bien tout seul.

— Oui, je vois…

On entendit au loin le hurlement d'une sirène.

— Où étiez-vous ce soir, disons entre 19 h 30 et 22 heures ?

— Dois-je comprendre que vous me soupçonnez d'avoir tué mon propre neveu ?

— Contentez-vous de répondre à ma question, monsieur Torres.

— Comme chaque soir, j'ai dîné dans la 13e Rue, à l'*Ariba*, mon restaurant. Mon personnel vous le confirmera.

Mitch nota l'information sur son carnet.

— A quoi était mêlé Luther, ces derniers temps ?

— Que voulez-vous dire par là ?

— Je me demande s'il ne se serait pas fait quelque ennemi.

— Luther était mon comptable, détective. Il était chargé de mes finances, des factures à payer ou à encaisser. Je ne m'occupais pas de ce qu'il faisait en dehors de ses heures de travail. C'était un citoyen honnête et travailleur. Je suis peiné que vous en doutiez. Aussi je vous conseille de ne plus m'importuner et de trouver un autre bouc émissaire.

Torres marqua un temps d'arrêt avant d'ajouter :

— Ou vous pourriez devenir une menace pour vous-même. Si vous voyez ce que je veux dire.

Saisissant l'allusion, Mitch s'avança vers lui, sans se soucier le moins du monde des deux molosses qui s'étaient aussitôt rapprochés, prêts à intervenir si nécessaire.

— Ecoutez-moi bien, monsieur Torres. Je ne suis sans doute qu'un imbécile de flic pour vous, mais je sais parfaitement qui vous êtes et ce que vous trafiquez. Vos activités d'usurier, de bookmaker et de proxénète ne me concernent pas. Toutefois, en tant que détective de la criminelle, quand ces occupations se trouvent liées à un meurtre, tout ça devient de mon ressort. Si vous avez quelque chose à voir, de loin ou de près, avec le meurtre de cette Japonaise ou avec celui de Luther, je vous coincerai. J'ai l'intention de m'occuper de vous personnellement. Et quand ce sera fait, l'intervention de quelque ami haut placé ne suffira pas à vous tirer de prison. Si vous voyez ce que je veux dire…

Il referma son carnet d'un coup sec.

— En attendant, je vous demande de ne pas quitter la ville.

Torres l'avait écouté avec attention, l'air impénétrable. Lorsque Mitch eut fini, l'homme le regarda droit dans les yeux, sans doute dans l'intention de l'intimider. Puis il s'éloigna sans un mot entre ses deux gardes du corps, en tenant toujours les pans de son manteau.

24.

Peu après minuit, Mitch se glissa sans bruit dans la maison de Kate en utilisant sa clé. Elle dormait déjà. Il demeura un moment près du lit à écouter sa respiration puis passa dans la salle de bains.

La douche chaude parvint à le délasser, mais elle n'eut pas grand effet sur son humeur morose. Avec la mort de Luther, on perdait la piste de son commanditaire. A moins que celui-ci ne commette une erreur. Et, à en juger par la façon dont il avait jusque-là échappé à la justice, il y avait fort à parier que cela n'arriverait pas.

La fouille de l'appartement de Luther n'avait pas révélé grand-chose. Mitch avait découvert un 357 Magnum, dont le numéro de série avait été effacé, et des balles, mais pas de permis de port d'arme. Le médecin légiste avait promis d'apporter les résultats de l'autopsie le lendemain en milieu de journée. Une fois que l'heure de la mort serait déterminée, Mitch prévoyait d'interroger le personnel de l'*Ariba*, sans pour autant se faire d'illusions.

Tout en laissant couler le jet d'eau sur sa nuque douloureuse, il réfléchissait à son entrevue avec Lou Torres. Quelque chose le tracassait. Ce type paraissait trop calme et son histoire trop bien ficelée. Tout comme Luther. Et ce garde du corps, celui qui se coiffait en brosse, lui semblait vaguement familier, mais il ne parvenait pas à se rappeler où il l'avait vu auparavant. Il vérifierait ça dès le lendemain.

Les draps étant glacés de son côté, Mitch se pelotonna contre le dos de Kate pour se réchauffer. Il passa son bras autour d'elle, et le contact de sa peau tiède suffit à chasser de son esprit l'image des cadavres de ces derniers jours. Kate compensait l'horreur de son quotidien. Elle était son point d'ancrage, son port d'attache dans un monde qui devenait de plus en plus fou.

Après un mariage désastreux avec une femme qui ne s'intéressait qu'à l'argent, Mitch avait cru ne plus jamais tomber amoureux. Puis il avait rencontré Kate. Fidèle, compréhensive, courageuse, elle l'avait obligé à revoir son point de vue sur les femmes en général, et sur les avocats en particulier. Toutefois, ces qualités qu'il appréciait tant chez elle étaient également cause de bien des affrontements entre eux, car elle défendait toujours âprement son point de vue. Tout comme lui, d'ailleurs.

Dire qu'elle le mettait souvent en colère aurait été largement en dessous de la vérité. Leur récent différend concernant la culpabilité ou l'innocence de Todd en était un parfait exemple. Ils s'étaient opposés comme deux lions luttant pour leur territoire. Finalement, c'était lui qui avait cédé en acceptant de mettre ses sentiments personnels de côté.

Il aimait à croire que lui aussi apportait dans la vie de Kate une certaine stabilité. Notamment pour Alison. Cela n'avait pas été facile de gagner la confiance de l'adolescente. Il avait dû y mettre du sien, faire preuve de patience et de compréhension, mais le résultat en valait la peine. A présent, il arrivait même qu'Alison l'appelle au travail… Elle riait volontiers de ses plaisanteries et lui donnait un avant-goût de ce que pouvait être l'atmosphère d'une famille unie et heureuse.

Il revit l'air étonné de Kate, l'autre nuit. Il lui avait fait une déclaration qui l'avait surpris lui-même. Il l'aimait sincèrement, mais n'avait jamais songé au mariage jusque-là. Le fait qu'elle se trouve en danger l'avait amené à réfléchir. La vie était courte, il fallait en profiter. Cette constatation n'avait rien de réjouissant, mais elle avait eu le mérite de lui faire prendre conscience de ce qui comptait vraiment à ses yeux.

Kate gémit doucement dans son sommeil et se tourna vers lui.

— Bienvenue, détective, murmura-t-elle, tout endormie.

Elle pressa ses seins contre son torse et il sentit une vague de chaleur, douce et familière, l'envahir.

— Merci de votre accueil, maître.

— Tout va bien ?

— Impec'.

— Mmm. Tu veux me raconter ? marmonna-t-elle dans un demi-sommeil.

— Pas maintenant.

Il s'apprêtait à lui montrer de quoi il avait réellement envie, mais elle se blottit contre lui et se mit à ronfler doucement.

Il ferma les yeux et la serra fort.

A 9 h 30 le lendemain matin, Mitch était déjà au bureau. Il avait retrouvé le nom du garde du corps, Carlton Pritchett, et avait réclamé une enquête à son sujet.

Le rapport d'autopsie serait sur son bureau avant la fin de la journée, mais Abe lui avait déjà appris que la mort était survenue entre 20 h 30 et 21 heures.

Il se rendit donc au restaurant de Lou Torres afin d'interroger le personnel. Comme il s'y attendait, les trois serveurs, le cuisinier et ses deux aides, par ailleurs tous des Chinois probablement sans papiers, se portèrent garants pour leur patron. Ils confirmèrent que, la veille, Lou Torres avait bien passé la soirée au restaurant avec ses deux gardes du corps. Ils avaient dîné, puis joué au gin-rami, comme cela leur arrivait presque tous les soirs, et avaient quitté l'établissement à 22 h 30, après un appel de la police.

L'un des aides du cuisinier, qui faisait la plonge et parlait correctement anglais, paraissait particulièrement effrayé. Il ne cessait de jeter des regards furtifs autour de lui en répondant aux questions. Mitch lui fit répéter son nom — Yan Wey — et s'assura qu'il l'avait correctement orthographié, ce qui rendit Wey encore plus nerveux. Mitch se promit de se renseigner à son sujet.

En sortant du restaurant, il se rendit chez Lou Torres qui habitait le Watergate Building. Celui-ci s'en tint à sa version de la veille, laquelle coïncidait d'ailleurs parfaitement avec le témoignage de ses employés.

Quand Mitch le questionna à propos du 357 Magnum découvert dans l'appartement de Luther, il déclara ignorer que son neveu détenait ce revolver sans permis. Il soutint sans ciller le regard de Mitch en lui assurant qu'il n'avait pas la moindre idée de ce qu'il en faisait.

Mitch repartit bredouille et tout aussi frustré que la veille. Au commissariat, Frank Sykes l'attendait avec une nouvelle qui n'était pas faite pour leur remonter le moral.

— Impossible de retrouver la trace du Chevalier noir, lui apprit-il avec son léger accent traînant du Sud. Sous ce pseudonyme se dissimulait un certain Paul DiAngelo. Du moins a-t-il payé son accès Internet avec une carte bleue à ce nom. L'ennui, c'est que Paul DiAngelo n'a jamais existé.

— La carte de crédit est toujours en circulation ?

— Malheureusement non. Celui qui l'a utilisée n'a plus d'adresse e-mail au nom du Chevalier noir. Je parierais volontiers que notre oiseau possède maintenant une autre carte et un autre pseudonyme. Impossible de le retrouver dans ces conditions.

Mitch laissa échapper un juron. C'était justement ce qu'il redoutait. Les fraudes sur les cartes de crédit se multipliaient à un rythme alarmant, et la police se heurtait maintenant à des organisations criminelles fabriquant de faux papiers plus vrais que nature. Si au Mexique une simple mère de famille pouvait en fournir à des trafiquants de drogue, on imaginait aisément ce qui se passait aux Etats-Unis. On trouvait partout d'excellents faussaires, capables de réaliser une panoplie complète : certificat de naissance, numéro de sécurité sociale, justificatifs de domicile et certificats de travail. Autrefois, c'était une affaire de spécialistes, mais à présent, il devenait aussi facile de se procurer un faux que de posséder un permis de pêche. Il suffisait de se connecter à Internet et d'aller sur certains sites payants pour établir les contacts nécessaires.

Le problème avait pris de telles proportions que l'on implantait progressivement dans la police des services de spécialistes, formés à lutter contre la criminalité sur le Net.

— Serais-tu en train de me dire que nous n'avons aucune chance de coincer ce type ? demanda Mitch en ignorant la pile de messages posée sur son bureau.

Frank tira un chewing-gum de sa poche et défit l'emballage.

— C'est un scénario pessimiste mais vraisemblable. L'un de nos agents travaille sur une affaire similaire. Le meurtre d'une femme dont on a découvert le cadavre dans un motel. Le seul indice est une adresse e-mail. Il me tient informé de ses progrès.

Il roula son chewing-gum puis le mit dans sa bouche.

— Et de ton côté ? Quoi de neuf au sujet de Luther ?

— J'attends toujours le rapport complet d'autopsie. Et j'ai

demandé de plus amples renseignements sur l'un des gardes du corps de Lou Torres.

— Pourquoi ?

Mitch haussa les épaules.

— Je n'en sais trop rien. Il me semble vaguement familier, et ça me chiffonne de ne pas me souvenir où je l'ai vu.

— Tu me tiendras au courant ? Si la mort de Luther Whorley a réellement un rapport avec celle de Molly, je vais avoir besoin d'aide.

Il lança le papier de son chewing-gum dans la corbeille à papier.

— Et Kate, comment va-t-elle ?

— Oh, tu la connais… Rien ne l'arrête.

Son collègue rit.

— On peut dire que vous formez une sacrée paire, tous les deux. Je me demande pourquoi je me donne tout ce mal… Vous pouvez très bien vous occuper de ça sans moi.

— Mais tu t'ennuierais, Frank !

— Tu as sans doute raison, admit-il en se levant. N'oublie pas de transmettre mes amitiés à Kate.

— Je n'y manquerai pas.

25.

— Maurice, tu ne m'écoutes pas !

Un peu agacé par l'attitude de son ancien patron, Emile tenta de conserver son calme. Il valait mieux se montrer diplomate s'il voulait obtenir une deuxième chance.

— Cette histoire ferait un bon scoop pour le *Bordeaux Matin*. Réfléchis ! Ça fait des années qu'on ne t'a pas apporté un truc pareil sur un plateau. Todd Buchanan n'est pas un *quidam* quelconque. Il appartient à l'une des familles les plus riches et les plus en vue de Washington. Son père est un juge de la Cour suprême. Tu imagines les gros titres ?

Il voyait bien à l'air sceptique de Maurice que la partie n'était pas gagnée. Il ne pouvait pas lui en vouloir, car il lui avait fait quelques coups pendables ces deux dernières années. Certes, aujourd'hui, il ne buvait plus, mais il fallait parvenir à l'en convaincre.

Le rédacteur en chef avala une autre pastille. C'était un homme corpulent qui souffrait de digestions difficiles. Il portait sur le front une vilaine tache de naissance rappelant la couleur du beaujolais.

— Qu'est-ce qui te fait croire que Todd Buchanan se trouve à Saint-Jean-de-Luz ? demanda-t-il.

— Je l'y ai vu.

Il leva un sourcil épais et broussailleux.

— C'est vrai, insista Emile. Maurice, tu me connais. Tu sais que, quand je m'intéresse à quelqu'un, je n'oublie jamais son visage.

— Saint-Jean-de-Luz est une toute petite ville. Comment se fait-il que tu ne l'aies pas encore trouvé ?

— Je n'ai pas vraiment cherché. Mais si tu me donnes le feu vert, je m'en occupe. Tout ce que je te demande, c'est ta promesse de me réembaucher comme journaliste si je te réserve l'article que j'ai l'intention d'écrire.

— Rien d'autre ? dit Maurice d'un ton sarcastique.

Emile s'éclaircit la gorge.

— Il me faudrait aussi une petite avance.

Devant le regard aigu et suspicieux de son ancien chef, il leva les mains.

— Je t'assure que c'est pas pour picoler. Je ne touche plus à l'alcool. J'ai besoin de fric pour louer une voiture, payer l'essence et donner quelques billets histoire de délier les langues. Enfin, tu sais bien ce que ça coûte.

Maurice se leva en grommelant et se mit à arpenter son petit bureau encombré. Il fourrageait nerveusement dans ses cheveux clairsemés, comme chaque fois qu'il avait une décision délicate à prendre.

— Je ne sais pas trop. Tu m'as déjà fait le coup plusieurs fois.

— Cette fois, c'est différent, répondit Emile, implorant.

L'enjeu était d'importance pour lui.

— Et ce n'est pas qu'une question de boulot, poursuivit-il. C'est Antoinette. Je ne peux pas vivre sans elle. Pour qu'elle accepte de revenir, il faut qu'en plus d'être sobre j'aie retrouvé du boulot.

L'autre demeura silencieux.

Dans une tentative désespérée de gagner sa confiance, Emile posa la main sur son cœur.

— Je te donne ma parole, Maurice. Je sais qu'elle ne vaut plus grand-chose à tes yeux, mais je n'ai rien d'autre à t'offrir.

Maurice poussa un long soupir sonore, comme un engin qui démarre. Les mains derrière le dos, il vint se placer devant une fenêtre aux carreaux crasseux qui donnait sur le jardin botanique. Il resta là, à regarder au-dehors, pendant un temps qui parut une éternité à Emile.

Enfin, il se tourna et hocha la tête.

— D'accord. J'accepte le marché. Mais je te préviens, continua-t-il en pointant un doigt boudiné, si tu essaies de me rouler, tu auras affaire à moi. Personnellement. J'irai te chercher dans ton caniveau et je t'arracherai le cœur avec mon couteau. Est-ce que c'est bien clair ?

Emile sourit. Maurice n'avait pas perdu son goût pour les scènes grandiloquentes. Bon sang, qu'est-ce que cet endroit lui avait manqué !

— Très clair.

Il quitta le journal en sifflotant joyeusement le vieux refrain de *La vie en rose.*

Emile était content de lui. Il avait réussi à décrocher une seconde chance, et son enquête sur Todd Buchanan progressait.

En glanant des renseignements auprès de vieux amis journalistes, de ses voisins, de ses amis, des amis de ses amis, il avait réussi à dénombrer cinquante-deux étrangers vivant dans un rayon de quarante kilomètres autour de Saint-Jean-de-Luz. Si l'on mettait de côté une trentaine d'Allemands, de Suisses et de Britanniques qui ne pouvaient correspondre à son homme, il restait une quinzaine de citoyens américains. Parmi eux, il fallait exclure une ancienne top-model qui se remettait d'une dépression nerveuse, sept étudiants venus passer une année sabbatique dans ce paradis et deux vétérans de la Seconde Guerre mondiale, installés depuis bon nombre d'années dans le sud de la France.

Cela laissait en course quatre hommes, à peu près du même âge que Todd Buchanan : un guide touristique ne parlant pas moins de sept langues, un saltimbanque qui gagnait sa vie en grattant de la country sur sa guitare au coin des rues, et deux autres qui partageaient un luxueux appartement boulevard Thiers.

Emile avait immédiatement concentré son attention sur ces deux-là, même s'il se serait plutôt attendu à ce qu'un type en fuite vive seul. Le plus jeune des deux avait les yeux bleus et les cheveux blonds et présentait une certaine ressemblance avec la photographie qu'Emile avait découpée dans le *Herald Tribune*. Une enquête discrète lui avait appris que l'une des vendeuses de la boulangerie où il achetait son pain avait le béguin pour le jeune homme.

— Il ressemble à Brad Pitt, lui avait confié Yvette en rougissant. Et en plus j'adore son accent, la façon dont il demande : « Une baguette, s'il vous plaît, mad'moiselle. »

Elle avait soupiré.

— Dommage qu'il ne s'intéresse pas aux filles.

Déçu d'apprendre qu'il s'agissait d'un homosexuel, Emile avait rayé à regret le bel Adonis de sa liste. A présent, il avait épuisé toutes les pistes. Ou quelque chose lui avait échappé, ou il lui fallait admettre que Todd Buchanan ne se trouvait pas à Saint-Jean-de-Luz.

Assis à sa table de café habituelle, il sirotait son Vittel-menthe en se demandant ce qu'il allait faire. Il s'apprêtait à en commander un second lorsqu'il aperçut la fille.

Elle se tenait debout sur le quai, ses longs cheveux flottant dans la légère brise matinale. Sans être vraiment jolie, elle possédait un charme particulier, une sorte de grâce et de distinction naturelle qui ne devait rien à son habillement car elle portait une robe fleurie toute simple.

Il l'avait vue plusieurs fois, mais ne pouvait se rappeler où. Tout à coup, elle se mit à faire des signes en direction de la mer, alors que les premiers sardiniers commençaient à rentrer au port.

Suivant son regard, Emile aperçut un homme sur l'un des bateaux qui la saluait en retour. Même de loin, on voyait qu'il était grand et bien bâti, avec des épaules carrées et des jambes musclées. Emile sourit en pensant au couple que formaient ce rude marin et cette femme délicate. Sans doute avait-on raison de dire que les contraires s'attirent.

Le serveur s'arrêta devant sa table, mais Emile secoua la tête et continua à se concentrer sur la jeune femme. Il l'avait probablement déjà vue sur ce quai, à attendre son homme.

Le bateau s'approchait et Emile pouvait à présent déchiffrer son nom, *Ainara*, « hirondelle » en basque. Le marin avait de l'allure, avec ses longs cheveux blonds retenus en queue-de-cheval et sa peau tannée par le soleil. Dès que le bateau eut accosté, il sauta sur le quai avec la grâce d'un danseur et gratifia la jeune femme d'un rapide baiser avant d'attacher les amarres.

Emile sentit l'adrénaline lui chauffer les veines. L'homme lui semblait trop grand et trop blond pour un gars d'ici. Il ressemblait plutôt à un Allemand ou à un Suédois. Ou à un Américain.

Emile se leva, laissa une pièce de deux euros sur la table et se dirigea vers le jeune couple en essayant de prendre un air dégagé. Précaution inutile, car les deux amoureux, absorbés par leur conversation, ne lui prêtaient pas la moindre attention.

*
* *

La pendule murale venait juste de sonner midi quand Kate entendit son portable. Son client possédait au moins une qualité : la ponctualité.

Avant de lui raconter l'incident du quai et la mort de Luther, elle l'interrogea au sujet du bracelet de Molly et le lui décrivit.

— Je ne me rappelle pas lui avoir offert un bijou comme celui-ci, répondit Todd. Et je ne crois pas l'avoir vu sur elle.

Peut-être que Molly n'avait pas envie qu'il le voie... Sans doute était-ce pour cela qu'elle l'avait confié à Mitch. Ce dernier avait peut-être raison de penser que l'objet lui venait de Terrence.

— Pensez-vous que ce bijou puisse être un cadeau de Terrence ? demanda-t-elle.

Todd éclata franchement de rire.

— Terrence ? Vous plaisantez ? Il considérait Molly comme une folle furieuse.

— Comment le savez-vous?

— Il me l'a dit quand je lui ai annoncé que je voulais l'épouser. Il la connaissait bien parce qu'elle avait été son étudiante.

— Oui, je sais. Ainsi, il n'approuvait pas ce mariage ?

Il rit de nouveau.

— C'est le moins qu'on puisse dire. Il a failli en avoir une crise cardiaque. Il a réagi encore plus violemment que mes parents.

Il y eut un bref silence. L'information n'était pas anodine. Kate ne possédait aucune preuve de la liaison de Terrence et Molly, mais cela valait le coup de creuser cette piste et de se renseigner au sujet du frère aîné.

— Terrence et Molly se voyaient-ils régulièrement après votre mariage ? s'enquit-elle. Est-ce que Terrence venait déjeuner le dimanche chez vos parents, par exemple ? Vous retrouviez-vous lors des fêtes de famille ou détestait-il votre femme au point de l'éviter systématiquement ?

— Je n'ai pas remarqué qu'il essayait de l'éviter, répliqua Todd d'un ton sec. Et je ne voulais pas vous donner l'impression qu'il ne l'aimait pas. Il pensait simplement que ce n'était pas une femme pour moi. Comme mes parents, d'ailleurs. Quant aux réunions familiales, nous y allions au début, mais comme Molly ne s'y sentait pas à l'aise, nous avons fini par les éviter le plus possible. Ecoutez, poursuivit-il, je ne sais pas qui peut être ce « T. », mais, croyez-moi, il ne s'agit pas de Terrence. Mon frère est un type bien, honnête et franc comme vous n'en rencontrerez pas beaucoup. Jamais il ne se serait amusé à batifoler avec une étudiante. De plus, il est très heureux avec sa femme.

— Il arrive que les hommes heureux en ménage s'égarent, Todd.

— Pas Terrence, trancha-t-il fermement.

Eh bien, Todd était aussi un bon frère, songea-t-elle. Mais il ne l'avait pas convaincue.

Emile vit l'homme blond sortir de la cabine téléphonique et passer un bras autour des épaules de sa compagne. Ils prirent tous deux la direction d'un petit parc qui servait aussi de parking. Emile accéléra le pas jusqu'à s'approcher suffisamment du couple pour saisir quelques bribes de conversation.

Lorsqu'il entendit parler l'homme, Emile sentit un frisson d'excitation lui parcourir l'échine. Il parlait anglais, mais avec un accent aisément identifiable. Emile, qui avait passé un an à l'université de Columbia de New York, savait faire la différence entre un Anglais et un Américain. Celui-là était américain, pas de doute possible.

Dans ce cas, comment avait-il échappé à son petit recensement ?

Mais voilà que le couple s'engouffrait dans une Renault grise. Emile s'en voulut d'avoir laissé sa voiture de location chez lui. Puisqu'il ne pouvait pas les suivre, il releva leur numéro d'immatriculation.

— Bon, dit Jess tandis que Todd sortait du parking. Personne ne peut nous entendre à présent. Alors dis-moi pourquoi cette conversation avec Kate t'a bouleversé ?

Il prit la départementale 918 en direction d'Ascain.

— Elle soupçonne Terrence d'avoir eu une liaison avec Molly.

La jeune femme en resta un moment sans voix.

— Tu crois que c'est vrai ? demanda-t-elle enfin.

— Bien sûr que non ! D'ailleurs, je suis sûr que c'est Mitch qui lui a fourré cette idée dans le crâne.

— Pourquoi aurait-il fait une chose pareille ?

— Je n'en sais rien !

Il jeta un coup d'œil dans le rétroviseur.

— Il semblerait que Molly ait laissé chez Mitch un bracelet de prix sur lequel était gravé : « A toi pour toujours, T. » Kate a d'abord pensé que c'était moi qui le lui avais offert. Comme je lui ai dit non, elle m'a demandé si je pensais qu'il pouvait provenir de Terrence. Je lui ai ri au nez, mais elle a insisté. J'ai bien peur d'avoir perdu patience, Jess…

— Oh, Will. Elle essaie simplement de t'aider…

— Je ne veux pas que ce soit aux dépens de mon frère. Je lui ai déjà causé assez de torts comme ça.

— Tu es resté longtemps au téléphone, remarqua Jess sans le quitter des yeux. Vous n'avez pas parlé que de ça ?

Il ne répondit pas immédiatement. Il détestait l'inquiéter, surtout dans son état. Mais elle était têtue et ne le lâcherait pas tant qu'il ne lui aurait pas tout dit.

— On pense que quelqu'un a essayé de la tuer. Elle ou sa fille.

Jess en eut le souffle coupé.

— Will, c'est affreux ! Que s'est-il passé exactement ? Ont-elles été blessées ?

— Non, il n'y a pas eu de blessés. Mais une Japonaise est morte.

Il lui raconta l'accident sur le quai et la mort inattendue de Luther, dont Kate savait maintenant qu'il s'agissait d'un meurtre.

— Tu connais ce Luther Whorley ? s'enquit Jess.

— J'ai entendu parler de lui. Et de son oncle, Lou Torres. Ce sont des hommes dangereux.

— Est-ce que l'un d'eux pourrait être responsable du meurtre de Union Station ?

— Il est encore trop tôt pour le dire. Mitch s'occupe d'enquêter là-dessus.

Notant sa soudaine pâleur, il s'empressa d'ajouter :

— Je ne veux pas que tu t'inquiètes, Jess. Ce n'était probablement qu'un accident.

Pour la troisième fois, il jeta un coup d'œil inquiet dans le rétroviseur. Depuis qu'ils avaient quitté le port, il avait l'impression confuse d'être surveillé. Mais personne ne les suivait.

Jess se retourna afin de regarder derrière eux.

— Que se passe-t-il ? Pourquoi regardes-tu sans cesse dans le rétroviseur ?

Comme pris d'un tic nerveux, il regarda de nouveau. Les voitures qui le suivaient avaient toutes bifurqué dans d'autres directions.

— Je n'en sais rien. J'ai eu une drôle de sensation tout à l'heure.

— C'est-à-dire ?

— J'avais l'impression que quelqu'un nous observait.

Elle se retourna de nouveau.

— Quand ça ?

— Il y a un petit moment, sur le port.

— Tu as remarqué quelqu'un en particulier ?

— Non.

Il négociait le dernier virage en épingle à cheveux, avant la ligne droite qui menait à Ascain.

— Ce n'est rien. Je crois que je suis juste un peu nerveux. Ce doit être le coup de fil de Kate.

Ils demeurèrent silencieux le reste du trajet. Comme tous les soirs, Jess leur servit l'apéritif sur la terrasse, une bière pour Todd et un Perrier pour elle, qu'ils burent tranquillement en admirant la vue spectaculaire sur les collines vallonnées. Les cloches sonnèrent l'angélus, tandis qu'un berger rentrait son troupeau de moutons.

Ensuite, ils s'installèrent dans la maison. Todd lut le journal assis à la table de la cuisine, tout en observant Jess du coin de l'œil. Elle avait noué un tablier autour de sa taille encore fine et sortait du réfrigérateur les légumes nécessaires à la préparation de la *piperade,* une spécialité locale épicée, à base de tomates, de poivrons verts et d'œufs.

Il sourit en la regardant découper les poivrons en fines lamelles. Elle avait aisément adopté le mode de vie des gens d'ici et s'exprimait parfaitement dans leur langue, à tel point qu'on aurait pu la prendre pour une fille du pays. Il était loin de parler français aussi bien qu'elle, mais il ressentait lui aussi une grande attirance pour cette région. Il mesura une fois de plus le gouffre qui le séparait de son passé. La vie qu'il avait menée auparavant lui paraissait à présent vide de sens. Et tellement superficielle…

Bien sûr, il avait accompli un certain nombre de choses dont il pouvait tout de même être fier. Il avait obtenu un diplôme universitaire. Puis, après une école d'audiovisuel, il avait réussi à transformer sa passion pour le sport en une carrière lucrative. Du point de vue sentimental, en revanche, sa vie n'avait été qu'une suite de désastres, un défilé de femmes aussi frivoles que lui.

Molly avait représenté pour lui une bouffée d'air frais. Il l'avait rencontrée lors d'un reportage sur une course cycliste qu'elle avait gagnée haut la main. Il l'avait interviewée, puis invitée à dîner, et le soir, lorsqu'il l'avait raccompagnée chez elle, il était déjà fou d'elle.

Il ne se souvenait plus à partir de quand les choses avaient commencé à se dégrader entre eux. Ni pourquoi, soudain, tout avait changé. Ils ne partageaient plus rien, et Molly menait sa vie de son côté, racontant à qui voulait l'entendre que l'étincelle de la passion s'était éteinte entre eux. Comme un chiot abandonné, Todd avait tout essayé. Lui offrant de romantiques escapades à deux, la couvrant de bijoux, ne cessant de lui répéter qu'il ne pouvait vivre sans elle.

— Tout va bien ? demanda Jess, les sourcils levés.

Pour éviter que sa voix ne le trahisse, il se contenta de hocher la tête.

26.

Excepté un léger retard dû à une tempête de neige, Eric et Alison étaient arrivés sans encombre à Big Sky. Lorsque Kate prit de leurs nouvelles, Alison dormait encore. Eric lui promit qu'elle la rappellerait aussitôt qu'elle serait réveillée.

— Est-ce que Mitch avance dans son enquête sur Luther Whorley ? demanda-t-il.

— Luther est mort.

Kate coinça le combiné entre son oreille et l'épaule, attrapa la cafetière et la remplit d'eau.

— Quelqu'un lui a tiré dessus quelques heures après que la police l'a relâché.

Elle savait maintenant que l'homme avait reçu deux balles de neuf millimètres dans la poitrine, à bout portant. Les projectiles avaient touché le cœur, perforé un poumon et provoqué une hémorragie interne en sectionnant une artère principale. Elle s'abstint de mentionner ces détails car Eric n'avait pas l'estomac assez solide pour encaisser ce genre de description.

— C'est plutôt inquiétant, non ?

Elle tenta de minimiser la gravité de l'événement.

— Oh, je ne sais pas. Au moins je n'aurai pas besoin de regarder sans cesse derrière moi chaque fois que je prendrai le métro.

— Tu devrais quand même rester sur tes gardes. Le fait que Luther soit mort ne garantit pas que tu sois hors de danger.

— Merci de me rassurer, Eric, répliqua-t-elle sèchement. Je me sens tellement mieux depuis que je me suis confiée à toi.

— Tu n'as pas compris ce que je voulais dire.

— N'oublie pas de demander à Alison de me téléphoner.

Et elle raccrocha.

Elle venait de mettre la cafetière en marche quand le téléphone sonna de nouveau.

— Quoi encore ? lança-t-elle en décrochant, persuadée qu'Eric la rappelait pour s'excuser.

Elle se reprit aussitôt. C'était peut-être Alison.

— Allô ?

— Maître Logan ? Lyle Buchanan à l'appareil.

Aussi surprise et émue que la fois où elle l'avait découvert devant sa porte, elle écarta machinalement une mèche de cheveux qui lui tombait devant les yeux.

— Bonjour, monsieur le juge.

— Je viens seulement d'apprendre l'incident de Union Station. Je n'étais pas en ville, sinon je me serais manifesté plus tôt. Je suis vraiment désolé que vous et votre fille ayez assisté à une telle atrocité.

— Merci.

Il semblait très différent de l'autre jour. Pourtant, elle avait du mal à croire que sa sollicitude était sincère.

— Comment va votre fille ?

— Très bien. Vous connaissez les enfants… Ils ont de la ressource.

— Oui, je le sais. Je suis moi-même père. C'est d'ailleurs un peu pour ça que je voulais vous parler. Cette histoire me tracasse.

— C'est inutile, monsieur le juge. Je...

— Ecoutez-moi jusqu'au bout, s'il vous plaît. Nous n'avons pas très bien commencé et je tiens à m'en excuser. Je sais que je ne suis pas très commode, mais je vous demande de l'oublier un instant. Aujourd'hui, je fais appel à votre bon sens de mère.

Il se tut quelques secondes.

— Ce qui s'est passé à Union Station me conforte dans l'idée que vous devriez abandonner l'affaire et me laisser engager un autre avocat.

Kate soupira. Décidément, il n'avait pas l'air de vouloir lâcher le morceau. Mais cette fois au moins, il ne lui manifestait aucun mépris et ne faisait aucune remarque désobligeante à propos de son manque d'expérience.

— Todd n'acceptera jamais, répondit-elle simplement.

— Il acceptera si vous lui expliquez ce qui vous est arrivé.

— Je le lui ai déjà expliqué. C'était un accident.

Elle se garda bien de lui dire qu'elle aussi avait peur et qu'elle avait pris la précaution de mettre sa fille en sécurité.

— Je ne pense pas qu'il s'agisse d'un accident, maître Logan, répliqua-t-il comme s'il avait deviné ses pensées. Les types comme Luther Whorley ne se trouvent jamais par hasard sur les lieux d'un accident. Surtout dans le métro. Je sais tout sur lui et son oncle. Ce sont des hommes dangereux qui ne font rien sans raison. Or je ne vois pas pourquoi ils auraient tué cette Japonaise. C'était vous qui étiez visée.

Kate s'était promis de ne pas céder à la peur, mais la tirade de Lyle Buchanan l'ébranla. Mitch lui avait dit plus ou moins la même chose, mais dans la bouche de cet homme, ces mots lui firent l'effet d'une douche froide.

— Si Lou Torres s'est trouvé mêlé de près ou de loin au meurtre de ma belle-fille, il ne reculera devant rien pour se protéger. Songez-y, maître Logan.

— Je ne peux pas laisser tomber Todd maintenant, objecta-t-elle en essayant de dissimuler le tremblement de sa voix. Il compte sur moi.

— Appelez-le. Répétez-lui mes propos. Et s'il veut me joindre, dites-lui que je serai toujours disponible pour lui. Nuit et jour.

— Je le lui transmettrai.

A peine eut-elle raccroché que Mitch apparut sur le seuil de la cuisine, un grand sourire aux lèvres, les cheveux encore humides de sa douche. Apparemment, il était d'excellente humeur.

Dès qu'il la vit pourtant, il comprit que quelque chose n'allait pas et son sourire s'évanouit.

— Que se passe-t-il ?

— Le juge Buchanan vient de me téléphoner.

— Qu'est-ce qu'il a encore fait ?

— Tout d'abord, il s'est excusé pour son comportement de l'autre fois.

— C'est un début encourageant.

— Ensuite, il m'a demandé d'abandonner et de le laisser engager un autre avocat.

— Ah !

Elle sortit deux tasses du buffet et les posa sur le comptoir.

— Il ne s'est pas montré désagréable ou insultant, ni condescendant. Son attitude était même plutôt humble.

Mitch ne put s'empêcher de rire.

— Le juge Buchanan ? Humble ? Qu'est-ce que tu as mis dans ton café, ma chérie ?

— Je t'assure, Mitch. C'était un père qui s'adressait à une mère.

Il s'inquiétait réellement pour Alison et moi à cause de l'accident de Union Station.

Il prit la tasse fumante qu'elle lui tendait.

— Il ferait mieux de se méfier. S'il continue comme ça, il risque de ternir son image de marque.

Il prit une gorgée de café.

— Et... tu as l'intention de le faire ?

— De faire quoi ?

— De laisser tomber.

— Tu parles !

— Voilà ce que j'appelle une femme !

Il était sur le point d'ajouter quelque chose quand le téléphone sonna de nouveau. Cette fois, il s'agissait de Jim Faber.

— Le gardien du parking du *Blue Oyster* se souvient parfaitement de Molly, déclara le détective privé. Et du type avec qui elle est arrivée. Il conduisait une voiture qu'on n'oublie pas aisément : une Cuda convertible jaune, un modèle de 1971.

Kate ne s'y connaissait pas beaucoup en voitures, mais cela lui disait quelque chose.

— N'est-ce pas la même voiture que Nash Bridges ?

Jim rit. Ainsi, elle connaissait jusqu'à la marque de la voiture que conduisait Nash Bridges. Encore une admiratrice du célèbre acteur de séries télévisées...

— Exactement.

— Et qui était au volant ?

— Vous en avez sûrement entendu parler : Victor Harlow, mieux connu sous le nom d'Oncle Vic par les téléspectateurs. Il est concessionnaire Dodge et son magasin se trouve sur Bethesda.

L'image d'un homme corpulent affublé des costumes les plus divers et les plus excentriques s'imposa dans son esprit. Selon les périodes de l'année, il apparaissait dans des spots publicitaires télévisés en Père Noël enjoué, en lapin de Pâques ou en gros cœur rouge. Il était grossier et lourdaud, à la limite du supportable, mais il avait su en tirer parti et faisait un tabac à la télévision.

— Je peux faire un tour du côté de chez lui, si vous voulez, proposa Jim. Histoire de voir un peu ce qu'il a dans le ventre.

— Merci, Jim, mais je crois que je vais y aller moi-même.

— Entendu. Et le Colorado ?

Elle avait complètement oublié le Colorado, avec tous ces événements.

— Kate ? Vous voulez toujours que j'y aille ?

Elle jeta un coup d'œil en direction de Mitch qui ne l'avait pas quittée du regard.

— Oui, répondit-elle en avalant péniblement sa salive. Le plus tôt possible.

Elle raccrocha.

— C'était Jim. Les pochettes d'allumettes de Molly ont tout de même servi à quelque chose. Le voiturier du *Blue Oyster* se souvient de l'avoir vue plusieurs fois avec le même homme.

— De qui s'agissait-il ?

— Victor Harlow, le fameux Oncle Vic.

— Le concessionnaire Dodge ?

— Lui-même.

Elle essayait de dissimuler son trouble en priant pour qu'il ne s'aperçoive de rien.

— Voilà sans doute la faille que nous cherchions, poursuivit-elle. Ça pourrait être lui, le Chevalier noir. On aurait vraiment de la chance de tomber dessus comme ça.

Elle se tut, consciente de parler pour ne rien dire.

— Bien sûr, on aurait de la chance, répondit Mitch tout en l'observant. Qu'as-tu demandé à Jim de faire tout de suite ?

Son cœur battit plus fort. Elle chercha une réponse crédible, mais seuls les mots de Walter Scott lui vinrent à l'esprit : « Comme la vie devient compliquée dès que l'on commence à mentir. »

Finalement, le mensonge sortit tout seul de sa bouche, avec un accent de vérité qui la surprit elle-même.

— Oh, c'est qu'il n'a pas encore vérifié toutes les adresses des pochettes d'allumettes. Je lui ai dit de s'en occuper tout de suite.

Elle se détourna rapidement pour ne pas avoir à regarder Mitch dans les yeux et jeta le reste de son café dans l'évier.

La succursale Dodge se trouvait dans un coin fréquenté de Wisconsin Avenue. Kate entra dans un hall décoré de guirlandes en papier d'aluminium rouge, blanc et bleu et remarqua le poster d'Oncle Vic grandeur nature qui accueillait les visiteurs dans l'entrée.

L'original était là aussi, un homme grand, portant un pantalon marron avec une veste d'un jaune criard et pas de cravate. Elle le reconnut aussitôt. Ses fins cheveux, d'un noir trop sombre pour être naturel, encadraient son visage rubicond comme un casque. Il s'entretenait avec un représentant, mais lorsqu'il aperçut Kate, il gratifia l'homme d'une tape amicale sur le bras et se dirigea précipitamment vers elle en gesticulant.

— Bienvenue, petite dame.

Kate reconnut également la voix criarde et le ton condescendant qu'il affectait à la télévision.

— Vous cherchez une voiture pour transporter votre marmaille à l'école ?

Avant qu'elle ait eu le temps de répondre, il lui prit le coude d'autorité. Kate se souvint de ce que le Dr Eileen Brown lui avait dit au sujet des attouchements fortuits.

— Vous êtes venue au bon endroit, poursuivit Harlow. J'ai ce qu'il vous faut. Une grande voiture avec portes coulissantes automatiques, airbags latéraux et une excellente tenue de route. C'est le plus joli de nos minivans. Et il existe en rouge, ajouta-t-il fièrement. Pourquoi ne…

Kate commençait à perdre patience. Elle dégagea son bras d'un geste sec.

— Je ne suis pas venue acheter une voiture, monsieur Harlow. Je m'appelle Kate Logan, je suis avocate et j'aurais besoin de vous poser quelques questions au sujet de vos relations avec Molly Buchanan.

Le sourire de circonstance du bonhomme se figea une seconde, avant de disparaître tout à fait.

— De quoi diable parlez-vous ? grommela-t-il à voix basse. Quelles relations ? Qu'est-ce que vous cherchez exactement ?

Kate s'appuya contre le coffre d'une Durango verte.

— Niez-vous avoir connu Molly Buchanan ?

Il la sonda en plissant des yeux, l'air hostile.

— Boire quelques verres ensemble, ce n'est pas ce que j'appellerais entretenir une relation.

— Vous est-il arrivé de la rencontrer ailleurs qu'au *Blue Oyster* ?

— Non, dit-il d'un ton qui manquait d'assurance.

— Vous pourriez le jurer devant une cour ?

— Bien sûr, insista-t-il avec une indignation exagérée.

Un couple, la quarantaine, qui circulait non loin d'eux, s'arrêta pour regarder le prix d'une petite camionnette.

— Ecoutez, reprit-il en espérant sans doute couper court à cette pénible conversation. J'ai offert quelques verres à cette dame, ensuite nous avons échangé une ou deux banalités. C'est tout.

Il rentra le col de sa chemise sous sa veste.

— Maintenant, si ça ne vous dérange pas, je dois m'occuper de mes clients.

Il commençait à s'éloigner, mais Kate lui barra le chemin.

— De deux choses l'une, monsieur Harlow. Ou vous répondez tout de suite à mes questions, ou je vous convoque au tribunal pour vous les poser. Et vous pouvez me faire confiance. Avant de vous appeler au box des témoins, je me serai arrangée pour tout savoir sur vous, y compris ce que vous prenez au petit déjeuner.

Elle le gratifia de son plus charmant sourire.

— Alors ? Que préférez-vous ?

Harlow resta un moment songeur. Il la regardait comme s'il découvrait sa présence, en mordillant pensivement sa lèvre supérieure. Enfin, il parut se décider car il claqua des doigts en direction d'un vendeur qui prenait sa pause cigarette et lui désigna le couple et la camionnette. L'homme jeta immédiatement sa cigarette par terre, l'écrasa du bout de sa chaussure et se précipita dans l'allée.

Après quelques secondes, Harlow hocha la tête.

— Bon. Mais je vous préviens, je ne l'ai pas tuée. Aussi, pas question que vous me mettiez ça sur le dos.

— La connaissiez-vous bien, monsieur Harlow ?

— Non. Elle ne parlait pas beaucoup d'elle. J'étais loin de me douter qu'elle avait pour beau-père un juge de la Cour suprême. Sinon, Dieu m'est témoin, je l'aurais évitée comme la peste.

— Avez-vous eu des relations sexuelles avec Molly ?

Son regard survola nerveusement le parking.

— Est-ce que ça sera rendu public ? Je veux dire… Je suis un homme marié, père de trois adolescentes. Si ma famille a vent de tout ça…

Il semblait effrayé et n'avait plus rien de l'homme dominateur et sûr de lui qui l'avait accueillie quelques instants plus tôt.

— Il s'agit d'une enquête au sujet d'un meurtre, monsieur Harlow. S'il y a réouverture du procès, il faudra bien que je vous cite à comparaître.

Il pâlit.

— Monsieur Harlow ?

— Oui, nous avons eu des relations sexuelles, avoua-t-il à regret.

— Combien de fois ?

Il répondit par un haussement d'épaules.

— Je n'en sais rien. Pourquoi compter ? Plusieurs fois en tout cas.

— Où vous retrouviez-vous ?

— J'ai une petite cabane au bord du lac Anna. Je m'y rends l'été. A cent cinquante kilomètres au sud.

— Et le *Lost Creek Motel* ? Y êtes-vous allé avec elle ?

Il secoua la tête.

— La première fois que j'ai entendu parler de cet endroit, c'est en apprenant la mort de Molly dans les journaux.

— Surfez-vous sur Internet, monsieur Harlow ?

Comme Denise Jenkins, il parut surpris.

— Evidemment. J'ai même un site Web que je mets régulièrement à jour. Et il m'arrive aussi de faire mes courses sur le Net.

— Vous arrive-t-il de chatter ? Dans des forums érotiques, plus précisément.

— C'est pas mon truc, répliqua-t-il en riant.

Probablement pas. Il était plutôt du genre à ramasser des filles un peu bizarres dans les bars.

— Quand avez-vous vu Molly pour la dernière fois ?

— Bien avant qu'elle ne soit assassinée. Environ six mois, je pense.

— Qui a décidé de rompre ? Vous ou elle ?

— Il n'y avait pas besoin de rompre, corrigea-t-il avec une pointe d'agacement. J'allais au *Blue Oyster*. Si je l'y trouvais, nous buvions ensemble quelques verres. Ensuite, nous partions en voiture tous les deux jusqu'à ma cabane au bord du lac… si l'envie nous en prenait. Ça n'avait rien d'obligatoire, ni de systématique.

Kate le surprit en train de s'humecter les lèvres et comprit qu'il avait bien plus à raconter qu'il ne voulait le lui faire croire.

— Pourquoi ai-je l'impression que vous me dissimulez quelque chose ?

Il évita son regard.

— Je ne sais pas.

— Bien, commenta-t-elle en haussant les épaules. Dans ce cas, nous nous reverrons au tribunal.

Elle fit mine de partir, mais il la prit par le bras en serrant si fort qu'il lui arracha une grimace de douleur. Se reprenant, il la lâcha.

Mal à l'aise, il fourra les mains dans ses poches. Le vendeur menait maintenant une conversation animée avec le couple qui s'intéressait à la camionnette. Harlow les observa un instant, mais, à l'évidence, il ne pensait pas à la vente.

— Je crois que je prends un gros risque, déclara-t-il enfin.

Kate ne répondit pas, attendant la suite.

— Avec Molly… Un soir, nous avons dépassé les bornes.

— Que voulez-vous dire ?

— Elle…

Il passa de nouveau sa langue sur ses lèvres.

— Elle aimait bien quand c'était un peu violent.

Pas besoin qu'il lui fasse un dessin.

— Poursuivez.

— Comme je viens de vous le dire, un soir, nous sommes allés trop loin. Ou plutôt, je suis allé trop loin. Elle me demandait de m'arrêter, mais je n'ai pas pu et…

— Que lui faisiez-vous ?

— Je la serrais à la gorge, avoua-t-il d'une voix à peine audible. C'est elle qui me l'avait demandé. Au début j'ai refusé, mais elle a insisté. Elle avait entendu dire que priver partiellement quelqu'un d'oxygène pendant les rapports sexuels décuplait le plaisir. Elle voulait à tout prix essayer. Elle m'a menacé de me planter là si je refusais.

Il regarda la pointe de ses chaussures.

— Je… j'ai dû y aller un peu fort parce que, d'un seul coup, elle a commencé à me griffer et à me donner des coups de pied. Finalement, j'ai repris mes esprits et je l'ai lâchée.

— Et ensuite ?

— Elle a pris ma voiture et elle est partie. Le lendemain, elle m'a appelé pour me dire où elle l'avait garée. Je ne l'ai plus jamais revue.

— Elle n'est plus retournée au *Blue Oyster* ?

— Je ne sais pas. Je n'y ai plus jamais mis les pieds moi-même.

— Aviez-vous peur de Molly ?

Après tout, cette dernière avait très bien pu menacer de tout révéler à sa femme.

— Non. Mais j'avais une trouille bleue de la personne qu'elle m'a envoyée. Elle m'a menacé de me traîner devant la justice si j'osais l'approcher encore une fois.

La personne… Il ne pouvait s'agir que de Lynn Flannery. Elle s'était bien gardée de lui parler de Harlow.

— Et quel était le nom de cette personne ?

Il secoua la tête.

— Je vous en ai assez dit.

— Ici ou devant un juge, monsieur Harlow. C'est vous qui choisissez.

Plusieurs secondes s'écoulèrent. Puis ses épaules parurent s'affaisser.

— Son nom est Ted Rencheck. C'est le substitut du procureur.

27.

Tout en conduisant, Kate songeait à ce que Victor Harlow venait de lui apprendre. Ainsi, Molly et Ted Rencheck étaient amis. De très bons amis, puisqu'elle semblait se confier plus volontiers à lui qu'à son frère.

Avaient-ils une liaison cachée ? Inconcevable, songea Kate en secouant la tête. Quatre ans plus tôt, Ted avait perdu sa compagne depuis dix-huit ans, des suites d'un long et douloureux cancer. Afin de combler le vide qu'elle avait laissé, il s'était absorbé dans son travail, mais il n'avait jamais approché une autre femme — du moins d'après ce que Kate savait.

Mitch était-il au courant des relations de Ted et de Molly ? Pas sûr, vu qu'il ne lui en avait jamais parlé.

En tout cas, cette amitié éclairait sous un jour nouveau la visite de Ted à son bureau, la semaine précédente. Sans doute n'était-elle pas uniquement motivée par des raisons professionnelles. Il n'y avait qu'un moyen de le savoir : le lui demander.

Kate passa le reste de la matinée à rattraper sa paperasse en retard et à faire le point avec Frankie sur les factures à payer. A 16 heures, elle appela le bureau du procureur où on lui apprit que Ted se trouvait au tribunal. Elle prévint son assistante qu'elle s'absentait pour le reste de la journée.

Une demi-heure plus tard, elle se glissait discrètement dans la salle d'audience du juge Messner, où un avocat plaidait pour la mise en liberté sous caution de son client. Elle s'installa dans le fond. La requête fut rejetée et le président suspendit l'audience. L'air satisfait de lui-même, Ted ferma sa mallette et se dirigea vers la sortie. Il passa devant Kate, raide comme la justice, sans même la voir.

— Ted !

Il se retourna, visiblement surpris.

— Que faites-vous ici ? Vous venez prendre des leçons ?

— Des leçons ? En vous écoutant plaider ? répliqua-t-elle en pouffant. Non. Pas vraiment.

Il ignora l'insulte.

— Alors je suppose que vous m'annoncez que Gibbons accepte le compromis que je lui propose ?

— Non, je voudrais vous parler de Molly.

Il posa sur elle des yeux noirs et attentifs.

— Qu'y a-t-il au sujet de Molly ?

— Pourquoi ne m'avez-vous pas dit que vous étiez de proches amis ?

Son regard erra dans la salle. Il semblait chercher une réponse. Kate se demanda s'il s'apprêtait à mentir, mais il n'en fit rien.

— Comment l'avez-vous appris ?

— Par Victor Harlow.

Cette fois, il ne put dissimuler sa surprise.

— Vous avez réussi à mettre la main sur Harlow ?

— Eh oui, Ted ! Vous m'avez toujours sous-estimée…

A l'exception d'un jeune homme, probablement un étudiant en droit, qui prenait des notes au premier rang, la salle d'audience était maintenant déserte.

— Pourquoi ne m'offrez-vous pas un de ces délicieux hot dogs que l'on vend devant le tribunal ? proposa Kate. Ensuite, nous parlerons tranquillement.

— J'ai déjà déjeuné.

— Pas moi. Et j'ai entendu dire que vous preniez toujours un petit en-cas à cette heure-ci. Un hot dog justement.

— Vous n'avez rien de mieux à faire que de m'espionner ?

— Je sais que ça risque de vous briser le cœur, Ted, mais je ne perds pas mon temps à vous espionner. Vos habitudes sont connues de tout le monde ici. Allez, venez, dit-elle comme il ne répondait pas. Allons-y avant que le camion ne parte. Je suis affamée.

Ils sortirent en silence. Le vendeur, un vieil homme au sourire engageant, accueillit Ted chaleureusement.

— Comme d'habitude, maître ?

— Aujourd'hui, ce sera deux, Charlie.

— Pas de problème.

L'homme regarda Kate et porta son doigt à son front en guise de salut.

Quelques instants plus tard, Ted et elle marchaient en direction du mémorial des officiers de police.

— Alors, déclara-t-il soudain, que voulez-vous savoir ?

— Vous pourriez d'abord me parler de votre amitié avec Molly. Quand a-t-elle commencé ?

— Quelques semaines avant la mort de Debra.

Il prit une bouchée de hot dog et se mit à mastiquer lentement.

— J'ai rencontré Molly un été, à l'un des barbecues que nous organisions chaque année. Elle n'était pas venue avec son mari, mais avec Mitch. Elle s'est entretenue tout l'après-midi avec Debra, elle a même réussi à la faire rire. Ensuite, je ne l'ai plus revue pendant plusieurs mois. Mais lorsqu'elle a appris que ma femme était à l'hôpital, elle a commencé à lui rendre visite. Elle lisait pour elle, la coiffait, lui mettait du vernis à ongles… Molly lui était précieuse pour beaucoup de petites choses qu'elle ne parvenait plus à faire seule.

Il resta rêveur.

— Par la suite, elle est venue me voir à la maison. Elle essayait de me remonter le moral. On aurait dit qu'elle comprenait ce que je traversais. Je ne sais pas pourquoi, mais elle comprenait. Après la mort de Debra, elle a encore été là pour moi. Elle faisait mes courses, nettoyait la maison, s'occupait de mon linge. Elle savait respecter les moments où j'avais besoin de solitude et était présente quand j'avais besoin de parler.

Kate entrevoyait enfin la Molly Buchanan que Mitch lui avait dépeinte : une jeune femme bonne et pleine de compassion.

Ted s'interrompit le temps de mordre dans son hot dog.

— Je n'ai jamais oublié ce qu'elle a fait pour moi durant ces quelques mois. Mais n'en tirez pas de conclusions hâtives, ajouta-t-il en lui lançant un regard un coin, nous étions amis, rien de plus.

— Je vous crois.

Elle n'aurait pas su dire pourquoi, mais elle lui faisait confiance.

— Je ne sais vraiment pas ce que je serais devenu sans Molly. Debra me manquait tellement. Je voulais mourir. C'est Molly qui m'a sauvé…

— Mitch était au courant de votre amitié ?

— Non. Nous ne nous sommes jamais beaucoup appréciés tous les deux, et Molly ne l'ignorait pas. Elle préférait qu'il n'en sache rien. De toute façon, à ce moment-là, il vivait loin d'ici. Lorsqu'il est rentré à Washington pour rejoindre la police, j'avais repris du poil de la bête — si je puis dire. Je ne voyais presque plus Molly.

On se téléphonait de temps en temps, on se retrouvait pour boire un verre, mais rien de plus.

Kate avait de la moutarde au coin des lèvres. Elle la lécha discrètement du bout de la langue.

— Racontez-moi ce que vous savez au sujet de ce qui s'est passé la nuit où Harlow a agressé Molly.

— Je croyais que vous lui aviez déjà parlé.

— Oui, mais je voudrais entendre votre version.

— Vous voulez dire que vous le soupçonnez d'avoir tué Molly ?

— Entre autres choses.

— Non. Ce n'est pas lui. J'ai déjà cherché de ce côté. La nuit du meurtre, Harlow et sa femme assistaient à une réception de la chambre de commerce avec deux cents autres invités. Je sais de source sûre qu'ils n'ont pas quitté l'hôtel Westminster avant 2 heures du matin.

Il s'essuya la bouche avec une serviette en papier et la roula en boule avant de la jeter dans une poubelle. Ils venaient d'atteindre le mémorial où les noms de plus de quatorze mille policiers, hommes et femmes morts dans l'accomplissement de leur devoir, étaient gravés sur un mur de marbre.

— Dans la nuit du 2 juin, reprit Ted, Molly m'a appelé de Louisa, une petite ville proche du lac Anna. Elle paraissait effrayée, et j'ai sauté de mon lit pour aller à son secours. Elle m'attendait assise dans une cabine téléphonique. Elle portait des lunettes noires et un foulard qui lui dissimulait le côté droit du visage.

Kate vit sa mâchoire se durcir.

— On l'avait battue. Au début, elle n'a pas voulu me dire qui lui avait fait ça, et j'ai pensé qu'il s'agissait de Todd. Mais ce n'était pas lui. Todd passait la semaine à Chicago pour couvrir des championnats de basket-ball. Elle a fini par m'avouer qu'elle avait rendez-vous avec un homme, Victor Harlow, et qu'elle avait voulu faire une petite expérience.

Il la regarda dans les yeux.

— Il vous en a parlé ? Leur petite expérience a tourné au vinaigre, et quand il a compris qu'elle voulait s'en aller, il s'est mis en colère. Elle a quand même réussi à partir. Elle a attrapé ses clés au vol, lui a pris sa voiture et s'est arrêtée près de la cafétéria la plus proche pour me téléphoner.

— Il ne m'a pas dit qu'il l'avait frappée.

— Croyez-moi, il l'a fait. Et il n'y est pas allé de main morte. Elle a eu des marques pendant plusieurs jours.

— Lynn Flannery prétend que c'est Todd qui l'a battue.

— C'est ce que lui a fait croire Molly.

— Pourquoi ne lui a-t-elle pas dit la vérité ? Après tout, Lynn était sa meilleure amie.

— Elle ne voulait pas qu'on sache comment elle rencontrait ses amants, ni à quoi elle s'amusait avec eux. Si elle me l'a dit à moi, c'est uniquement pour que je la protège de Harlow.

Ils avançaient lentement le long du mur, en s'arrêtant de temps à autre pour lire quelques noms.

— Alors vous êtes allé le trouver.

Il hocha la tête.

— Muni d'un magnétophone et des photos prises par Lynn. Je lui ai dit que s'il osait encore s'approcher de Molly, j'avais de quoi l'envoyer en prison pour un bon bout de temps. Je voulais que Molly porte plainte contre ce fils de pute, mais ça l'aurait obligée à dévoiler son secret et elle a refusé catégoriquement. Il fallait bien que je m'assure que ce dingue la laisserait tranquille.

Petit à petit, Kate découvrait une facette de Ted Rencheck

qu'elle n'aurait jamais soupçonnée. Cet homme à la droiture et à la dureté légendaires avait tout de même un cœur. Ça ne suffisait pas à changer radicalement l'opinion qu'elle avait de lui, mais elle se sentait plus indulgente envers ses défauts.

— Molly vous a-t-elle révélé ce qu'elle recherchait dans ces relations éphémères ?

Il secoua la tête.

— Lui avez-vous posé la question ?

— Plus d'une fois. J'étais inquiet à son sujet, tout comme Lynn. Mais Molly m'envoyait promener dès que je tentais d'en parler. Elle m'a même menacé de mettre fin à notre amitié si je persistais à la sermonner. Alors j'ai décidé d'être là pour elle, tout simplement. Comme elle l'avait été pour moi.

— Pourquoi ne pouvait-elle se confier à Mitch, d'après vous ?

Il haussa les épaules.

— Il aurait piqué une crise. Elle l'avait déjà mis à contribution une fois et ne voulait pas recommencer.

La remarque ne tomba pas dans l'oreille d'un sourd.

— A quoi faisait-elle allusion ? demanda Kate, intéressée.

— Jamais elle ne me l'aurait dit. Molly était très secrète, vous l'aurez sans doute compris.

Oui, ça elle l'avait compris. Encore une pièce du puzzle qu'elle ne savait pas où placer.

— Il faut parler de tout ça à Mitch, Ted.

Il lisait distraitement les noms gravés sur le mur de marbre.

— A quoi bon, maintenant ? Je vous ai dit que Harlow ne pouvait pas être le meurtrier.

— Mais Mitch a le droit de savoir.

— Le droit de savoir quoi ? lança soudain une voix derrière eux.

Kate fit volte-face. Mitch les regardait, ses yeux allant de l'un à l'autre.

— Vous me cherchiez ? s'enquit Ted en guise de réponse.

— Non. C'est Kate que je cherchais. Le vendeur de hot dogs m'a dit que je vous trouverais ici tous les deux.

Visiblement déconcerté, il les regarda de nouveau et s'absorba à son tour dans la contemplation du mur.

— Mais vous avez changé de sujet, Ted. Qu'est-ce que j'ai le droit de savoir ?

Kate froissa sa serviette en papier.

— Il faut que je rentre, je crois que je vais vous laisser discuter tous les deux.

Elle serra le bras de Mitch.

— Je t'attends à la maison.

28.

Mitch et Ted aboutirent au *Stoney*, un pub voisin décoré de trophées sportifs. On y offrait un choix de plus de cent bières et les hamburgers les plus savoureux de tout Washington. Mais il était trop tôt pour la bière, trop tard pour déjeuner, et finalement l'endroit se révéla un peu bruyant pour parler.

Mitch n'arrivait pas à se souvenir depuis combien de temps il n'avait pas pris un verre avec Ted. Son travail l'obligeait souvent à coopérer avec le bureau du procureur, mais il entretenait des relations tendues avec Ted Rencheck. Un véritable con, qui n'était pas près de s'améliorer.

A 17 heures, l'établissement était déjà bondé. Pourtant, à la grande surprise de Mitch, Ted murmura quelques mots à l'une des serveuses et ils se retrouvèrent bientôt installés au bar devant deux Coca-Cola et un bol de noix de cajou.

Mitch en croqua une aussitôt.

— On vous traite en homme d'importance, remarqua-t-il.

— Question de charme, répliqua Ted avec son habituel humour pince-sans-rire. Vous devriez essayer de temps en temps.

— Je n'y manquerai pas. Je ne voudrais pas que vous vous imaginiez que je n'apprécie pas votre compagnie, mais pourquoi m'avoir entraîné jusqu'ici ? Nous aurions très bien pu parler là où nous étions.

— J'ai pensé que vous n'aimeriez pas qu'on vous voie avec moi.

— Qu'avez-vous à me dire, Ted ?

— Donnez-moi d'abord votre parole que vous ne me tomberez pas dessus à bras raccourcis.

— Je vais avoir des raisons de le faire ?

— Donnez-moi votre parole, bon sang !

— C'est bien. Vous l'avez. Maintenant, crachez le morceau.

— Et pas d'esclandre non plus.

Mitch plissa les yeux.

— Vous commencez à m'ennuyer, Ted. Si vous avez vraiment quelque chose à me dire, allez-y. Sinon je demanderai à Kate.

— Ça m'étonnerait que vous en tiriez quoi que ce soit.

Mitch pivota sur son tabouret afin de lui faire face.

— Ça concerne Todd ?

— Non, répondit Ted. C'est au sujet de Molly.

Mitch l'écouta en silence. Il ne l'interrompit pas une seule fois, et se tint immobile, les yeux fixés sur son verre de Coca. Il imaginait cette brute de Harlow en train de battre sa sœur, et les images s'imprimaient douloureusement dans son cerveau.

Quand Ted eut fini de parler, Mitch avala son Coca d'un trait, comme s'il s'était agi d'une rasade de whisky.

— Vous avez laissé ce sale type s'en tirer indemne.

— Croyez-moi, ce n'était pas de gaieté de cœur. Mais Molly ne voulait pas que ça se sache.

— Et le salaud s'en est tiré avec quelques tapes sur les doigts et un avertissement.

— J'avais les mains liées, Mitch.

— Pas moi.

Il se leva et repoussa son tabouret d'un coup de pied.

— Mitch ?

Il ignora cet appel angoissé.

— Mitch ! hurla Ted de nouveau tandis que Mitch se ruait vers la sortie. Vous m'avez donné votre parole !

Il chercha fébrilement de quoi payer l'addition pour se lancer à sa poursuite, mais Mitch avait déjà disparu.

Victor Harlow habitait dans McLean un immeuble de deux étages suffisamment grand pour accueillir plusieurs familles. Il ouvrit lui-même la porte, un verre de whisky à la main.

— Oui ? dit-il en découvrant Mitch.

— Vous êtes bien Victor Harlow ?

Le colosse le gratifia de son plus beau sourire télévisé.

— En chair et en os.

— Pas pour longtemps.

D'une main, Mitch le tira par le col de sa chemise et, de l'autre, referma la porte.

— Merde, mais qui…

— Bouclez-la et avancez.

Il le fit avancer derrière la maison et le coinça contre le mur. Harlow laissa échapper son verre.

— Mais qui êtes-vous, merde ? aboya-t-il en tentant de se dégager.

Sans succès. Mitch le tenait fermement.

— Je m'appelle Calhoon. Je suis le frère de Molly Buchanan.

L'homme en resta bouche bée.

— Ecoutez, articula-t-il enfin, ici…

Mitch ne perdit pas de temps à l'écouter et lui balança un coup de poing dans la figure.

— Celui-ci est de ma part.

Puis un deuxième.

— Et celui-là de la part de Molly.

Il contempla ensuite avec satisfaction la grosse lèvre inférieure du bonhomme qui s'était fendue et pissait le sang sur son menton et son col de chemise.

Comme Harlow se laissait glisser le long du mur en grimaçant de douleur, Mitch le remit debout.

— Alors, que se passe-t-il, Harlow ? Vous ne frappez que les femmes ? Pas les hommes ?

— Vous vous trompez, répliqua Harlow en essuyant sa bouche qui enflait à vue d'œil.

Il regarda le sang sur sa main et parut sur le point de s'évanouir.

Mitch le plaqua sans ménagement contre le mur.

— Dites-moi si elle méritait ce que vous lui avez fait subir. Hein, dites-le-moi !

Harlow respirait péniblement et jetait des regards désespérés de tous côtés, comme s'il attendait que quelqu'un vienne lui porter secours.

— Je regrette et je m'excuse, bredouilla-t-il à cause du sang qui dégoulinait de sa lèvre. Que voulez-vous que je fasse de plus, à présent ?

Son regard se posa à terre, et il parut tout à coup animé d'une lueur d'espoir.

Mitch suivit son regard. Un grand sécateur dépassait d'un massif de rhododendrons. Se penchant légèrement, il le ramassa d'une main.

— Est-ce que tu fais bien tes prières ? lança-t-il en réponse à sa question. Ça te plaît, ce truc-là ? ajouta-t-il en ouvrant et fermant le sécateur. Voyons, qu'est-ce que je te taille en premier ? Les mains ou les couilles ?

Il fit de nouveau claquer les ciseaux du sécateur, pour le plaisir de voir Harlow sursauter et cligner des yeux à chaque fois.

— J'hésite, j'hésite. Mais je crois que je vais tout de même opter pour les couilles. Qu'en dis-tu ?

— Vous êtes un fou furieux !

Harlow avait l'air terrifié, à présent. Ses jambes ne le soutenaient plus, et il se laissa glisser jusqu'à terre en se pelotonnant au pied du mur de brique, espérant sans doute se protéger ainsi des attaques de Mitch.

— Ma femme et mes filles sont à l'intérieur, pour l'amour du ciel !

— Pourquoi ne pas leur proposer de nous rejoindre ? Ce serait une bonne occasion de leur expliquer quel pervers tu es, avant qu'elles ne l'apprennent dans les journaux.

— Mitch ! s'exclama une voix doublée d'un bruit de pas précipités. Bon sang, Mitch ! Lâchez ça immédiatement !

Deux mains le saisirent et le tirèrent en arrière, suffisamment fort pour les faire tomber tous deux.

Mitch se remit aussitôt sur ses pieds, juste avant Ted.

— Je vous emmerde, Rencheck.

— Donnez-moi ça…

Ted lui arracha le sécateur et le lança hors de portée.

— Cet homme est dingue ! hurla Harlow en pointant un doigt accusateur en direction de Mitch. Vous avez vu ce qu'il m'a fait ? Comment il m'a agressé ? Il m'aurait tué si vous…

— La ferme, Harlow !

Ted donna de nouveau une bourrade à Mitch pour l'éloigner et vint se placer face à Harlow qui bavait toujours du sang.

— Fermez-la et écoutez bien, parce que je ne vais pas répéter. Vous allez vous lever, vous rendre présentable et oublier que vous avez eu la visite du détective Calhoon. Vous voyez ce que je veux dire ?

Harlow essuya le sang qui coulait de sa lèvre.

— Je n'ai pas l'intention d'oublier quoi que ce soit. Je vais aller trouver son supérieur hiérarchique. Je le connais, nous jouons au golf ensemble. Je suis sûr que ça l'intéressera d'apprendre qu'il y a parmi ses hommes une brute dangereuse.

Rencheck s'accroupit devant lui. Mitch dut tendre l'oreille pour comprendre ce qu'il disait.

— Quand vous parlerez au chef de la police, n'oubliez pas de mentionner l'enregistrement que je détiens et les photos de Molly. Si vous ne le faites pas, c'est moi qui m'en chargerai.

— Vous mettriez votre place en jeu ?

— Sans hésiter. Rien que pour le plaisir de vous voir finir dans le quartier des condamnés à mort.

— Juste pour avoir frappé une pute ?

Harlow eut un rire mal assuré.

— Vous avez perdu la tête.

Mitch se rua en avant, mais Ted l'arrêta d'un geste de la main.

— Non, dit-il doucement. Pas pour l'avoir frappée, pour l'avoir assassinée.

— Je ne l'ai pas assassinée !

Ted haussa les épaules.

— Peut-être que oui, peut-être que non. Ça n'a aucune importance. Quand j'aurai divulgué les nouvelles preuves que je possède, tout le monde croira à votre culpabilité.

Harlow le regardait avec une expression totalement incrédule.

— De quelles nouvelles preuves parlez-vous ?

Soudain, il parut comprendre et dévisagea les deux hommes l'un après l'autre.

— Ma parole, mais vous êtes aussi dingue que l'autre ! Vous oseriez mentir ?

Ted lui adressa un léger sourire.

— Je suis un homme de loi. Mentir fait partie de mes compétences.

Kate se languissait de sa fille, d'autant plus qu'elle ignorait combien de temps durerait leur séparation. Elles se téléphonaient tous les jours, parfois même deux ou trois fois. Sa fille faisait du ski, des promenades en traîneau, et dînait tous les soirs dans des restaurants chic. Elle s'amusait bien, mais elle n'avait pas pour autant oublié l'incident de Union Station. Elle demandait régulièrement si Mitch avait arrêté l'homme à l'oreille manquante. Kate n'avait pas eu le courage de lui expliquer que l'homme était mort, et elle avait décidé, d'un commun accord avec Eric, qu'il ne servait à rien de l'en informer.

Elle regarda sa montre. 20 heures. Cela faisait déjà deux heures qu'elle avait laissé Ted et Mitch devant le mémorial, et depuis, elle n'avait pas eu de nouvelles. Elle s'apprêtait une fois de plus à essayer de joindre Mitch sur son portable, lorsqu'elle entendit la porte d'entrée s'ouvrir.

— Mitch !

Elle courut à sa rencontre et s'arrêta, bouche bée, devant son costume froissé et couvert de boue, sa chemise maculée de sang et de traces vertes. Une vilaine éraflure lui barrait la pommette.

Brusquement, elle comprit.

— C'est Harlow ? Vous vous êtes battus ?

— Pas exactement, répondit-il en filant vers la cuisine pour boire un verre d'eau.

Elle le suivit.

— Il faut mettre de la glace sur ta joue.

Il l'arrêta alors qu'elle se dirigeait vers le réfrigérateur.

— Pas la peine, déclara-t-il avant de boire une longue rasade d'eau. Je vais très bien.

Elle l'obligea à s'asseoir.

— Qu'est-ce que tu lui as fait ?

Elle ne s'inquiétait pas pour Harlow, mais elle voulait savoir jusqu'où Mitch avait compromis sa carrière.

— Pas grand-chose. Ted a surgi et est intervenu pour m'empêcher de lui donner la correction qu'il méritait.

— Comment ça, « Ted a surgi » ? Vous n'étiez pas ensemble ?

— Je l'avais planté là pour aller trouver Harlow.

Il termina son verre et le posa brutalement.

— En tout cas, notre cher substitut du procureur est un homme plein de surprises. Et il a des couilles ! Bien plus que je ne l'aurais cru.

— Pourquoi ? Qu'a-t-il fait ?

— Il a réussi à persuader ce crétin qu'on pouvait l'inculper pour le meurtre de Molly et à lui faire accepter toutes ses conditions. Je crois que le pauvre type aurait été jusqu'à vendre sa propre mère.

— Ça veut dire que tu ne vas pas être inquiété ?

Il eut un rire méchant.

— Je le regrette presque. Au moins, j'aurais eu la satisfaction de voir cette ordure payer pour ce qu'il a fait à Molly. Mais Ted risque gros, lui aussi, et je ne veux pas qu'il ait des ennuis.

Kate sourit.

— Depuis quand fais-tu partie de son fan-club ?

— Je crois que les gens ne le connaissent pas bien.

— C'est aussi mon avis.

Gentiment, elle repoussa cette mèche rebelle qui retombait toujours sur son front. A l'évidence, Mitch était déçu. Et elle aussi. Harlow n'étant pas le meurtrier, il leur fallait chercher ailleurs. Mais où ?

— Nous ne progressons pas beaucoup, n'est-ce pas ?

— Oh, je n'en sais trop rien.

Il l'attira sur ses genoux.

— J'ai une information intéressante au sujet du garde du corps de Torres.

— Celui qu'il te semblait avoir déjà vu ?

Il hocha la tête.

— Je ne me trompais pas. Il s'appelle Carlton Pritchett. C'est un ancien agent du FBI.

— Quoi ?

— Il a travaillé dans leurs bureaux durant trois ans. Il faisait partie de la section qui s'occupe du trafic de voitures volées à travers le territoire américain.

— Pourquoi a-t-il quitté le FBI ?

— Il ne l'a pas quitté, on l'a viré. Pour trafic de voitures, justement. Il a écopé de quatre ans de prison, mais on l'a libéré pour bonne conduite après dix-huit mois.

— De quoi était-il accusé ?

— De garder les voitures volées et de les revendre pour son propre compte.

— Et Torres l'a engagé comment ?

— C'est ce que j'ai l'intention de lui demander, figure-toi. Mais je pense que Torres et lui se connaissaient depuis longtemps. Ils ont dû entrer en contact quand Pritchett travaillait encore au FBI.

Il se mit à jouer avec un bouton du chemisier de Kate.

— J'ai également réinterrogé le personnel de l'*Ariba*.

— L'un des employés a modifié sa déposition ?

— Non, mais après vérification j'ai découvert que le plongeur n'avait pas de papiers. J'ai fait discrètement pression sur lui, en lui disant que je pouvais lui créer des problèmes à cause de ça.

— Et alors ? Il a changé de version ?

— Malheureusement non. Il continue d'affirmer que Torres et ses deux chiens de garde ont passé toute la soirée au restaurant. Mais ça va le travailler, il aura peur qu'on ne l'expulse. Je lui ai glissé ma carte. Et je ne crois pas me tromper en affirmant que j'aurai très bientôt des nouvelles de M. Wey.

Tout en parlant, il la caressait du bout des doigts, juste à la lisière de son soutien-gorge. Elle commençait à avoir du mal à se concentrer sur ce qu'il disait.

— De toute façon, je suis bien trop fatigué pour penser à tout ça maintenant.

Il passa son autre main dans son dos et dégrafa son soutien-gorge.

— Tu n'as pas envie de te glisser dans un lit ? demanda-t-il en posant les mains en coupe sur ses seins.

— Je croyais que tu étais fatigué.

— Jamais pour toi, Kate.

29.

Le jour suivant, Kate se préparait à partir au bureau quand LuAnn l'appela. Elle avait de bonnes nouvelles et comptait passer la voir avant de se rendre au travail.

— Oh, ma chérie ! s'exclama-t-elle en arrivant. Il faut que tu me laisses faire quelque chose pour cette maison.

Elle ferma les yeux et secoua les mains comme si elle voulait éloigner quelque force maléfique.

— Je sens une terrible énergie négative.

Kate la serra dans ses bras.

— Il ne peut pas y avoir que de l'énergie négative puisque tu es là. Et que tu m'apportes de bonnes nouvelles.

Elle lui tendit une tasse de café fort et brûlant — un café torréfié à la française —, et LuAnn avala bruyamment une gorgée avant de s'asseoir à la table de la cuisine.

— Ah, j'en avais grand besoin !

— Ne me fais pas languir plus longtemps. Qu'as-tu découvert ?

— Mon amie, Charlene Meyers, celle qui bosse sur Internet, a trouvé un type qui semble correspondre à la description que tu m'as donnée. Il voulait tout savoir à son sujet, mais n'a rien voulu révéler de lui-même. Elle t'expliquera tout ça en détail quand tu la rencontreras. Et en plus, c'est gratuit. Elle avait l'intention de te faire payer parce qu'elle perd un client dans l'histoire, mais je lui ai dit que nous étions des amies, alors elle te file le tuyau gratis.

Kate sourit.

— Merci. Tu es vraiment chic.

— Je t'en prie… A quoi serviraient les amis ?

LuAnn ajouta quelques gouttes de lait à son café.

— En revanche, elle n'a pas pu me dire quelle était sa marque de champagne préférée. Elle lui a envoyé un mail pour lui poser la question. Si c'est le dom pérignon, tu le sauras bientôt.

Consternée, Kate reposa sa tasse de café.

— Elle n'aurait pas dû faire ça.

— Pourquoi ? Qu'est-ce qui cloche ?

— Cet homme est peut-être un assassin. Jusque-là, il se croit à l'abri. Mais il risque de trouver louche qu'on lui pose ce genre de question à brûle-pourpoint.

LuAnn lui jeta un regard inquiet.

— Tu crois qu'il pourrait se révéler dangereux ?

— Espérons que non. Quand lui a-t-elle envoyé ce message ?

— Hier, dans l'après-midi. En fin d'après-midi, peut-être.

Kate hocha la tête. Elle n'était pas rassurée.

— Il faut que je lui téléphone ou tu as déjà organisé un rendez-vous ?

— Elle m'a dit que tu pouvais passer la voir chez elle, ce matin, entre 9 heures et 9 h 30. Ensuite, elle a des choses à faire.

LuAnn sortit un petit morceau de papier de son sac à main.

— Voici son adresse. D'habitude, elle fait de l'aérobic à cette heure-ci. Si elle ne t'entend pas sonner, n'hésite pas à entrer. Elle m'a dit qu'elle laisserait la porte ouverte.

*
* *

Charlene Meyers habitait tout près d'un monastère franciscain, dans un immeuble récemment rénové qui dominait plusieurs hectares de jardins et de bois. Pas un bruit ne filtrait à travers la porte de l'appartement 4B du deuxième étage.

Kate sonna. Comme rien ne bougeait à l'intérieur, elle appuya une deuxième fois sur la sonnette. Toujours rien. Elle frappa doucement, puis plus fort, et essaya en vain de tourner la poignée. C'était fermé à clé.

— Charlene ! appela-t-elle. C'est moi, Kate Logan. L'amie de LuAnn !

Inutile d'insister. Ou la femme n'était pas là, ou elle avait changé d'avis et ne voulait plus donner de renseignements sur son client. Quant à la troisième possibilité, Kate préférait ne pas y songer.

— Hé ! cria quelqu'un depuis le palier du dessous. Qu'est-ce que c'est que tout ce raffut ?

Kate se pencha par-dessus la rambarde. Un homme corpulent, vêtu d'un polo et d'un jean taille basse, grimpait l'escalier.

— J'ai un rendez-vous avec Mlle Meyers, expliqua-t-elle tandis qu'il atteignait le deuxième étage en soufflant bruyamment. Mais elle ne répond pas.

L'homme émit un long sifflement.

— Vous n'êtes pourtant pas son genre de client.

— Vous êtes un voisin ?

— Je suis le concierge de cet immeuble. Je m'appelle Bellamy. Comme Ralph.

Kate ne comprit pas à quoi il faisait référence, mais elle ne perdit pas de temps à lui demander des explications.

— Monsieur Bellamy, je m'inquiète un peu. Mlle Meyers m'a dit qu'elle travaillerait chez elle ce matin et que je pouvais passer la voir. Mais la porte est fermée à clé et elle ne répond pas.

— D'habitude, à cette heure-ci, elle met la musique à fond.

— Pourriez-vous ouvrir son appartement ? J'ai peur qu'elle ne soit malade ou qu'il ne lui soit arrivé quelque chose.

Il se gratta la tête de nouveau, mais de l'autre côté.

— Je ne sais pas trop. Elle n'est peut-être pas seule.

— Si c'était le cas, elle serait venue au moins jusqu'à la porte. Ou elle m'aurait laissé un mot.

Le concierge passa devant elle et tambourina du poing contre la porte.

— Hé ! Mademoiselle Meyers ! Vous êtes là ?

Il colla son oreille contre la porte.

Comme il n'entendait toujours rien, il hocha brièvement la tête, soudain convaincu que ce silence inhabituel justifiait une intervention de sa part.

— Je vais chercher mon double.

Il revint rapidement, muni d'un énorme trousseau qui devait bien contenir une douzaine de clés. Il en choisit une, l'introduisit dans la serrure et ouvrit.

L'entrée donnait sur un salon dont l'atmosphère laissait peu de doute quant aux activités de son occupante. Un divan recouvert de faux léopard occupait le centre de la pièce, entouré de poufs assortis. Deux petites lampes de chevet art déco étaient allumées. Ou Charlene ne se préoccupait pas beaucoup de sa note d'électricité, ou elle n'était pas rentrée de la nuit.

— Mademoiselle Meyers ! appela de nouveau le concierge en pénétrant à l'intérieur.

Mais il n'obtint pas plus de réponse.

Après un rapide coup d'œil dans la cuisine, Kate le rejoignit dans le couloir et le dépassa pour entrer dans une chambre inspirée, comme le salon, par le thème de la jungle. Le gigantesque lit, avec son couvre-lit en peau de tigre, n'avait pas été défait. Une chemise de nuit de soie noire était soigneusement pliée sur le dossier d'une chaise.

Le concierge secoua la tête.

— Elle n'est pas là. Et je peux avoir des ennuis pour…

Kate ne lui laissa pas le temps d'achever sa phrase. Un nœud au creux de l'estomac, elle poussa la porte de la salle de bains et s'arrêta brusquement.

— Oh, mon Dieu !

Une femme qui devait avoir une vingtaine d'années gisait nue sur le sol. A en juger par ses blessures, elle avait reçu plusieurs coups de couteau. Il y avait du sang par terre et jusque dans la baignoire et le lavabo. Sur les murs, des empreintes sanglantes de mains semblaient indiquer que Charlene avait essayé de se lever.

— Oh, Jésus ! s'exclama le concierge derrière Kate.

Elle pouvait entendre son souffle irrégulier. Au bord du malaise, il fit mine de s'appuyer au lavabo.

— Ne touchez à rien, intervint Kate. La police va sûrement relever les empreintes.

Il la regarda d'un air méfiant.

— Qui êtes-vous ?

— Je m'appelle Kate Logan et je suis avocate.

Elle s'apprêtait à sortir son portable, mais se ravisa juste à temps.

— J'ai oublié mon téléphone, mentit-elle. Pourriez-vous descendre appeler la police ? Je ne bouge pas d'ici.

Assise dans le bureau de Ted Rencheck, Kate attendait qu'il finisse de signer la pile de lettres que sa secrétaire lui présentait. Bien qu'elle ait déjà répondu aux questions d'un détective de la criminelle, la convocation du substitut ne l'avait pas surprise. L'un des secrets de la compétence de Ted Rencheck tenait à ce qu'il enquêtait lui-même minutieusement sur les dossiers qu'on lui confiait.

Kate ne comptait plus le nombre de fois où elle s'était trouvée dans ce bureau, pas toujours dans des circonstances agréables. Elle n'avait jamais pris la peine de regarder autour d'elle. Ted Rencheck lui ayant toujours inspiré de la méfiance, elle se tenait d'ordinaire sur ses gardes avec lui. Mais depuis leur récente conversation devant le mémorial, elle commençait à s'intéresser à l'homme dissimulé derrière le légiste.

Il avait gardé le mobilier de ses prédécesseurs, un bureau imposant qui trônait au centre d'une pièce aux murs d'un gris passé. Dans la bibliothèque, les photos des jours heureux avec Debra côtoyaient les livres de droit reliés de cuir rouge.

Ted griffonna une signature au bas de la dernière lettre que lui tendait Clarice, sa secrétaire, et la remercia en lui recommandant de ne pas le déranger pendant qu'il s'entretenait avec Kate.

— Ainsi, commença-t-il aussitôt qu'ils se trouvèrent seuls, vous ne semblez pas porter chance aux belles de nuit. D'abord, Gina Lamont, que l'on découvre étranglée. Ensuite, LuAnn Chester, que l'on retrouve sévèrement battue. Il faut dire qu'elle a été assez stupide pour vous seconder dans l'enquête sur le meurtre Lamont. Et maintenant, j'apprends que vous êtes témoin dans une affaire de prostituée poignardée. Vous cherchez à établir un record ?

— Une femme est morte, Ted. Ce n'est pas le moment de faire des plaisanteries de mauvais goût ou des remarques cyniques.

— Vous avez raison. Soyons sérieux.

Il consulta ses notes et se laissa aller contre le dossier de sa chaise.

— Comment avez-vous connu Charlene Meyers ?

— Je ne la connaissais pas. C'est LuAnn Chester qui a organisé notre rendez-vous.

Un sourire se dessina sur les lèvres de Ted et il secoua la tête, comme pour dire : « La dernière fois ne lui a donc pas servi de leçon », mais il ne fit aucun commentaire.

— Racontez-moi ce qui s'est passé quand vous êtes arrivée chez Charlene.

Elle lui répéta ce qu'elle avait déjà dit au détective DiLuca.

— J'espérais qu'elle pourrait me fournir des informations sur l'assassin de Molly.

— Quel genre d'informations ?

— Je ne peux pas vous le révéler.

Il savait qu'il ne servait à rien d'insister avec elle, aussi n'essaya-t-il même pas.

— Et que consentez-vous à me révéler ?

— Charlene avait accepté de me rencontrer chez elle ce matin-là, entre 9 heures et 9 h 30. Elle avait prévenu LuAnn qu'elle serait en pleine séance d'aérobic et devait laisser la porte ouverte pour que je puisse rentrer.

— Mais vous avez trouvé porte close.

— Oui. J'ai sonné et frappé à plusieurs reprises, je l'ai appelée. J'ai fait un tel bruit que ça a alerté le concierge. Je lui ai expliqué que j'étais inquiète qu'elle ne réponde pas.

— Vous aviez donc des raisons de vous inquiéter à son sujet ?

Kate hésita. Elle ne voulait pas trop lui en dire pour ne pas risquer de compromettre la progression de son enquête.

— Je craignais que quelqu'un n'ait appris qu'elle s'informait pour mon compte. Quand j'ai vu qu'elle ne répondait pas, j'ai commencé à envisager le pire. M. Bellamy a donc accepté d'ouvrir son appartement, et nous sommes entrés ensemble.

— Je croyais que c'était vous qui aviez découvert le cadavre.

Elle comprit qu'il la soupçonnait d'avoir trouvé quelque indice sur le lieu du crime.

— Oui. Je n'ai pas touché le corps. Cela ne faisait aucun doute que cette femme était morte. Et depuis un certain temps… Le sang avait commencé à coaguler.

Ted consulta de nouveau ses notes.

— Il reste encore un point à éclaircir.

Il eut une moue dubitative, comme s'il était perplexe, mais Kate ne fut pas dupe. Il s'apprêtait à lui assener le coup de grâce.

— Le détective DiLuca m'a appris que le concierge avait appelé le 911 depuis son appartement, au rez-de-chaussée.

— C'est exact.

— Pourquoi ne l'avez-vous pas fait quand vous avez découvert le cadavre ?

— Je ne trouvais plus mon portable.

— Le concierge prétend que vous n'aviez pas de portable. Qu'est-ce que c'est que cette histoire ?

— Je l'avais, expliqua-t-elle sans se démonter. Mais je n'ai pas réussi à le trouver. Je crois que j'étais en état de choc.

Il feuilleta ses notes et s'arrêta sur une page couverte de son écriture incompréhensible.

— Bien. Voyons si j'ai bien compris. Vous trouvez le corps de Charlene et vous restez seule dans son appartement, pendant que le concierge descend appeler la police.

Kate hocha la tête. Elle se doutait de ce qu'il allait lui demander ensuite.

— Et vous attendez sagement ? Sans même essayer de mettre la main sur ce que vous étiez venue chercher ?

Il était inutile de nier. N'importe quel avocat digne de ce nom aurait agi de même. Malheureusement, elle avait juste eu le temps de fouiller rapidement deux des tiroirs de la commode. M. Bellamy — comme Ralph ! — ne s'était absenté que quelques minutes et ne l'avait plus lâchée d'une semelle jusqu'à l'arrivée de la police.

— J'ai jeté un rapide coup d'œil, admit-elle. Mais si vous craignez que je n'aie dérangé quelque chose, je vous rassure tout de suite. J'ai fait très attention.

— Je m'inquiète plutôt de savoir si ce « rapide coup d'œil » s'est montré fructueux.

Elle secoua la tête.

— Non.

Il referma brutalement son bloc-notes.

— Alors cela vous intéressera sans doute d'apprendre que le détective DiLuca, lui, a eu plus de chance. Il a trouvé un carnet noir contenant une bonne douzaine de noms et de numéros de téléphone. Rien que des hommes vivant à Washington et dans ses environs. Il y en a au moins un que vous connaissez. Il s'agit d'une personne haut placée.

Elle ne fut pas surprise. Venant des hommes de pouvoir, elle ne s'étonnait plus de rien. Elle avait appris à les connaître.

— Et son ordinateur ?

— Nous espérons qu'il nous fournira de quoi lancer une assignation à comparaître.

Elle n'avait même pas essayé la machine. Le meurtrier, quel qu'il soit, avait dû soigneusement effacer du disque dur toute trace compromettante pour lui, comme il l'avait déjà fait sur le lieu du meurtre.

— Verriez-vous un inconvénient à me fournir une copie du carnet de Charlene ? demanda-t-elle doucement.

Sa requête allait probablement être rejetée. Rencheck était connu pour sa réticence à coopérer avec les avocats de la défense.

— Pourquoi pas ? Dès que j'en aurai moi-même terminé avec ces adresses.

Son air surpris le fit sourire.

— Contrairement à ce que certains pensent, il m'arrive de coopérer avec les confrères que j'apprécie.

— Vraiment, Ted ?

Elle sourit.

— Eh bien, voilà une chose que j'ignorais.

Il était un peu plus de midi quand Kate sortit du bureau de Ted Rencheck. Elle eut la surprise de tomber sur Mitch à l'accueil.

Il se précipita vers elle dès qu'il la vit.

— Kate ! Je viens juste d'apprendre la nouvelle. Pourquoi ne m'as-tu pas appelé ?

— Je n'ai même pas eu le temps d'y songer.

— D'après Clarice, tu es restée près d'une heure dans le bureau de Ted. Pourquoi ? Il t'a fait passer un mauvais moment ? Si jamais il …

— Non, non, l'interrompit-elle en secouant la tête. Il a été très bien. Mais c'est Ted !

Elle prit Mitch par le bras.

— Viens, sortons d'ici. Je te raconterai tout dans la voiture.

Mitch la reconduisit chez elle. Sur le chemin, elle appela Frankie afin de l'informer des derniers événements et la prévenir qu'elle avait besoin de se reposer aujourd'hui. Un ciel de plomb recouvrait le parc, et les rues sentaient la terre mouillée et les fleurs. En d'autres circonstances, Kate aurait proposé une petite promenade à pied, mais aujourd'hui elle ne se sentait pas d'humeur. Elle ne pouvait s'empêcher de songer aux événements des deux dernières heures et se torturait en se demandant comment elle aurait pu éviter à Charlene cette mort tragique.

Le détective DiLuca n'avait pas mis longtemps à retrouver l'unique parente de la jeune femme, une vieille tante qui vivait en Pennsylvanie, trop âgée et trop malade pour voyager… et sans doute pour soupçonner en quoi consistait le métier de sa nièce.

Kate n'avait pas touché à l'énorme cheeseburger que Mitch avait pris en passant au McDonald's du coin. Elle se pelotonna sur le divan, les genoux repliés sur la poitrine.

Elle se sentait à bout de nerfs et commençait à se demander si elle était vraiment faite pour ce boulot. Eric avait peut-être raison. Son travail devenait vraiment dangereux. Pas pour elle, car elle se sentait de taille à se défendre, mais pour sa fille. Allait-elle continuer à éloigner Alison chaque fois qu'un dingue la menacerait ? Combien de cadavres innocents lui faudrait-il encore compter ? Elle serait probablement moins exposée si elle se dirigeait vers le droit civil.

Elle pressa ses poings contre son front. Allons, ce n'était pas le moment d'y penser, puisqu'elle n'arrivait pas à aligner deux idées cohérentes.

Elle sentit la main de Mitch se poser sur sa nuque. Il la massa doucement, et la tension accumulée depuis le matin commença à s'estomper. Elle ferma les yeux.

— Elle était si jeune, murmura-t-elle comme pour elle-même. Elle n'avait que vingt-deux ans.

— Je sais. N'y pense plus à présent.

— Je ne peux pas. Je me sens responsable de sa mort.

— Tu n'aurais rien pu faire pour éviter ce qui s'est passé aujourd'hui.

— Si seulement je l'avais empêchée d'envoyer ce mail dans lequel elle lui demandait la marque de son champagne préféré.

— Mais quand LuAnn t'en a parlé, elle l'avait déjà envoyé…

— Je n'aurais jamais dû la mêler à tout ça.

— C'était une idée de LuAnn. Tu as émis des réserves, tu ne t'en souviens pas ? Mais LuAnn et Charlene pensaient qu'il n'y avait aucun risque.

— Parce qu'elles ignoraient dans quoi elles mettaient les pieds.

— Je n'en serais pas si sûr à ta place. Les filles comme Charlene aiment marcher sur la corde raide. Elle y voyait sans doute une occasion de faire quelque chose d'excitant et d'inhabituel.

Elle tourna la tête vers lui, la joue posée sur ses genoux.

— Comment peux-tu raisonner aussi froidement ? Il ne s'agit donc que d'un cadavre de plus, pour toi ?

Il secoua la tête.

— Ne crois pas ça, Kate. On ne s'habitue jamais à la mort. Parfois, je me dis que je n'aurai plus la force d'assister à une nouvelle autopsie, d'être encore une fois confronté à une famille dans la peine, d'accompagner un enterrement de plus… Dès que l'on rentre à l'école de police, on vous apprend à ne pas vous laisser affecter par la mort des gens. Il faut bien faire son boulot… Mais la vérité, c'est que l'on ne peut pas rester indifférent. On apprend simplement à dissimuler ses sentiments. Je trouve désolant qu'une jeune femme de vingt-deux ans se fasse assassiner, mais au risque de te paraître sans cœur, je m'inquiète surtout pour toi. As-tu songé à ce qui aurait pu t'arriver si tu avais surpris le meurtrier de Charlene ?

Oui. Elle y avait songé. Et aussi à sa fille. Qui s'occuperait d'Alison si elle venait à disparaître ? Qui la protègerait et l'accompagnerait dans le long chemin qui lui restait à accomplir pour devenir une femme ?

Elle s'endormit d'un sommeil agité dans les bras de Mitch, hantée par des cauchemars où elle découvrait le corps de Charlene. Une lame luisait dans la pénombre. Celle de l'épée d'un chevalier noir sans visage qui caracolait dans l'appartement, détruisait tout sur son passage et s'enfuyait par l'escalier.

— Arrêtez cet homme ! hurla-t-elle. C'est un assassin ! Arrêtez-le !

Elle se réveilla en sursaut, trempée de sueur, en train de se débattre dans les bras de Mitch qui essayait de la calmer.

— Chut ! Tout va bien, murmura-t-il tandis qu'elle lui martelait la poitrine de coups de poing. Tout va bien.

Elle pressa sa joue contre son épaule et se réfugia dans ses bras.

— Ne me laisse pas, chuchota-t-elle tout bas.

— Jamais.

Et il continua de l'apaiser d'une voix douce et tendre, jusqu'à ce qu'elle se rendorme.

30.

Le jeune pêcheur ne se trouvait pas sur la liste des Américains résidant dans la région. D'après Michel, un gendarme, la Renault appartenait à un Anglais, un certain William Adler natif de Manchester, actuellement domicilié au 13 chemin de Teileria, Ascain. Sa petite amie, elle, était bien de nationalité américaine. Elle s'appelait Jessica Van Dyke et enseignait l'anglais au lycée Grégoire de Saint-Jean-de-Luz.

L'information avait coûté à Emile un dîner à la Brasserie du Port, avec une addition plutôt salée. Mais il ne regrettait pas. Sans l'aide de Michel, il lui aurait probablement fallu plusieurs jours pour retrouver le propriétaire de la voiture.

Il passa deux jours à étudier les allées et venues du couple, qui heureusement ne variaient pas beaucoup. Du lundi au samedi, Adler partait en mer de 6 heures à 18 heures, et Mlle Van Dyke travaillait tous les jours de 9 heures à 16 heures, sauf le week-end. Cela laissait pas mal de temps pour fouiller leur cabanon.

Persuadé qu'il s'agissait de Todd Buchanan, Emile avait décidé d'entreprendre ses recherches aujourd'hui et avait appelé son patron le matin en prétextant une crise de foie. M. Laborde lui avait conseillé de bien se reposer et de boire en abondance, afin d'être sur pied le lendemain matin.

A 9 h 30, exactement quarante-cinq minutes après le départ

de Mlle Van Dyke, Emile monta dans son Opel de location et prit la direction d'Ascain, un village perché sur les hauteurs, au sud de Saint-Jean-de-Luz. Il savait déjà que la propriété louée par Adler n'avait aucun voisin à moins de deux kilomètres à la ronde, sage précaution quand on ne voulait pas se faire remarquer. Emile se montra tout de même prudent en approchant de la maison et s'assura que personne ne le voyait.

Les portes fermées à clé ne l'avaient jamais arrêté, mais s'introduire chez quelqu'un par effraction comportait certains risques. Heureusement, il vint rapidement à bout de la serrure rudimentaire et se retrouva en moins de trente secondes dans une vaste pièce ensoleillée qui faisait à la fois office de cuisine et de salon, avec une table et quelques chaises, un poêle à bois, un canapé recouvert d'un tissu bleu vif et une télévision. La chambre et la salle de bains se trouvaient à l'arrière de la maison.

La plupart des gens rangeaient leurs papiers importants dans leur chambre, aussi commença-t-il par là. Il ne savait pas exactement ce qu'il cherchait. Il verrait bien. Pourtant, il eut beau fouiller de fond en comble l'armoire dont le linge fleurait bon la lavande, les deux tables de nuit et le bureau, il ne trouva qu'un passeport au nom de Jessica Van Dyke, originaire de San Diego, Californie, et un autre appartenant à William Adler, citoyen anglais domicilié à Manchester.

Au premier coup d'œil, la photographie du passeport de William Adler ne présentait qu'une vague ressemblance avec celle qu'Emile avait découpée dans l'*International Herald Tribune*. Les cheveux d'Adler paraissaient plus foncés et plus longs. Sur le cliché du passeport, il arborait une barbe qu'il avait rasée depuis et des lunettes dont les montures noires le vieillissaient quelque peu. Mais Emile reconnaissait les sourcils bien dessinés, la mâchoire carrée et le front large de Todd Buchanan. Et en regardant attentivement la joue droite, juste au-dessus de la barbe, on devinait la fossette qu'Emile avait remarquée sur le journal.

Il ouvrit les deux passeports et, sortant son appareil, prit plusieurs clichés avant de remettre les documents à leur place.

Il examina ensuite la salle de bains et le buffet de la cuisine. Il ne pensait pas y découvrir autre chose que de la vaisselle et des casseroles, mais il se trompait. Dans le tiroir, au milieu des couteaux, des fourchettes, du tire-bouchon, de la râpe à fromage, des bougies et des allumettes, il trouva quelque chose qui lui arracha un sourire. Il s'agissait d'une feuille portant l'en-tête d'un hôtel de Washington, sur laquelle on avait écrit un nom et une adresse : Kate Logan, avocate à la cour, 300 Michigan Avenue, Washington D.C. Il y avait aussi son numéro de téléphone et de fax.

Kate Logan, l'avocate chargée du dossier Buchanan ! Tout en prenant une photo, Emile songea que, si ce M. Adler conservait précieusement les coordonnées de Me Logan, cela confirmait son intuition : il ne pouvait s'agir que de Todd Buchanan.

Il tapota rêveusement le papier contre son menton. Il y avait un petit mot que les Américains employaient lorsqu'ils avaient deviné juste… Ah oui ! Il sourit : « Bingo ! »

Une fine bruine tombait sur le petit cortège funéraire qui avançait lentement dans le brouillard vers le secteur catholique du cimetière de Laurel, dans le Maryland, où reposait déjà la dépouille des parents de Charlene.

L'autopsie avait révélé que la jeune femme, poignardée à six reprises, avait souffert une longue agonie. Selon le détective DiLuca, on l'avait frappée de sang-froid et sauvagement. Kate en conclut que les commanditaires de cet assassinat avaient tenu à envoyer un avertissement à toutes les prostituées : pour rester en vie, il fallait se taire.

Près de la tombe toute fraîche, Mitch et LuAnn, qui avaient assisté eux aussi à la cérémonie, se recueillaient en silence.

— Pourquoi as-tu tenu à venir ? demanda Kate à Mitch.

— Qu'est-ce que tu as appris à l'école ? Sache que les meurtriers accompagnent souvent leur victime dans sa dernière demeure. Certains poussés par un instinct morbide, d'autres pour se convaincre que leur victime est bel et bien morte. Les flics, eux, pointent leur nez aux enterrements parce qu'ils espèrent toujours que le coupable va se montrer.

— Eh bien, tu as au moins raison en ce qui concerne les flics...

Elle désigna du menton un homme grand et maigre, enfoui dans son manteau, qui restait à distance et surveillait les alentours.

— N'est-ce pas le détective DiLuca que je vois là-bas ?

— M'ouais. Fidèle au poste.

— Cette situation me rappelle vraiment quelque chose, murmura LuAnn à l'oreille de Kate.

Kate hocha la tête. Toutes les deux s'étaient rencontrées lors des funérailles de Gina Lamont, une entraîneuse, assassinée elle aussi. A l'époque, Eric avait été soupçonné du meurtre et Kate l'avait tiré de ce mauvais pas. Il n'y avait eu que trois personnes pour accompagner la pauvre fille dans sa dernière demeure, Mitch, LuAnn et elle.

— LuAnn, dit-elle brusquement, je suis vraiment désolée pour ce qui est arrivé à Charlene.

— Tu ne dois pas te sentir responsable. Je lui avais dit de se montrer prudente, mais Charlene n'en faisait qu'à sa tête.

Et elle l'avait payé cher. Tout comme Molly.

Retenant un soupir, Kate passa en revue le petit groupe réuni autour de la tombe. Il y avait là un prêtre, un homme — selon LuAnn, il s'agissait du souteneur de Charlene — et deux jeunes femmes asiatiques, vraisemblablement des prostituées, qui se tenaient derrière lui les yeux baissés. Un peu à l'écart du cortège, une vieille femme en chaise roulante accompagnée d'une infirmière, sans doute la tante de la victime, assistait à la scène d'un air perplexe, comme si elle ne savait pas ce qu'elle faisait là.

Si l'assassin était présent, il restait hors de vue.

Après avoir déposé LuAnn à son travail, Mitch et Kate continuèrent jusqu'à Cleveland Park. Il était 14 heures lorsqu'ils arrivèrent.

— Je crois que je vais appeler Alison, déclara Kate. Après une matinée comme celle-là, j'ai besoin d'entendre le son de sa voix.

En prenant le combiné, elle vit que le répondeur affichait un message et enclencha le bouton. Lorsqu'elle reconnut la voix de Jim Faber, il était trop tard pour faire machine arrière.

— Ça n'a pas donné grand-chose, le Colorado, déclara la voix du détective privé.

Kate sentit son estomac se nouer. Elle leva la main afin d'appuyer sur stop, mais son geste resta suspendu dans les airs. De toute façon, Mitch en avait assez entendu pour tirer ses conclusions. Consciente du poids de son regard sur elle, elle écouta sans broncher ce que disait Jim. Il n'avait trouvé personne dans tout Singleton qui se souvenait d'une Molly Buchanan ou d'une Molly Calhoon.

— Elle a dû prendre un nom d'emprunt, conclut-il. Faites-moi savoir si vous voulez que je continue à chercher de ce côté-là. Ou si vous voulez que je rentre. Je suis toujours au *Hillside Inn*. Vous connaissez le numéro.

Kate effaça le message. Lorsqu'elle trouva le courage de lever les yeux vers Mitch, elle rencontra un visage fermé.

— Tu as envoyé Jim dans le Colorado ? demanda-t-il avec un calme inquiétant. Comme ça ? En douce ?

— Je voulais t'en parler, mais avec tout ce qui s'est passé dernièrement…

Elle soupira.

— Et puis, zut ! A quoi bon mentir ? En fait, je ne t'en ai pas parlé parce que je savais que ça te mettrait en colère.

— Tu le savais, mais ça ne t'a pas empêchée de le faire.

— Je ne pouvais pas négliger cette piste.

— Pourquoi ?

Il frappa violemment du plat de la main sur le comptoir de la cuisine.

— Nous en avons parlé. Je t'ai dit qu'il n'y avait aucun lien entre le séjour de Molly dans le Colorado et sa mort. Ça ne te suffisait pas ?

— Toi non plus, tu ne me fais pas confiance, répliqua-t-elle en haussant le ton. Tu n'avais qu'à me dire ce qu'elle était allée fabriquer là-bas.

— Ça ne te regarde pas.

La dureté du ton la fit tressaillir.

— Je ne fais que mon travail, Mitch. C'est donc si difficile à comprendre ?

Il la fixa sans rien dire pendant un long moment. Elle se sentit mal à l'aise, presque coupable.

— Entendu, lâcha-t-il enfin, tu as gagné.

Il prit la veste de tweed qu'elle portait à l'enterrement et la lui tendit.

— Où allons-nous ?

— Tu verras bien.

Et il sortit de la cuisine à grands pas décidés.

*
* *

Ils roulaient en silence. Mitch n'avait toujours pas ouvert la bouche. Un peu confuse de lui avoir ainsi forcé la main, Kate ne cherchait pas à engager la conversation et se contentait de regarder la route devant elle.

Tout d'abord, il lui avait semblé qu'ils prenaient la direction de l'aéroport et elle en avait déduit un peu hâtivement que Mitch l'emmenait prendre un avion pour le Colorado. Mais lorsqu'ils eurent dépassé la bretelle d'autoroute qui menait à l'aéroport international de Dulles, elle dut revoir sa théorie.

Mitch conduisait vite et bien. Il prit la I-95 et dépassa rapidement Alexandria, Woodbridge et Quantico. A Fredericksburg, il bifurqua, et ils traversèrent un champ où s'était apparemment déroulée une bataille historique. Enfin, la voiture s'engagea dans une propriété privée, *Rustling Willows,* où une pancarte en bois priait les voitures de rouler au pas.

Un chemin sinueux serpentait au milieu d'une campagne verdoyante couverte de champs de fleurs et traversée de plusieurs ruisseaux. Kate comprit bientôt qu'il ne s'agissait pas d'un hôtel-club, comme elle l'avait cru tout d'abord, mais d'un établissement équipé pour accueillir des enfants malades. On voyait sans cesse passer des hommes et des femmes vêtus d'un petit haut à motifs hawaïens et d'un pantalon blanc — leur uniforme visiblement. Certains poussaient des chaises roulantes ; d'autres animaient des jeux de ballons ; d'autres encore lisaient à l'ombre d'un arbre devant un groupe d'enfants captivés.

Mitch passa sous un porche qui menait à un petit bâtiment crépi devant lequel il arrêta la voiture.

— Je reviens tout de suite.

Elle le regarda franchir la double porte vitrée et pénétrer dans ce qui paraissait être un hall d'accueil. Une femme derrière un comptoir rouge et bleu leva les yeux et lui sourit. Elle semblait le connaître.

Quelques instants plus tard, Mitch revenait vers Kate muni de deux badges de visiteurs. Il lui en tendit un.

— Il faut que tu mettes ça.

Elle l'accrocha au revers de sa veste pendant qu'il remontait dans la voiture et avançait jusqu'à un bâtiment de plain-pied aux fenêtres fleuries, décoré de balcons en fer forgé.

Elle sortit de la voiture et le suivit. Ils traversèrent une cour, passèrent devant une autre réceptionniste souriante et suivirent un corridor ensoleillé, sur les murs duquel étaient peints des personnages des dessins animés de Walt Disney. Enfin, Mitch s'arrêta et regarda sans mot dire à l'intérieur de la pièce qui se trouvait au bout du couloir.

Kate retint sa respiration. Une enfant, âgée tout au plus de six ou sept ans, était installée sur une chaise roulante en face de la fenêtre ouverte, d'où elle pouvait observer les autres enfants. Kate n'apercevait que son profil, mais elle pouvait voir qu'il s'agissait d'une très jolie petite fille aux cheveux blonds mi-longs, au teint de pêche et aux longs cils noirs. Elle se tenait parfaitement immobile, les mains sur les genoux, raidie dans une position étrange. De sa jupe rose dépassaient deux jambes fines et fragiles, comme le reste de sa personne.

Kate n'eut pas besoin de demander de qui il s'agissait. Elle avait compris.

Sans quitter des yeux la petite fille, Mitch se mit à parler.

— Elle s'appelle Hope, déclara-t-il d'une voix enrouée. Et au cas où tu ne l'aurais pas deviné, il s'agit de ma nièce, l'enfant de Molly. Elle a sept ans.

— Elle est magnifique.

— Oui. Molly l'adorait.

— Qu'est-ce qu'elle a ? Pourquoi doit-elle rester sur une chaise roulante ?

— Elle a un spina-bifida.

Kate avait déjà entendu parler de cette affection due à une malformation du fœtus et qui se traduisait par une absence de fermeture de la colonne vertébrale. Elle entraînait des dommages irréversibles pour la moelle épinière et le système nerveux.

— Est-ce que son état peut s'améliorer ?

Il secoua la tête.

— Les nerfs sont endommagés de façon irréversible. Elle est atteinte d'une forme extrêmement sévère qui la handicape fortement et la prive d'autonomie dans la vie quotidienne. C'est pourquoi elle doit rester ici, où les installations et le personnel sont à la pointe du progrès.

Kate regarda de nouveau la petite et ses yeux se remplirent de larmes.

— Elle ne peut pas du tout marcher ?

— Non. Elle est complètement paralysée à partir de la taille. La rééducation a pu améliorer la mobilité de la partie supérieure de son corps. Elle dessine un peu et peut tenir une poupée dans ses bras, mais guère plus.

— Quel est le pronostic d'évolution de la maladie ?

— Pas très encourageant. Elle aurait pu atteindre l'âge adulte en bénéficiant de soins continuels, mais elle a eu un problème cardiaque à la naissance, et cela réduit encore son espérance de vie.

— Molly a dû être anéantie.

— Elle était inconsolable et se sentait responsable de l'état de sa fille.

— Pourquoi donc ?

— Durant sa grossesse, elle a fait une chute en participant à une course de vélo organisée par l'université. On l'a emmenée à l'hôpital. C'est là qu'elle a appris qu'elle attendait un enfant. Elle souffrait de multiples ecchymoses et a fait une hémorragie interne sans gravité. Ensuite, au cours d'une échographie de routine, les médecins se sont aperçus que quelque chose n'allait pas. Ils ont assuré à Molly que sa chute n'avait pas pu provoquer cette malformation, mais elle ne les a pas crus et n'a pas cessé de se le reprocher.

Ses lèvres s'étirèrent en un triste sourire.

— Au début, elle voulait assumer sa fille toute seule. Elle l'a sortie de l'hôpital dès qu'elle a su que sa vie n'était plus en danger et a loué une maison à Singleton, où elle s'était déjà réfugiée en apprenant qu'elle attendait un enfant.

» Mais au bout de trois mois, la petite a commencé à faire de l'arythmie cardiaque et il a fallu l'hospitaliser de nouveau. Comme son état empirait, les médecins ont conseillé à Molly de la placer dans un centre équipé pour la recevoir. Elle voulait se rapprocher de Washington, et après quelques recherches j'ai trouvé *Rustling Willows.*

— Hope est ici depuis l'âge de trois mois ?

Il hocha la tête.

— Molly venait la voir tous les jours. Elle l'aimait plus que tout et la maladie de sa fille l'a dévastée. Je ne vivais pas à Washington à ce moment-là, mais chaque fois que je venais, je m'apercevais qu'elle était de plus en plus perturbée. Elle perdait petit à petit les pédales.

Secouée par ce qu'elle venait d'apprendre, Kate dut prendre le temps de se ressaisir.

— Todd savait que Molly avait déjà une fille ?

— Non, elle ne voulait pas qu'il l'apprenne, répondit-il sans quitter des yeux sa nièce. Je me suis rendu compte de l'impact de la maladie de Hope sur Molly quand je suis rentré à Washington. Comme Ted, j'ai essayé de lui parler, de la raisonner, en vain. Elle avait besoin de vivre sur le fil du rasoir pour oublier ce qu'elle avait fait à sa fille, et aucun de mes arguments n'a réussi à la convaincre d'arrêter. Une fois, elle s'est mise en colère et m'a envoyé sur les roses en disant qu'elle était une grande fille et n'avait pas besoin de chien de garde. Alors j'ai cessé de m'en mêler.

Il enfouit ses mains dans ses poches.

— J'ai fait une erreur.

Emue par sa détresse, Kate mit quelques secondes à recouvrer sa voix.

— Pardonne-moi, Mitch. Je ne voulais pas te faire de mal en insistant pour...

— Je sais.

Elle contempla de nouveau l'enfant.

— Tu ne vas pas lui dire bonjour ?

Il secoua la tête.

— D'habitude, je lui apporte un cadeau et une grosse sucette. Je ne veux pas me présenter devant elle les mains vides, elle risque d'être déçue.

Il fit volte-face et reprit le couloir dans l'autre sens. Kate attendit qu'ils soient de nouveau installés dans la voiture pour poser la question qui lui brûlait les lèvres depuis qu'elle connaissait l'existence de l'enfant.

— Qui est le père, Mitch ?

— Je l'ignore.

— Molly ne t'a rien dit ?

— Elle ne voulait pas que je m'en mêle. Je voulais m'assurer que le père l'aidait pour Hope. Elle m'a dit qu'il participait, même s'il ne lui versait pas officiellement de pension.

— Comment participait-il alors ?

— Quand Molly a dû se résigner à placer sa fille dans une institution spécialisée, elle a demandé un million de dollars au père. Au début, il a refusé en prétendant qu'il ne pouvait pas réunir une somme pareille. Mais quand elle l'a menacé de l'obliger à reconnaître l'enfant, il a changé de disque.

— Je vois. Il était marié.

— Oui.

— Et Molly ? Elle était amoureuse de lui ?

— C'est le moins qu'on puisse dire. Je pense qu'elle ne s'est jamais consolée de leur séparation. Pour moi, elle a épousé Todd dans le but d'oublier le père de Hope. Mais je ne crois pas qu'elle y soit jamais arrivée.

Kate se tourna vers lui.

— Seigneur, les choses commencent à prendre un sens !

Il ne répondit pas.

— Tu vois ce que je veux dire, n'est-ce pas ? insista-t-elle.

— Tu penses que Terrence est le père de Hope.

— Oui. Cela expliquerait qu'il ait tenté de dissuader Todd d'épouser Molly. Tu ne comprends donc pas, Mitch ? Il devait être terrifié à l'idée qu'elle entre dans la famille Buchanan. Après tout, elle pouvait laisser échapper quelque chose, intentionnellement ou non.

— Nous serons bientôt fixés à ce sujet. J'ai téléphoné à Bruce

Cromwell, le joaillier. D'ici demain soir, il me donnera le nom de celui qui a commandé le bracelet.

— Je me disais…

Elle attendit qu'il ait fini de s'engager sur la I-95 avant de poursuivre.

— Un million de dollars, c'est une somme… Mais imagine que ça n'ait pas été suffisant ?

— Non. C'était largement suffisant. Molly avait très bien placé cet argent. Et puis je pouvais l'aider…

— Mais si ça n'avait pas suffi, Mitch ? Et qu'elle n'ait pas voulu t'en parler ?

Kate se sentait comme ces jouets dont on ne peut arrêter le mécanisme une fois qu'on l'a remonté.

— Peut-être qu'elle est retournée voir le père pour lui demander encore de l'argent. Il a pris peur et s'est dit que ça n'en finirait jamais…

Elle n'eut pas besoin d'achever sa phrase. Croisant le regard de Mitch, elle comprit aussitôt que l'idée lui avait déjà traversé l'esprit.

31.

Fidèle à sa parole, Bruce Cromwell appela Mitch le lundi matin et lui apprit que le bracelet était l'œuvre d'un bijoutier qui avait fait faillite deux ans plus tôt. L'homme avait vendu de fausses pierres pour des vraies, et nombre de ses clients avaient porté plainte contre lui pour escroquerie. On l'avait libéré au bout de huit mois et, d'après la rumeur, il avait pris sa retraite à Cape May où il coulait des jours tranquilles et passait son temps à pêcher.

— Te rends-tu bien compte que tu enfreins les ordres de tes supérieurs en poursuivant cette enquête ? lui fit remarquer Kate alors que Mitch dépliait une carte du New Jersey.

— D'après toi ? répondit-il tout en suivant du doigt la route entre Washington et Cape May. Aujourd'hui, c'est mon jour de repos. J'ai le droit de faire une petite promenade…

Il replia la carte et lui fit un grand sourire.

— Et de t'admirer en pleine action. Tu sais bien à quel point j'aime ça.

— Très bien, Roméo. Allons-y. Je ne voudrais pas te priver de sensations fortes.

Elle attrapa son sac sur le bureau.

— Il faut d'abord que je passe par la banque.

— Pour quoi faire ?

— Pour délier la langue d'un vieil escroc à la retraite, il va nous falloir des arguments.

— Un flic ne paie pas pour obtenir des informations !

Elle lui pinça gentiment la joue.

— C'est bien pour ça qu'on ne dit jamais rien aux flics, et tout aux avocats. Cesse donc de me regarder en fronçant les sourcils et allons-y. Il y a plus de deux heures de route jusque là-bas.

Elle ne s'était pas trompée. Ils arrivèrent un peu avant 11 heures dans la baie de la Delaware. Une baisse brutale de température avait entamé l'enthousiasme des pêcheurs qui jalonnaient habituellement le quai, mais il restait un irréductible, un vieil homme sur une barque.

Mitch mit ses mains en porte-voix.

— Monsieur Frankel !

L'homme regarda dans leur direction en plissant les yeux.

— Qui m'appelle ? s'enquit-il d'un ton peu amène.

— Je suis le détective Calhoon, de la police de Washington. J'aimerais vous poser quelques questions si ça ne vous dérange pas.

— A quel sujet ?

— Au sujet d'un bracelet que vous avez dessiné, il y a quelques années.

L'homme ramena posément la ligne et lança de nouveau sa canne à pêche.

— Des bracelets, j'en ai fait des douzaines…

Mitch n'avait aucune intention de poursuivre la conversation à distance et laissa tomber les bonnes manières.

— Venez donc nous rejoindre sur le quai, monsieur Frankel. A moins que vous ne préfériez que je vous donne rendez-vous au poste de police.

Kate lui donna un coup de coude dans les côtes.

— Tu es dingue ou quoi ? Et s'il te prenait au mot ?

— Aucun risque.

Frankel releva son chapeau et les regarda tour à tour.

— C'est bon, c'est bon. Inutile de prendre la mouche, mon gars.

Il ramena de nouveau sa ligne, posa sa canne à pêche et commença à ramer vers le rivage.

— Pourriez-vous me donner un coup de main ? demanda-t-il après avoir accosté.

Mitch l'aida à sortir de la barque. L'homme avait les mains sèches et rugueuses. Des mains dont on n'aurait jamais pensé qu'elles avaient autrefois façonné le bijou que Mitch gardait précieusement dans sa poche.

Frankel jeta un coup d'œil inquisiteur en direction de Kate.

— A qui ai-je l'honneur ?

— Mon nom est Kate Logan, répondit-elle, et je suis avocate.

— Peuh, lâcha-t-il avec une mimique de dégoût. Les avocats... C'est à cause d'eux que j'ai quitté Washington. Cette ville en est infestée.

Il désigna une petite maisonnette bleu et blanc.

— Suivez-moi. J'ai des voisins un peu trop curieux. De vieux désœuvrés. Je suppose qu'ils n'ont rien de mieux à faire que d'espionner les braves gens.

Mitch et Kate entrèrent à sa suite. La maison était petite, mais propre et fonctionnelle, avec une cuisine et un salon.

— Bien, dit Frankel en les invitant à s'asseoir. Vous parliez d'un bracelet.

Mitch sortit le jonc de sa poche.

— D'après ce qu'on m'a dit, c'est vous qui avez réalisé cette pièce.

Frankel le prit et l'inspecta avec attention. Ses yeux n'étaient plus que deux minces fentes.

— Je suppose que oui. Ce n'est pas impossible.

— Vous n'en êtes pas sûr ?

Il jeta à Mitch un regard sournois.

— Mes yeux ne sont plus ce qu'ils étaient, si vous voyez ce que je veux dire.

Kate riait sous cape : le vieux bonhomme ne parlerait pas pour rien ! Mitch décida d'employer la tactique qu'elle lui avait conseillée.

— Prétendez-vous me vendre cette information, monsieur Frankel ? Parce que, si c'est le cas…

Comme s'il s'agissait d'une scène bien rôdée, Kate intervint.

— Monsieur Frankel, dit-t-elle doucement, ce que le détective Calhoon essaie de vous faire comprendre, c'est que nous n'avons pas de temps à perdre et que nous voulons trouver un arrangement avec vous.

Frankel regarda Mitch de ses petits yeux de fouine.

— Vous devriez laisser parler la petite dame. Elle sait s'y prendre.

Il se tourna de nouveau vers elle.

— Un arrangement qui se monterait à combien ?

— Que diriez-vous de deux cent cinquante ?

— J'aimerais mieux cinq cents.

Elle fit mine de fouiller dans son sac.

— Coupons la poire en deux et mettons-nous d'accord pour trois cent soixante-quinze. C'est tout ce que j'ai.

Elle essayait de l'avoir au rabais… Mitch savait bien qu'elle était prête à aller jusqu'à mille dollars.

— Alors, marché conclu ? demanda-t-elle en lui agitant une liasse sous le nez.

Le vieil homme en salivait presque.

— Ça marche, dit-il en prenant l'argent.

Méfiant, il le compta deux fois et parut satisfait de voir que la somme y était bien.

— Entendu, que voulez-vous savoir ?

Kate referma son sac.

— Avez-vous fait ce bracelet ?

— Bien sûr… C'est même l'une de mes plus belles réalisations.

Il regarda Mitch.

— J'espère que vous n'êtes pas venu me chercher des noises à cause des fausses pierres. C'est pas la peine. J'ai déjà payé pour ça.

— On se moque des pierres, répliqua Mitch. Ce qui nous intéresse, c'est la personne qui a acheté ce bracelet. Vous devez bien vous souvenir à qui vous l'avez vendu…

Le petit sourire sournois se dessina de nouveau sur les lèvres du vieil homme.

— J'essaie, j'essaie… Mais vous savez ce que c'est. Avec la vieillesse, la mémoire aussi fout le camp…

Kate commençait à perdre patience.

— Et vous, vous savez ce qu'on dit au sujet des avocats : ils en veulent pour leur argent. Trois cent soixante-quinze dollars, juste pour nous dire quelque chose que nous savions déjà, c'est un peu cher payé. Donnez-nous le nom de cet homme…

Elle lui arracha la liasse des mains et acheva :

— Ou vous pouvez dire adieu à notre arrangement.

Le visage de Frankel se décomposa.

— Non, pas si vite !

— La mémoire vous revient ?

Il soupira.

— Oui. Je crois bien que oui.

Il s'humecta les lèvres, sans quitter les billets des yeux.

— Son nom, c'est Buchanan. Terrence Buchanan.

32.

— Je n'arrive pas à y croire, murmura Kate. Ainsi, c'était Terrence.

Elle boucla sa ceinture.

— Mais pourquoi a-t-il menti ? Il devait bien s'attendre à ce que tu remues ciel et terre pour découvrir qui avait offert ce bijou à Molly ?

— Il s'est dit que huit ans avaient passé. Entre-temps, Frankel avait fait faillite et disparu de la circulation. Il pensait que je ne le retrouverais jamais. Et sans l'aide de Bruce, ç'aurait été le cas.

— Terrence est dans de mauvais draps à présent, n'est-ce pas ?

Mitch secoua la tête.

— C'est sûrement lui le père de Hope. Et si tu ne te trompes pas au sujet de ce Chevalier noir…

Il la regarda dans les yeux.

— Nous avons sans doute trouvé notre meurtrier.

— Tu ne crois pas qu'il va chercher à te créer des ennuis ? Il pourrait appeler le lieutenant Fennell pour signaler que tu mènes une enquête en dehors de ta juridiction.

— Il n'est pas en position de force.

Après avoir déposé Kate à son bureau, Mitch fila directement à l'université de Jefferson, où il fut accueilli par la même charmante secrétaire. Mais M. le recteur était en réunion et ne pouvait le recevoir.

— Faites-le venir, s'il vous plaît, insista-t-il.

Elle parut déconcertée.

— Je vous demande pardon ?

— Je viens pour une affaire urgente qui ne peut pas attendre. Demandez-lui d'interrompre sa réunion.

Moins de trente secondes plus tard, Buchanan descendait l'escalier en marbre du couloir. Une expression clairement hostile se peignait sur son visage.

— Vous perdez la tête ? marmonna-t-il, les dents serrées. Vous faites pression sur ma secrétaire pour l'obliger à m'interrompre, alors que je préside l'une des réunions les plus importantes de l'année. Pour qui vous prenez-vous à la fin ?

Mitch ne prit même pas la peine de se justifier.

— Voulez-vous que nous parlions ici, ou préférez-vous un endroit un peu plus discret ?

Sans un mot, Buchanan prit la direction de son bureau. Mitch lui emboîta le pas et ferma la porte derrière eux. Cette fois, ils se saluèrent froidement.

— Je vous écoute, déclara Buchanan en croisant les mains. De quoi êtes-vous venu m'accuser aujourd'hui ?

— Avez-vous déjà entendu parler d'un certain Dave Frankel ?

Buchanan pâlit, mais demeura imperturbable.

— Ce nom ne me dit rien.

— Etrange. Lui se souvient parfaitement de vous.

Terrence ricana.

— Pas mal de gens prétendent me connaître.

— Cessez de jouer avec moi, Terrence. Frankel était un excellent joaillier et il tenait parfaitement sa comptabilité. Je l'ai rencontré.

Non seulement il se souvient de vous et de votre commande, mais en plus il a gardé un double de la facture. « A toi pour toujours, T. », écrit de votre propre main. Ça vous dit quelque chose ? Il s'attendait à ce que vous portiez plainte contre lui, comme ses autres clients. Mais vous vous en êtes bien gardé, car cela aurait révélé au grand jour votre liaison avec ma sœur. Vous préfériez dire adieu à douze mille dollars, plutôt que de déclencher un scandale qui aurait ruiné votre carrière.

Buchanan parut se dégonfler comme un ballon de baudruche. Il ouvrit la bouche pour parler, puis, s'apercevant sans doute que ses protestations ne serviraient à rien, il la referma.

Il était pitoyable, mais Mitch ne ressentait à son égard que du mépris.

— Que se passe-t-il, Buchanan ? Ça ne va pas ?

Terrence alla s'asseoir derrière son bureau.

— Ce n'est pas ce que vous croyez.

— Vraiment ? Niez-vous avoir séduit Molly ? Avoir eu une liaison avec elle ? Oseriez-vous prétendre que vous n'êtes pas le père de son enfant ?

— Nous avons eu une liaison, c'est vrai. Mais ce n'est pas moi qui l'ai séduite. Dès que Molly a mis les pieds dans mon cours, elle m'a clairement signifié qu'elle venait pour moi, pas pour le droit international. J'ai fait tout ce que j'ai pu afin de la décourager, mais elle avait décidé de parvenir à ses fins. Un soir, alors que je m'étais attardé dans la bibliothèque à la recherche de documentation, je l'ai trouvée qui m'attendait près de ma voiture.

Il semblait abattu. Il joignit les mains et les pressa contre sa bouche.

— Je ne cherche pas d'excuses. J'aurais pu la planter là, la menacer de l'exclure de mon cours… Mais je n'ai pas pu.

Mitch avait du mal à imaginer ce qu'il lui racontait. Cette ordure parlait de sa petite sœur à qui il avait appris à jouer au base-ball, avec qui il avait construit sa première cabane dans les arbres. Sa sœur aussi, adolescente, et de son amour sans espoir pour Duke, de son comportement scandaleux destiné à attirer son attention… Déjà, à cette époque, on aurait pu deviner quel genre de femme elle allait devenir, mais Mitch n'avait pas voulu le voir.

— Combien de temps a duré votre petite aventure ? demanda-t-il.

— Six mois. Jusqu'à ce qu'elle m'annonce qu'elle attendait un enfant. Nous avons eu une terrible dispute. Je voulais qu'elle avorte, mais elle n'était pas d'accord. Quand j'ai compris que je ne parviendrais pas à la convaincre, je lui ai promis de l'aider matériellement, à condition qu'elle ne m'oblige pas à reconnaître l'enfant.

Il soupira.

— Ensuite, il y a eu le handicap du bébé. Et tout a changé. Elle m'a demandé de l'argent. Un million de dollars. Je lui ai dit qu'elle perdait la tête, que je ne pouvais pas lui donner une somme pareille sans que ma femme s'en aperçoive.

— Mais vous la lui avez donnée.

Buchanan posa les mains sur son bureau et baissa les yeux.

— Ça n'a pas été facile, mais oui, je lui ai donné cet argent parce qu'elle ne m'a pas laissé le choix. Elle m'a menacé de tout révéler à la presse si je ne le faisais pas.

Mitch se souvint de l'hypothèse de Kate.

— Et plus tard elle est revenue pour vous en demander encore…

Terrence parut surpris.

— Comment le savez-vous ?

— C'était une supposition. Une idée de Kate Logan.

— Oh !

Il se tut quelques secondes.

— Elle est venue ici même, deux mois avant d'être assassinée. Elle voulait encore un million. Ça m'a rendu furieux. Je lui ai demandé de me foutre la paix et de s'adresser à vous, car je ne possédais pas une telle somme. Mais elle a refusé. Elle disait que c'était à moi de l'aider pour Hope et personne d'autre.

— Qu'avez-vous fait, alors ?

— J'ai réussi péniblement à réunir cent mille dollars.

— Et elle s'en est contentée ?

Il laissa échapper un ricanement.

— Rien n'était jamais assez pour Molly. Elle voulait toujours plus.

— Alors vous vous êtes senti coincé, poursuivit Mitch. Vous n'aviez pas cet argent et vous saviez qu'il lui suffisait d'un mot pour détruire tout ce qui comptait pour vous : votre brillante carrière, votre mariage, le respect de vos pairs.

— Non. Vous vous trompez sur toute la ligne.

A présent, Mitch décelait de la panique dans sa voix.

— Elle s'apprêtait à vous détruire, Terrence. Vous n'aviez plus le choix.

Buchanan se laissa aller contre le dossier de sa chaise.

— Je crois que je ferais bien d'appeler un avocat…

— Ce serait une idée judicieuse, en effet.

Pendant qu'il s'emparait du combiné, Mitch composa le numéro de Frank Sykes à Fairfax.

Adossé à un réverbère, Emile faisait mine de s'absorber dans le journal, tout en surveillant Todd qui se dirigeait vers la cabine téléphonique. Il appelait d'ici tous les soirs à la même heure, sans doute pour s'entretenir avec Kate Logan et s'informer de ce qui se disait de l'autre côté de l'Atlantique.

Emile aussi suivait l'actualité. Tous les soirs, avant de quitter son travail, il consultait sur Internet les gros titres d'une demi-douzaine de journaux américains. Il y avait eu récemment une série d'événements qui l'avaient aidé à rédiger son article. A présent, il l'avait presque terminé et était impatient de voir la tête de Maurice quand il lirait le papier qu'il s'apprêtait à lui soumettre.

Sans quitter des yeux Todd Buchanan, il replia son journal et se dirigea vers la boulangerie où il prenait son pain tous les soirs. Ce soir, Mme Millet se trouvait seule derrière le comptoir. Sa fille Yvette faisait asseoir une cliente dans l'arrière-boutique.

— Mettez-vous là, disait-elle. Et buvez ça. Vous vous sentirez mieux.

— Qu'est-ce que c'est ?

La jeune femme parlait avec un léger accent — une voix qu'Emile trouva familière.

— De l'eau sucrée. Un vieux remède de grand-mère pour les nausées. Allez, buvez.

Yvette s'écarta légèrement, et Emile eut un petit sursaut en découvrant qu'il s'agissait de Jessica Van Dyke. Tout en avançant dans la queue, il surveilla discrètement ce qui se passait. Mlle Van Dyke paraissait très pâle et son front était couvert de sueur.

— Vous vous sentez mieux ? s'enquit Yvette.

Jessica sourit en hochant la tête. Sa main droite glissa jusqu'à son ventre, un geste qui n'échappa pas à la jeune boulangère.

— Je ne voudrais pas vous paraître indiscrète, commença Yvette en baissant légèrement la voix, mais... seriez-vous enceinte ?

Jessica lui adressa un sourire rayonnant.

Enceinte ! Pour un peu, Emile aurait eu besoin d'une chaise lui aussi. C'était l'évidence même ! Il avait déjà observé les mêmes symptômes chez Antoinette : les nausées, les malaises, la pâleur… Jessica attendait un enfant.

Seigneur !

— Monsieur Sardoux ?

Mme Millet lui souriait, la tête penchée sur le côté.

— Une demi-baguette, comme d'habitude ?

Incapable de parler, il acquiesça en silence. Il prit le pain qu'elle lui tendait, paya et sortit rapidement de la boulangerie. Il eut le temps d'entendre Yvette qui s'exclamait joyeusement :

— Oh ! Mademoiselle Van Dyke, c'est formidable ! Je suis tellement heureuse pour vous.

Emile marchait dans la rue, sa baguette sous le bras. Il se rendit compte au bout de quelques minutes qu'il avançait dans la mauvaise direction et fit demi-tour. Cette fois, il ne prit pas la peine de jeter un coup d'œil à la cabine téléphonique afin de voir si Todd s'y trouvait encore. Il pensait au jour où Antoinette lui avait annoncé qu'elle allait avoir un bébé. Fou de bonheur, il l'avait prise dans ses bras pour la faire tournoyer, jusqu'à ce qu'elle le supplie de la reposer.

Huit mois après, Julien venait au monde. C'était un petit garçon potelé, avec les yeux noirs de son père et le coffre d'un Caruso. Deux ans plus tard naissait Magali, une adorable petite fille qui, aujourd'hui âgée de douze ans, faisait déjà tourner les têtes.

Emile aimait ses enfants et leur téléphonait tous les soirs. Il en était réduit à leur souhaiter bonne nuit par téléphone, mais il n'oubliait pas de leur rappeler qu'il pensait à eux et que cela lui faisait du bien d'entendre leurs voix. Pourtant, il ressentait encore plus cruellement sa solitude après ces coups de fil et il était impatient de voir sa famille enfin réunie.

Une famille. Voilà une chose que le bébé de Todd Buchanan ne connaîtrait jamais. Son père serait déjà derrière les barreaux lorsqu'il viendrait au monde. Ou en fuite.

De retour chez lui, Emile sortit une soupe du réfrigérateur et la fit réchauffer sur la petite cuisinière. Mais il n'avait pas faim. Il avait la bouche sèche et l'estomac noué. Merde ! Que lui arrivait-il ? Peut-être une vraie crise de foie en fin de compte… Ça lui apprendrait à raconter des bobards à son patron.

Il s'installa à la table de la cuisine et entreprit de revoir une dernière fois son article. Mais il n'arrivait pas à se concentrer. Avec un grognement de frustration, il repoussa les feuillets et sortit de son appartement. Il avait besoin de s'éclaircir les idées et, plus important encore, de se convaincre que retrouver son travail au journal était une priorité absolue. S'il se répétait ces mots comme un mantra, tout irait bien.

Le vent s'était levé et apportait l'odeur puissante de la mer. Déjà, Emile entendait les cris joyeux des enfants qui chevauchaient le manège installé sur la place près du port. Cela aussi lui rappelait le passé. Il n'avait peut-être pas toujours été un père exemplaire, mais ses enfants et lui avaient tout de même partagé de bons moments. Et ce n'était pas fini.

Il ne pouvait pas en dire autant du futur Buchanan Junior.

Quand Todd vit Jess sortir de la boulangerie, il comprit aussitôt que quelque chose n'allait pas.

— Que s'est-il passé ? demanda-t-il en la dévisageant. Tu trembles. Tu es malade ? C'est à cause du bébé ?

— Je vais bien, répondit-elle en regardant autour d'elle. Partons d'ici.

— Jess, tu m'inquiètes.

Elle se tut jusqu'à ce qu'ils soient tous deux installés dans la voiture.

— Quelqu'un est au courant à ton sujet, déclara-t-elle d'une voix tremblante.

Il fit un terrible effort pour ne pas céder à l'affolement. Il le fallait. Pour elle.

— Qui ?

— Il se nomme Emile Sardoux et travaille chez un concessionnaire automobile. Ici. A Saint-Jean-de-Luz.

— Comment le sais-tu ?

Elle se mit à jouer machinalement avec la croix basque qui pendait à son cou et qu'il lui avait offerte à l'occasion de son anniversaire.

— Par Yvette, la fille de la boulangerie. Ce type lui a posé des questions à ton sujet. Et il s'est peut-être renseigné ailleurs aussi.

— Que lui a dit Yvette ?

— Rien du tout. Ce n'est pas son genre de parler de ses clients.

— Il se doute de ma véritable identité ?

— Je n'en sais rien. Il t'a appelé « monsieur Adler ». Yvette lui a seulement confirmé que tu te servais régulièrement chez elle.

— Que voulait-il savoir à mon sujet ?

— Depuis combien de temps tu vivais là, d'où tu venais. Ce genre de choses.

Todd jeta un coup d'œil dans le rétroviseur.

— A quoi ressemble-t-il ?

— Mince, la quarantaine, des cheveux châtain clair, plutôt élégant et s'exprimant bien.

Elle se retourna pour regarder derrière elle.

— Il doit nous surveiller, Will. Peut-être même qu'il nous suit en ce moment.

— Non.

— Comment peux-tu en être sûr ? Il y a deux jours, tu avais l'impression que quelqu'un t'observait…

Au son de sa voix, Todd comprit qu'elle commençait à paniquer. Sans doute luttait-elle contre la peur depuis qu'Yvette lui avait parlé de ce type. Il lui prit la main et la serra.

— Je surveille mon rétroviseur, Jess. Personne ne roule derrière nous.

Elle ne parut pas rassurée pour autant.

— J'ai peur.

— Réfléchis un peu, Jess. Pourquoi un vendeur de voitures s'intéresserait-il à nous ?

— Je n'en sais rien. C'est peut-être un Américain, un flic en civil qui se fait passer pour un Français.

— Si c'était un étranger, Yvette s'en serait rendu compte.

— Tu crois que je devrais retourner lui poser la question ?

— Non. Mieux vaut ne pas attirer l'attention sur nous.

— Qu'allons-nous faire, à présent ?

Il aurait bien aimé le savoir. Il s'était senti tellement à l'abri ici, certain que jamais personne n'aurait l'idée de le chercher dans ce coin.

— Tout est ma faute, murmura Jess en fixant la route devant elle. Si je n'avais pas insisté pour appeler un avocat, rien de tout cela ne serait arrivé.

— Tu n'y es pour rien, répondit-il de son ton le plus convaincant.

Il lui pressa la main. Il ne fallait pas qu'elle culpabilise. Pas dans son état.

— Si, insista-t-elle. Kate nous avait prévenus que la réouverture de l'enquête pouvait nous apporter quelques vilaines surprises. Surtout si la presse étrangère s'en mêlait. Et c'est ce qui s'est passé.

Quelqu'un a peut-être offert une récompense pour ta capture, et cet Emile Sardoux court sans doute après la prime.

Todd ne sut quoi répondre.

La voix de Jess n'était plus qu'un faible murmure.

— Oh, Will ! Qu'est-ce que j'ai fait ?

33.

— Ah, Emile ! Te voilà enfin !

Le rédacteur en chef leva la tête, les yeux brillant d'excitation, l'air avide.

— Ça y est ? lança-t-il en se frottant les mains. Jetons un coup d'œil sur ce que tu m'apportes.

Emile avait l'estomac noué.

— Il n'y a rien à voir.

Le sourire de Maurice s'évanouit aussitôt.

— Quoi ?

— Je n'ai rien à raconter, répéta stoïquement Emile. En fait, je m'étais trompé.

— Trompé ?

Qu'un homme éloquent comme Maurice se borne à répéter ce qu'il disait n'augurait rien de bon. Il allait probablement exploser d'une minute à l'autre, et Emile savait qu'il aurait à affronter sa colère.

— L'homme que je prenais pour Todd Buchanan est allemand, mentit-il. Il vient de Stuttgart. Je suis vraiment désolé, Maurice. Je me sens un peu ridicule.

Son chef continuait à le fixer en silence. Son visage avait pris une couleur violacée, et l'on voyait battre une veine à sa tempe droite. Comme le silence s'installait, Emile en profita pour se justifier.

— Je comprends que tu sois déçu. Moi aussi, tu sais. Cet article aurait pu changer ma vie.

— Espèce de fils de pute ! cracha Maurice. Tu as l'intention de le vendre à un autre journal, c'est ça ?

Emile ne s'était pas attendu à cette réaction. Il avait travaillé dix ans à *Bordeaux Matin,* et l'on mettait son intégrité en doute !

— Non, jamais de la vie ! Je ne ferais jamais une chose pareille, Maurice. N'oublie pas que c'est à toi que je suis venu proposer ce scoop.

— Parce que tu savais bien que je serais le seul crétin à me laisser attendrir par tes jérémiades. Ensuite, tu t'es dit que tu pourrais sans doute en tirer un meilleur prix ailleurs. Mais tu me gardais en réserve. Comme ça, si ça n'avait pas marché avec les journaux nationaux, il te restait la bonne poire que je suis comme roue de secours.

— Non.

Surpris par ces accusations injustes, Emile était à court d'arguments. D'ailleurs, il n'avait pas grand espoir de convaincre son patron.

— Je n'ai jamais proposé ce papier à personne d'autre que toi.

Le rédacteur en chef se leva et fit le tour de son bureau.

— Tu voudrais me faire avaler que tu refuserais une offre du *Figaro* ou de *Paris-Match* ?

— Oui. Parce que je t'avais donné ma parole : je te réservais cette histoire.

— Et ta parole est supposée valoir quelque chose ? lui hurla Maurice en pleine figure. La parole d'un ivrogne ?

Ces mots le piquèrent au vif.

— C'est un coup bas, Maurice.

— Et ce que tu me fais, c'est pas un coup bas ? Je me suis mouillé pour toi. L'autre jour, après ton départ, il m'a fallu deux heures pour convaincre le grand chef là-haut que l'on pouvait te faire confiance. Ma crédibilité est en jeu. Et peut-être même ma place.

— Je n'ai pas dépensé tout ce que tu m'as donné, précisa Emile d'un ton pitoyable.

Il sortit cinq cents euros de sa poche.

— Je te rendrai le reste petit à petit, je te le jure. Même si je dois prendre un deuxième boulot pour ça, je te donnerai un peu de la somme que je te dois chaque semaine.

— Oh, la ferme ! Inutile d'aggraver ton cas avec un soi-disant geste noble. J'ai encore plus l'impression que tu te fous de ma gueule.

Le rédacteur en chef repoussa le billet d'une chiquenaude.

— N'espère pas me calmer avec cinq cents euros. Je veux cet article, un point c'est tout.

— Je t'ai déjà dit que je n'ai rien à proposer. Todd Buchanan ne se trouve pas à Saint-Jean-de-Luz.

— Tu mens.

Il pointa un doigt dans sa direction, mais cette fois, ce n'était pas pour plaisanter.

— Je ne sais pas à quoi tu joues, mais ce que je sais c'est que tu es sur un gros coup. Je découvrirai le pot aux roses et je trouverai ce Todd Buchanan, même si je dois m'en occuper moi-même. Ensuite, tu peux compter sur moi pour te griller, t'entends ? Tu ne pourras plus bosser comme journaliste. Je ferai en sorte que tout le monde sache quel traître, quel serpent tu fais. Et quand je dis tout le monde, je pense aussi à Antoinette.

Il retourna derrière son bureau et se laissa tomber sur sa chaise.

— Maintenant, fous le camp, lâcha-t-il sans même lever les yeux. Hors de ma vue.

Silencieusement, Emile sortit.

*
* *

— Je crois que tu devrais appeler Kate, déclara Jess.

Todd ne répondit pas. Il avait passé la nuit à déambuler dans la maison en se demandant quelle décision prendre, mais il n'était pas plus avancé que la veille. A l'aube, il avait appelé le capitaine de l'*Ainara* pour lui demander un jour de congé.

A présent, il était assis à la table de la cuisine, avec son bol de café au lait qui refroidissait devant lui. Il hocha la tête en silence. Jess avait raison, il fallait prévenir Kate. Elle au moins aurait peut-être une idée sur la conduite à tenir. Il se demandait s'il devait l'appeler de la cabine ou prendre le risque de téléphoner de la maison, lorsqu'un coup frappé à la porte les fit tous deux sursauter. Un doigt sur la bouche, Todd marcha jusqu'à la fenêtre qui donnait sur la route et regarda à travers les rideaux en vichy bleu et blanc. Un homme qu'il ne connaissait pas se tenait devant la porte, la tête baissée, les mains derrière le dos. Jess, qui l'avait suivi, émit un grognement étouffé.

— Tu connais cet homme ? demanda-t-il tout bas.

— Oui. Enfin, pas vraiment. Je pense qu'il s'agit d'Emile Sardoux. Il correspond à la description d'Yvette.

— Que vient-il faire ici ? Et comment sait-il où nous habitons ?

— Je n'en sais rien, répondit-elle en lui agrippant le bras. Ne répondons pas, il s'en ira peut-être.

Mais il y avait la Renault garée juste devant la maison.

— Il a sûrement vu notre voiture, Jess. Il sait que nous sommes là. Il faut lui ouvrir, sinon nous lui paraîtrons encore plus louches.

Il prit ses mains glacées dans les siennes.

— Ne t'en fais pas, la rassura-t-il. Tout ira bien.

Il tentait de lui dissimuler sa propre inquiétude, mais le résultat n'était pas fameux.

— Comment le sais-tu ?

— Réfléchis un peu. Si cet homme voulait toucher une récompense pour ma capture, il n'aurait pas eu besoin de venir jusqu'ici. Il aurait couru tout droit me dénoncer aux flics.

— Sans doute espère-t-il mieux profiter de cette bonne aubaine en s'adressant directement à toi.

Todd se tut un moment. Il réfléchissait à l'hypothèse de Jess. Si cet homme voulait de l'argent, la question serait vite réglée. Il avait déposé trois cent mille dollars dans une banque suisse trois ans plus tôt. Avec les intérêts, cela faisait maintenant une coquette somme. Les appointements de Kate déduits, il lui en restait assez pour parer aux urgences.

Il avait largement de quoi le faire taire.

Se décidant à affronter le visiteur, il lui ouvrit la porte.

— Oui ? dit-il en espérant que son français approximatif lui permettrait de soutenir une conversation.

A sa grande surprise, l'autre lui répondit en anglais.

— Bonjour. Je me présente : Emile Sardoux. Je m'excuse de venir vous importuner si tôt, mais le capitaine de l'*Ainara* m'a dit que vous aviez pris un jour de congé et j'ai décidé de tenter ma chance en venant jusqu'ici. Je devais absolument vous parler…

Il s'interrompit et jeta un coup d'œil par-dessus l'épaule de Todd.

— Ce que j'ai à vous dire concerne également votre jeune amie.

Todd avait la bouche tellement sèche qu'il pouvait à peine avaler sa salive. Il laissa l'homme entrer, en s'assurant que personne ne l'avait accompagné. Mais il semblait seul. Todd fut soulagé. Qu'aurait-il pu faire si un contingent de gendarmes avait tout à coup surgi de derrière un bosquet ?

— Vous parlez parfaitement l'anglais, remarqua-t-il en dévisageant l'homme avec attention.

Celui-ci correspondait à la description d'Yvette. Plutôt quelconque, il ne semblait pas menaçant.

Les yeux noisette de Sardoux se posèrent sur Todd. Son regard était franc et direct.

— J'ai passé un an à l'université de Columbia.

Il se tourna vers Jess.

— J'espère que vous vous sentez mieux, mademoiselle.

— Pourquoi me dites-vous ça ?

— J'étais à la boulangerie, hier, quand vous avez eu un malaise.

Todd passa un bras protecteur autour des épaules de sa compagne. Ils faisaient un bien étrange trio. Deux proies face à leur chasseur.

— J'ai entendu dire que vous vous intéressiez à moi, intervint Todd en guettant la réaction de l'homme.

— Ah ! Vous êtes au courant.

— Que me voulez-vous ?

Sardoux le regarda droit dans les yeux.

— Je sais que vous êtes Todd Buchanan.

34.

Bien que Todd se soit attendu à entendre ces mots un jour, ils le touchèrent en plein cœur. Il jeta un coup d'œil à Jess, elle était d'une pâleur mortelle.

— Je ne comprends rien à ce que vous dites, répliqua-t-il en prenant soin de ne pas laisser percer son accent américain.

Si Sardoux avait vécu un an aux Etats-Unis, il faisait sans aucun doute la différence entre un Américain et un Anglais. Il fallait que son personnage reste plausible.

— Je m'appelle William Adler.

Sardoux ne le contredit pas.

— Laissez-moi vous expliquer, proposa-t-il. En ce moment, je vends des voitures rue Gambetta, mais je suis journaliste. J'ai travaillé pour *Bordeaux Matin* pendant dix ans. L'année dernière, les choses ont mal tourné pour moi et j'ai perdu mon emploi.

Il leur raconta comment il était devenu alcoolique, comment il avait atterri à Saint-Jean-de-Luz où il avait décidé d'arrêter de boire et comment il espérait retrouver son travail pour retourner près de sa femme.

— Je ne vois pas pourquoi vous nous confiez tout ça, fit remarquer Todd.

Il refusait toujours d'admettre qu'il avait été démasqué, même si c'était évident. Il ne servait à rien de nier. L'homme n'était pas un imbécile et il ne serait jamais venu jusqu'ici s'il n'avait eu des preuves de ce qu'il avançait.

— Je vous raconte tout ça, monsieur Buchanan, pour que vous compreniez que je ne suis pas un mauvais homme. Je suis juste un type désespéré qui essaie de reconstruire sa vie. Je ne savais pas quoi faire pour que tout redevienne comme avant. La semaine dernière, je suis tombé par hasard sur un article qui parlait d'un certain Todd Buchanan, originaire de Washington. On disait que c'était un fugitif soupçonné d'avoir assassiné sa femme et qu'il venait de joindre une avocate de renom, Kate Logan. Il y avait une photo de lui dans le journal, et sa tête me rappelait quelque chose. Vous savez, en dehors de mes heures de boulot, je passe le plus clair de mon temps à flâner sur le port, à l'heure où rentrent les bateaux de pêche. J'aime bien les regarder. Alors j'ai mené ma petite enquête, et ce que j'ai appris n'a fait que confirmer mes soupçons. Je me suis dit que ça constituerait un papier formidable, et que ça me permettrait de retrouver mon travail et ma femme.

Jess se raidit.

— Et pour un article, vous seriez prêt à nous détruire ?

— Jess ! intervint Todd.

Elle secoua la tête d'un air triste mais résolu. Elle avait compris, comme lui, qu'ils avaient perdu.

— Non, Will. Inutile de mentir plus longtemps.

Todd se tut. Elle avait raison, il n'y avait rien à ajouter.

Il se tourna vers l'homme qui tenait leur vie entre ses mains. Combien allait-il demander pour son silence ? Deux mille euros ? Vingt mille ? Plus encore ?

— Je ne suis pas aussi mauvais que vous semblez le croire, mademoiselle, répondit gentiment Sardoux. En réalité…

— Ecoutez, l'interrompit Todd en laissant tomber son bel accent anglais, dites-nous carrément combien vous voulez et qu'on en finisse.

— Pardon ?

— Je vous demande combien vous voulez pour nous laisser tranquilles. C'est bien pour ça que vous êtes venu jusqu'ici, n'est-ce pas ? Pour un petit dédommagement.

Craignant que l'homme ne l'ait pas bien compris, il joignit le geste à la parole et fit ce petit signe universel avec trois doigts, comme pour palper des billets.

— De l'argent ?

Sardoux eut l'air offensé.

— Je crois que vous ne m'avez pas bien compris, monsieur.

— Vraiment ? Pourtant, j'ai un sixième sens pour reconnaître les types de votre espèce.

— Cette fois, votre sixième sens vous trompe. Je ne veux pas de votre argent. Je suis venu ici pour vous aider.

Todd laissa échapper un rire sarcastique qu'il regretta aussitôt quand Jess lui serra discrètement le bras en s'adressant à l'homme.

— Nous aider de quelle manière, monsieur Sardoux ?

— J'ai renoncé à écrire un article sur vous. J'en avais l'intention, mais je vous ai vue à la boulangerie hier et j'ai compris que vous attendiez un enfant…

Il secoua la tête.

— Ça m'a troublé. Vous dénoncer est une chose, monsieur Buchanan, mais c'en est une autre de compromettre l'avenir d'un bébé.

Il secoua de nouveau la tête d'un air décidé.

— *Non, je ne peux pas !* s'exclama-t-il dans sa langue maternelle.

— Et vous voudriez me faire avaler ça ?

— C'est la vérité. Je n'ai pas fermé l'œil de la nuit. Si je ne rends pas cet article, je peux dire adieu pour toujours à mon boulot. Mais j'ai beau avoir envie de retrouver ma place au *Bordeaux Matin*, je ne peux me résoudre à tomber aussi bas.

Todd sentit les ongles de Jessica s'enfoncer dans son bras. Il savait ce qu'elle pensait. Sardoux semblait sincère, sauf que quelque chose ne collait pas dans son histoire.

— Je ne comprends pas. Si vous ne voulez plus vous servir de nous comme planche de salut, qu'êtes-vous venu chercher ici ?

— Quand je suis allé trouver le rédacteur en chef du journal pour lui dire que je m'étais trompé et que vous n'étiez pas Todd Buchanan, il a refusé de me croire.

— Ce qui signifie ?

— Ça signifie qu'il a l'intention de mener une petite enquête. Ou qu'il la confiera à l'un de ses meilleurs journalistes. Bref, ils vont vous tomber dessus, vous pouvez en être certain. Ne vous méprenez surtout pas... Maurice est un brave type, mais maintenant sa place aussi est en jeu, et il fera tout ce qu'il faut pour ne pas la perdre.

— Combien de temps avant qu'il ne nous trouve ?

— Si quelqu'un d'autre que lui s'en charge, peut-être quarante-huit heures. Si c'est lui, sans doute moins. C'est un excellent journaliste. Et il connaît du monde.

— Que lui avez-vous dit à notre sujet ?

— Que je pensais vous avoir vus dans la région de Saint-Jean-de-Luz. Bien sûr, c'est assez vague. Théoriquement, ça pourrait être Ciboure, Anglet, Biarritz, Bayonne. Mais il risque de commencer par Saint-Jean-de-Luz, parce que c'est là que j'habite.

Todd savait déjà ce qui se passerait une fois que l'affaire serait divulguée. Les journalistes de la presse internationale se jetteraient dessus comme des vautours, et Jess et lui deviendraient un objet de curiosité. Ensuite, la police française s'en mêlerait et il serait embarqué menottes aux poignets. Il ne lui resterait plus qu'à attendre son extradition en prison.

— Si j'étais à votre place, poursuivit Sardoux, je partirais immédiatement. Vous avez le temps de prendre un avion pour vous envoler loin d'ici. Le temps que Maurice découvre votre cachette ici, vous serez à l'autre bout du monde.

— Sans doute, admit Todd. Je suppose que c'est une solution.

Sardoux se leva.

— Je suis vraiment désolé d'être responsable de tout ça. J'espère que vous comprenez les raisons qui m'ont poussé à agir de la sorte.

— Nous comprenons, assura Jess en lui tendant une main amicale. Et nous apprécions votre démarche, monsieur Sardoux. Nous sommes conscients de ce que ça signifie pour vous.

— Bonne chance. A tous les deux.

Debout sur le pas de la porte, Todd et Jess suivirent des yeux l'Opel verte qui redescendait la petite route en lacet. Lorsqu'elle eut disparu, ils rentrèrent et fermèrent la porte à clé derrière eux. Todd sourit devant ce réflexe de protection dérisoire.

— Qu'allons-nous faire, maintenant ? demanda doucement Jess.

Il aurait bien aimé le savoir. S'il n'y avait eu que lui, la solution aurait été simple. Il aurait emballé le strict minimum et pris la poudre d'escampette. Mais il fallait penser à Jess. Pouvait-il lui imposer une vie de fugitive ? A se cacher, de ville en ville, de pays en pays, à regarder sans cesse par-dessus son épaule ?

Et s'ils partaient pour Genève ? Son argent se trouvait là-bas ; ils y seraient en sécurité quelque temps. Il pouvait changer une nouvelle fois d'identité, mais ça demandait un certain délai. Ou alors suivre les conseils de Sardoux : filer le plus loin possible. En

Nouvelle-Zélande ou en Australie. Qui penserait à aller les chercher jusque-là ?

— Je n'en sais rien, Jess, répondit-il sans essayer de mentir. Sincèrement, je ne sais pas quoi faire.

— Le moins qu'on puisse dire, c'est que j'ai tout fichu par terre, lâcha-t-elle en posant sa tête sur son épaule.

— Ne dis pas ça.

— C'est pourtant la vérité.

Elle se redressa brusquement et se mit à arpenter la pièce, les bras croisés.

— Si je n'avais pas tant insisté pour que nous appelions Kate, les journaux ne se seraient jamais intéressés à l'histoire et nous ne serions pas dans ce guêpier.

— Moi aussi, je pensais que je ne pouvais plus continuer comme ça. Sinon je n'aurais pas accepté.

— Tu as accepté parce que je n'ai pas cessé d'insister. Tu as risqué ta liberté pour moi. Et voilà où ça nous a menés !

— Jess, je l'ai fait pour nous trois.

Il la prit par les épaules et l'obligea à se tourner vers lui. Elle se laissa aller contre sa poitrine et éclata en sanglots.

Il la tint dans ses bras tout en réfléchissant. Il lui fallait trouver une solution acceptable pour Jess et pour l'enfant. Il devait les protéger, les envoyer quelque part où ils seraient à l'abri des persécutions de la presse. Ils méritaient d'être aidés et choyés.

Il connaissait un endroit.

Il attendit patiemment que les sanglots de Jess se soient apaisés pour parler.

— Viens. Asseyons-nous un moment.

Il la conduisit vers le petit canapé dans lequel Sardoux s'était assis quelques instants plus tôt, lui apporta un verre d'eau bien fraîche et attendit qu'elle ait bu quelques gorgées avant de s'installer près d'elle.

Aussi tranquillement qu'il put, il lui exposa la situation. Ils n'avaient pas vraiment le choix.

— La vérité, commença-t-il, c'est que j'en ai assez de fuir. Surtout depuis que je sais que tu es enceinte. Notre bébé mérite mieux que cette existence de paria.

— Et alors, que proposes-tu ? demanda-t-elle, les épaules secouées par un sanglot silencieux. Que pouvons-nous faire ? Tu as entendu comme moi ce qu'a dit cet homme. Nous avons un répit de quarante-huit heures, peut-être moins. Comment trouver une solution en si peu de temps ?

— Il faut rentrer.

Bouche bée, Jess se laissa aller en arrière sur les coussins.

— Rentrer ? répéta-t-elle, incrédule. Tu veux dire aux Etats-Unis ?

— C'est le seul moyen de vous mettre en sécurité. Toi et l'enfant.

— Et que deviens-tu dans tout ça ? répliqua-t-elle en se remettant à pleurer.

— Une fois sur place, je me rends à la police.

— Non !

Le cri semblait venu du plus profond d'elle-même. Elle fit mine de se lever, mais Todd la tenait fermement.

— Je ne te laisserai jamais faire une chose pareille. Cela signifierait la prison pour toi.

— Mais pas pour longtemps. Du moins, je l'espère.

— Et si tu te trompais ? Si les choses tournaient mal pour toi et qu'ils t'enfermaient pour des mois, voire des années ?

Il la serra plus fort.

— Tu as toujours eu confiance en Kate, lui rappela-t-il. Il faut continuer.

— C'est une excellente avocate, mais elle n'est pas toute-puissante. Et si on t'arrête…

Elle n'eut pas besoin d'achever. Il savait qu'elle pensait au bébé qui naîtrait avec un père en prison. Lui aussi y avait pensé et l'idée ne le réjouissait pas. Mais il n'avait pas le choix. Il fallait qu'il rentre. Pour Jess. Pour sa famille.

— Je vais appeler mes parents, annonça-t-il d'un ton résolu. Je compte leur demander de t'accueillir chez eux.

— Oh, Todd, non ! le supplia-t-elle en secouant la tête. Ils ne me connaissent pas. Nous n'avons pas le droit d'exiger qu'ils reçoivent une étrangère.

— Tu n'es pas une étrangère. Tu es ma fiancée et bientôt la mère de mon enfant.

— Mais ils ne me connaissent pas, répéta-t-elle obstinément.

Elle s'essuya les yeux.

— Et si j'allais à San Diego, dans ma famille ?

— Ils ne te protégeraient pas de la presse aussi bien que mon père. Et nous serions à des milliers de kilomètres l'un de l'autre. C'est ce que tu veux ?

— N-Non.

Cependant, elle restait réticente, sûre qu'il existait une autre solution. Todd dut encore argumenter pendant cinq bonnes minutes. Lorsqu'elle finit enfin par accepter, il ne perdit pas de temps et composa immédiatement le numéro de ses parents, un peu étonné de n'avoir aucune difficulté à s'en souvenir. Il s'attendait à ce que Lizzy, la bonne, lui réponde. Ou sa mère. Mais à sa grande surprise, ce fut son père qui décrocha. Cela lui fit un tel choc d'entendre sa voix à l'autre bout du fil, qu'il en resta tout d'abord muet.

— Allô ? aboya le vieil homme avec impatience. Qui est à l'appareil ?

Todd avait la gorge tellement nouée qu'il dut avaler plusieurs fois sa salive avant de pouvoir proférer un son.

— C'est moi, papa.

Il y eut un grand silence. Todd imaginait les émotions contradictoires qui devaient submerger son père. Enfin, Lyle Buchanan reprit la parole d'une voix basse et rauque.

— Todd, c'est vraiment toi ?

— Oui.

Todd se retenait de pleurer, mais une grosse larme lui échappa et roula sur sa joue. Il l'essuya subrepticement du revers de la main.

— C'est bon de t'entendre, papa.

— Oui, dit seulement Lyle.

Et de nouveau un long silence.

— Tu vas bien, mon fils ?

Todd aurait aimé pouvoir le rassurer.

— Pas vraiment.

— Que se passe-t-il ? s'enquit Lyle, visiblement inquiet.

— J'ai un service à te demander.

— Tout ce que tu voudras.

Todd rit.

— Tu ne crois pas que c'est un peu risqué de faire une telle promesse à un fugitif ?

Ce n'était pas vraiment le moment de plaisanter, mais il se sentait tellement nerveux que cela lui fit du bien.

— Tu es toujours mon fils. Je t'aurais aidé plus tôt si seulement tu m'en avais laissé l'occasion. Alors ce n'est certainement pas maintenant que je vais hésiter.

— Ce n'est pas pour moi, mais pour Jessica.

— Ta fiancée. Kate Logan nous en a parlé.

— Papa… Jessica… Nous allons avoir un enfant.

Il y eut un autre silence, plus long encore.

— Un enfant…

Lyle s'éclaircit la gorge.

— Félicitations. C'est merveilleux.

— C'est pour ça que je t'appelle, papa. Nous ne sommes plus en sécurité ici.

Il lui expliqua le plus succinctement possible leur situation en lui rapportant la visite du journaliste, et ce qu'ils risquaient s'ils demeuraient à Saint-Jean-de-Luz.

— Il nous reste tout au plus quarante-huit heures pour prendre une décision. Rester ou partir. Papa, ajouta-t-il, j'en ai assez de fuir.

— Est-ce que tu as le choix ?

— Je veux rentrer aux Etats-Unis.

— Mais c'est de la folie ! A peine auras-tu posé le pied sur le sol américain que la police te tombera dessus !

— C'est pour ça que je fais appel à toi. Je voudrais que Jessica puisse aller dans un endroit sûr, un endroit où elle ne sera pas harcelée par la presse.

Il hésita.

— Accepteriez-vous de la garder chez vous ? Le temps que tout s'arrange.

Son père répondit sans l'ombre d'une hésitation.

— Bien sûr, Todd. Mais écoute-moi. Il faut que tu gagnes du temps. Même si on sait où tu es, les autorités américaines vont devoir demander ton extradition. Cela va prendre un certain temps. Et même quand elle sera prononcée, tu pourras faire appel. Il y en a pour des mois, avant qu'on ne te renvoie aux Etats-Unis.

— Je ne veux pas procéder comme ça, papa. Je veux éviter cette épreuve à Jess.

Todd l'entendit soupirer à l'autre bout du fil.

— C'est là ta priorité ?

— Oui.

— Dans ce cas, il y a une autre solution.

— Laquelle ?

— Pars, Todd. J'ai quantité d'amis à travers le monde qui seront prêts à vous aider.

Il ne s'était pas attendu à ça. Son père, ce chantre de la justice, un homme qui avait juré de se battre pour faire respecter la loi, lui conseillait de se dérober et proposait même de l'aider. S'il acceptait, il se reprocherait toute sa vie d'avoir obligé un membre de la Cour suprême à trahir tout ce en quoi il croyait.

— J'ai déjà détruit la carrière de mon frère. Je refuse de compromettre la tienne.

— Au diable ma carrière !

— Ne dis pas ça ! De toute façon, ma décision est irrévocable. Je vais sauter dans le premier avion pour Paris avec Jess. De là nous prendrons une correspondance Air France pour l'aéroport de Dulles où nous arriverons à 16 h 10, heure locale.

Lyle soupira de nouveau.

— Très bien. Si c'est ce que tu veux. Je serai là.

— Et vous prendrez soin de Jessica ?

— Oui, dit-il. A une condition.

— Laquelle ?

— Je veux que tu vires Kate Logan.

35.

— Je suis désolé, Mitch, déclara Frank Sykes en secouant la tête. Je ne peux rien faire. Tu as probablement raison de penser que Terrence Buchanan avait un sérieux mobile pour tuer Molly. Mais je n'ai aucune preuve tangible contre lui et je ne peux pas l'inculper. En plus, il a un alibi. Pas aussi solide que celui de Victor Harlow, mais c'est tout de même un alibi.

— Alors il faut chercher à détruire cet alibi, Frank. Interroge sa femme, Elaine Buchanan.

— C'est déjà fait. Elle affirme que son mari a dormi près d'elle toute la nuit.

— Comment diable pourrait-elle le savoir ? Elle est insomniaque depuis toujours et prend des somnifères.

— Peut-être, mais ils sont malins. Elle assure qu'elle n'a rien pris cette nuit-là, justement. Elle a soi-disant oublié. Elle se serait réveillée à plusieurs reprises et aurait vu à chaque fois son mari tranquillement endormi près d'elle.

— Et elle n'a pas eu l'idée de se lever pour prendre un comprimé ?

— Elle espérait qu'elle finirait par sombrer.

— Quelle connerie ! s'exclama Mitch, dégoûté. Ne me dis pas que tu as avalé un bobard pareil, Frank !

— Certainement pas. Et son avocat non plus, je suppose.

Seulement, tu connais Jacob Winters. Il ferait passer des vessies pour des lanternes. Allez, ne t'inquiète pas, j'ai l'intention de les surveiller de près et je n'ai pas dit mon dernier mot. Je voulais simplement te prévenir que je ne peux pas faire plus pour l'instant.

Frank tira légèrement sur sa fine cravate noire.

— Tiens, au fait, ajouta-t-il, à propos de Victor Harlow, on dirait qu'il est passé sous une voiture.

— Vraiment ?

— Vraiment. Il a le nez cassé, un œil complètement fermé et la lèvre fendue. Tu n'as pas une idée de ce qui a bien pu lui arriver ?

Mitch prit son air le plus innocent.

— Moi ? Et comment le saurais-je ?

— Oh, je posais la question à tout hasard.

— C'est à Harlow qu'il faut demander ça.

— C'est déjà fait, répliqua Frank en se laissant aller contre le dossier de sa chaise.

Mitch aurait juré qu'un éclair amusé venait de passer dans ses yeux.

— Il prétend avoir dévalé un escalier.

— Eh bien, dit Mitch en se levant, voilà au moins un mystère résolu.

En sortant du bureau de Frank, il sentit le poids amical de son regard sur lui.

Kate préparait sa plaidoirie pour l'affaire d'Ed Gibbons quand Frankie lui annonça que Todd Buchanan la demandait au téléphone.

— Pourquoi ne pas m'avoir appelée sur mon portable ? lui demanda-t-elle dès que son assistante lui eut passé la communication.

— Je n'ai pas réussi. Sans doute des problèmes de réseau.

Il lui parut différent des autres jours, comme résigné.

— Mais vous prenez des risques en me téléphonant ici.

— Ça n'a plus aucune importance, à présent. C'est terminé.

Elle se leva d'un bond.

— Comment ça, terminé ? Que voulez-vous dire ?

— Un journaliste français a découvert ma véritable identité. Je n'ai pas le temps de tout vous expliquer en détail. Il vous suffit de savoir que les journaux vont bientôt s'emparer de l'histoire.

Kate en resta sans voix. Depuis le début, elle craignait que cela n'arrive.

— Todd, écoutez-moi…

— Non, Kate. Ne m'interrompez plus car je dispose de très peu de temps. Je voulais vous prévenir que je rentre me constituer prisonnier.

— Oh, Todd ! Vous êtes sûr que vous ne le regretterez pas ?

— J'en ai longuement parlé avec Jess. C'est la meilleure solution. Pour ne pas dire la seule.

Il se tut, comme s'il cherchait à rassembler ses idées.

— Vous avez été formidable, Kate. En dépit de ce qui nous arrive, je tenais à vous assurer de ma gratitude pour tout ce que vous avez fait.

Kate rit.

— On dirait un adieu ! Je suis toujours votre avocate. Si vous le souhaitez, je vais m'arranger pour que votre arrivée fasse le moins de remous possible. Je ne vais pas vous lâcher maintenant, Todd. Vous pouvez compter sur moi.

— Non, ce n'est pas ce que je vous demande.

Elle fronça les sourcils.

— Que voulez-vous dire ?

Il marqua un temps d'arrêt avant de trouver le courage de lui répondre.

— J'ai engagé quelqu'un d'autre pour le procès.

Elle ouvrit la bouche, mais les mots restèrent coincés dans sa gorge.

— Kate ?

— Oui… Je… j'ai bien entendu, bredouilla-t-elle en s'efforçant de se ressaisir. Je ne comprends pas. Est-ce que j'ai fait quelque chose qui vous a déplu ?

— Non, je vous le répète, vous avez été parfaite.

— Alors pourquoi ? L'autre jour, quand je vous ai transmis le message de votre père, vous m'avez affirmé que vous n'envisagiez pas une seconde de confier votre défense à quelqu'un d'autre. Que s'est-il passé pour que vous changiez d'avis ?

— Je n'avais pas mesuré alors à quel point mon affaire vous exposait au danger. A présent, je sais et il est hors de question que je vous laisse poursuivre. Je ne pourrais pas supporter qu'il vous arrive quelque chose à cause de moi.

— Todd, je ne cours aucun danger.

— Inutile de le nier. Je n'ignore pas que vous avez des ennuis à cause de moi.

— Ne cherchez pas de fausses excuses et exposez-moi vos véritables raisons ! s'écria-t-elle. J'ai tout de même le droit de savoir. C'est votre père qui a réussi à vous faire changer d'avis ?

— Je tiens à ce que vous conserviez l'avance que je vous ai versée, déclara-t-il comme s'il n'avait pas entendu. Vous l'avez bien gagnée. Au revoir, Kate.

Et il raccrocha.

Elle s'assit, les yeux fixés sur le téléphone qu'elle tenait toujours à la main, comme si elle attendait encore une explication.

— Kate ?

Elle leva les yeux. Frankie était debout devant son bureau.

— Seigneur, tu as une de ces têtes ! Qu'est-ce qu'il t'a dit ?

— Je crois bien que je viens de me faire virer comme une malpropre.

Kate lui rapporta leur conversation.

— Finalement, conclut-elle, il a obtenu ce qu'il voulait.

— Qui ça ? Todd ?

— Non. Son père. Il ne voulait pas que je m'occupe de cette affaire. Il trouvait que je n'étais pas assez compétente et il a réussi à en convaincre son fils.

— Je croyais que Lyle Buchanan avait reconnu son erreur.

— Je le croyais aussi. Mais maintenant que son fils a décidé de rentrer, le procès ne fait plus de doute. Il doit estimer qu'il faut mettre une grosse pointure sur le coup. Jacob Winters, par exemple.

— Je suis vraiment désolée, déclara Frankie, la mine déconfite. Sans compter toutes les épreuves que tu as endurées. Tu t'es tellement démenée pour cette affaire !

Kate se leva. Les bras croisés sur la poitrine, elle se mit à aller et venir devant la fenêtre.

— Je n'arrive pas à comprendre… Il y a à peine quelques jours, Todd ne voulait pas entendre parler d'un autre avocat, et aujourd'hui, il n'avait qu'une hâte : se débarrasser de moi.

— Si j'étais toi, je ne perdrais pas de temps à me tracasser, observa Frankie avec un hochement d'épaules désabusé. Ces gens de la haute vous traitent comme de la merde. Qu'ils aillent au diable !

— Il y a quelque chose d'autre là-dessous.

— Quelquefois, il ne faut pas chercher trop loin.

Kate s'arrêta.

— Qu'entends-tu par là ?

— Simplement qu'il t'a peut-être dit la vérité. Il est possible qu'il s'inquiète réellement à ton sujet. Il ne serait d'ailleurs pas le seul. Moi aussi, j'avais peur qu'on cherche à te tuer. Je me demandais ce qui allait se passer après l'incident de Union Station.

Frankie prit les papiers posés sur le bureau et vérifia qu'ils étaient signés.

— Maintenant, je n'aurai plus à m'en faire.

Elle s'apprêtait à sortir, mais se ravisa.

— Euh, je ne voudrais pas te paraître bassement matérielle, mais… (Elle hésita une seconde.) Et l'argent ?

— Quel argent ?

— L'avance sur tes appointements.

— Oh, ça ! s'écria Kate en riant. Il paraît que je peux le garder parce que je l'ai bien gagné.

Frankie laissa échapper un soupir de soulagement.

— Tant mieux !

— Mais j'ai bien l'intention de le lui rendre, décréta Kate sans se préoccuper de son air décomposé. Je voudrais même que tu t'en occupes tout de suite. Il faut voir combien j'ai déjà dépensé, évaluer le nombre d'heures que j'ai passées sur l'enquête et lui rendre le surplus. Enfin, tu sais comment procéder. Tu n'auras qu'à préparer un chèque que je lui donnerai dès son arrivée.

— Mais, Kate…

— Frankie, fais ce que je te demande.

— Kate, il faut que tu manges quelque chose.

Elle avait commandé le thon croustillant au poivre, un plat particulièrement fin qu'elle adorait, mais aujourd'hui elle n'avait envie de rien. Elle détacha un morceau de thon du bout de sa fourchette et le tint un moment au-dessus de son assiette avant de le reposer dans le plat.

— Je n'ai pas faim.

Dans l'espoir de lui changer les idées, Mitch l'avait invitée à déjeuner au *Bistrot français*, à Georgetown. Mais aujourd'hui, ni le service impeccable, ni l'ambiance tamisée, ni la nourriture succulente ne parvenaient à la dérider.

Comme aurait dit Frankie, elle était au trente-sixième dessous.

C'était la première fois qu'on la dessaisissait d'une affaire, et elle se sentait partagée entre la colère, l'humiliation et l'inquiétude quant à son avenir professionnel. Dans le désordre.

Mitch devait avoir compris car il s'abstint de tout commentaire sur son humeur ou son appétit. Il se contenta de lui jeter de temps en temps un coup d'œil, tout en dévorant avec appétit son médaillon de chevreuil et sa purée de marrons.

Au bout d'un moment, elle en eut assez de le voir s'empiffrer. Elle repoussa son assiette et croisa les bras sur la table.

— Comment peux-tu manger dans un moment pareil ?

Il s'arrêta net, la fourchette suspendue dans les airs.

— Un moment pareil ?

— Tu n'es pas drôle, Mitch !

— C'est vrai ? Même pas un tout petit peu ?

Il loucha. Cela lui rappela une photo de Molly que Lynn lui avait montrée et elle ne put retenir un sourire.

— Voilà qui est mieux, s'exclama-t-il en remettant sa fourchette en action. Maintenant, tu vas me faire le plaisir de manger ou je me verrai dans l'obligation de te donner la becquée. Tu connais ? « Ouvre la bouche pour laisser passer le petit train. »

— L'avion. C'était « Ouvre la bouche, l'avion va se poser. »

Il secoua la tête.

— Le petit train, je te dis. C'était une des meilleures campagnes de publicité de la compagnie de chemin de fer de Long Island.

Cette fois, elle éclata de rire et prit une bouchée de thon. Il était excellent.

— Merci, Mitch.

— Merci de quoi ?

— De me supporter aujourd'hui, de me remonter le moral, de m'avoir invitée à déjeuner.

— Disons que c'est pour fêter la nouvelle étape que tu as franchie aujourd'hui…

— Est-ce que tu vas continuer à plaisanter toute la journée pendant que je me ronge les sangs ?

Il redevint sérieux et reposa sa fourchette.

— Non, Kate. En réalité, je suis furieux. J'en veux au juge Buchanan de s'être mêlé de cette affaire et j'en veux à son fils. Todd n'est qu'une poule mouillée.

— Ce n'est pas la faute de Todd. Je crois qu'il s'est passé quelque chose entre son père et lui que nous ignorons.

— J'admire ta confiance et ta loyauté, remarqua-t-il. En ce qui me concerne, je les considère tous comme des ingrats. Maintenant, je propose de les oublier cinq minutes et de commander le dessert. Inutile qu'ils nous gâchent tout le repas. Gérald prétend que la tarte à l'*amaretto* mérite le détour.

36.

Debout sur son balcon, Emile contemplait le ciel sans nuages de ce beau dimanche matin. En ce moment même, l'avion de Todd et de Jessica décollait de l'aéroport de Bayonne-Biarritz en direction de Paris. De là, le couple embarquerait pour les Etats-Unis et il n'entendrait plus jamais parler d'eux.

La veille, Todd était passé le voir à son travail. Il lui avait remis une lettre pour leur propriétaire, ainsi que deux mois de loyer en liquide. Il craignait que ce ne soit qu'une maigre compensation, car ils avaient signé un bail d'un an, mais Emile l'avait rassuré. La maison était bien entretenue et le propriétaire n'aurait aucun mal à trouver de nouveaux locataires. D'autant plus que Todd laissait tous ses meubles.

Emile l'aurait prise volontiers, cette maison, s'il en avait eu les moyens. Mais il ne se faisait plus d'illusions sur sa carrière de journaliste et sur ses chances de reconquérir Antoinette. Sa mansarde rue de l'Eglise lui suffisait. Et il devrait sans doute s'en contenter encore longtemps.

Allons, il n'allait tout de même pas commencer la journée en s'apitoyant sur son sort ! Il rentra à l'intérieur, prit l'enveloppe que Todd lui avait confiée, la glissa dans la poche de sa veste et ressortit. Une heure plus tard, il était déjà de retour, sa mission accomplie. Le propriétaire de la maison louée par Todd n'habitait pas très loin, mais sans voiture tout était toujours plus compliqué. Heureusement, la journée promettait d'être ensoleillée et cette petite promenade lui avait remonté le moral. Il en avait presque oublié ses ennuis.

Il venait d'atteindre le deuxième étage de son immeuble lorsqu'il s'arrêta. Maurice se tenait sur le palier. L'air renfrogné, comme d'habitude.

Surpris, Emile ne dit mot. Une main posée sur la rambarde, il attendit. Il avait déjà compris pourquoi Maurice avait pris la peine de se déplacer jusque-là.

— Où sont-ils ? Où sont passés Todd Buchanan et Jessica Van Dyke ?

Ainsi ce vieux renard savait tout. Leurs noms et leur adresse. Il n'avait pas perdu de temps — un record, même pour un type comme lui.

— Pourquoi tu me demandes ça à moi ? répliqua-t-il prudemment.

— Parce qu'ils ont fichu le camp, Emile. Buchanan a appelé le capitaine de l'*Ainara* en lui annonçant qu'il devait partir d'urgence et ne savait pas quand il reviendrait. Jessica Van Dyke a fait de même avec le directeur de l'école dans laquelle elle enseignait. Et toi, espèce de faux-frère, tu sais sûrement où ils sont allés.

Maurice s'éloigna du mur auquel il était adossé et vint se placer devant lui. Il paraissait intrigué, plus qu'en colère.

— Tu les as avertis, n'est-ce pas ? Tu savais que, si je m'y mettais, je les trouverais en un rien de temps, et tu es allé les trouver.

Emile ne répondit pas.

— Où sont-ils à présent, Emile ? C'est toi qui les as aidés à fuir ? Je suppose que tu n'es pas sans savoir que la loi punit sévèrement ceux qui protègent les fugitifs.

Emile se taisait toujours.

Le rédacteur en chef haussa les épaules.

— Oh, et puis ça n'a pas d'importance. L'article paraîtra demain, en première page. Bien sûr, je n'ai pas pu écrire un papier aussi détaillé, ni aussi bon que celui que tu aurais pondu toi-même. Et maintenant, la police ne pourra plus les coincer. Dommage, ç'aurait fait une sacrée pub pour le journal. Heureusement, grâce à mes amis d'Interpol, je suis à peu près sûr que le *Bordeaux Matin* retiendra tout de même l'attention des quotidiens nationaux.

Emile sursauta. Maurice avait prévenu Interpol ! Au fond, ce n'était pas vraiment une surprise. Il avait toujours été en très bons termes avec l'élite de la police internationale. Pas plus tard que l'année précédente, le *Bordeaux Matin* avait aidé à coincer un célèbre trafiquant d'art. L'ennui, c'est que maintenant ils risquaient de venir frapper à sa porte pour lui demander de coopérer, ou quelque chose du genre.

Maurice le dévisagea intensément.

— Pourquoi as-tu fait ça, Emile ? Ce scoop était une véritable chance pour toi. Tu aurais pu retrouver ton travail, ta famille, le respect de tes collègues et même leur admiration. Tu as tout fichu en l'air. Pourquoi ?

— Je crois que je commence à devenir sentimental avec l'âge.

— Mais ces gens n'étaient rien pour toi. Qu'est-ce que les sentiments viennent faire là-dedans ?

— C'est toi le journaliste de choc, Maurice. Tu n'as qu'à trouver la réponse tout seul.

Après son départ, Emile grimpa jusque chez lui et chercha le numéro de l'aéroport Charles de Gaulle pour appeler les informations voyageurs. Il fallait qu'il prévienne Todd qu'Interpol était maintenant sur le coup. Ensuite, ce serait au jeune Américain de se débrouiller.

Il dut passer par trois employés avant d'avoir enfin au bout du fil celui qui s'occupait des messages personnels. Il l'entendit annoncer que M. Adler était demandé d'urgence à l'accueil pour répondre à un appel téléphonique d'une extrême importance. Mais personne ne se présenta. Pourtant Air France lui confirma que le vol Biarritz-Paris avait bien atterri depuis une heure.

Ou Todd avait déjà pris sa correspondance, ou Interpol l'avait déjà intercepté.

Emile soupira. Il avait fait son possible.

Le dimanche matin, la nouvelle que Todd Buchanan était sur le chemin du retour, prêt à se livrer aux autorités, s'était déjà répandue comme une traînée de poudre dans la capitale.

Emile Sardoux, le journaliste français que Todd avait mentionné durant sa conversation téléphonique avec Kate, avait été arrêté pour complicité avec un fugitif, et emprisonné jusqu'à ce qu'il dise tout ce qu'il savait. Il avait fini par se mettre à table.

De temps en temps, la télévision locale interrompait ses programmes réguliers et diffusait des flashes afin d'informer le public des derniers rebondissements de l'affaire. Des experts de tous poils apparaissaient à l'écran pour donner leur avis — des criminologues, des juristes et jusqu'à un juge. Autant dire que les spéculations allaient bon train.

Le détective Frank Sykes avait donné une rapide conférence de presse, en expliquant que Todd Buchanan était attendu à l'aéroport de Dulles. De là, il serait immédiatement incarcéré et officiellement inculpé du meurtre de Molly Buchanan. Son nouvel avocat, Jacob Winters, avait été averti de son arrivée. Frank avait refusé de divulguer aux médias l'heure exacte à laquelle l'avion de Todd atterrirait, mais Jacob, toujours avide de publicité, n'avait pas hésité.

— Ça va être une pagaille monstre, à Dulles, murmura Kate qui regardait le dernier bulletin en compagnie de Mitch.

Depuis le coup de fil de son ex-client, elle avait eu le temps de se calmer. A présent, elle n'était plus en colère. Elle se sentait simplement frustrée de cette mise à l'écart. Et elle s'inquiétait pour Jessica. Elle savait que les premiers mois de grossesse étaient déterminants et qu'il fallait éviter tout stress à la future maman. Et voilà que la jeune femme se voyait obligée de quitter sa maison, ses habitudes, tout ce qui lui était familier. N'était-ce pas un peu trop ?

— L'avocat de Todd a le bras long, nota Mitch. S'il était malin, il utiliserait ses connaissances pour que l'avion atterrisse ailleurs, là où personne ne l'attend.

— Jamais il ne ferait une chose pareille. Regarde-le. Cette conférence de presse lui sert de publicité. Il se fiche pas mal de Todd, de Jessica et du bébé à venir. Il ne voit que son propre intérêt. Tu paries qu'il sera l'invité de Larry King avant la fin de la semaine ?

— Mais il est tenu par le secret professionnel. Il ne pourra rien dire.

— Et après ? Il parlera de lui et des procès qu'il a déjà gagnés. Je n'aime pas Winters et je réprouve ses procédés, mais il faut reconnaître qu'il arrive à tirer ses clients d'affaire. C'est ce qu'on demande à un avocat.

— Il n'a pas essayé de te joindre pour que tu lui passes le relais ?

Elle secoua la tête.

— J'attendais au moins un coup de fil de sa part. Je n'aurais pas hésité à lui communiquer ce que j'avais découvert. Mais penses-tu ! Il n'a que faire d'une petite avocate comme moi.

Mitch passa son bras autour de ses épaules et l'attira vers lui.

— Oublie cette affaire, Kate, et essaie de voir le bon côté des choses. A présent, Alison va pouvoir rentrer à la maison.

— Oui, mais pas tout de suite. Je viens justement de parler avec Eric. Le sud-ouest du Montana est actuellement enseveli sous un mètre de neige et le blizzard souffle toujours. Tous les aéroports sont fermés.

— Quand pourront-ils voler ?

— Sans doute demain, s'il s'arrête de neiger.

— Hmm… On risque de s'ennuyer ferme d'ici là si on ne trouve pas quelque chose d'intéressant à faire.

Il l'embrassa.

— Tu n'aurais pas une bonne idée pour passer le temps ?

Todd regardait à travers le hublot. L'Airbus traversait les nuages. Près de lui, Jess avait fini par succomber au sommeil, après avoir passé plus de vingt-quatre heures sans fermer l'œil.

Avant de quitter Saint-Jean-de-Luz, il avait chargé Emile Sardoux de remettre l'équivalent de deux mois de loyer au propriétaire de la maison d'Ascain, avec une lettre où il s'excusait pour ce départ précipité et lui donnait l'autorisation de vendre ou de garder les objets et les meubles qu'il y avait laissés. Il ne retournerait sans doute jamais vivre là-bas. Peut-être reviendrait-il un jour dans le coin en touriste, s'il était innocenté. Sinon… jamais.

Depuis qu'il avait pris la fuite, il avait toujours évité de songer qu'il pouvait se retrouver un jour sur le banc des accusés. Mais à présent, coincé dans cet avion, avec un procès pour toute perspective, que pouvait-il faire d'autre ?

Pour l'essentiel, il n'avait qu'à s'en remettre à son avocat, le meilleur d'après son père. Tout de même, il avait un goût amer dans la bouche quand il se rappelait la façon dont il s'était débarrassé de Kate. Il n'avait pas pris de gants ! Un jour, peut-être, il aurait l'occasion de lui expliquer que, s'il s'était plié à la volonté de son père, c'était uniquement pour protéger Jess.

— Monsieur Adler ?

Il leva les yeux vers l'hôtesse.

— Excusez-moi de vous déranger, commença-t-elle en jetant un coup d'œil à Jess toujours endormie, mais le commandant de bord voudrait vous voir.

Il sentit son cœur s'accélérer.

— Moi ?

— Oui, monsieur.

— Que me veut-il ?

— Il vous l'expliquera lui-même. Il vous attend dans l'office.

Jess s'agita et ouvrit les yeux.

— Que se passe-t-il ? demanda-t-elle. Nous sommes arrivés ?

— Le commandant de bord demande à me voir.

Elle lui jeta un regard affolé.

— Pourquoi ?

— Calme-toi. Je suis sûr qu'il s'agit d'une erreur.

Il lui adressa un sourire forcé.

— Je reviens tout de suite.

Mais il ne s'agissait pas d'une erreur. Le commandant, un homme grand et maigre aux cheveux argentés, le regarda s'approcher avec un air grave.

— Monsieur Adler. Ou plutôt devrais-je dire monsieur Buchanan.

Todd eut l'impression d'avoir été frappé par surprise. Comment le commandant de bord connaissait-il sa véritable identité ? Qui l'avait mis au courant ?

— Je viens de recevoir un appel de la police du comté de Fairfax, en Virginie, me prévenant que vous étiez à bord, avec votre fiancée.

— Mais comment le savaient-ils ?

— Ils ne m'ont pas donné d'explications. Ils veulent que je vous mette au courant de ce qui va se passer une fois que nous aurons atterri.

Todd avait espéré une arrivée discrète, mais apparemment c'était raté. Résigné, il hocha la tête.

— Entendu. Je vous écoute.

— Vous et Mlle Van Dyke serez débarqués avant les autres passagers. Vous savez qu'à Dulles vous devez prendre une navette jusqu'au terminal. Un véritable comité d'accueil vous y attendra. Policiers, employés de l'aéroport, agents de l'immigration et du FBI. C'est la procédure habituelle, précisa-t-il comme Todd le considérait d'un air interrogateur. Il y aura également votre père, le juge Buchanan. Ainsi que votre avocat. Et pas de journalistes. Du moins, pas encore.

Todd eut l'impression que sa vie lui échappait. Tout avait commencé avec la visite impromptue d'Emile Sardoux. Ensuite, son père avait exigé de lui qu'il se débarrasse de Kate. Et maintenant, tout ce cirque…

— Merci, commandant. Dans combien de temps devons-nous atterrir ?

— Nous commencerons notre descente dans vingt minutes.

Il se tut et lui tendit la main.

— Bonne chance, monsieur Buchanan.

Todd lui serra la main.

— Merci.

Il rejoignit son siège. Quelques passagers le suivaient d'un œil curieux.

— Ça a duré longtemps, murmura Jess. Qu'est-ce qu'il te voulait ?

— Me prévenir que j'étais déjà attendu là-bas.

— Qu'est-ce que ça signifie ?

Il lui rapporta sa conversation avec le commandant de bord, mais fut bien incapable de lui expliquer comment la nouvelle de leur arrivée s'était répandue si rapidement.

— Peut-être que le patron d'Emile Sardoux est encore meilleur journaliste qu'il ne le pensait.

Il haussa les épaules et regarda de nouveau par le hublot.

— De toute façon, ça n'a plus d'importance à présent.

37.

— Vous avez un visiteur, annonça le sergent de faction à Mitch de retour de sa pause déjeuner.

Se dirigeant vers son bureau, Mitch eut la satisfaction de découvrir Yan Wey qui l'attendait dans le couloir. Il ne fut pas surpris. L'homme paraissait nerveux et ne cessait de tripoter dans sa main une espèce de chapeau marin.

— Bonjour, monsieur Wey. Comment allez-vous ?

L'homme inclina la tête.

Mitch lui indiqua une chaise.

— Asseyez-vous, je vous prie. Puis-je vous offrir quelque chose ? Du thé, peut-être ?

Wey fit un geste de dénégation.

— Non, rien du tout, merci.

Mitch hocha la tête. Il fallait faire preuve de diplomatie et ne pas trop le bousculer.

— Vous avez quelque chose à me dire, monsieur Wey ?

L'homme regarda furtivement autour de lui d'un air inquiet.

— C'est dangereux pour moi de venir jusqu'ici, détective Calhoon.

— Vous avez peur…

Wey acquiesça.

— J'ai une femme et des enfants. Je ne voudrais pas qu'il leur arrive quoi que ce soit.

— Je comprends. Depuis combien de temps êtes-vous dans ce pays, monsieur Wey ?

— Dix-huit mois.

— Et vous travaillez à l'*Ariba* depuis le début ?

Wey fit signe que oui.

Il avait donc eu largement le temps d'observer les agissements de Torres. S'il acceptait de déposer contre lui, il y aurait sûrement de quoi monter un vrai dossier.

— Si vous nous livrez des informations sur votre patron qui nous permettent de l'inculper, expliqua Mitch, vous serez appelé à témoigner. Dans ce cas, vous et votre famille bénéficierez de la protection de la police. Avant, pendant et après le procès. Vous comprenez ?

Wey hocha vigoureusement la tête.

— Oui. C'est la procédure habituelle de protection des témoins.

L'homme s'était déjà renseigné, signe qu'il avait vraiment très peur.

— C'est exact, confirma Mitch. Accepteriez-vous de déménager dans une autre ville, monsieur Wey ?

— Avec toute ma famille ?

— Bien entendu.

— On ne me fera pas d'histoires pour... pour avoir pénétré clandestinement sur le territoire américain ?

— Non. Ça fait partie de notre contrat. Pas de représailles.

Wey hocha la tête.

— Dans ce cas, c'est d'accord.

Mitch se pencha vers lui pour ne rien manquer de ses paroles.

— Allons-y. Dites-moi ce que vous savez.

La déposition de Wey fut claire et précise. Lou Torres et ses deux gardes du corps — Carlton Pritchett et Leo Iminez — étaient bien à l'*Ariba* le soir du meurtre de Luther. Ils venaient tout juste de passer commande quand l'un des serveurs était revenu en cuisine pour dire qu'il y avait un changement de programme et qu'il fallait annuler le veau sauté. Le patron avait reçu un coup de fil et envoyait Pritchett faire une course au-dehors. L'ancien fédéral était revenu vers 21 h 45. On lui avait servi son plat qu'il avait goulûment englouti.

Ainsi, ils avaient tous menti. Torres, ses gardes du corps et les employés de son restaurant. Mitch n'avait plus qu'à cueillir Pritchett et à lui faire cracher le morceau. Mais avant, il devait assister à une réunion avec le lieutenant Fennell et le substitut du procureur.

Tom Spivak, chargé de l'affaire Luther avec lui, était déjà dans le bureau du lieutenant avec Ted Rencheck. Mitch les mit rapidement au courant et appela M. Wey qui dut répéter sa déposition.

— Monsieur Wey, demanda Ted quand celui-ci eut terminé, avez-vous peur de Lou Torres ? Est-ce pour cette raison que vous avez menti la première fois que le détective Calhoon vous a interrogé ?

— Oui.

— Et qu'est-ce qui vous a fait changer d'avis ?

Un éclair de colère passa dans les yeux de Wey.

— J'ai une fille de douze ans. La semaine dernière, M. Torres a voulu la faire travailler dans son salon de massage. Comme je voulais refuser, il m'a menacé. Il a dit que ma famille et moi aurions des ennuis si je m'obstinais.

Le silence s'installa dans la pièce. La brigade des mœurs avait déjà opéré plusieurs descentes dans les salons de Torres. Mais il devait avoir des complices chez les flics car on n'avait jamais trouvé que des masseurs et des masseuses diplômés dans ses établissements.

Ted fut le premier à parler.

— Merci, monsieur Wey. Retournez à l'*Ariba* et ne soufflez mot à personne de cette conversation. Pour l'instant, vous ne risquez rien, puisque nous n'avons pas à divulguer nos sources. Si cela devenait indispensable, vous seriez immédiatement placé sous la protection de la police avec toute votre famille.

— Et pour ma fille ? s'enquit Wey en tournant et retournant son chapeau dans ses mains.

— Votre fille ne restera pas longtemps dans ce salon. Mais pour le moment, il vaut mieux ne pas attirer l'attention sur vous. Il faut que tout paraisse normal. Vous comprenez ?

Wey inclina la tête.

— Je comprends.

Lorsqu'il fut sorti, Ted regarda Mitch, puis Tom.

— Vous deux, allez-y et coffrez-moi Torres. Je ne veux pas de détails, je le veux derrière les barreaux. Bon sang ! Depuis le temps qu'il nous file entre les doigts, nous allons enfin coincer ce salaud…

— Pritchett va demander l'immunité en échange de sa déposition.

— Eh bien, accordez-la-lui. Donnez-lui tout ce qu'il voudra, pourvu qu'il nous aide à foutre Torres en prison.

La première personne que vit Todd en sortant de l'avion fut son père, Lyle, qui l'attendait au pied de la passerelle, les mains enfoncées dans les poches de son manteau. Il ne quittait pas des yeux la porte de l'appareil et paraissait à la fois inquiet et impatient.

Serrant bien fort la main de Jess dans la sienne, Todd descendit les marches. Soudain, incapable de se contenir plus longtemps, il se mit à courir et se jeta dans les bras de son père. Ils restèrent ainsi enlacés pendant quelques minutes, sans un mot.

Quand Todd se dégagea enfin de leur étreinte, de grosses larmes roulaient sur ses joues et sa voix tremblait.

— Je n'arrive pas à croire qu'ils t'aient laissé venir jusqu'ici.

Il jeta un coup d'œil en direction des quatre véhicules qu'il avait aperçus depuis le hublot de l'avion. Deux officiers de police en uniforme se tenaient près d'une voiture banalisée. Près d'eux, le détective Sykes l'observait d'un air indifférent.

— Le commandant de bord m'avait prévenu que tu viendrais m'attendre, mais je n'y croyais pas.

Son père sourit.

— Ma fonction me réserve quand même quelques privilèges.

Reculant, il le dévisagea des pieds à la tête.

— Tu as fière allure, mon fils. Tu as changé. On dirait que tu es plus grand.

Il rit, comme s'il cherchait à détendre l'atmosphère.

— Ou alors c'est moi qui ai rapetissé.

Todd serra les lèvres. Il devait lutter pour contenir son émotion.

— Je suis désolé, papa. Pour tout ce que je vous ai fait. A toi, à maman et à Terrence.

Lyle avait le regard brillant. Une larme perla à ses yeux.

— Je sais, mon fils. Ne parlons pas de ça maintenant, d'accord ?

— Et maman, où est-elle ? demanda Todd en regardant autour de lui. J'avais un peu espéré qu'elle t'accompagnerait.

— Tu la verras plus tard.

Lyle considéra Jessica qui se tenait un peu en retrait.

— Et cette charmante jeune femme ? C'est bien ta fiancée, n'est-ce pas ?

Se retournant, Todd adressa un sourire d'encouragement à Jess. Il tendit le bras et l'attira à lui.

— Papa, je te présente Jessica. Jessica, voici mon père.

— Ravie de vous connaître, monsieur, le salua-t-elle d'une toute petite voix. Comment allez-vous ?

Elle semblait vraiment intimidée.

— C'est plutôt à vous qu'il faudrait poser la question, ma chère. Mais on m'a demandé de ne pas m'attarder, aussi serai-je bref. Bienvenue chez nous, Jessica. Hallie et moi sommes impatients de vous accueillir. Il faudra nous laisser prendre soin de vous et ne pas trop vous inquiéter pour Todd. Il est en de bonnes mains. Jacob l'attend au bureau de l'immigration par lequel nous devons passer. Ensuite, il montera dans une voiture avec lui et le détective Sykes pour se rendre au commissariat de Fairfax.

— Et Jess ? demanda Todd.

— Elle suivra dans une autre voiture. Avec moi et deux agents du FBI. On se retrouve au commissariat.

— Papa, comment les autorités américaines savaient-elles que je me trouvais dans cet avion ? Qui les a averties ?

— Interpol a interpellé votre ami journaliste.

Le cœur de Todd se serra.

— Emile ?

Lyle acquiesça.

— Il n'a pas eu le choix. Il a bien fallu qu'il leur dise ce qu'il savait, expliqua-t-il avant de lui serrer le bras. Ne t'inquiète pas, mon fils. Tout ira bien.

Todd hocha la tête. Il avait désespérément besoin d'y croire.

*
* *

Todd savait que les médias l'attendraient devant le commissariat de Fairfax, mais rien ne l'avait préparé à la confusion qui régnait là-bas. Il y avait des douzaines de journalistes ; le parking était plein de camions de la télévision, et un cordon de policiers tâchait de tenir en respect la foule qui essayait de franchir les barricades.

Dès que Todd sortit de la voiture, les flashes se mirent à crépiter. Tout autour de lui, les journalistes hurlaient son nom, les questions fusaient.

— Avez-vous tué votre femme, monsieur Buchanan ?

— Pourquoi vous êtes-vous enfui ?

— Pourquoi avoir changé d'avocat ?

— Avez-vous l'intention de plaider coupable ou non coupable ?

A son grand soulagement, la foule ne lui manifestait aucune hostilité. De nombreuses personnes brandissaient même des pancartes où l'on pouvait lire « Todd est innocent » et « Libérez Todd ». Un groupe d'adolescentes essaya désespérément de le toucher quand il passa à leur hauteur.

— On t'aime, Todd ! cria l'une d'elles.

Cette déclaration sembla agir comme un signal, car plusieurs voix se mirent aussitôt à scander :

— Todd, nous t'aimons ! Todd, nous t'aimons !…

Il avait l'habitude de ce genre de démonstrations. Lorsqu'il était encore l'un des présentateurs sportifs les plus populaires de Washington, ses fans l'attendaient chaque soir à la sortie des studios en criant son nom. Les filles lui hurlaient qu'elles l'aimaient et lui réclamaient des autographes. A l'époque, il appréciait la notoriété et tout ce qui allait avec. Aujourd'hui, cette attention ne faisait que l'embarrasser.

Soudain, son avocat — qu'il connaissait un peu pour l'avoir rencontré des années auparavant lors d'une partie de pêche — vint se placer à son côté, accompagné de son père.

— Souriez-leur, Todd, le pressa-t-il. Regardez-les droit dans les yeux. N'oubliez pas que parmi eux se trouve peut-être l'un de vos futurs jurés.

L'idée de manipuler ainsi des gens venus spontanément le soutenir lui déplaisait profondément. Il cherchait une manière délicate de l'expliquer à Winters quand il crut entendre une voix familière l'appeler.

Son père et lui se tournèrent en même temps pour voir d'où provenait l'appel. Lynn Flannery était là, à quelques mètres seulement. Pâle, la mâchoire serrée, elle le regardait avec une telle haine qu'il frissonna de peur. Elle articula un message silencieux qu'il ne comprit pas.

« Crève » ? C'est ce qu'il lui sembla lire sur ses lèvres.

Ensuite, tout se déroula tellement vite que personne n'eut le temps de réagir. Pas même les deux agents du FBI qui se tenaient près de Lyle.

Lynn sortit un revolver de la poche de son manteau et, le tenant à deux mains, elle le pointa en direction de Todd. Presque instantanément, Lyle le bouscula violemment pour le mettre hors de la trajectoire.

Le coup partit. L'un des fédéraux se jeta sur les deux Buchanan, pendant que l'autre ouvrait le feu sur Lynn. Lyle s'écroula de tout son poids sur son fils.

— Papa !

Todd eut le réflexe d'attraper son père afin de freiner sa chute. Il sentit quelque chose de chaud et de poisseux sous ses doigts.

— Mon Dieu, il est blessé !

Il leva les yeux comme pour quémander du secours.

— On a tiré sur mon père !

Des mains puissantes l'obligèrent à s'écarter, tandis que les policiers entouraient le juge Buchanan de façon à le protéger.

— Nous allons nous occuper de lui, monsieur Buchanan, assura un agent du FBI.

Il adressa un signe de tête à Jacob Winters qui paraissait sous le choc.

— Faites rentrer votre client. Avec Mlle Van Dyke. Vite !

38.

Mitch et Tom Spivak ne perdirent pas de temps pour s'occuper de l'ancien agent fédéral. Ils surprirent Carlton Pritchett dans la salle de bains de son appartement de Massachusetts Avenue, en train de se prélasser dans un bain parfumé à remous, en compagnie d'une superbe Noire.

— Vous cherchez les ennuis, grommela Pritchett pendant que Tom lui lisait ses droits. Vous ne pouvez pas m'arrêter sans mandat.

— Pas besoin de mandat, Pritchett, quand il s'agit d'une présomption de meurtre.

Dans la voiture, Mitch et Tom le laissèrent râler et tempêter contre les méthodes de la police. Ils ne lui adressèrent de nouveau la parole que lorsqu'ils se retrouvèrent tous trois au commissariat, dans une des pièces réservées aux interrogatoires.

— Ecoute, Pritchett, commença Mitch en s'asseyant, voilà ce que je te propose. Nous savons que tu as tué Luther. Deux témoins t'ont aperçu près du jardin aux sculptures à l'heure où on l'a abattu.

Un mensonge destiné à protéger momentanément Yan Wey.

— Je ne vous crois pas, cracha Pritchett. Vous essayez de m'intimider. Si vous pensez que je suis dupe, vous êtes de grands naïfs.

— Peu importe que tu nous croies ou non. Tu verras bien quand on te fera mettre en rang pour l'identification.

Evidemment, les deux témoins en question n'existaient pas. Il s'agissait d'une petite supercherie que Mitch utilisait quand il avait affaire à un suspect récalcitrant dans une affaire de meurtre. Parfois, le type tombait dans le panneau, mais pas toujours.

Cette fois, le procédé se révéla efficace. Pritchett cessa de les menacer de poursuites judiciaires et commença à se montrer nerveux.

Mitch jeta un coup d'œil à Tom qui hocha la tête.

— Inutile de se cacher la vérité, Pritchett. Tu es sacrément dans la merde. En plus de nos deux témoins, nous avons maintenant les trois armes trouvées chez toi. Je suis prêt à parier que l'expertise balistique nous apprendra que la balle qui a tué Luther provenait de l'une d'elles.

Pritchett s'humecta les lèvres, mais ne dit mot.

— Je te le répète, tu n'es pas sorti de l'auberge !

Mitch se tut un long moment, histoire de faire monter la tension.

— A moins que tu acceptes de coopérer, lâcha-t-il enfin.

L'ancien fédéral les regarda tour à tour.

— Coopérer ?

— Tu as parfaitement entendu. Tu nous dis ce qu'on veut savoir et tu t'en tires sans une égratignure. Nous avons déjà négocié ton immunité avec le bureau du procureur.

— Et à quoi ça va me servir votre immunité, si je suis mort ?

— Il ne t'arrivera rien. On s'engage à te protéger.

— C'est ce que vous dites.

— Allez, Pritchett, intervint Tom en riant. Fais-nous un peu confiance. Ce ne serait pas la première fois qu'on ferait ça.

— J'en sais rien.

Pritchett s'essuya la bouche d'un air préoccupé. Il s'était mis à transpirer abondamment.

— Réfléchis. Tu préfères bénéficier de notre protection ou bien qu'on te mette dans une cellule, où l'un des gars de Torres viendra un beau jour te planter un couteau dans le dos ?

L'argument porta. Et avec raison, car Torres avait des contacts jusqu'en prison et était capable de tout pour réduire au silence un témoin gênant. Un élément qui méritait d'être pris en compte.

— Et merde !

Le garde du corps ferma les yeux et se laissa aller contre le dossier de sa chaise.

Mitch et Tom échangèrent un regard entendu.

— Alors, tu te décides à cracher le morceau ?

Les yeux clos, Pritchett acquiesça d'un signe de tête.

Mitch se pencha vers le magnétophone et appuya sur le bouton.

Après avoir décliné son nom et son adresse, Pritchett se mit à raconter son histoire. Le 29 mars à 19 h 30, Lou Torres avait reçu un appel de son avocat. Bob Harris et Luther venaient de quitter le commissariat et se dirigeaient vers un bar de la 1re Rue pour mettre au point l'alibi de ce dernier, au cas où on l'interrogerait à nouveau.

Torres était déjà furieux que son neveu se soit fait pincer à Union Station, mais il entra dans une colère noire en apprenant qu'il avait accepté de se soumettre à une identification en dehors de la présence d'Harris. Le fait qu'Alison ne l'ait pas reconnu n'avait pas suffi à apaiser le patron de la mafia. Luther avait commis une erreur impardonnable et il n'était pas question de fermer les yeux là-dessus. Torres n'avait pas la réputation d'un homme indulgent et il détestait par-dessus tout l'incompétence. Il avait déjà fait des exceptions pour son neveu, mais cette fois la coupe était pleine.

Torres avait alors appelé Luther sur son portable pour lui donner rendez-vous à 21 heures, près du jardin aux sculptures. Luther n'avait pas discuté. Il avait l'habitude de supporter sans broncher les sermons de son oncle. Surtout quand il savait avoir commis une grosse bourde.

Après avoir raccroché, Lou Torres avait bu tranquillement une gorgée de vin. D'une voix dénuée d'émotion, il avait ordonné à Pritchett d'éliminer Luther.

Ce qui s'était passé à Union Station paraissait un peu plus compliqué. Au départ, Pritchett ou Iminez — l'autre sbire de Torres — devaient se charger de l'exécution de Kate. Il fallait que sa mort ait l'air d'un accident.

Ils l'avaient suivie pendant deux jours et s'étaient finalement décidés à intervenir dans le métro. Vu que Kate le prenait fréquemment, cela n'avait pas semblé trop compliqué. L'idée était excellente, mais il restait un petit problème à régler. Les deux hommes étaient grands et plutôt voyants. Il leur aurait été difficile de passer inaperçus dans une foule. C'est pour cela qu'ils avaient pensé à Luther. Petit, rapide et agile, il était tout indiqué pour ce boulot. Il lui suffirait de dissimuler son oreille abîmée afin que personne ne puisse l'identifier.

Mais les choses avaient mal tourné. Pour une raison que Pritchett ne parvenait pas à s'expliquer, Luther n'avait pas réussi à se glisser près de Kate qui se tenait tout au bord du quai. Pour couronner le tout, son bonnet avait glissé pendant qu'il essayait de fuir. C'était là qu'Alison avait vu son oreille.

Au cours des années, Pritchett, sans doute à cause de l'aura que lui conférait son ancien statut de fédéral, était devenu le confident de Torres. Il put donc apprendre à Mitch que le contrat sur Kate avait été passé par quelqu'un qui voulait l'empêcher de poursuivre son enquête concernant la mort de Molly. Mais il n'en savait pas plus. Il jura ses grands dieux qu'il ignorait de qui il s'agissait. Torres ne le lui avait pas dit, et il s'était bien gardé de le lui demander.

Toutefois, il leur en avait suffisamment raconté pour inculper le chef de la mafia. Ted Rencheck serait sûrement satisfait.

— Et Charlene Meyers ? C'était aussi ton œuvre ?

Pritchett s'humecta de nouveau les lèvres et hocha la tête.

— Pourquoi fallait-il l'éliminer ?

— Torres ne m'a pas donné d'explications. Il m'a juste ordonné de la tuer en utilisant un poignard afin que les flics ne fassent pas le rapprochement avec Luther.

— En tout cas, on dirait que tu as pris ton pied, observa Mitch d'un ton cinglant. Tu n'avais pas besoin de la frapper si sauvagement.

— Mais c'est qu'elle s'est débattue, la salope !

L'ex-fédéral montra une vilaine griffure sur sa gorge.

— Cette putain avait des ongles de sorcière, et elle me lacérait. N'importe qui se serait mis en colère à ma place.

Mitch était tellement écœuré qu'il fut tenté de jeter dehors cette ordure et de le laisser entre les mains de Torres. Malheureusement, il avait besoin de son témoignage. L'homme devait donc rester en vie.

— Et qui a ordonné l'assassinat de Charlene ?

Pritchett haussa les épaules.

— Aucune idée. Sans doute la personne qui voulait se débarrasser de Kate Logan.

Quand Pritchett eut terminé sa déposition, Mitch arrêta le magnétophone. Ils avaient de quoi mettre Torres hors d'état de nuire. Pour le plus grand bien de tout le monde, son empire allait enfin s'effondrer.

39.

Amusée, Kate écoutait le récit animé d'Alison qui lui expliquait que le blizzard avait paralysé une bonne partie du Montana, quand elle entendit le signal de double appel.

— Attends, ma chérie, je veux voir de qui il s'agit. Ne quitte pas.

— Kate ! cria une voix familière à l'autre bout de la ligne. Oh, Kate ! Il faut que vous nous veniez en aide.

— Jessica ?

— Venez à notre secours ! Je vous en prie…

— J'étais en ligne avec ma fille, déclara-t-elle aussitôt. Patientez une seconde que je lui dise au revoir.

Elle promit à sa fille de la rappeler et reprit Jessica.

— Que se passe-t-il ? Où êtes-vous ?

— A l'hôtel Mayflower. Todd est en prison et… et…

Kate entendit un sanglot étranglé à l'autre bout du fil.

— On a tiré sur le juge Buchanan.

— Tiré sur le juge Buchanan ? Est-il…

Horrifiée, elle ne put achever sa phrase.

— Non. Il est vivant, mais je ne sais pas dans quel état. Ils l'ont évacué tellement vite que je n'ai pas eu le temps de poser de questions, et à présent je ne pense pas qu'ils accepteront de me renseigner.

— Qui a tiré ?

— Lynn Flannery. Elle s'était dissimulée dans la foule qui attendait Todd devant le commissariat de police. Elle venait dans l'intention de le tuer, Kate.

— Mais Todd n'est pas blessé ?

— Non. Son père s'est interposé pour le protéger, et c'est lui que la balle a atteint.

Jessica eut un autre sanglot.

— Elle a tiré devant tous ces gens. La police, le FBI…

— Où est-elle à présent ?

— Elle est morte. Ils ont ouvert le feu sur elle et… Oh, Kate, c'est un véritable cauchemar !

— Maîtrisez-vous, Jessica.

— Promettez-moi de nous aider.

— Je ne vois pas trop ce que je pourrais faire. Je ne suis plus l'avocate de Todd.

— Mais je n'ai personne d'autre vers qui me tourner.

— Et Hallie Buchanan ? Elle n'est pas avec vous ?

— Non. Elle est en voyage. Vous vous rendez compte ?

En effet, c'était à peine croyable. Comment une mère pouvait-elle tranquillement partir en villégiature, au moment où son fils s'apprêtait à affronter la justice pour une affaire de meurtre ?

— Et l'avocat de Todd ?

— Je ne l'aime pas, répondit Jess d'une voix un peu plus calme. Il ne m'inspire pas confiance. Il se contente d'assener des lieux communs, du genre « Ne vous inquiétez de rien » et « Faites ce que je vous dis ». Il faut que vous repreniez le dossier, Kate. Todd ne voulait pas changer d'avocat. C'est son père qui l'a exigé.

— Rien ne l'obligeait à se plier à sa volonté.

Kate regretta aussitôt ses paroles. Le moment était mal choisi pour se montrer mesquine.

— Il l'a fait pour moi, expliqua Jessica. Il voulait que je puisse me réfugier dans un endroit tranquille où la presse ne viendrait pas m'importuner. Le juge Buchanan a accepté de m'accueillir chez lui et de veiller sur moi, mais il a posé une condition : il fallait que Todd fasse appel à quelqu'un d'autre que vous pour le procès.

Lyle Buchanan ne lui avait donc pas laissé le choix. Kate comprenait aisément que Todd ait tranché ce dilemme en faveur de Jess. En tant que mère, elle n'ignorait pas de quoi était capable un être qui cherchait à protéger les siens.

— Mais puisque vous deviez habiter chez les Buchanan, que faites-vous au Mayflower ?

— Je ne peux pas rester chez eux alors que la gouvernante est seule dans la maison. J'aurais l'impression d'être une intruse.

— Est-ce que Mme Buchanan est au courant de ce qui est arrivé à son mari ?

— Quelqu'un l'aura sûrement prévenue à présent. Todd m'a demandé d'appeler Lizzy, la gouvernante, pour lui raconter ce qui s'était passé, et je l'ai fait. Mais elle n'a pas voulu me dire où se trouvait sa maîtresse.

Décidément, les occupants de cette maison avaient le don de s'auréoler de mystère !

— Je suis désolée pour tout ce qui vous arrive, Jessica. Sincèrement. Mais maintenant, l'avocat de Todd, c'est Jacob Winters. Vous devez vous en remettre à lui.

— Vous ne diriez pas la même chose si vous saviez ce qu'il projette.

— Que voulez-vous dire ?

— Hier, nous sommes passés par l'immigration pour les formalités habituelles. A un moment donné, en cherchant les toilettes des dames, j'ai surpris une conversation entre le juge Buchanan et lui.

Ils ne pouvaient pas me voir et ignoraient que je les écoutais. Mais j'ai bien entendu leurs paroles.

— Et que disaient-ils ? s'enquit Kate, poussée par la curiosité.

— Winters veut faire porter le chapeau au frère de Todd pour le meurtre de Molly.

Cette fois, elle fut obligée de s'asseoir.

— Terrence ? Mais comment ?

— Il veut obliger Elaine à modifier sa déposition. Il veut qu'elle reconnaisse avoir pris un somnifère ce soir-là et qu'elle admette qu'elle n'est pas en mesure d'affirmer que son mari se trouvait au lit avec elle. Apparemment, Elaine aurait des problèmes psychologiques et il ne serait pas trop difficile de la manipuler.

— Et le juge Buchanan serait prêt à cautionner une chose pareille ?

— Oui, à condition de faire croire à Hallie que Winters agit de son propre chef et que lui n'est au courant de rien.

Kate se tut. La nouvelle lui fit l'effet d'une bombe.

— Il faut les en empêcher, la supplia Jess. Si Terrence est coupable, il mérite d'être puni. Mais on ne peut pas le faire payer s'il est innocent. Je n'ai pas pu en parler avec Todd, mais je suis sûre qu'il serait de mon avis. Il n'accepterait certainement pas que son frère serve de bouc émissaire, surtout après ce qu'il a déjà subi. Todd a beaucoup d'affection pour lui. Vous ne savez pas à quel point il est attaché à Terrence.

Elle se trompait. Kate avait en effet pu mesurer l'amour et la loyauté de Todd envers son frère aîné lors d'une de leurs conversations téléphoniques. Même quand il avait appris la liaison de Terrence avec Molly, Todd avait refusé d'envisager que celui-ci ait pu être l'auteur du meurtre.

— J'aimerais vous aider, Jessica, assura Kate, mais j'ai les mains liées. Tant que Todd est représenté par quelqu'un d'autre, je ne peux plus travailler sur cette affaire. C'est contraire à la déontologie, et je risquerais tout simplement d'être rayée du barreau.

— Alors acceptez d'être mon avocate. Vous souvenez-vous de notre première rencontre ? Je vous ai donné un dollar symbolique.

— La situation était différente à ce moment-là.

— Si vous voulez de l'argent, j'en ai. Votre prix sera le mien.

— Ce n'est pas une question d'argent.

— Ne me laissez pas tomber, je vous en prie.

La jeune femme paraissait à bout de nerfs et Kate craignit qu'elle ne s'effondre. Elle avait peur pour elle. Et pour le bébé.

Elle se sentait déchirée. Jamais elle ne s'était trouvée devant un choix si difficile. Elle regarda par la fenêtre. La fine bruine qui tombait depuis plusieurs heures s'était transformée en trombes d'eau. Ce n'était pas le jour à déambuler à travers la ville en quête de preuves.

— Kate, reprit Jessica d'une toute petite voix, vous voulez bien ?

Kate poussa un long soupir. Seigneur ! Dans quoi allait-elle encore se fourrer ?

— Oui, dit-elle enfin. Je vais vous aider, Jessica.

Tout en traversant McLean, le quartier où demeuraient les Buchanan, Kate mit la radio pour écouter les nouvelles. Peut-être y diffuserait-on les derniers bulletins de santé du juge Buchanan.

Elle dut changer plusieurs fois de station avant de tomber sur un flash d'information. La balle qui avait atteint le juge avait touché l'humérus et n'était passée qu'à quelques centimètres d'une artère principale. Il avait perdu pas mal de sang et avait encore besoin de soins hospitaliers, mais aucun nerf n'avait été endommagé. Les médecins se montraient optimistes : le juge Buchanan s'en tirerait sans séquelles. Le bulletin précisait également que son fils aîné était à ses côtés.

Pas un mot au sujet de sa femme.

Mais où était donc passée Hallie Buchanan ?

Tout en essayant de se frayer un chemin à travers les rues embouteillées, Kate s'interrogeait. Pourquoi avait-elle choisi ce moment pour partir en voyage ? Lors de sa visite impromptue avec son mari, elle semblait pourtant inquiète du sort de son fils. Et déterminée à lui venir en aide. Mais Kate se souvenait aussi de son extrême nervosité, de ses questions ambiguës et des coups d'œil entendus qu'elle échangeait avec le juge. Déjà, à ce moment-là, ils s'étaient comportés comme s'ils avaient quelque chose à cacher — quelque chose de pas très *joli.* C'était ce mot qui lui était venu à l'esprit lorsqu'elle avait commenté leur visite avec Mitch.

Elle n'avait pas non plus oublié la remarque de Rose au sujet des relations entre Terrence et sa mère : « Terrence était son préféré. Elle aurait fait n'importe quoi pour lui. »

N'importe quoi ?

Y compris commettre un meurtre ?

Cette idée lui avait déjà traversé l'esprit, mais elle lui avait paru tellement incongrue qu'elle l'avait aussitôt écartée. Et pourtant… Si Hallie avait été au courant pour Terrence et Molly ? Pour Hope ? Pour le chantage ? Serait-elle restée les bras ballants alors que l'existence de cette enfant illégitime risquait d'être divulguée ? Aurait-elle accepté sans broncher de voir la carrière politique de son fils chéri définitivement compromise ? Ou aurait-elle au contraire décidé d'éliminer une fois pour toutes la terrible menace qui pesait sur sa vie ?

La théorie méritait qu'on s'y intéresse… Seulement, quelque chose ne collait pas. Comment Hallie aurait-elle pu savoir que Molly se trouverait dans ce motel ?

La réponse lui vint en un éclair, tellement stupéfiante qu'elle faillit perdre le contrôle de son véhicule.

Et si Hallie avait engagé un tueur ?

Elle secoua la tête. Non, c'était trop invraisemblable. La femme d'un juge de la Cour suprême payant un tueur afin d'assassiner sa belle-fille… Qui pourrait gober une histoire pareille ?

Elle venait juste de se convaincre que c'était impossible quand elle aperçut enfin la maison des Buchanan. Elle, qui s'était attendue à une immense demeure, contemplait une maison victorienne fin de siècle, pleine de charme avec ses tourelles, ses vitraux et sa véranda qui entourait presque tout le bâtiment.

Kate se gara le plus près possible de l'entrée, rabattit sa capuche sur sa tête et piqua un sprint jusqu'à la porte d'entrée en pataugeant dans les flaques.

— Bonsoir, dit-elle en souriant aimablement à la jeune employée de maison qui lui ouvrit la porte. Je suppose que vous êtes Lizzy.

La jeune femme lui rendit son sourire.

— Oui, c'est bien moi.

— Permettez-moi de me présenter. Kate Logan. Vous avez certainement entendu parler de moi ?

— Non, je suis désolée.

— Je suis l'avocate de Todd.

Elle réfléchirait plus tard aux conséquences de ce petit mensonge.

Lizzy ne la contredit pas. C'était déjà bon signe.

— Je sais que M. Buchanan est actuellement à l'hôpital, poursuivit Kate. Et que sa femme est absente. Mais je dois m'entretenir avec elle de toute urgence. (Elle eut un geste d'impuissance.) Malheureusement, elle a omis de me laisser son adresse avant de partir.

— Ne restez pas sous la pluie, déclara Lizzy en s'écartant pour la laisser entrer. Vous allez être trempée.

— Merci. Je ne voudrais pas abuser de votre temps, j'ai seulement besoin de joindre Mme Buchanan.

— Je regrette, maître, mais mes instructions sont formelles. Je ne dois divulguer ses coordonnées à personne.

Personne ? Pourquoi entourer un simple voyage de tant de précautions ?

— Il s'agit de quelque chose de très important. C'est au sujet de la fiancée de Todd, voyez-vous. Je suppose que vous n'ignorez pas qu'il était prévu qu'elle s'installe ici pour un moment.

La jeune femme hocha la tête.

— Je lui avais préparé la chambre bleue. Mais Mlle Van Dyke a téléphoné il y a un petit moment pour me prévenir qu'elle descendrait dans un hôtel.

— C'est pour ça qu'il faut absolument que je parle à Mme Buchanan. Jessica ne veut pas venir ici en l'absence des maîtres de maison. Elle dit qu'elle aurait l'impression d'être une intruse.

— C'est faux. Elle serait la bienvenue !

— C'est ce que j'ai essayé de lui expliquer. Mais elle ne veut rien savoir. En fait, les derniers événements l'ont bouleversée : l'arrestation de Todd, M. Buchanan blessé…

Kate marqua un temps d'arrêt avant de dévoiler sa carte maîtresse.

— Franchement, je ne peux pas m'empêcher d'être inquiète pour le bébé.

— Le bébé ? répéta Lizzy en écarquillant les yeux de surprise. Quel bébé ?

— Vous n'êtes pas au courant ?

Elle secoua la tête.

— Personne ne m'a parlé d'un bébé. On m'a demandé de préparer une seule chambre.

— Le bébé n'est pas encore là, corrigea Kate en souriant. Mais Jessica est enceinte. C'est pour ça que Todd voulait qu'elle s'installe ici. Pour que l'on prenne soin d'elle.

— Il a raison. Elle devrait venir. Je m'occuperais d'elle. Et Conrad, le chauffeur, pourrait la conduire partout où elle voudrait.

— Je viens de passer une heure à essayer de la convaincre. Mais j'y ai renoncé. Je crois que seule Mme Buchanan serait en mesure d'apaiser ses craintes.

Lizzy se mordilla pensivement la lèvre.

— J'aurais aimé pouvoir vous rendre service, déclara-t-elle en jetant un coup d'œil en direction du salon. Mais Mme Buchanan est partie précipitamment et elle a oublié son portable. Il y a bien un téléphone sur le bateau, mais je n'ai pas le numéro. En réalité, je n'ai aucun moyen de la joindre…

Merci, mon Dieu !

— Alors, dites-moi où elle se trouve et j'irai jusque-là.

Kate baissa la voix.

— Si Jessica faisait une fausse couche, je ne me le pardonnerais jamais, et vous non plus.

Lizzy paraissait réellement ennuyée. C'était une lourde responsabilité, et elle se rendait compte qu'elle ne pouvait plus tergiverser. Il fallait qu'elle prenne une décision. Le moment était venu de lui donner le coup de grâce.

— Je suis sûre que Mme Buchanan voudrait que Jessica s'installe ici, ajouta Kate.

— Mme Buchanan se trouve sur leur bateau, près de Tilghman Island.

Tilghman Island, dans la baie de Chesapeake ? Que faisait-elle là-bas par un temps pareil ? Et pourquoi était-elle partie si vite, au point d'en oublier son téléphone portable ?

Laissant pour l'instant de côté ces questions auxquelles elle ne pouvait pas répondre, Kate fit un rapide calcul. Normalement, une heure lui aurait suffi pour se rendre sur place, mais avec cette pluie, elle mettrait probablement deux fois plus de temps.

— Quel est le nom du bateau ? demanda-t-elle.

— Le *Sweet Melody*. Il mouille en général dans la marina de Sea Breeze. Mais j'ignore où ça se trouve exactement.

— Ne vous en faites pas, je vais me débrouiller.

Elle prit la main de la jeune femme et la serra chaleureusement.

— Merci infiniment, Lizzy. Vous avez fait le bon choix.

Elle lui adressa un sourire rassurant et repartit en courant vers sa voiture.

40.

Le mois d'avril marquait en général le début de la saison du canotage, mais avec le vilain temps et les risques de tempête, même les mordus de bateau avaient préféré s'abstenir.

S'abritant tant bien que mal sous son parapluie, Kate scrutait les quais du port de plaisance dans l'espoir d'apercevoir un gardien qui lui indiquerait l'emplacement réservé au *Sweet Melody*. Elle jouait de malchance ; l'endroit paraissait désert.

Un léger frisson la parcourut. Etait-ce le froid ou la peur ? Elle aurait voulu que Mitch l'accompagne et l'avait appelé à son bureau, mais on lui avait répondu à deux reprises que le détective Calhoon procédait à un interrogatoire et qu'il était impossible de le déranger. Finalement, elle s'était décidée à se mettre en route sans lui.

Une violente rafale faillit lui arracher son parapluie. Agrippant le manche, elle se mit à arpenter la jetée, en quête du bateau des Buchanan.

Trempée jusqu'aux os, elle dut déambuler au milieu des embarcadères pendant plus d'un quart d'heure avant de le découvrir enfin. Il s'agissait d'un bateau de croisière d'environ dix mètres, avec une très jolie passerelle et un pont assez grand pour organiser des réceptions. Il était amarré à l'abri, entre deux bateaux plus grands et soigneusement couverts.

Kate s'en approcha.

— Madame Buchanan, c'est Kate Logan ! appela-t-elle. Il faut que je vous parle.

Pas de réponse.

Sans se préoccuper des risques qu'elle prenait en s'introduisant sur le bateau sans y avoir été invitée, elle grimpa sur le pont en teck rutilant de propreté.

La buée qui recouvrait les baies vitrées de la cabine lui confirma ce qu'elle savait déjà. Hallie se trouvait à l'intérieur. Kate frappa à la vitre, tout en se rappelant que la dernière fois qu'elle avait frappé à une porte, un cadavre l'attendait de l'autre côté.

— Madame Buchanan, ouvrez, s'il vous plaît. Je ne partirai pas avant de vous avoir vue.

Au bout de quelques secondes, elle entendit un déclic, et la porte coulissa, juste assez pour qu'elle puisse se glisser à l'intérieur. Hallie apparut, pâle, l'air grave, vêtue d'un pantalon noir et d'un col roulé crème. Elle n'avait vraiment rien d'une meurtrière, mais Jack l'Eventreur aussi avait longtemps trompé son monde.

— Merci, dit Kate en entrant.

— Que se passe-t-il ? demanda Hallie, anxieuse. C'est Lyle ? Son état a empiré ?

— Pas que je sache. Je suis venue ici pour vous parler de Todd.

— Vous auriez pu vous épargner cette peine, maître.

Kate ôta son imperméable et regarda autour d'elle.

Un canapé d'angle en cuir blanc d'un côté et une cloison en teck à mi-hauteur de l'autre, séparaient le coin salon de la salle à manger et de la cuisine. Les lumières tamisées diffusaient une atmosphère douillette. Kate remarqua sur la table basse en marbre une tasse remplie d'un liquide qui paraissait être du thé. Elle aurait apprécié une boisson chaude, mais Hallie ne semblait pas disposée à se comporter en maîtresse de maison.

Apercevant un porte-manteau près de la porte, Kate y accrocha d'autorité son imperméable dégoulinant qu'elle avait toujours sur le bras.

— Pourrions-nous nous asseoir et discuter un peu, madame Buchanan ?

Hallie désigna négligemment le canapé.

— Je n'ai pas la moindre intention de discuter avec vous. J'espère que vous le comprenez.

— Et pourquoi pas ?

— Mon fils est sur le point d'être traduit en justice et je dois me montrer très prudente.

Quelqu'un lui avait fait la leçon. Jacob Winters ou son mari ?

— Jamais je ne chercherai à nuire à Todd ou à compromettre son acquittement, assura Kate.

— Pourtant, vous n'hésiteriez pas à dire tout ce que vous savez si la partie civile vous convoquait à la barre des témoins. Et ce sera probablement le cas, maintenant que vous n'assurez plus sa défense.

— Madame Buchanan, sachez que si je suis venue jusqu'ici, c'est parce que Jessica me l'a demandé. Elle veut que je continue à m'occuper de l'affaire.

Hallie la regarda avec méfiance.

— Est-ce que Jacob Winters est au courant ?

— Non, et ça ne le regarde pas. C'est Jessica que je vais représenter. Pas Todd.

— Jacob m'avait prévenue que vous ne lâcheriez pas le morceau aussi facilement et qu'il fallait se méfier de vous.

Décidément, ce que disait ce Winters était parole d'Evangile pour la famille Buchanan !

— C'est-à-dire ?

— Par exemple que vous voudriez me rencontrer. Il savait que vous chercheriez à nous créer des ennuis.

Hallie s'adressait à elle d'un ton tranchant, mais conservait son calme.

Sous prétexte de chercher un mouchoir, Kate jeta un coup d'œil à l'intérieur de son sac qu'elle avait posé sur la table basse. Le magnétophone qu'elle y avait dissimulé avant de sortir de la voiture fonctionnait correctement, comme en témoignait la petite lumière rouge qui brillait tout au fond. Chaque mot de leur conversation était enregistré.

— Alors il vous a conseillé de vous éloigner ? Afin d'éviter que je ne vous importune ?

— Non, je suis venue ici de mon propre chef de façon à échapper aux journalistes. Vous n'avez pas idée de ce que nous avons enduré depuis que la nouvelle du retour de Todd a été rendue publique.

Cette femme était-elle en train de la mener en bateau ? Kate n'aurait su le dire. Elle décida de la pousser dans ses derniers retranchements.

— Excusez-moi, madame Buchanan, mais en tant que mère, j'ai un peu de mal à vous croire. Votre fils va devoir répondre d'une accusation de meurtre. Depuis deux ans, vous n'avez eu aucun contact avec lui et vous décidez de rester ici les bras croisés, au beau milieu de ce déluge. C'est un peu surprenant, vous en conviendrez.

— Vous êtes mal placée pour donner des leçons ! rétorqua Hallie, piquée au vif. Je ne connais pas beaucoup de mères dignes de ce nom qui n'hésiteraient pas à mettre leur enfant en danger, dans le seul but de ne pas renoncer à une affaire prestigieuse. Mon mari semble plus préoccupé de la sécurité de votre fille que vous ne l'êtes vous-même.

La remarque blessa Kate, mais elle ne releva pas.

— Et vous pensez vraiment que c'est la raison pour laquelle il a demandé à Todd de me remplacer ?

— Oui. Lyle ne prend pas les choses à la légère quand la vie d'un être est en jeu.

— Et vous, madame Buchanan ? demanda-t-elle doucement. Accordez-vous de la valeur à la vie d'un être humain ?

Hallie la fixa droit dans les yeux, mais ne put soutenir longtemps son regard.

— Bien évidemment !

Elle prit sa tasse à deux mains.

— Où voulez-vous en venir ?

— J'essaie de savoir jusqu'où vous seriez capable d'aller pour protéger votre fils. Je veux parler de votre fils aîné.

— Et pourquoi aurais-je besoin de protéger Terrence ?

— Ça ne vous inquiète pas que la police l'ait convoqué pour un interrogatoire ? Et que l'on ait découvert qu'il avait un sérieux mobile quant au meurtre de Molly ?

— Non, répliqua Hallie d'un air dégagé. Je sais que la police l'a interrogé quand sa liaison avec Molly a été divulguée. Mais on l'a relâché, c'est tout ce qui compte. Terrence dormait tranquillement dans son lit la nuit du meurtre, comme nous tous. Sa femme a pu en témoigner.

— Et si je vous disais que Terrence pourrait bien être arrêté pour le meurtre de Molly avant la fin de la journée ?

Kate poussait le bouchon un peu loin. Cependant, la femme était coriace et il fallait bien l'obliger à baisser sa garde. Apparemment, ces paroles firent mouche, car l'expression d'Hallie changea brusquement. Elle paraissait sous le choc.

— C'est de la folie ! Pourquoi arrêterait-on Terrence ? Il est innocent.

— Peut-être bien. Mais ce n'est pas ça qui va arrêter Jacob Winters. En ce moment même, il s'apprête à manipuler la femme de Terrence afin de l'obliger à reconnaître qu'elle a bien pris des somnifères la nuit du meurtre et qu'elle n'est pas en mesure de témoigner que son mari est resté près d'elle.

Hallie se dressa d'un bond.

— Vous mentez ! Lyle ne permettrait jamais une chose pareille !

— Votre mari a déjà accepté. Il a donné carte blanche à Winters.

— Comment pouvez-vous le savoir ?

— Jessica m'a appelée peu après qu'on a tiré sur lui. Elle a surpris une conversation entre Jacob Winters et votre mari. Elle a tenu à me prévenir… Elle ne veut pas que l'on accuse un innocent, même pour défendre celui qu'elle aime.

Hallie secouait obstinément la tête.

— Je ne vous crois pas. Vous mentez. Vous mentez toutes les deux.

Sans répondre, Kate sortit son portable de son sac, en prenant soin de ne pas toucher au magnétophone. Malheureusement, il n'avait pas servi à grand-chose pour l'instant. Hallie n'avait rien dit qui aurait pu être utilisé contre elle. Peut-être était-elle innocente, après tout. Kate croyait de moins en moins cette femme capable d'engager quelqu'un pour éliminer sa belle-fille. Si ç'avait été le cas, elle l'aurait probablement déjà avoué.

Toutefois, elle voulait en avoir le cœur net et lui tendit sans un mot le téléphone.

— Appelez donc l'avocat de Todd. Il doit encore se trouver au commissariat. Et si ça ne vous dérange pas, mettez le haut-parleur. Je serais curieuse d'entendre ce qu'il a à vous dire.

Hallie prit le téléphone en tremblant et composa le numéro de Winters. Il répondit dès la deuxième sonnerie.

— Jacob, c'est Hallie.

— Hallie ! s'exclama-t-il d'un ton enjoué. Comment va la meilleure des femmes ?

— Pas très fort, je le crains. Je viens d'apprendre quelque chose qui me contrarie beaucoup, Jacob.

— J'espère que tu ne t'inquiètes pas pour Lyle. Il se porte à merveille. Et il fait tourner les infirmières en bourrique, ajouta-t-il en riant.

Elle lui coupa la parole.

— Est-ce vrai que tu projettes de tirer Todd d'affaire en impliquant Terrence ? Et que tu veux qu'Elaine change sa déposition et déclare qu'elle a pris des somnifères le soir du meurtre ?

Winters ne répondit pas. Cet avocat que ses pairs avaient surnommé « l'homme à la diabolique langue d'argent » ne trouvait rien à dire pour se justifier.

— Jacob, je t'ai posé une question !

— D'où tiens-tu cette information ? demanda-t-il enfin.

— Peu importe d'où je la tiens. Est-ce vrai ?

— Ecoute-moi, Hallie. Nous savons tous qu'Elaine ne dit pas la vérité…

— Ainsi c'est vrai.

— Oui, mais…

— Comment oses-tu manigancer ainsi dans mon dos ? s'écria-t-elle avec une véhémence qui fit sursauter Kate.

Cette femme, jusque-là soumise et douce comme un agneau, se rebellait enfin.

— A quoi joues-tu ?

— Hallie, tu es à bout de nerfs…

— Lyle est-il au courant de ce que tu trames ?

Un silence.

— Oui, répondit simplement Winters.

— Et il veut que tu assumes l'entière responsabilité de ce scénario diabolique ? C'est ça ?

— Hallie, qui t'a renseignée ? Il y a quelqu'un avec toi en ce moment ?

— Est-ce que c'est bien ça, Jacob ?

Winters s'éclaircit la gorge. Il n'avait pas l'habitude d'être mis ainsi sur la sellette. Surtout par quelqu'un qu'il considérait comme inoffensif jusque-là.

— Oui. C'est bien ce que nous avons projeté.

— Merci, Jacob.

— Hallie, attends !

Elle raccrocha. Posément, elle remit le téléphone sur la table, près du sac de Kate. Elle ne manifestait plus aucune colère, mais son visage exprimait une tristesse infinie.

— Je regrette de m'être montrée si dure avec vous tout à l'heure, s'excusa-t-elle, sans se douter qu'elle parlait juste au-dessus du magnétophone. Je suis vraiment désolée.

Kate ne voulait pas la bousculer, mais il fallait faire vite à présent car ce serait bientôt la fin de la cassette. Et elle avait absolument besoin du témoignage d'Hallie Buchanan.

— Savez-vous qui a tué Molly, madame Buchanan ?

Hallie ne parut pas avoir entendu la question.

— Je connais Jacob depuis toujours. Nous avons grandi ensemble dans le New Hampshire. Nous étions voisins. J'ai même failli l'épouser.

Elle jeta un coup d'œil à Kate.

— Le saviez-vous ?

— Non, répondit Kate que cette nouvelle inattendue surprenait quelque peu.

— Et puis j'ai rencontré Lyle lors d'un voyage à Washington. Il m'a tapé dans l'œil, comme on dit. Jacob s'est montré beau joueur. Nous sommes restés en contact, et quand il est venu s'installer à Georgetown avec le projet d'ouvrir un cabinet à Washington, nos deux couples ont commencé à se fréquenter. Lyle et moi sommes devenus amis intimes avec Jacob et Teresa. Nous partagions beaucoup. J'avais une confiance aveugle en Jacob. Plus qu'en mon propre mari. Quelle ironie, n'est-ce pas ?

Qu'essayait-elle de lui faire comprendre ? Que Jacob Winters était le meurtrier de Molly ?

— Madame Buchanan…

— Terrence ne l'a pas tuée, l'interrompit-elle. Oh, il a fait quelques erreurs dans sa vie, je vous l'accorde. Comme avoir une liaison avec une de ses étudiantes et l'abandonner après l'avoir mise enceinte. Mais jamais il n'aurait été capable de tuer quelqu'un. Pas plus que Todd.

— Mais alors, qui est le coupable ?

— Lyle. C'est Lyle qui a assassiné Molly, répondit Hallie sans hésitation.

Muette de surprise, Kate osait à peine la regarder.

— C'est un sacré salaud, vous pouvez me croire, commenta Hallie en se calant confortablement contre les coussins du canapé. Voilà deux ans que je garde pour moi cet horrible secret, tout en continuant à jouer mon rôle, à organiser ses fêtes, à participer à ses ventes de charité, à œuvrer à ses côtés comme je l'ai toujours fait.

Lyle ! Ainsi c'était Lyle…

— Comment ai-je fait pour rester aveugle si longtemps ? demanda-t-elle comme pour elle-même. Il n'a jamais aimé Terrence.

Ses qualités, son brillant parcours, ses ambitions politiques, tout l'agaçait chez lui. Ses ambitions politiques... Terrence aurait pu les réaliser sans les agissements pervers de Lyle.

Kate parvint enfin à recouvrer sa voix, elle n'aurait su dire comment.

— Est-ce que votre mari est... le Chevalier noir ?

— Il avait donc raison. Vous aviez découvert l'existence du Chevalier noir.

Elle hocha la tête.

— C'était l'un de ses pseudonymes. Internet était devenu un moyen d'assouvir ses penchants de dévoyé.

— Depuis quand étiez-vous au courant de ses activités sur le Net ?

— J'ai tout découvert le soir où Molly a été assassinée.

Hallie se leva et alla jusqu'à l'évier afin de se remplir un verre d'eau. Kate en profita pour ouvrir son sac et mettre discrètement l'autre face de la cassette.

Quelques secondes plus tard, Hallie revenait dans le salon.

— Cette nuit-là, un bruit m'a réveillée. Lyle n'étant pas près de moi, je me suis levée. Je l'ai trouvé tout habillé dans la salle de bains, en train de se laver les mains. Il y avait du sang sur le lavabo et sur ses poignets de chemise.

Elle s'assit de nouveau sur le canapé en face de Kate.

— Je lui ai demandé d'où provenait ce sang et d'où il venait, lui. Il m'a répondu qu'il s'était blessé en changeant un pneu, mais, en regardant ses mains, j'ai vu qu'il n'avait pas une égratignure. Je l'ai questionné de nouveau, mais il a refusé de répondre et est allé se coucher. Au matin, quand j'ai appris qu'on avait tué Molly, j'ai commencé à comprendre.

» Au début, Lyle a tout nié en bloc. Mais quand j'ai menacé d'aller trouver la police, il m'a tout raconté. Comment il avait rencontré Molly sur Internet, leur rendez-vous, et sa surprise lorsqu'il l'avait reconnue en pénétrant dans la chambre de ce motel.

— Et vous n'avez rien dit, vous n'avez rien fait pour innocenter votre fils ?

— Je voulais le faire. J'ai même cru que Lyle irait se constituer prisonnier. Je savais à quel point il aimait Todd. Et puis Todd a fait une chose qu'aucun de nous n'aurait pu imaginer, il s'est enfui.

— Il vous suffisait de dire la vérité pour qu'il revienne !

— Lyle m'en a dissuadée. Il prétendait que Todd était en sécurité et que ce que j'avais de mieux à faire, c'était de me tenir tranquille, afin que notre vie continue comme avant.

Elle reposa sa tasse.

— Je sais ce que vous pensez, maître. Mais je n'avais pas le choix. J'ai dû me taire. Lyle me tenait. Il savait quelque chose qui aurait pu détruire Terrence.

— Quoi donc ?

— Terrence n'est pas son fils.

Kate retint un mouvement de surprise. Elle avait fait des recherches poussées sur la famille Buchanan et n'avait jamais entendu quoi que ce soit au sujet d'un premier mariage d'Hallie Buchanan.

— Vous avez eu un premier mari ?

— Non, répondit Hallie en la regardant droit dans les yeux. J'ai eu une liaison, peu après notre mariage. Lyle venait de débuter sa carrière d'avocat et s'absentait énormément. Je restais souvent seule à la maison. Je m'ennuyais, je me sentais négligée. Je me suis laissé séduire et me suis retrouvée enceinte. Lorsque j'ai appris que l'homme dont j'étais tombée amoureuse était recherché pour avoir tué un policier, le mal était déjà fait. On l'a arrêté et il n'a jamais mentionné mon nom. Mais Lyle ne m'a jamais pardonné. Je ne sais pas s'il m'en voulait de l'avoir trompé ou s'il était simplement furieux que ce soit avec un assassin.

— Mais il est tout de même resté avec vous et a donné son nom à Terrence.

— Je viens d'une famille riche et influente. Ça comptait beaucoup pour Lyle. Quant à moi, en dépit de cette infidélité passagère, j'étais encore amoureuse de lui. J'ai même espéré que ma liaison se révélerait finalement positive pour notre couple. Au début, ça a été le cas. Puis Terrence est venu au monde… Une sorte d'incarnation de ma faute. Il rappelait à Lyle que j'avais sali le nom des Buchanan.

» Environ un an après la naissance de Todd, Lyle a commencé à avoir des maîtresses. Je me sentais coupable. Après tout, comme c'était moi qui avais commencé, je n'ai pas osé me plaindre. Je ne me doutais pas qu'il s'agissait d'une sorte de pulsion maladive, jusqu'à ce que j'apprenne qu'il surfait sur des sites pornographiques. J'ai tenté de l'inciter à entreprendre une thérapie mais, bien évidemment, il n'a pas voulu en entendre parler. Alors j'ai essayé d'en discuter avec lui. J'espérais l'aider. Je savais qu'il avait eu une enfance difficile, avec un père rigide et une mère quasiment absente.

Elle secoua la tête.

— Mais bien sûr, ça n'a servi à rien.

Kate se souvint des paroles du Dr Eileen Brown au sujet des enfants abusés sexuellement, mais le moment paraissait mal choisi pour aborder ce sujet épineux.

— Alors je me suis tenue tranquille, reprit Hallie. J'ai fait ce que Lyle me demandait parce qu'il me menaçait de révéler que Terrence était en réalité l'enfant d'un meurtrier, d'un type qui avait tué un flic. Cela aurait signifié la fin de sa carrière universitaire et je ne pouvais pas lui faire ça. Cette affaire lui avait déjà coûté sa place de conseiller pour la sécurité auprès du président des Etats-Unis.

Et, à cause d'une carrière universitaire, elle avait préféré envoyer son autre fils en prison pour un crime qu'il n'avait pas commis !

Hallie regardait fixement l'intérieur de son verre.

— A présent, tout est différent. Je ne permettrai pas à Lyle de faire payer à Terrence le meurtre de Molly. Peu m'importe que notre famille soit traînée dans la boue. Je dirai la vérité.

— Et qu'est-ce qui te fait croire que je vais te laisser faire, Hallie ?

Elle poussa un cri de terreur.

Kate se retourna brusquement. Lyle Buchanan se tenait dans l'embrasure des portes coulissantes. Il pointait un revolver sur elles.

41.

Si la situation avait été moins dramatique, Kate aurait probablement éclaté de rire.

Le visage trempé, sa belle crinière argentée dégoulinant de pluie et son bras en bandoulière, Lyle Buchanan ressemblait à l'un de ces petits malfrats que l'on met en scène dans les mauvais films policiers. Il ne restait rien de l'homme distingué qu'elle avait rencontré.

— Vous auriez mieux fait de vous tenir en dehors de tout ça, Kate Logan, déclara-t-il calmement. Vous vous êtes fourrée dans de sales draps… Et ce n'est pas faute de vous avoir prévenue.

Kate ne quittait pas des yeux le revolver.

— Comment saviez-vous que je me trouvais sur ce bateau ?

— Lizzy m'a appelé à l'hôpital. Elle craignait d'avoir commis une bêtise en vous révélant l'endroit où se trouvait ma femme, expliqua-t-il avant de regarder Hallie. Je me suis aussitôt mis en route pour vous rejoindre. En chemin, j'ai reçu un coup de fil de Jacob Winters m'annonçant que tu avais découvert notre plan.

Un éclair zébra le ciel gris.

— Je ne comprends pas, dit Hallie. Comment as-tu fait pour qu'on te laisse sortir de l'hôpital ?

— Tu devrais pourtant savoir que je possède un pouvoir de persuasion au-dessus de la moyenne.

— En effet, répliqua-t-elle froidement. Tu es passé maître dans l'art du mensonge et de la manipulation.

Lyle se tourna de nouveau vers Kate.

— Que vous a-t-elle appris ?

Kate n'en menait pas large, mais elle s'efforça de paraître calme.

— Suffisamment.

Il haussa les épaules.

— De toute façon, vous conviendrez que cela n'a plus beaucoup d'importance à présent. Vous n'avez aucune chance d'en réchapper, ni l'une, ni l'autre. Vous ne risquez pas de raconter votre petite histoire.

Le téléphone de Kate se mit à sonner. Instinctivement, elle se pencha vers son sac, mais Lyle l'arrêta en agitant son revolver.

— Ne répondez pas.

C'était sûrement Mitch. Il devait commencer à s'inquiéter de son absence prolongée. Il finirait bien par avoir l'idée d'appeler Jessica qui lui rapporterait leur dernière conversation. Est-ce qu'il comprendrait qu'elle était partie à la recherche d'Hallie ? Irait-il chez les Buchanan pour questionner Lizzy ? Probablement. Mais le temps qu'il se renseigne et arrive jusqu'ici, elles seraient déjà mortes.

Hallie non plus ne parvenait pas à quitter des yeux le revolver.

— Pose ça, Lyle. Je t'en supplie.

— Elle a raison, intervint Kate. Vous avez assez de problèmes comme ça. Inutile de vous mettre encore deux meurtres sur le dos.

Il leur adressa un léger sourire.

— Mais je ne vais pas vous tuer. Je vais juste vous faire disparaître.

— Votre gouvernante sait que je suis venue rejoindre Hallie à Tilghman Island.

— Sans doute. Mais vous n'y êtes jamais arrivée. On va retrouver votre voiture à une trentaine de kilomètres de là, avec un pneu crevé. On supposera que vous avez été victime d'un sadique. Quant à toi, ma chère Hallie, ajouta-t-il avec un large geste du bras, je crois bien que tu ne vas pas tarder à te suicider.

— Tu es fou, souffla sa femme. Qui croirait une chose pareille ?

— Tous ceux qui t'aiment tendrement et qui ont vu à quel point les événements t'ont perturbée : Lizzy, Conrad, Jacob… et moi-même, bien entendu. N'oublie pas que tu ne pouvais même pas supporter l'idée de rendre visite à ton fils en prison.

— Mais c'est Jacob qui me l'a interdit !

— Oui, mais ça, personne ne le sait.

— La police va trouver étrange que tu sois parti de l'hôpital si rapidement. On va te soupçonner et tu n'auras pas d'alibi.

Lyle arbora un air satisfait.

— Jacob jurera que j'étais avec lui.

— Est-ce que Jacob est devenu le complice de tes agissements ?

— Il l'a toujours été. D'après toi, à qui doit-il sa clientèle ?

— Vous me dégoûtez tous les deux.

Chaque fois que le juge quittait Kate des yeux, elle regardait désespérément autour d'elle en quête d'une arme. Il fallait qu'elle trouve quelque chose pour l'attaquer, pour se défendre quand le moment serait venu. Elle se rendait compte qu'il ne fallait pas compter sur Hallie qui restait adossée à la cloison en teck, pâle comme un linge, les yeux fixés sur le revolver. Pour l'instant, elle essayait de parlementer avec son mari, sans grand résultat.

— Comment feras-tu pour maquiller ma mort en suicide ? demanda-t-elle. Tu ne penses tout de même pas que je vais accepter de poser ton arme sur ma tempe et presser sur la détente ?

Lyle haussa les épaules.

— Chaque chose en son temps. J'ai comme dans l'idée que tu te montreras bien plus coopérative une fois que cette petite personne trop curieuse sera hors d'état de nuire.

— Et peut-on savoir quel sort vous me réservez ? s'enquit Kate.

Lyle sourit.

— Vous aurez l'honneur de nourrir les poissons. Je me suis laissé dire que, en cette période de l'année, ils sont particulièrement affamés.

Il lança un trousseau de clés à sa femme, qu'elle attrapa au vol.

— Monte dans la cabine du pilote et mets le bateau en marche. On va faire un petit tour.

— Quoi ?

Hallie jeta un coup d'œil par le hublot. Dehors, la tempête faisait rage.

— Sortir par ce temps ? Tu es malade ?

— Nous n'aurons pas besoin d'aller bien loin, précisa-t-il en agitant de nouveau son arme. Allez, dépêche-toi, nous n'avons pas toute la journée.

Mais Hallie ne bougeait pas. Centimètre par centimètre, elle glissait, toujours dos à la cloison. Kate comprit qu'elle mijotait quelque chose. Il fallait lui venir en aide en attirant l'attention de Lyle.

— Je ne peux pas conduire ce bateau, disait Hallie, la voix tremblante. J'ai bien trop peur. Il y a un avis de tempête sur toute la côte Est et il est conseillé aux bateaux de croisière de rester à quai.

Si elle jouait la comédie, elle méritait à coup sûr un oscar.

— Notre bateau n'est pas si petit et il t'est arrivé de le manœuvrer dans des conditions bien plus difficiles. Tu vas le faire, Hallie.

— Pourquoi ? Pourquoi devrais-je t'obéir ?

— Parce que, si tu ne t'exécutes pas, je te loge une balle dans le crâne.

— C'est ce que tu as l'intention de faire, de toute façon…

Les yeux de Kate tombèrent sur la tasse posée sur la table. C'était le seul objet qu'elle pouvait atteindre sans attirer l'attention. Il faisait une arme bien dérisoire, mais la situation était désespérée et elle n'avait pas vraiment le choix.

Elle fit mentalement une rapide prière, attrapa le récipient et le lança en visant Lyle à la tête.

Le juge, qui avait surpris son geste, eut juste le temps d'esquiver le projectile, mais il perdit l'équilibre. Dans une attaque qui aurait fait la fierté de l'entraîneur de son équipe de football au lycée, Kate se précipita sur lui, épaules voûtées, tête baissée, en visant le ventre.

Cette fois, il ne put éviter le choc et laissa échapper un grognement de douleur quand elle le heurta de plein fouet. Ils tombèrent tous deux sur la belle moquette blanche avec un bruit sourd. Malheureusement, contrairement à ce qu'elle avait espéré, il ne lâcha pas son revolver.

Il roula sur lui-même pour s'asseoir, la main toujours agrippée à son arme.

— C'était une erreur, maître, ironisa-t-il en lui enfonçant le canon du revolver dans les côtes. Une grossière erreur. Finalement, je crois que je vais devoir vous tuer avant de vous balancer par-dessus bord.

Elle ne répondit pas et prit soin de ne pas bouger. C'était lui qui dictait la loi.

— Laisse-la, Lyle.

Kate leva les yeux vers Hallie. Elle se tenait toujours adossée à la cloison et dissimulait soigneusement ses mains.

— Tu abuses de ma patience, Hallie. Mets le bateau en marche immédiatement, ou je te jure que je tire sur elle.

— Je ne t'en laisserai pas le temps.

Sur ces mots, elle sortit un revolver de derrière son dos, visa et tira.

Une violente détonation emplit la cabine. Kate l'entendit résonner dans son crâne.

Puis ce fut le silence. Ils demeurèrent tous trois sans bouger, gardant la pose comme des statues. Hallie avait encore les bras tendus devant elle, les mains crispées sur le revolver. Kate et Lyle, assis par terre, la regardaient d'un air incrédule. Enfin, Lyle s'écroula sans bruit.

— Je l'ai tué ? demanda Hallie en baissant les bras.

Kate se pencha au-dessus de lui, en essayant de voir où il était atteint. Elle croisa son regard. Un regard de vaincu.

— Non, Hallie.

Cette situation hors du commun autorisait une certaine familiarité.

— Il n'est que blessé. A l'épaule droite, cette fois. Il en sera quitte pour un deuxième bras en écharpe.

Elle se leva afin de ramasser l'arme de Lyle, un P.38 spécial, qui avait roulé sous une chaise.

— Pourquoi, Hallie ? Pourquoi a-t-il fallu que tu gâches tout ?

Lyle essaya de relever la tête et ne put retenir une grimace de douleur.

— Je ne crois pas avoir gâché quoi que ce soit. Au contraire.

Il voulut se soulever, mais Kate lui fit signe de rester tranquille en agitant le revolver, comme il l'avait fait pour elle quelques minutes plus tôt.

— Hep, ne bougez pas. Vous êtes très bien comme ça.

Il plongea ses yeux dans les siens et soutint son regard tandis qu'elle reculait lentement vers la table basse. D'une main, le tenant toujours en respect, elle sortit son téléphone de son sac. L'icône des messages clignotait sur l'écran. Elle appuya sur les touches et la voix de baryton de Mitch résonna dans la cabine.

« Kate, je te jure que si je n'ai pas de nouvelles d'ici à cinq minutes, j'envoie la garde nationale à tes trousses. Où es-tu, à la fin ? Qu'est-ce que tu attends pour m'appeler ? Réponds ! »

Elle composa son numéro.

Mitch décrocha dès la première sonnerie.

— Kate, c'est toi ?

Elle ferma les yeux. Elle avait bien failli ne plus jamais entendre sa voix.

— Je vais bien, Mitch. Je suis sur le bateau des Buchanan. *Sweet…*

— Je sais. J'y allais justement, je suis déjà à mi-chemin. Kate, écoute-moi bien : Lyle Buchanan a quitté l'hôpital et …

— Il est ici.

Elle sourit à l'intention du juge qui la regardait intensément.

— Ne t'inquiète pas. Il ne fera plus de mal à personne, désormais.

— Que s'est-il passé ?

— Je te raconterai ça de vive voix. Dépêche-toi.

Elle raccrocha et composa le 911.

42.

La capitale n'avait pas autant occupé les gros titres des journaux nationaux depuis le Watergate. Il allait falloir des semaines avant que le scandale ne tombe dans l'oubli et ne devienne une partie de l'histoire mouvementée de la ville. Une importante personnalité locale avait eu recours au meurtre pour empêcher que ses pratiques sexuelles perverses ne soient divulguées au grand jour : la presse ne s'était pas privée de rapprocher cette affaire de celle de la Madame Claude de la côte Est. Etait-ce une coïncidence, écrivait un journaliste, ou Kate Logan — cette femme qui travaillait en solo — avait-elle décidé de mettre de l'ordre dans les hautes sphères ? Il avait appelé Kate pour lui poser directement la question, mais elle avait refusé de répondre. Elle ignorait quel tour elle comptait donner à sa carrière. Enfin, elle avait peut-être sa petite idée, mais elle n'était pas disposée à se confier pour l'instant.

Quelques heures seulement après l'incident survenu à bord du *Sweet Melody*, Todd avait été relâché et les charges qui pesaient contre lui levées. Lyle Buchanan, lui, était retourné à l'hôpital. La balle d'Hallie avait fait des dégâts, pulvérisant l'humérus et une partie de l'omoplate.

Bien entendu, le juge ne s'était pas montré très coopératif avec les policiers. Il avait refusé de donner la moindre explication et s'obstinait à garder le silence sur ce qui s'était passé la nuit du meurtre dans cette chambre de motel, deux ans plus tôt. Mais peu importait. Il y avait l'enregistrement de Kate, avec les accusations d'Hallie et l'intervention de Lyle manifestant clairement son intention de les éliminer toutes les deux.

Quant à Jacob Winters, il niait énergiquement avoir été au courant de la culpabilité de son ami. On l'avait engagé pour sortir Todd de prison. Son rôle s'était borné à ça.

Lou Torres, avec lequel Lyle entretenait des relations depuis un certain temps, s'était montré nettement plus volubile. Avec dix-huit chefs d'accusation, allant du meurtre à l'organisation illégale de jeux d'argent, le magnat du crime espérait obtenir un arrangement avec le bureau du procureur en vidant son sac. Cependant, on lui avait refusé sa mise en liberté sous caution.

Il avait rencontré Lyle plus de vingt ans auparavant, quand ce dernier n'était encore qu'un petit juge de district, et surtout un client régulier de ses salons de massage. Malheureusement pour Buchanan, Torres s'était donné pour règle de se renseigner sur l'identité des hommes et des femmes qui fréquentaient ses établissements.

Lorsqu'il avait découvert la profession de Lyle, il l'avait abordé pour lui proposer une sorte de partenariat. Il mettrait à la disposition du juge ses meilleures filles dans une totale discrétion, en échange de sa clémence au cas où lui-même ou l'un de ses hommes aurait maille à partir avec la justice.

Il n'avait appris que Lyle officiait aussi sur le Net que lorsque celui-ci était venu le trouver pour lui annoncer qu'il avait de gros ennuis. Une avocate du nom de Kate Logan, qui venait de reprendre le dossier du meurtre de Molly Buchanan, menaçait sa tranquillité. Torres s'était chargé de résoudre le problème à sa manière — la seule qu'il connaisse — en ordonnant l'élimination de la gêneuse.

Il avoua également avoir fourni de temps à autre de faux papiers à Lyle, mais sans savoir ce que ce dernier en faisait.

En ce qui concernait Charlene, elle travaillait pour lui, et il avait été extrêmement surpris d'apprendre qu'elle s'autorisait en cachette de petits extra. Et encore plus de savoir qu'elle se mettait à fouiner dans la vie privée de ses clients — une erreur de sa part. Lyle, effrayé par le dernier mail qu'elle lui avait envoyé, s'était adressé à lui. Torres n'avait pas hésité. Il avait décidé d'éliminer la fille purement et simplement. Non seulement pour aider son vieil ami, mais aussi pour montrer aux autres prostituées qu'il fallait tenir sa langue si l'on voulait rester en vie. Il conservait heureusement un double des clés de l'appartement de ses « employées » et la tâche avait été plutôt facile. Il avait suffi de s'introduire chez Charlene et de maquiller l'agression en crime de sadique, afin que la police soupçonne un client détraqué.

Hallie n'échappa pas à une mise en examen. Pas pour avoir tiré sur son mari, puisqu'elle avait agi en état de légitime défense, mais pour avoir protégé un meurtrier. Sa mise en liberté sous caution avait été fixée à cent mille dollars. C'était Todd qui, reconnaissant pour ses aveux, avait payé la somme.

Quant à Terrence, lui non plus n'avait pas été épargné par le scandale et avait dû démissionner de sa charge de doyen. Il s'était abstenu de toute déclaration au sujet de sa liaison avec Molly et de la petite fille qu'il refusait toujours de reconnaître — une attitude qui convenait parfaitement à Mitch. Il ne voulait pas que ce sale type approche de sa nièce.

L'unique note gaie de l'histoire était qu'Alison avait enfin pu rentrer à la maison, une fois le blizzard calmé. Kate était allée l'attendre à l'aéroport en compagnie de Mitch. Là, Eric avait éprouvé le besoin de la prendre à part.

— Je tenais à ce que tu saches que je regrette d'avoir fait tant d'histoires pour le partage de la garde.

Elle n'en était pas revenue. Eric faisant des excuses !

— En fait, Alison n'a pas réellement envie de rester avec moi. Ça l'a tentée un moment, à cause de Candace, mais cette séparation lui a fait comprendre qu'elle préférait rester chez toi. Elle t'aime, Kate, et sa place est auprès de sa mère. A présent, je n'en doute plus.

Il lui avait brusquement tourné le dos sans lui laisser le temps de répondre. C'était aussi bien car elle se sentait tellement émue qu'elle n'aurait pas su quoi dire.

Dans la matinée, Todd et Jessica s'étaient arrêtés chez elle pour la remercier. Todd s'efforçait de paraître gai — il fallait maintenant qu'il pense à sa femme et à son enfant —, mais il semblait assez abattu par tout ce qu'il avait découvert sur son père. De bonnes nouvelles de France lui étaient parvenues, qui lui avaient mis un peu de baume au cœur. Emile lui avait appris qu'il était devenu une sorte de héros national. Ce n'était peut-être pas le point de vue d'Interpol, mais le public français ne s'y était pas trompé. Le rédacteur du *Journal du soir*, quotidien rival du *Bordeaux Matin*, impressionné par l'enquête et le comportement d'Emile, lui avait offert un emploi. Les choses ne s'étaient pas encore arrangées avec sa femme, mais il gardait bon espoir de la reconquérir.

Peu après la visite de Todd et de Jessica, Frankie débarqua triomphalement avec un énorme gâteau sur lequel elle avait fait inscrire : « Pour la meilleure des avocates de la criminelle. »

— Merci beaucoup, Frankie. C'est vraiment gentil de ta part. Seulement...

Elle regarda son assistante, puis Alison et Mitch.

— J'ai décidé de me consacrer dorénavant au droit civil.

— Quoi ? s'écrièrent en chœur Frankie et Alison.

— Kate, tu n'y penses pas !

Frankie paraissait sur le point de pleurer.

— M'man, tu plaisantes, pas vrai ? insista Alison, abasourdie.

Mitch se taisait. Il se contentait de la regarder, visiblement sceptique.

— Je ne plaisante absolument pas. Le droit civil constitue une option intéressante et très lucrative. Et avec mon expérience dans le domaine criminel, je crois que je pourrai faire de bonnes choses.

Elle adressa un sourire à la cantonade et s'éloigna pour aller chercher des assiettes. Mitch la suivit dans la cuisine.

— Tu es sérieuse, Kate ? Tu veux te consacrer au droit civil ?

Elle sortit les tasses et les soucoupes du buffet.

— Oui. J'ai bien failli perdre ma fille encore une fois, Mitch. Je ne pense pas oublier de sitôt qu'elle est passée tout près…

Elle secoua la tête. Ce n'était pas la peine d'en dire plus.

— L'incident de Union Station ne risque pas de se reproduire, objecta-t-il. Tu n'as plus rien à craindre de Luther ou de Torres, maintenant.

— C'est vrai.

— Tu as du talent, Kate. Et je serai à tes côtés, quelle que soit ta décision. Mais tu aimes ton travail et il faut reconnaître que tu te débrouilles plutôt bien. Avant de changer ton fusil d'épaule, je te suggère de prendre un peu de recul et d'y réfléchir à tête reposée.

Elle posa les tasses sur un plateau.

— Je devrais peut-être suivre ton conseil.

— Non. Pas « peut-être ». Fais-le. Partons quelque part. Rien que nous deux.

— Tu veux dire… en voyage ?

— Oui, Eric s'est déjà proposé pour garder Alison pendant ce temps.

Kate le fixa, stupéfaite.

— Attends un peu. Ça veut dire que tu as eu une conversation avec lui à ce sujet ?

— Je sais me montrer courtois… quand j'ai une bonne raison.

Il la tint serrée contre lui.

— Et t'avoir pour moi tout seul sur une plage déserte, c'est une excellente raison. Tu peux me croire !

Une plage déserte…

Elle commençait à trouver l'idée alléchante. Toutefois, cela ne la ferait pas changer d'avis à propos de sa carrière. Sa décision était prise.

— Tu as des projets précis ?

— Non. Peu importe. Je verrais bien un endroit chaud et exotique, où tu pourrais porter ceci.

Il sortit un petit Bikini rose de sa poche et le lui agita sous le nez.

Elle rit et lui prit le triangle des mains.

— Le strict minimum, remarqua-t-elle en le regardant.

— Pas même un haut.

— Hmm… Tu prends vraiment tes désirs pour des réalités.

— J'ai bien d'autres ambitions que ce voyage dans les îles.

— Ah oui ?

Il lui avait déjà fait une allusion de ce genre quelques nuits auparavant. Bien que voyant où il voulait en venir, elle décida de jouer l'innocente. Les hommes avaient parfois des idées bien arrêtées sur où et quand faire leur demande en mariage.

— Et de quoi s'agit-il ?

Il secoua la tête.

— Tu le sauras sur la plage.

Elle prit le plateau et le lui posa sur les bras.

— Je vais avoir du mal à patienter jusque-là.

— Ça veut dire que je peux réserver nos places ?

— Oui.

Et elle sortit de la cuisine avec les assiettes. Sur le pas de la porte, elle se retourna et lui lança un regard aguicheur.

— Je crois que j'ai une petite préférence pour Rio. Tu veux bien ? J'ai entendu dire qu'on y trouve les plus belles plages du monde.

Elle s'apprêtait à ajouter un commentaire coquin quand elle entendit la sonnette de la porte d'entrée.

— Ce doit être Rose. Je lui ai proposé de venir passer un peu de temps avec sa petite-fille.

Elle entra dans la salle à manger où elle trouva son ex-belle-mère en grande conversation avec Frankie et Alison.

— Bonjour, Kate, dit Rose, manifestement consternée.

— Quelque chose ne va pas ?

— Non, tout va bien. Je suis seulement un peu… surprise. Alison vient de me dire que tu projettes d'abandonner le droit criminel.

— C'est exact, répondit Kate en posant les assiettes sur la table basse.

— Je n'arrive pas à y croire. Depuis que tu appartiens au barreau, le droit criminel a toujours été ta passion. Qu'as-tu l'intention de faire ?

Elle rit.

— Je suis toujours avocate, Rose. Il y a bien d'autres possibilités…

La sonnerie du téléphone l'interrompit. Comme Alison s'apprêtait à décrocher, Kate l'arrêta.

— Non, ma chérie. Ce doit encore être un journaliste qui appelle pour solliciter une interview que je n'ai aucune intention de lui accorder.

Elle commençait à découper le gâteau quand une voix de femme, tremblant d'émotion, leur fit lever la tête.

« Maître Logan, disait-elle, je m'appelle Carly Williams. On vient de découvrir mon ex-mari chez moi, poignardé à mort. Sa nouvelle femme m'a formellement identifiée comme étant la meurtrière. Ted Rencheck, le substitut du procureur, a dit que vous pourriez m'aider. Accepteriez-vous de me défendre ? Je vous en prie, je ne sais plus à quel saint me vouer. »

Elle épela son numéro avant de raccrocher, puis ce fut le silence.

Kate posa son couteau et se redressa lentement. Les quatre témoins de la scène la considéraient d'un air amusé.

Frankie se pencha vers Mitch et lui murmura quelque chose à l'oreille, suffisamment fort pour que Kate entende.

— Je vous parie une coupe de champagne qu'elle va rappeler !

— Et qui paiera le champagne ?

— Le gagnant, évidemment !

— Vous m'avez l'air bien sûre de vous.

— Je la connais mieux que personne.

Alison gloussa et Rose lui adressa un sourire entendu. Kate leur lança un regard irrité.

— Allez-vous arrêter de parler de moi comme si je n'étais pas là ?

Frankie agita une serviette en papier sous son nez.

— J'ai noté son numéro. Au cas où il te prendrait l'envie de la rappeler.

Kate marqua une légère hésitation et se dirigea vers elle pour lui arracher la serviette des mains. Puis, sans un mot, elle traversa la pièce, prit le combiné et composa le numéro.

DANS LA MÊME COLLECTION
Par ordre alphabétique d'auteur

LAURIE BRETON	*Ne vois-tu pas la mort venir ?*
BARBARA BRETTON	*Le lien brisé*
JASMINE CRESSWELL	*La Manipulatrice*
JASMINE CRESSWELL	*Le secret brisé*
JASMINE CRESSWELL	*La mort pour héritage*
JASMINE CRESSWELL	*Soupçons mortels*
JASMINE CRESSWELL	*Je saurai te retrouver*
MARGOT DALTON	*Amnésie*
MARGOT DALTON	*Kidnapping*
MARGOT DALTON	*Le sceau du mal*
MARGOT DALTON	*Crimes inavoués*
WINSLOW ELLIOT	*L'innocence du mal*
LYNN ERICKSON	*Le Prédateur*
TESS GERRITSEN	*Présumée coupable*
TESS GERRITSEN	*Crimes masqués*
HEATHER GRAHAM	*L'invitation*
HEATHER GRAHAM	*L'ennemi sans visage*
HEATHER GRAHAM	*Le complot*
HEATHER GRAHAM	*Soupçons*
HEATHER GRAHAM	*La griffe de l'assassin*
GINNA GRAY	*Le voile du secret*
GINNA GRAY	*La cavale*
KAREN HARPER	*Testament mortel*
KATHRYN HARVEY	*La clé du passé*
CHRISTIANE HEGGAN	*Miami Confidential*
CHRISTIANE HEGGAN	*L'Alibi*
CHRISTIANE HEGGAN	*Intime conviction*
CHRISTIANE HEGGAN	*Labyrinthe meurtrier*
CHRISTIANE HEGGAN	*Troublantes révélations*
BONNIE HEARN HILL	*La disparue de Sacramento*
METSY HINGLE	*Le masque de la mort*
GWEN HUNTER	*Faux diagnostic*
GWEN HUNTER	*Virus*
GWEN HUNTER	*Les mains du diable*
GWEN HUNTER	*Le triangle du mal*
PENNY JORDAN	*De mémoire de femme*
PENNY JORDAN	*La femme bafouée*

…/…

DANS LA MÊME COLLECTION
Par ordre alphabétique d'auteur

R.J. KAISER	*Qui a tué Jane Doe ?*
ALEX KAVA	*Sang Froid*
ALEX KAVA	*Le Collectionneur*
ALEX KAVA	*Les âmes piégées*
ALEX KAVA	*Obsession meurtrière*
RACHEL LEE	*Neige de sang*
RACHEL LEE	*Le lien du mal*
CARLA NEGGERS	*L'énigme de Cold Spring*
MEG O'BRIEN	*Le piège*
MEG O'BRIEN	*En lettres de sang*
MEG O'BRIEN	*Pluie de sang*
MEG O'BRIEN	*La déchirure*
MEG O'BRIEN	*Spirale meurtrière*
SHIRLEY PALMER	*Zone d'ombre*
EMILIE RICHARDS	*Le refuge irlandais*
EMILIE RICHARDS	*Mémoires de Louisiane*
EMILIE RICHARDS	*Le testament des Gerritsen*
EMILIE RICHARDS	*L'héritage des Robeson*
EMILIE RICHARDS	*L'écho de la rivière*
EMILIE RICHARDS	*Promesse d'Irlande*
EMILIE RICHARDS	*Du côté de Georgetown*
HELEN R. MYERS	*Mortelle impasse*
HELEN R. MYERS	*Les ombres du doute*
NORA ROBERTS	*Le cercle brisé*
NORA ROBERTS	*Possession*
NORA ROBERTS	*Et vos péchés seront pardonnés*
NORA ROBERTS	*Tabous*
NORA ROBERTS	*Coupable innocence*
NORA ROBERTS	*Maléfice*
NORA ROBERTS	*Enquêtes à Denver*
NORA ROBERTS	*Crimes à Denver*
NORA ROBERTS	*L'ultime refuge*
FRANCIS ROE	*L'engrenage*
FRANCIS ROE	*Soins intensifs*
M. J. ROSE	*Rédemption*

.../...

DANS LA MÊME COLLECTION
Par ordre alphabétique d'auteur

JOANN ROSS	*La femme de l'ombre*
SHARON SALA	*Sang de glace*
SHARON SALA	*Le soupir des roses*
TAYLOR SMITH	*Le carnet noir*
TAYLOR SMITH	*La mémoire assassinée*
ERICA SPINDLER	*Rapt*
ERICA SPINDLER	*Black Rose*
ERICA SPINDLER	*Le venin*
ERICA SPINDLER	*La griffe du mal*
ERICA SPINDLER	*Trahison*
ERICA SPINDLER	*Cauchemar*
ERICA SPINDLER	*Pulsion meurtrière*
ERICA SPINDLER	*Le silence du mal*
ERICA SPINDLER	*Jeux macabres*
ELISE TITLE	*Obsession*
CHARLOTTE VALE ALLEN	*L'enfance volée*
LAURA VAN WORMER	*La proie du tueur*

6 TITRES À PARAÎTRE EN JANVIER 2007

MIRA

Composé et édité par les
éditions Harlequin
Achevé d'imprimer en octobre 2006

par

LIBERDÚPLEX

Dépôt légal : novembre 2006
N° d'éditeur : 12399

Imprimé en Espagne